Eines Morgens, beim Betreten des Tierpräparationsgeschäfts ihrer Familie, findet Jessa-Lynn Morton ihren toten Vater – er hat Selbstmord begangen. Obwohl sie unter Schock steht, liegt es nun an ihr, den drohenden Ruin des Unternehmens abzuwenden.

Unterdessen gehen die Mitglieder der Familie auf ihre eigene Weise mit dem Verlust um: Jessa trinkt zu viel billiges Bier. Ihre Mutter inszeniert die ausgestopften Tiere in absurden Posen im Schaufenster. Ihr Bruder Milo zieht sich ganz zurück. Und Milos Frau Brynn – die einzige Person, die Jessa je geliebt hat – verschwindet ohne ein Wort des Abschieds. Dann eskaliert das Kunstprojekt ihrer Mutter völlig – und ein zweideutig inszenierter Büffel sorgt für Unmut in der Nachbarschaft. Wie soll Jessa das alles wieder unter Kontrolle bringen?

Das tragikomische Porträt einer Familie, die um ihre Lebenden und ihre Toten trauert und daran fast zerbricht.

Kristen Arnett ist eine queere Autorin, die 2017 für ihren ersten Erzählungsband den Coil Book Award gewann. Ihre Essays und Erzählungen sind in diversen Zeitschriften erschienen. Der *New York Times*-Bestseller »Ziemlich tote Dinge« ist ihr erster, von der Presse hochgelobter Roman.

Die Übersetzerin Brigitte Jakobeit übersetzt seit 1989 englischsprachige Literatur, darunter die Autobiographien von Miles Davis und Nina Simone sowie Werke von William Trevor, Christopher Isherwood, Celeste Ng und Patti Smith. Sie ist u.a. Trägerin des Ledig-Rowohlt-Übersetzerpreises.

Kristen Arnett

ZIEMLICH TOTE DINGE

Roman

Aus dem amerikanischen Englisch
von Brigitte Jakobeit

HarperCollins

Die Originalausgabe erschien 2019 unter dem Titel
Mostly Dead Things bei Tin House Books, Portland.

Der Abdruck des Zitats auf Seite 5 erfolgt mit freundlicher
Genehmigung des Originalverlags und folgt der Ausgabe Thomas Harris,
Das Schweigen der Lämmer, aus dem amerikanischen Englisch von Sepp Leeb,
Wilhelm Heyne Verlag, München 2006.

1. Auflage 2023

Ungekürzte Taschenbuchausgabe

Umschlaggestaltung von Rothfos und Gabler, Hamburg
Umschlagabbildung von Catherine Ledner
Gesetzt aus der Arno Pro
von Pinkuin Satz und Datentechnik, Berlin
Druck und Bindung von CPI books GmbH, Leck
Printed in Germany
ISBN 978-3-365-00284-1
www.harpercollins.de

Klimaneutral
Druckprodukt
ClimatePartner.com/15109-2009-1001

MIX
Papier
FSC · FSC® C083411

RÄTSEL LÖSEN IST WIE JAGEN;
ES IST EIN GRAUSAMES VERGNÜGEN,
UND WIR SIND DAFÜR GEBOREN.
Thomas Harris

HAPPINESS IS A LARGE GUT PILE.
T-Shirt-Spruch

FÜR MICHAEL MICHAEL MOTORCYCLE

HÄUTEN

WEISSWEDELHIRSCH – DERMATOFIBROM BEIM SCHALENWILD

So durchtrennen wir die Haut:

vorsichtig, das versteht sich von selbst. Präzise schneiden klingt, als wäre es dasselbe, doch das stimmt nicht. Stellen Sie sich vor: Sie haben das Fleisch einer Mango für eine Schüssel Obstsalat von Schale und Kern getrennt. Sind Sie dabei sorgfältig vorgegangen und haben das süße gelbe Fleisch erhalten, oder haben Sie es mit der klinischen Distanz eines Chirurgen getan?

Es braucht ein bisschen Zärtlichkeit. Ein bisschen Liebe.

Worte unseres Vaters, als er sein Messer in die Haut eines Weißwedelhirschs versenkte. Das war ungewöhnlich. Normalerweise durften wir nie nah an den Tisch ran, wenn er arbeitete.

Du musst es wollen. Er zeigte auf die Kehle, klopfte leicht mit der Fingerspitze drauf. *Du fängst unter dem Halscape an, hier. Als würdest du den Reißverschluss einer Jacke aufziehen.*

Milo und ich drängten uns auf je einer Seite an den Metalltisch, während unser Vater behutsam den Körper öffnete, seine Hände in den blauen Handschuhen bewegten sich ruhig, als entbände er ein Kind. Wir waren neun und zehn, das Geschäft mit den Tieren war unser persönlicher Spielzeugladen. Andere Kinder hatten Plüschtiere; wir hatten präparierte Glattechsen, auf Trägerbrettchen gesetzte Barsche und Geweihe mit Lasurbeschichtung.

Jetzt macht mal ein bisschen Platz, Kinder.

Wir traten jeder einen halben Schritt zurück, rückten nach ein paar Sekunden wieder näher. Der Hirsch war riesig, ich hatte aber schon größere gesehen. Er war bereits ausgeblutet und lag schlaff da, die Beine von sich gestreckt wie eine zerlegte Puppe. Es war ein Neunender, und der Mann, der ihn uns gebracht hatte, ein Stammkunde, jemand, mit dem mein Vater manchmal ein Bier im Wohnzimmer trank.

Warum der ganze Hirsch? Hier ging es nicht nur um eine kleine Kopftrophäe – das gesamte Tier sollte aufgesetzt werden: Brust, Hintern, Beine. Mir war unbegreiflich, wieso jemand das ganze Ding als Trophäe behalten wollte; die meisten Jäger ließen nach dem Aufbrechen die Eingeweide einfach im Wald verrotten.

Die Augen unseres Vaters strahlten vor Aufregung. Für ihn war das eine neue Herausforderung, eine Möglichkeit, seine Arbeit kreativ zu gestalten. Er summte leise vor sich hin. Ich hätte gern gesungen.

Die brummende Klimaanlage kühlte den Raum, aber es war noch feucht genug, dass mir Schweiß über der Lippe stand. Das Schild vor dem Laden war so groß und gelb wie früher, als mein Großvater das Geschäft führte: MOR-

TON'S TAXIDERMY (& MORE). Auf der Markise wurden Sonderangebote angepriesen, alles, was in der Woche gerade im Überschuss vorhanden war: Schweineohren, Hirschgeweihe, Kaninchenfelle.

Unser Vater schaute uns beim Sprechen nicht an, seine Stimme glich einem leisen Summen in meinem Hirn. *Der Kunde merkt, wenn man nicht mit Fingerspitzengefühl an die Sache geht. Dann sieht es nicht echt aus.*

Auf dem Boden standen Eimer für Innereien, die die Kunden noch nicht entfernt hatten, weiße Plastikkübel, in denen früher mal Gewürzgurken in gelber Lake lagen. Manche Innereien hoben wir auf, andere nicht, wir sorgten aber immer dafür, dass der Boden sauber war. Der Geruch von Bleiche hing in meinem wuscheligen dunklen Haar, obwohl meine Mutter mir einen Zopf geflochten hatte.

Milo und ich trugen alte Supermarktschürzen, wie die Jungen, die bei Publix an der Kasse beim Einpacken halfen, an Hals und Rücken mit Doppelknoten gebunden. Obwohl ich ein Jahr älter war, überragte mich Milo um einen halben Kopf – er war größer als alle in der vierten Klasse. Wir beugten uns näher zu unserem Vater und versuchten die Bewegungen des Messers zu verfolgen, bis er sich räusperte und wir beide wieder einen Schritt zurücktraten. Er trug eine schwarze Gummischürze, die er immer am Waschbecken hinten mit Geschirrspülmittel mit Zitronenduft abspülte und von den Resten unserer täglichen Autopsien befreite. Unsere Mutter wusch unsere und hängte sie vorne in den Schrank, zu den schmutzigen Turnschuhen, Regenmänteln und eingemotteten Pullovern, die wir nur einmal im Jahr trugen.

Jessa-Lynn, halte den Hals fest. Ich ging um den Tisch herum nach vorne und grub meine Hände in das Fell, bis die Sehnen unter meinen Fingern nachgaben. Ich wehrte mich gegen den Drang, noch tiefer zu massieren und mit den Händen wie eine Spinne an den Rippen der Luftröhre nach oben zu wandern und das Maul zu umfangen.

Jetzt komm her, mein Junge. Er wird dich nicht beißen.

Über die flauschige Hirschwange hinweg beobachtete ich, wie Milo das zweischneidige Skalpell von meinem Vater entgegennahm. Auf dem Tisch daneben lag die halbmondförmige Klinge zum Entfleischen, mit der er die feuchten Gewebeteile und Fettstückchen von der Haut schaben würde. Das Licht spiegelte sich in der Klinge und blitzte silbrig unter den Leuchtstofflampen an der getäfelten Decke.

So? Milo umklammerte das Skalpell wie einen angespitzten Stock, als müsste er etwas aushöhlen und verstümmeln. Er ruckelte und ließ fast den Griff los, als er die Hirschhaut durchtrennte.

Ich zeige es dir. Du musst das Handgelenk beugen. Dann drückst du gleichmäßig, langsam. Nicht zu tief.

Bevor ein Tier präpariert wurde, gab es einige Vorarbeiten. Unser Vater würde den Hirsch häuten und das Skelett genau begutachten. Er würde sehen, wo das Einschussloch war, wie er den Körper des Tiers rekonstruieren musste, mit dicken Polstern aus Wolle und Füllmaterial und mit starken Drähten, um ihm die gewünschte Haltung zu geben. Die meisten Präparationsstudios arbeiteten grundsätzlich mit vorgefertigten Modellen und Kunststoffformen, mein Vater jedoch schuf lieber seine eigenen – auch wenn das hieß, dass jedes Stück zwei Wochen länger dauerte als bei der Konkurrenz. Kunden, die etwas Spezielles wollten, zahlten gern für den zusätzlichen Aufwand, allerdings waren die meisten nicht auf die Kunst aus, die mein Vater beim Präparieren ihrer getöteten Beute anstrebte. Dad war das egal; er steckte die Zeit trotzdem rein. Selbst wenn er dabei draufzahlte.

Da ist eine knorpelige Stelle, du musst fester drücken.

Unserem Vater zufolge wünschten sich die Kunden ihre Tiere in einer gebieterischen Pose. Die meisten waren Jäger, und wenn sie sich dafür entschieden, ihre erlegte Beute präparieren zu lassen, sollte sie am Ende möglichst überlebensgroß sein, als ob das Stück wieder lebendig werden und angreifen könnte. Sie wollten eine größere, stärkere, muskulösere Trophäe. Unsere Aufgabe war es, ihren Wunsch zu erfüllen, auch wenn sie das Tier beim Wühlen in einer Mülltonne von hinten erschossen hatten.

Milo schwitzte durch den Hals seines T-Shirts. In der Werkstatt hinter unserem Laden war es kühl, so um die fünfzehn Grad, um den unvermeidlichen Verwesungsgestank wenigstens etwas fernzuhalten, aber mein Bruder sah aus, als wäre er gerade vom Spielplatz hereingerannt. *Ich bin mir nicht sicher. So?* Er zog das Messer hoch – der Schnitt verwarf sich, weil er zu schnell machte. Die Haut riss mit einem unschönen Knirschen. *Tut mir leid, tut mir leid!*

Mein Vater nahm brummend Milos Hand und führte sie

wieder an die Arbeit. *Das wirst du nähen müssen, aber erst nach dem Gerben, sonst würde sich die Naht verziehen.*

Entschuldigungen machten das Fell nicht heil. Es würde immer eine Narbe bleiben, die genauso wenig zu dem Tier passte wie das große Einschussloch hinter seinem Ohr mit dem Haarbüschel darin. Gerissene Häute waren nicht ideal, aber es gab Möglichkeiten, Schäden zu kaschieren: mit Schlammflecken an einem Knöchel oder mit Fell, so gekämmt, dass es Muskelmasse unter der Haut suggerierte. Ich fuhr mit den Daumen am Hals entlang bis zu der weichen Stelle mitten in der Kehle. Das weiße Haar dort war in einem ovalen Büschel gewachsen, umgeben von dem dickeren, glatten Fell auf seinem Rücken – dem dichten Fell, das ihnen selbst in Florida für den Winter wuchs. Normalerweise spannte mein Vater das Hirschgeweih in einen der Wildgalgen, die an Deckenschienen hingen. Bisher hatte er uns weder so in seine Arbeit einbezogen, noch hatten wir seine Werkzeuge benutzen oder in eines der wertvollen Felle seiner Kunden schneiden dürfen.

Hier. Fest drücken, gleich unterhalb des Fesselgelenks. Du musst mit einer löffelnden Bewegung arbeiten, als würdest du Segeltuch aufreißen. Das Messer muss eine Verlängerung von deinem Arm werden.

Bei der Schnittführung unseres Vaters sah man keine Nähte. Er machte das jetzt seit fast dreißig Jahren, eine Zeit lang zusammen mit seinem Vater, der in dem Jahr gestorben war, als Milo geboren wurde. Auf Fotos sah unser Großvater wie eine härtere, ältere Version meines Vaters aus: grauhaarig, tätowiert und im T-Shirt, ein Mann, der nur lächelte, wenn er den Mund dehnen wollte. Sein Bild befand sich immer noch vorne im Laden, neben der Kasse. Es stand zwischen dem Berglöwen, den er geschossen und präpariert hatte, und einer Tafel mit dem Aufdruck *Tierpräparatorenpreis von Mittelflorida: Erster Platz*, und darunter Jahreszahlen, die bis 1968 zurückreichten.

Milos Klinge wurde langsamer. Am rechten Hinterbein war er auf eine Blockade gestoßen. Mein Vater nahm meinem Bruder das Skalpell ab und ging in die Hocke, um sich die Sache anzusehen, dann hob er den Kadaver an und drehte ihn geschickt um. Eine Hand zog die Haut straff, während die andere das Messer unter den Knoten führte, der unter dem Fell aufragte. Geschickt und rasch durchtrennte er den Muskel, schob das Messer unter die Beule und schnipste die Spitze hoch, bis die Masse offen dalag.

Was ist das? Milos Gesicht war aschgrau. Seine Lippen, normalerweise blütenrosa – so rosa, dass die Jungs in der Schule ihn aufzogen, er trage Lippenstift –, waren zu einem blassen Schlitz geworden.

Hirschtumor. Unser Vater hebelte den Klumpen frei, bis er sich von dem fettigen Fleisch und den Adern löste, die ihn umgaben. *Ganz schön groß. Vielleicht zehn Zentimeter breit.* Er wog die Masse in der Hand ab, das leuchtende Blau seines Handschuhs biss sich mit dem dunklen, geronnenen Rot des Tumors. Er stieß die Klinge in die Geschwulst, testete ihren Widerstand. *In dieser Größe sieht man das nicht oft. Meistens bilden sich nur kleine Warzen am Hals. Manchmal in der Leiste.*

Milo schlug beide Hände vor den Mund. Aus seiner Brust drang ein tiefes Rumoren, ein Geräusch wie mahlende Zahnräder, dann drehte er sich um und übergab sich. Vor einer Stunde hatten wir Tomatensuppe mit Käsetoast gegessen. Das meiste davon landete in dem großen Plastikeimer, einiges spritzte auf den Betonboden, und ein paar Stückchen fielen auf den Schuh unseres Vaters.

Die Augen des Hirschs waren geöffnet, und an den Rändern, wo Wasser ausgelaufen war, verhärtete sich die glasige Oberfläche zu Falten. Milo übergab sich weiter in den Eimer, während unser Vater sich hastig vom Tisch entfernte, um nasse Lappen vom Waschbecken in der Ecke zu holen. Er wartete, bis Milo, noch immer über den Eimer gebeugt, fertig war, und drückte ihm dann einen in die Hand. *Hol den Mopp von deiner Mutter und wisch das weg. Alles.*

Der Tumor lag auf dem Metalltisch, das Messer meines Vaters steckte immer noch drin. Er packte den Griff und presste mit den Fingern von beiden Seiten auf die Masse, bis die Klinge sich löste. Dann wischte er sie ab, drehte sich um und reichte sie mir. Über uns sprang die Klimaanlage wieder an. Die frische Luft strich kühl an meinen Hals, als ich das Messer nahm. Es lag fest in meiner Hand, die Rundung des Griffs passte genau in die Falte, die entstand, wenn meine Hand sich schloss. Er winkte mich um den Tisch, und ich stellte mich vor ihn, betrachtete die wuchtige Körperfülle des Tiers.

Siehst du das? Er hielt mein Handgelenk und richtete das Messer sanft auf die offene Wunde, die inzwischen Sauerstoff aufnahm und dunkel wurde. *Wir müssen die Wunde aussparen und den Schnitt hintenherum führen.*

Da ich so nah bei ihm stand, hüllte mich der Duft seines Rasierwassers ein. Es erinnerte mich an Weihnachtsbäume: Kiefernnadeln und moschusartig, ein Geruch, vor dem kein Hirsch weglaufen würde. Hinter uns schleppte Milo den gelben Moppeimer herein. Als er sich durch die Tür zwängte, schwappte etwas Wasser über den Rand auf den Boden. Unsere Mutter rief vorne im Laden nach ihm. Mein Vater drehte sich von meinem Bruder weg, beugte sich vor und flüsterte mir ins Ohr.

Du bist ein Naturtalent. Genau wie dein Dad.

Es fühlte sich richtig an; es fühlte sich an, als hätte ich das schon immer gemacht. Ich sah genau die Stelle, wo ich die Klinge ansetzen und das Tier freilegen würde, ich wusste, wie ich das Skelett neu aufbauen würde, mit Stützen, Polstermaterial und großen Formstücken. Ich konnte sehen, wo sich das gegerbte Fell über meinen Aufbau ziehen würde: ein kräftiger, zäher Hirsch, der den Kopf in den Wind reckt. Ich führte die Messerspitze in die Öffnung ein und zog sie vorsichtig nach vorne. Ich liebte das Tier auf dem Tisch. Ich liebkoste seinen weichen, schönen Körper.

Mein Vater legte mir eine Hand auf die Schulter und drückte leicht. Ich beugte mich vor, spannte meinen Arm auf dem kühlen Metalltisch an und schaute in den Hohlraum, wo das Fleisch sich von der Haut trennte. Im dunklen Herzen des Kadavers sah ich meine Zukunft in den Knorpeln vor mir ausgebreitet.

Ich war die Tochter meines Vaters und liebte ihn über alles. Wir hatten beide geschickte Hände und konnten beide nicht die Zungen einrollen. Wir schnippten beide mit dem Ringfinger, was wir sehr lustig fanden. Zwischen unseren Augen standen immer tiefe Falten. Wir mochten Pizzaränder und die Säure von ausgepressten Zitronen in Wasser. Es gab mir ein Gefühl der Sicherheit, mich so gespiegelt zu sehen. Unsere gemeinsame Liebe zu den Tieren; die Art, wie wir schweigend in einem Raum sein konnten und uns wohl in unserer Haut fühlten, solange wir zusammen waren. Niemand kannte mich so gut wie er. Niemand verstand ihn so gut wie seine Tochter.

Wir sind gar nicht so anders, Jessa. Er zupfte mich an meinem Zopf. *Nur Eingeweide und Blut.*

*

Wir waren eine Familie von Taxidermisten.

Wir waren Sammler, Zerstückler und Kunsthandwerker. Aus den Überresten von Totem setzten wir Leben zusammen. Tiere, die vielleicht zu nichts vergangen wären, durften durch unsere Mühe auf unbestimmte Zeit weiterleben. Unser Herz schlug für eine gut ausgeformte Lippe, die glatt über den aufgemalten Zähnen lag. Ich erkannte die Hand meines Vaters in den Ohren des Kaninchens, das er für meinen Bruder gemacht hatte, ein Kaninchen, das auf einem kleinen Puppenfahrrad saß. Ich sah sie im Glasauge eines Albinofrettchens, dessen Lider mein Vater mit äußerster

Zartheit gestaltet hatte. Wir waren besser als andere, weil wir unsere Arbeit mehr liebten, weil wir die Tiere besser kannten, als jeder andere es je könnte. Es war unsere Arbeit, weil wir in ihr aufgingen. Mein Vater formte mich zu seiner Assistentin, die ihm half, seine Last zu schultern. Er war der Dreh- und Angelpunkt, der das Leben unserer Familie zusammenhielt, aber ich war diejenige, die ihn unterstützte. Ich konnte die Bürde immer tragen, weil er mir sagte, ich sei stark. Weil er mir sagte, ich sei die Einzige, die es könnte.

Genau das versuchte ich mir einzureden, als ich das geronnene Blut und den Matsch auf dem Fußboden betrachtete. Während ich die Tröpfchen studierte, die an den weißen Schlackebetonwänden ein Rorschachmuster bildeten, in dem meine Augen einen Schmetterling erkannten, zwei Männer, die sich die Hand gaben, den Eingang zu einem Brunnen, der sich zu etwas Endlosem öffnete. Meine Augen folgten der Sichtlinie des roten Schlamassels, in den sich die weiche Stelle im Schädel meines Vaters verwandelt hatte. Irgendwo nahe der Schläfe, ich war mir nicht sicher. Es war schwer, länger als ein paar Sekunden hinzusehen. Schwer zu glauben, dass es echt war.

Hinter mir lief leise Randy Jackson im Radio.

Mein Vater saß auf seinem Stuhl, zusammengesackt über dem Metalltisch, an dem er so viel Zeit seines Lebens verbracht hatte. Gesicht nach unten, Kopf zur Seite gewandt, sodass ich seinen borstigen Schnurrbart ausmachen konnte. Das Auge, das ich sehen konnte, war geschlossen. Seine

Drahtgestellbrille war ihm im Moment des Fallens halb auf die Nase gerutscht, ein Bügel saß verbogen hinterm Ohr und bauschte sein Haar zu einer grauen Spitze auf. Er trug seine Schürze über dem karierten Hemd, das meine Mutter ihm vor vielen Jahren zum Geburtstag geschenkt hatte, das Hemd, von dem ich sagte, er sehe darin aus wie der bullige Mann auf den Brawny-Küchenpapierrollen. Ich konnte mir fast weismachen, dass er mitten bei der Arbeit eingeschlafen war, was ihm manchmal passierte. Er arbeitete oft bis in die frühen Morgenstunden und nähte im Licht einer Schwanenhalslampe sorgfältig eine Haut. Ich wünschte, er würde einfach aufwachen und mich ausschimpfen, weil ich ihn anstarrte. Ich wünschte, er würde mich anlächeln, damit es mir gut ging. Ich wünschte, er würde atmen. Ich wünschte, da wäre nicht so viel Blut.

Das ganze Tier lag wieder aufgebahrt vor mir; unnatürlich und unbekannt. Es war die erste Zusammenarbeit mit meinem Vater. Dies würde die letzte sein.

Es schmerzte, ihn so zu sehen, verwundet und den Elementen preisgegeben. Ich gestattete mir kurz, sein Gesicht zu bestaunen. Manchmal sah er viel älter aus als sechsundsechzig, doch der Tod machte ihn wieder jung: Seine Wangen waren weich und locker, die Lippen zart und leicht geöffnet. Seine Hände, sonst immer in Bewegung, lagen endlich still.

Mir war klar, ich sollte es nicht tun, aber ich nahm ihm die Brille ab und strich die Schmalzlocke in seinem drahtigen Haar glatt. Dann legte ich seine Hände vom Tisch in seinen Schoß, eine auf jeden Oberschenkel, so wie er immer gern am Esstisch saß, während meine Mutter kochte. Mit zitternden Fingern schnallte ich die Armbanduhr von seinem Handgelenk, jene Uhr, die vor ihm meinem Großvater gehört hatte. Die Uhr, um die ich ihn beneidet hatte, weil sie das Lieblingsstück meines Vaters war und er sie in Ehren hielt. Dinge, die ihm gehörten und die ich gern haben wollte. Seine Uhr. Seine besten Messer. Das Geschäft. Seinen Stolz.

Ich hob den Revolver vom Boden auf und legte ihn auf den Tisch neben den Brief, den er mit meinem in Großbuchstaben geschriebenen Namen zurückgelassen hatte. Er hatte mir beigebracht, wie man damit schoss. Er nahm mich mit nach hinten in den Garten, nur wir beide, und zeigte mir, wie man abdrückte. Ich hatte Angst, wollte aber einen auf hart machen, weil mein Vater Heulsusen nicht ausstehen konnte. Er lächelte und sagte, meine Zielgenauigkeit und mein Selbstvertrauen würden ihn beeindrucken. Dann legte er mir eine Hand auf die Schulter und drückte sie, wie immer, wenn er stolz auf mich war. Und am stolzesten war er, wenn ich keine Schwäche zeigte.

Meine kleine Miniatur, sagte er. *Die beste Scharfschützin in Florida.*

Dann ging ich nach hinten, holte den Moppeimer und das Desinfektionsmittel und starrte ins Wasser, das in dem gelben Gefäß aufschäumte. Ich redete mir ein, es läge an den Dämpfen, die mir Tränen in die Augen trieben, als ich den Mopp in die Flüssigkeit tauchte und anfing, die Schweinerei langsam zu entfernen. Den Brief ließ ich auf dem Tisch liegen, für später, wenn ich mich wieder im Griff hatte. Ich fragte mich, ob er wohl eine Erklärung enthielt, die mir half, das Tier vor mir zu verstehen.

1

Neben den typischen Geweihtrophäen und knorrigen Kiefernklötzen, die unsere Veranda einrahmten, enthielt das Schaufenster unseres Ladens eine Ziege, einen Floridapuma und einen Keiler. Der Keiler und der Puma standen schon so lange da, dass sie für uns zur Familie gehörten. Die Ziege hatte ich erst vor ein paar Wochen präpariert. Es war eine schwarz-weiße Bagot-Ziege, die auf den meisten Roten Listen als »vom Aussterben bedroht« eingestuft wurde. Ihr Fell war so weich, dass man das Gefühl hatte, man striche über Samt.

Als ich jedoch an diesem Morgen in den Laden kam, standen sie nicht an ihren gewohnten Plätzen und stellten eine Szene aus *Im Reich der wilden Tiere* nach. Stattdessen bestieg der Puma von hinten die Ziege, und sein aufgerissenes Maul zeigte plötzlich einen Ausdruck ungehemmter Ekstase.

»Warum?«, fuhr ich meine Mutter an, die ihr rosa geblümtes Lieblingsnachthemd mit der gesmokten Spitze am

Hals trug. Sie saß seitlich auf einem Metallklappstuhl, den sie mitten auf den Gehsteig gestellt hatte, in der Hand einen leeren Kaffeebecher und eine Zigarette. »Sag mir bitte … warum?«

»Spricht es nicht für sich selbst?« Sie zog an der Zigarette und schnippte Asche in den Becher, den sie auf dem Knie balancierte.

Es war das zweite Mal in einem Monat, dass sie eine Sexszene im Schaufenster unseres Ladens dargestellt hatte. Während der Puma sich an der Ziege zu schaffen machte, grinste der Keiler anzüglich hinter einem großen Plastikbenjamini, in dem ich einen jahrzehntelangen Bewohner meines elterlichen Wohnzimmers erkannte. Selbst jetzt, in meinen Dreißigern, konnte ich mich lebhaft an den Tag erinnern, als meine Eltern ihn mit nach Hause gebracht hatten – etwas Grünes und »Lebendiges«, um das öde Graubraun der abgeschnittenen Tierköpfe aufzupeppen, die an den Wänden hinter den Sofas und dem Lehnstuhl meines Vaters hingen.

Ein Fernglas steckte zwischen den gelblichen Hauern des Keilers. Außerdem lagen Kondome herum, einige baumelten offen von den Zweigen der Topfpflanzen. Ein genauerer Blick zeigte, dass die Pfoten des Pumas zerfetzt waren, dort, wo sie mit Leim und Nadeln ursprünglich an einem Eichenast befestigt waren.

»Schau es dir noch mal genau an«, sagte ich. »Und präg dir alles gut ein, bevor ich es wieder abbaue.« Mein sorgloser Morgen, an dem ich Häute abziehen und schwarzen Kaffee trinken wollte, verblasste in der Ferne und wich dem

Ärger darüber, dass ich kaputtes Fell aufarbeiten und Stellen neu einfärben musste. Die Reparatur des Pumas würde vermutlich Tage dauern.

Die Sonne brannte bereits die morgendliche Feuchtigkeit weg und wärmte den Gehsteig. Ich hatte Travis Pritchard mit seinem Pick-up auf den Parkplatz von Dollar General auf der anderen Straßenseite einbiegen sehen. In diesem Teil der Stadt gab es nur ältere, familiengeführte Geschäfte und Einfamilienhäuser, alle schmutzig und mit weitläufigen Gärten. Löchrige Straßen kreuzten sich in merkwürdigen Winkeln ohne irgendwelche hilfreichen Stoppschilder, und zwischen einer Münzwäscherei, einem Goodwill-Supermarkt und einem Schuster zwängten sich flache einstöckige Häuser in allen möglichen hellen Brauntönen. Ein Gebrauchtwagenhandel nahm den größten Teil des Grundstücks zwei Straßen weiter ein, und daneben befand sich ein Diner, in dem ich ziemlich oft essen ging. Schließlich gab es noch einige Gemischtwarenläden. Es war Mittwoch – Schnäppchentag für die Rentner aus den Towers, einer bewachten Wohnanlage, in der einheimische Großeltern und Kokser lebten. Nicht lange, und es würde sich eine Menge versammeln, um Libby Mortons jüngstes sündhaftes Werk zu bestaunen. Bei dem Gedanken, aufgebrachte Leute von siebzig aufwärts so früh am Morgen vertreiben zu müssen, wurde mir ganz flau im Magen.

Ich riss meiner Mutter die Zigarette aus der Hand, nahm einen tiefen Zug und zertrat sie unter meinem Stiefel. Die Ziege stand friedlich da und taxierte mich mit ihren gelben

Schlitzaugen. Ich drehte mich weg, damit ich sie nicht in ihrer würdelosen Haltung sehen musste. »Können wir jetzt reingehen?«

»Ich sitze gern hier draußen.«

»Mir wäre es wirklich lieber, du kämst mit rein.«

Meine Mutter schüttelte den Kopf – ohne das taillenlange Haar, das sie seit der Geburt meines Bruders getragen hatte. Auf die Frage, was sie dazu bewogen habe, es radikal abzusäbeln, erwähnte sie einen Zeitschriftenartikel, den sie gelesen hatte, als sie mit meinem Vater bei einem Arzttermin war. Irgendetwas über die Fähigkeit von Haaren, Kummer und Leid zu speichern: dass tote Zellen, die auf einem lebenden Körper zurückblieben, den Schmerz länger andauern ließen. Ihr weitgehend geschorener Kopf war ziemlich gewöhnungsbedürftig. Wenn das Licht richtig fiel, sah sie aus wie eine stark verkleinerte Version meines Bruders. Sie hatten beide eine kräftige Kieferpartie und fahle Haut, eine lange, schmale Nase, gerahmt von tiefen Furchen, die ein bisschen an Klammern erinnerten. Ihr verbliebenes Haar war noch immer überwiegend dunkel, doch inzwischen zeigten sich erste weiße Partien, und dort, wo sie mit dem Rasierer etwas zu eifrig vorgegangen war, schimmerte die bloße Kopfhaut durch.

»Bitte«, sagte ich und schaute rüber zum Dollar General. Travis steckte den Kopf durch die Eingangstür und winkte.

Sie seufzte schwer und stützte ihr Kinn in die Hand. »Ich bleibe noch ein bisschen hier sitzen. Geh du schon mal vor.«

Eine Joggerin in einem grell violetten Anzug näherte sich und sprang auf die Straße, um uns auf dem Gehsteig auszuweichen. Als sie das Schaufenster sah, stolperte sie fast.

»Was ist das denn?«, fragte sie, und die Kinnlade fiel ihr runter, dass ich fast ihre Backenzähne zählen konnte.

Meine Mutter legte eine Hand auf ihr Herz. »Das ist mein Werk.«

»Ich geh jetzt Kaffee machen.« Ich fuhr mir mit der Hand übers Gesicht und wünschte, es wäre spät genug, um mir ein Bier zu gönnen. Zum Glück stand der Laden nebenan leer. Eine Zeit lang hatte er sich als zweitklassiges, auf alt gemachtes Restaurant gehalten, aber seit anderthalb Jahren hatte ihn niemand mehr gemietet. Mein Vater sagte immer, lieber würde er etwas essen, das ich gekocht habe, als Geld in einem Laden auszugeben, in dem man nicht mal einen Käsetoast hinkriegt.

»Kaffee? Mom?«, wiederholte ich.

Sie nickte, winkte mich weg und wies die Joggerin auf verschiedene interessante Bereiche in der Schaufensterauslage hin. Ich hörte, wie sie etwas über den naturgemäß starken Sexualtrieb des Pumas faselte, bis die Tür hinter mir ins Schloss fiel.

»Verdammter Mist!«

Von Nahem sah das Chaos noch schlimmer aus. Auf dem Boden lagen Fellfetzen und Blätter, als wären die Tiere übereinander hergefallen. Neben dem Pürzel des Keilers klaffte ein langer Riss, der mich fast zum Weinen brachte. Ich wandte mich ab, angewidert von meiner Mutter, aber auch von mir, weil ich nicht schon früher etwas unternommen hatte. Bei dem Gedanken, was mein Vater sagen würde, wenn er sehen könnte, wie sie sein Werk zugerichtet hatte, musste ich schwer schlucken. Er wäre unglaublich enttäuscht.

Diese Art von Scheiße passierte inzwischen regelmäßig. Die erste anstößige Szene hatte sie knapp einen Monat nach der Beerdigung meines Vaters aufgebaut. An jenem Morgen war ich im stockdunklen Laden direkt in den Bären gerannt – nur wusste ich nicht, dass es ein Bär war; ich dachte, ich hätte einen Einbrecher erwischt. Als mein Vater ihn präparierte, hatte er den breiten Rumpf mit Kanthölzern verstärkt. Der Schlag, den ich dem Bären verpasste, brach mir fast die Hand.

Während die Neonlampen an der Decke spastisch flackernd zum Leben erwachten, versuchte ich die Szene vollständig zu erfassen. Der Futon aus dem Gästezimmer lag neben dem Schaufenster, Decke und Kissen bezogen mit der Bettwäsche meiner Großmutter. Der Waschbär, den ich eine Woche vorher präpariert hatte, war in ein Satinnegligé gehüllt, und vor seinem Gesicht hing züchtig ein Brautschleier. Die erhobene Pfote winkte freundlich dem Bären zu, der in geräumigen, aus zwei Kopfkissenbezügen geschneiderten Boxershorts neben dem Bett stand. Ich erkannte das Muster sofort; die Bezüge gehörten zu Milos alter *Spider Man*-Bettwäsche.

Es hatte noch andere Vorfälle gegeben: eine Parade von Tieren, herausgeputzt in Dessous, die vor Boudoirspiegeln posierten, Alligatorenschädel, in deren geöffneten Mäulern

Slips steckten und an den Zähnen baumelten. Ich wusste, mein Vater wäre nicht begeistert, wenn jemand seinen geschätzten Berglöwen mit Gleitmittel beträufeln würde. Und er wäre schon gar nicht begeistert von dem zerrissenen Fell. Doch er war nicht da, konnte nichts dazu sagen, und meine Mutter war nun mal meine Mutter. Ich konnte nicht alles kontrollieren, was sie machte. Irgendwie beschlich mich das Gefühl, ich würde ihn ein weiteres Mal enttäuschen. Sein Brief, der neben meinem Bett lag, ging mir nicht aus dem Kopf.

Ich vertraue darauf, dass du alles im Griff hast. Du musst jetzt stark sein.

»Mach es besser«, murmelte ich vor mich hin und schüttelte den Kopf. »Du musst es besser machen als bisher.«

Unsere winzige Kochnische befand sich im hinteren Teil des Ladens, nahe dem Eingang zur Werkstatt, aber noch in Sichtweite der Kasse und der verschiedenen Schokoriegel, die sich die Kinder gerne einsteckten. Ich suchte im Schrank nach Kaffeefiltern und fand keine, bis mir einfiel, dass wir schon seit einer Woche keine mehr hatten. Ich entschied mich für ein Stück gefaltetes Küchenpapier.

Früher hielt meine Mutter den Laden in Schuss, doch abgesehen von ihren Besuchen zur Schaufenstergestaltung kam sie inzwischen gar nicht mehr. Staub bedeckte die Ware, zog sich über die Rücken der Babyalligatoren und lackierten Fische, die mittlerweile aussahen, als wäre ihnen ein Pelz gewachsen. Die neonfarbenen Hasenpfoten waren schmutzig, als wären die Hasen durch Schlammpfützen gerannt, bevor sie ihre Pfoten verloren.

Draußen quasselte meine Mutter immer noch über ihr pornografisches Werk. Außer der Joggerin hatte sie sich auch Travis gekrallt, der dastand und die Szene betrachtete wie ein Kind einen Weihnachtsmann in einem Einkaufszentrum. Das rosa geblümte Nachthemd meiner Mutter leuchtete in der Sonne, ihre Beine und ihr Oberkörper zeichneten sich darunter ab. Ich war mir nicht ganz sicher, ob sie Unterwäsche trug.

Ich spülte einen schmutzigen Becher aus und rieb die Flecken mit einem Lappen weg, den ich neben der Spüle fand. Dann goss ich Kaffee ein, trank einen zu heißen Schluck und setzte mich hinter die Kasse. Meine Mutter gestikulierte vor Travis und der Joggerin herum, die ein Handy herausgeholt hatte und Fotos machte.

Die ersten Anzeichen von Spannungskopfschmerzen meldeten sich hinter meiner Stirn.

Travis stand immer noch draußen, als meine Mutter in den Laden zurückkam. Beim Öffnen der Tür läutete die Glocke verdrießlich, den Metallklappstuhl hatte sie sich unter den Arm geklemmt. Sie trug die flauschigen Hausschuhe, die mein Vater ihr vor einigen Jahren zu Weihnachten geschenkt hatte. An den Seiten und auf den kleinen Hasengesichtern klebten Blätter und Schlamm. In der Nacht zuvor hatte es geregnet, was hieß, dass sie zu weiß Gott welcher nächtlichen Stunde vom Haus herübergekommen war.

»Danke«, sagte sie, nahm meinen Kaffee und reichte mir den Becher mit der Zigarettenasche. Sie trank einen Schluck und verzog das Gesicht. »Igitt.«

»Wir haben keine Kaffeefilter mehr.«

»Dann sollte jemand welche kaufen. Schmeckt wie Dreck.«

»Tut mir leid«, erwiderte ich und entschied mich dagegen, sie darauf hinzuweisen, dass normalerweise sie den Kaffee, die Filter und die Mülltüten kaufte. Mein Vater hätte ihr die Einkaufsliste ans Lenkrad ihres Autos geklebt und ihren Namen in dieser entnervten Art gesagt, die zeigte, dass er sie liebte, auch wenn sie ihn in den Wahnsinn trieb.

»Gott, bin ich müde.«

Sie lehnte sich an die Ladentheke, und ihre Rippen bewegten sich sichtlich unter dem gerüschten Mieder ihres Nachthemds. Sie rauchte wieder, was sie seit unserer Kindheit nicht mehr getan hatte. Die Tränensäcke unter ihren tief liegenden Augen waren sehr dunkel, als hätte sie jemand mit dem Daumen eingedrückt. Am liebsten hätte ich sie geschüttelt und gefragt, warum sie alles noch schlimmer machte, als es schon war, warum sie nicht einfach normal sein konnte, damit wir weitermachen konnten, wie Dad es gewollt hätte, doch stattdessen ging ich nach hinten und rief meinen Bruder an.

Er hob beim vierten Läuten ab, die Stimme noch belegt vom Schlaf. Ich fragte mich, ob jemand bei ihm war, aber mein Bauchgefühl sprach dagegen. Seit Brynn ihn und die Kinder verlassen hatte, war er mit niemandem ernsthaft zusammen gewesen. Wir beide trauerten immer noch um sie, obwohl sie seit Jahren fort war. Aber es war schon spät. Eigentlich hatte ich damit gerechnet, dass er bei der Arbeit oder zumindest unterwegs war. Milo, der Junge, der einfach nicht wusste, was er mit seinem Leben anfangen wollte. Jeden zweiten Montag meldete er sich krank. Seine Tochter stand kurz vor der Highschool, und sie war diejenige, die einkaufen musste, weil er regelmäßig Sachen wie Milch und Brot vergaß. *Du hast kein Arbeitsethos*, hatte mein Vater mal zu ihm gesagt, und Milo hatte gelächelt, als wäre das ein Kompliment.

»Komm und hol deine Mutter ab, sie hat es wieder getan«, sagte ich und beobachtete sie in dem fahlen Licht, das durchs Fenster fiel. Sie hatte sich der Szene vorne im Laden zugewandt und rieb eine staubige Hasenpfote zwischen den Fingern.

»Mann. Lass mich wenigstens meine Hose anziehen.«

»Mach dich deswegen nicht verrückt, sie hat auch keine an.«

»In zehn Minuten bin ich da. Sie soll nicht weggehen.«

Ich legte auf und fragte mich, wie ich den Rest des Tages überstehen sollte, geschweige denn den Rest der Woche. Unser Vater war jetzt seit einem Jahr tot, und man erwartete von mir, dass ich mich um alles kümmerte, den Laden allein führte und mir überlegte, wie ich mit der erblühenden Kreativität meiner Mutter umgehen sollte. Es war anstrengend.

»Eins nach dem andern«, sagte ich und griff nach einem Block Schmierpapier. »Mehr kann ich nicht tun.«

Es war leichter, Stück für Stück vorzugehen und jede kleine Aufgabe voll konzentriert zu erledigen. Eine Sache beenden, dann die nächste. Alles ansammeln lassen, bis kein Platz mehr war, um an etwas anderes zu denken.

Ein ganzer Haufen Hirschpräparate. Bei Bud Killsons Barsch musste der Schellack aufgefrischt werden, außerdem brauchte er neue Augen. Das Entfleischen nahm kein Ende, in der Gefriertruhe stapelten sich die Tierkörper. Häute abschaben und gerben. Säurebäder ausspülen und neu füllen. Alle Arbeitsflächen im hinteren Bereich abschrubben, die Böden desinfizieren. Es gab immer etwas zu tun.

Mein Leben lang hatte ich meinen Vater so arbeiten sehen. Listen, Pflichten. Wenn man Zeitpläne einhalten musste, blieb keine Zeit für Stress. Wenn ich mir das in Erinnerung rief, entkrampften sich meine Glieder, und ich wurde lockerer.

Ich konnte es schaffen. Ich musste nur wie Dad sein.

»Dein Bruder ist da«, rief meine Mutter und stellte ihren Kaffeebecher ab. »Vielleicht kann er mich nach Hause fahren.«

Milo stieg aus dem Pick-up und ließ den Motor laufen. Er sah aus, als hätte er in seinen Kleidern geschlafen, er hatte sich mehrere Tage nicht rasiert, und sein Bart war fleckig. An der Tür lehnte er winkend meinen angebotenen Kaffee ab, hakte meine Mutter unter und setzte sie in den Wagen. Sie wehrte sich nicht, gähnte nur und zog ihr Nachthemd zurecht, damit es ihre bloßen Beine bedeckte. Sie waren zu dünn, man sah die blauen Adern an den Knöcheln.

»Komm morgen Abend zum Essen«, sagte sie. »Ich mach genug für uns alle.«

Abendessen bei meiner Mutter hieß die volle Gefühlsdusche. Bei ihr war es nicht wie in der Werkstatt, mit Werkzeugen, Desinfektionsmitteln und Arbeit. In ihrem Haus war noch so viel von Dad lebendig: sein Lehnstuhl mit dem durchhängenden, losen Polster in den Armlehnen, die Taschenbuchkrimis, die aufgeschlagen verkehrt herum auf dem Boden lagen, seine wahllos aufgetürmten Hemden neben der Nähmaschine meiner Mutter. Die grüne Flasche mit dem Rasierwasser, das er immer benutzte, stand noch immer offen im Bad neben dem Waschbecken, der Deckel lag neben dem Wasserhahn.

»Ich hab hier einiges zu tun«, sagte ich. »Ein Kunde kommt noch vorbei.«

»Wir sehen uns um sechs.«

Ich widersprach nicht, winkte nur, als sie vom Parkplatz auf die Straße bogen. Als ich mich umdrehte, stand Travis Pritchard wieder vor dem Schaufenster. In einer Hand hielt er seine Mütze, mit der anderen fuhr er sich sanft über das kurz geschorene grau melierte Haar. Seine Hemdsärmel waren zu kurz und entblößten jedes Mal, wenn er den Arm hob, seine Haut bis zum Ellenbogen.

»Musst du nicht wieder an die Arbeit?« Ich hakte meine Daumen durch die Gürtelschlaufen und zog meine runtergerutschte Hose hoch. Im Gegensatz zu meiner Mutter hatte ich im vergangenen Jahr zugenommen. Ich trank zu viel und schlief die meisten Nächte im Laden. Mein Bauch hing über der Hose und schob sie die Hüften hinunter. Nichts passte mehr richtig. In allem, was ich besaß, fühlte ich mich unwohl.

»Marleen kümmert sich um die Kasse.«

Unsere Spiegelbilder vermischten sich mit der Szene im Schaufensterglas: sein wettergegerbtes Gesicht mit den dunklen, tief liegenden Augen, meine gedrungene Figur in der üblichen Montur – alte Jeans, die gewaschen werden musste, fusseliges Flanellhemd und ein rundes Gesicht mit so vielen Sommersprossen, dass ich in Bars noch immer meinen Ausweis zeigen musste. Wir schwebten wie Geister über den Tieren und wirkten voyeuristischer als der Keiler.

Hinter uns bog ein Bus mit einer Ladung Rentner auf den Parkplatz ein. »Anscheinend hat das Towers beschlossen, heute etwas früher zu kommen«, sagte ich.

Travis brummte und drehte sich widerwillig zum Parkplatz um, wo der Bus bereits die ersten Rollstuhlfahrer nach unten ließ. »Deine Mutter hat wirklich Talent, weißt du das?«

Zu Sexszenen arrangierte Tiertrophäen hätte ich nicht unbedingt mit Talent verbunden, aber ich ließ ihn in seinem Glauben. Meine Mutter hatte schon immer ein Faible fürs Basteln. Häusliche Kunst nannte mein Vater das. Sie stickte, nähte ihre Kleider selbst, töpferte, füllte Bücher mit Klebebildchen, arrangierte Blumen – lauter Scheiß, den Mütter betrieben, weil sie einen Zeitvertreib brauchten. Dass sie Kunst liebte, wusste ich, weil mein Vater es mal erwähnt hatte, als wir Kanadagänse präparierten. Er meinte, sie hätte gern Skulpturen gemacht, schüttelte dann den Kopf und zeigte mir, wie man am günstigsten die Flügel der Vögel ansetzte, damit sie nicht schief aussahen. Solche

Sachen machte sie eben. Nichts Wichtiges. Nichts, was unsere gemeinsame Zeit beeinträchtigte.

Travis marschierte zum Dollar General zurück, und ich ging wieder in den Laden, um den Schaden abzuschätzen. Der Puma war leicht zu bewegen, auch wenn mich die Reparatur seiner Pfoten einige Zeit kosten würde. Neben der Gesichtsrekonstruktion war die Haltung der Pfoten immer am schwersten hinzubekommen. Wie es aussah, hatte meine Mutter die Katze einfach vom Ast gerissen, auf dem sie montiert war. Am Holz klebten noch Fellreste.

Die Oberfläche des Asts war auf der Drehbank geglättet worden. Als ich ihn umdrehte, sah ich sie, eingekerbt in den Boden: PTM. Ich fuhr mit dem Finger die Initialen meines Vaters nach, vom feinen Schwung des *P* zu den engen Spitzen des *M*. Er hatte den Ast von einem größeren abgetrennt, der nach einem Sturm in unserem Garten lag. Mein Vater hatte ein Auge für Szenerie und Ästhetik. Er konnte alles zu Requisiten umfunktionieren: ausrangierte Möbelstücke, Holzpaletten, alte Fensterrahmen. Er hatte das Gewirr aus Zweigen und Ästen betrachtet und darin sofort das Passende erkannt, einen Ast, der sich gut als Unterlage eignete und die Katze aussehen ließ, als würde sie sich jeden Moment auf ihre nichts ahnende Beute stürzen.

In der Woche, bevor er starb, brachte ich ihm einen herrenlosen Schlitten. Er war uralt, die rote Farbe blätterte in großen Placken ab, die kaputten Kufen waren voller Rostflecken. In dieser Woche hatten wir Enten. Makellose weiße Wildenten mit leuchtend orangefarbenen Schnäbeln und

Füßen. Ich stellte den Schlitten auf dem Metalltisch neben den Vögeln ab und fragte, ob das wohl gut passe – diese ungewöhnliche Paarung.

Perfekt, sagte er. *Genau das hätte ich ausgewählt.*

Als mir einfiel, wie er sich auf demselben Tisch liegend zurückgelassen hatte, war die Erinnerung für mich ruiniert. Ich schmiss den Ast in die Ecke und schlug auf ein Regal mit lackierten Alligatorenschädeln ein. Sie krachten gegeneinander und fielen scheppernd auf den Boden. Ein paar zerbrachen und verloren Zähne, die wie ungekochte Reiskörner über den Boden kullerten.

Ich ignorierte die Unordnung und konzentrierte mich darauf, die Kondome vom Benjamini zu entfernen. Danach waren meine Hände mit spermizidem Gleitmittel bedeckt, und ich musste sie dreimal gründlich waschen, um die Schmiere loszuwerden. Ich fürchtete mich davor, mir das Fell der Ziege anzusehen, denn ich war mir sicher, dass meine Mutter bei ihr nicht so umsichtig vorgegangen war. Ich ließ sie im Schaufenster stehen. Das Licht warf pastellfarbene Glanzpunkte auf ihr Gesicht – ich hatte es so gestaltet, dass es neugierig und wachsam wirkte. Der Anblick der Ziege und das Wissen, dass ich wenigstens bei ihr nicht versagt hatte, waren das einzige gute Gefühl an diesem Vormittag.

Meinem Rücken zuliebe ließ ich den Benjamini stehen, wo er war, und zerrte stattdessen am Hinterteil des Keilers. »Los komm, Kumpel. Schauen wir dich mal an.«

Als ich das Fernglas aus seinen Hauern nahm, platzte die

rechte Spitze ab, und eine weiße Staubwolke segelte auf den Boden.

Wir hatten seit Wochen keinen neuen Auftrag mehr erhalten, abgesehen von diversem Kleinzeug und einem gelegentlichen Stammkunden, der seine klägliche Jagdbeute vorbeibrachte, aber davon ließen sich die Rechnungen nicht bezahlen. Geldprobleme waren ein weiteres Erbe, das mein Vater mir hinterlassen hatte. Ich hatte immer geglaubt, er hätte unsere finanziellen Angelegenheiten so gut geregelt, dass Grundlegendes wie Lebensmittel und Autoversicherung abgedeckt wären. Was ich vorgefunden hatte, war ein schwarzes Loch aus Schulden. *Es tut mir leid,* hatte er geschrieben und mit seinem Stift Wunden ins Papier gegraben. *Es tut mir unendlich leid.* Ich betrachtete das Chaos, das sich im ganzen Laden um mich herum anhäufte: der fliegenumschwirrte Müll, Stapel von Rechnungen und Fachzeitschriften, die von den Theken gerutscht und auf den Boden gefallen waren, überall Staub und Haare.

Die Türglocke läutete.

Eine Frau stand im Eingang. Die Morgensonne ergoss sich durch den Spalt und tauchte ihre Gestalt in Schatten, aber dem schönen Kleid und den Schuhen nach zu urteilen, glaubte ich nicht, dass ich sie kannte.

»Was ist mit der Auslage passiert?« Sie zeigte auf das Schaufenster. Der Keiler stand noch verlegen mit seinem abgebrochenen Hauer da, wie ein sich unbehaglich fühlender Patient in einer Zahnarztpraxis.

»Der was?«

Sie formte etwas mit den Händen in der Luft, als wollte sie ein Bild nachstellen. »Sie wissen schon, die Schaufensterszene. Meine Freundin Denise hat mir ein Bild geschickt, sie hat es heute früh bei ihrer Laufrunde aufgenommen.«

»Das sollte da eigentlich nicht stehen.«

»Warum nicht?«, fragte sie und versuchte penibel, nicht auf das Gerümpel auf dem Boden zu treten. Sie trug Lacklederpumps, die ihre Beine toll aussehen ließen, und einen professionellen Businessrock mit einem Schlitz hinten. Ich wischte mir die Hände an der Jeans ab und warf einen kurzen Blick auf meine Arbeitsstiefel, die mit Schichten von Lack und Gerbmitteln verfärbt waren.

»Das war obszön«, sagte ich. »Meine Mutter macht im Augenblick eine harte Zeit durch.«

Die Frau war etwa dreißig Zentimeter größer als ich, schlank, knochig und attraktiv. Sie blieb neben dem Keiler stehen, kniete sich vor ihn hin, betrachtete sein Gesicht und untersuchte mit ihrem langen Finger den kaputten Hauer. »Ich bin Lucinda Rex«, sagte sie und umfing das Gesicht des Tiers. »Ich leite eine Galerie drüben an der Morse.«

»Jessa Morton.« Ich schenkte mir eine Tasse von dem schwachen Kaffee ein, der noch in der Kanne war, damit meine plötzlich schwitzenden Hände etwas zu tun hatten.

»Faszinierende Arbeit.« Sie blickte von dem Keiler auf. Dichte Wimpern säumten ihre dunklen Augen. »Haben Sie das selbst gemacht?«

»Das meiste. Einige Stücke sind von meinem Vater.«

»Die Tiere wirken sehr lebensecht.« Sie erhob sich vom

Boden und blieb neben dem Keiler stehen. Der kaputte Hauer drückte sich in die weiche Haut an ihrem Bein und hinterließ einen rosa Kratzer.

Lucinda war die Sorte Frau, die ich gern anschaute, gewöhnlich aber mied, weil sie viel zu elegant für mich war. Mein Typ war eher eine schlampige Frau, eine von denen, die sich mit mir verabredete und unweigerlich mit jemand anderem die Bar verließ. »Wollen Sie etwas Bestimmtes?«

»Ja. Wie viel nehmen Sie dafür?«

»Wie viel?«, wiederholte ich und sah zu, wie sie den Kopf des Keilers streichelte. Ihre Hände waren schlank, die Finger sehr lang. Ich stellte mir vor, wie sie mein Gesicht berührten und eine Linie über mein Schlüsselbein zogen. »Wie viel.«

»Ich gebe Ihnen dreitausend.«

»Was?« Der höchste Betrag, den bisher jemand in unserem Laden gelassen hatte, lag gerade mal knapp über tausend, und das für Maßarbeit.

Sie runzelte die Stirn und kam mit ihrer Handtasche an den Verkaufstresen. »Ist das nicht genug?«

Ich schüttelte den Kopf. »Das ist nicht in Ordnung – der Hauer ist kaputt, sehen Sie? Ich muss ihn reparieren.«

»Hätte ich nicht bemerkt.« Sie schaute gar nicht hin. »Ich würde gerne sehen, was Ihre Mutter aus so einem Tier machen würde.«

Das war ein Witz, oder? »Ja, klar.«

»Ich finde, er sieht gut aus.«

Tat er eindeutig nicht. »Ich muss ihn erst reparieren.«

»Natürlich. Aber ich würde ihn schon jetzt gern kaufen. Ich lasse ihn später abholen.« Sie sah mich abschätzend an, die Lippen zu einer dünnen Linie zusammengepresst. »Oder liefern Sie?«

»Klar, können wir gern.« Wir hatten noch nie geliefert.

»Wunderbar.« Sie kramte eine Kreditkarte aus einem Stapel hervor, der wie Spielkarten aufgeschichtet war. »Ich erwarte Sie morgen Nachmittag.«

*

Den Rest des Nachmittags verbrachte ich mit dem Aufhübschen des Keilers. Sein Hauer bestand nur noch aus Trümmern, und das Fell war abgewetzt und schuppig, weil er jahrelang dem Staub und der Sonne ausgesetzt war. Die Löcher zu flicken war ohne passende Fellreste kein Spaß, aber ich wollte Lucinda nichts Beschädigtes verkaufen. Für handfeste drei Riesen musste ich tadellose Arbeit abliefern.

Mein Vater hatte sich einige seiner Gerbrezepte patentieren lassen, Verfahren, die er im Laufe der Zeit perfektioniert hatte, Tricks, die er von seinem Vater gelernt hatte. Auf mich allein gestellt, konnte ich nicht halb so viel bewältigen wie er. Mir fehlten die Beziehungen und die Erfahrung. Meine Arbeit beruhte hauptsächlich auf Bauchgefühl, dem, was er als mein natürliches Talent bezeichnet hatte. In der Vergangenheit war ich damit gut gefahren, da hatte ich allerdings auch meinen Vater, der im Notfall einsprang. Aber immer wenn ich ihn gebeten hatte, mir etwas zu zeigen, vertröstete er mich.

Wenn ich es selbst mache, geht es schneller, hatte er zu seiner speziellen Lackiertechnik für Forellen gesagt. *Bevor ich es lange erkläre, erledige ich es lieber selbst.*

Ich hatte drei Aufträge ablehnen müssen, weil ich seinen Speziallack nicht zusammenmischen konnte – kein Zeitpunkt war ihm passend erschienen, mich in das Rezept einzuweihen. Seit seinem Tod fragte ich mich oft, ob er mir solche Tricks nicht beigebracht hatte, weil er sie lieber mit dem richtigen Sohn geteilt hätte.

Doch diese Frage war müßig. Ich konnte nur tun, was ich schon immer getan hatte: jeden Tag gnadenlos weiterschuften, bis mein Hirn abschaltete. Ich arbeitete, bis meine Hände abrutschten und ich mir in die Fingerkuppen schnitt. Ich nahm Fische aus, bis meine Hände nach der Lake stanken. Ich schabte Fleisch und Haare weg, bis mir die Arme lahm wurden. Dann konnte ich wieder schlafen und am nächsten Tag aufwachen, zurückgeworfen in meinen endlosen Zyklus aus Arbeit, Arbeit und wieder Arbeit. So, wie er mich brauchte.

Brauchen. Ein Wort, das mein Vater nur selten benutzte. Von ihm kannte ich nur *wollen* und *erwarten.* Aber etwas wie *brauchen,* ein Wort, das Hilflosigkeit und Schwäche suggerierte, gab es bei ihm nicht. Es war ein Wort, das ihn weiter denn je von mir entfernte, als würde er ertrinkend mit den Armen rudern und darauf warten, dass jemand ihn rettete. Dass ich alles rettete. Also arbeitete ich. Genau das hätte er auch getan. *Die beste Möglichkeit, zu Hause alles durchzustehen, ist, einfach bei der Arbeit zu bleiben,* sagte er oft und lächelte über den Kopf einer Trophäe hinweg. Wir lachten darüber, wenn er so über meine Mutter sprach. Dass sie ihm irgendwann zu viel werden könnte, um nach Hause zu gehen. Dass er eine Pause von einem Menschen brauchte, der sich für ihn um alles kümmerte, damit er dem nachgehen konnte, was er am meisten liebte.

»Konzentriere dich«, befahl ich mir, während ich die Beine des Keilers untersuchte. »Setz das nicht in den Sand.«

Meine Mutter hatte sich nicht allzu sehr angestrengt, ihm eine natürliche Haltung zu geben, wahrscheinlich weil das Tier doppelt so schwer war wie sie. Am Bauch waren lange Risse, die genäht werden mussten, und einer musste mit Fellresten ausgebessert werden. Während ich endlos viele Bierdosen leerte, schaltete mein Verstand auf Autopilot, so wie immer, wenn ich etwas rekonstruierte. Ich überließ das Denken meinen Händen, um etwas aus dem Gewirr von Haut und Polstermaterial und Drähten zu gestalten. Ich reinigte das Fell. Lackierte die Hufe. Besserte die Stellen an den Ohren aus, wo das Fell verrutscht war. Ich dachte an Lucinda: ihre langen Finger, die langen Beine. Die Art, wie ihr Mund mich verhalten angelächelt hatte. Ich fragte mich, ob sie mit meiner Arbeit zufrieden sein würde, und dann war ich wütend auf mich, weil ich mir wünschte, sie wiederzusehen. Normalerweise wollte ich niemanden sehen, denn ich mochte mein Leben einfach, ohne Chaos.

Am nächsten Morgen gegen neun kam Milo vorbei, in jeder Hand einen Kaffee. Ich nahm ihm beide ab und setzte mich mit gespreizten Beinen an den Tisch. Ich roch säuerlich, und meine Hände waren vom Färbemittel verfleckt, mit dem ich versucht hatte, die Flicken an der Unterseite des Tiers farblich anzupassen. Das Ergebnis war nicht perfekt, aber ich tröstete mich mit dem Gedanken, dass Lucinda es ohnehin nicht merken würde.

»Ich kann nicht fassen, dass du dich von ihm trennst.« Er streichelte die runzlige Schnauze des Keilers, bevor er ihm zwei Finger in die Nasenlöcher steckte und darin herumwackelte. »Ist fast, als würdest du ein Familienmitglied verkaufen.«

Ich schlug seine Hand weg, besorgt, dass er die Farbe verhunzte. »Das Geld hilft mir, nachts ruhig zu schlafen.« Der erste Kaffee, von dem ich nippte, war mit einem billigen, sirupartigen Zeug gesüßt. Ich gab ihn Milo zurück, der einen großen Schluck trank, bevor er ihn auf dem Metalltisch neben meinen Werkzeugen abstellte.

»Hast du kein schlechtes Gewissen, weil er ein Prentice-Morton-Original ist? Davon gibt es nicht mehr sehr viele.«

Seufzend rollte ich die Schultern, bis meine Wirbelsäule knackte. »Wir beide sind die einzigen Originale, die wichtig sind. Wenigstens werden wir bezahlt.«

Milo schnappte sich einen Stuhl vom Schreibtisch, stellte ihn auf die andere Seite des Keilers und verzog das Gesicht, als er das Tier betrachtete, wodurch tiefe Falten an seinen Augen entstanden. »Sieht nicht schlecht aus, aber an Dads Arbeit reicht es nicht ran. Irgendwas stimmt nicht mit dem Farbton, er passt nicht zu dem am Hals.«

Was zum Teufel verstand er schon vom Färben? Er war

nie stundenlang in der Werkstatt, passte Farbtöne an oder schwitzte eimerweise Wasser ins Fell, wenn es sich nicht richtig überziehen ließ. »Fick dich, nichts reicht an Dads Arbeit ran.«

Milo hob die Hände. »Damit wollte ich nur sagen, dass du nicht alles allein machen kannst.«

»Solltest du nicht bei der Arbeit sein?«, fragte ich.

Er zuckte die Achseln, lehnte sich zurück und trank einen Schluck. »Hab mich einen Tag krankgemeldet.«

Seit unserer Kindheit war mein Bruder der Flexible, der Mensch, der zuhörte und sich einfühlte. Er war zu Hause bei meiner Mutter gewesen, während mein Vater mit mir durch die Gegend fuhr: Wir machten frühmorgens Angel- oder Jagdausflüge, fuhren zu Home Depot, um Material für ein Versuchsbeet hinten im Garten zu besorgen. Meinen Bruder hatte er nie gefragt, ob er mitkommen wolle; er hielt ihn für quengelig und zu nah am Wasser gebaut. *Dein Bruder ist ein bisschen zu empfindlich,* hatte er mal beim Mittagessen zu mir gesagt, als er die Gurken von seinem Pastramisandwich pickte und sie mir gab. *Er hat zu viele Gefühle. Ich liebe ihn. Aber ich verstehe ihn einfach nicht, das ist alles.*

»Alles in Ordnung?«, fragte Milo und beugte sich näher zu mir. Er hatte sich endlich rasiert, an seinem Kinn war getrocknetes Blut. »Du solltest was essen.«

»Sorry, ich bin nur müde.« Ich stellte den Kaffee ab und stand auf. Mir wurde kurz schwarz vor Augen, und ich wartete, bis die Benommenheit vorbei war. »Hilf mir, den Scheißer auf den Pick-up zu laden.«

Wir packten jeder ein Ende und hievten den Keiler hinten aus der Werkstatt in die Gasse. Unten an der Straße schimmerte das Licht auf dem See wie eine Linie aus silbrigem Glitter. Draußen war es feuchtheiß, um die dreißig Grad. Ich rechnete damit, dass die Temperatur schon bald steigen würde, und ließ den Keiler nur ungern auf der Ladefläche zurück. Der Leim und die Gerbmittel konnten bei Hitze durchaus weich werden. Es waren schon öfter Geweihe oder Augäpfel verloren gegangen, wenn jemand unsere Arbeit im Auto zurückließ, während er einkaufen ging. Unser Vater ermahnte die Leute immer wieder, Präparate wie lebendige Tiere zu behandeln: Lassen Sie nie einen Hund in einem verschlossenen Auto zurück; lassen Sie nie eine Hirschkopfmontage auf dem Vordersitz liegen.

Ich holte eine blaue Plane aus der Werkstatt, die wir über den Keiler legten und an allen vier Ecken mit Gummiseilen festzurrten. Die Hauer und der Rücken des Tiers bildeten eine leuchtende Beule in der Mitte der Plane, die mich um seine Sicherheit fürchten ließ. Wir stiegen in den Pick-up, und Milo fuhr durch die Gasse auf die Straße.

»Wir gehen kurz was essen. Du kannst dich nicht nur von Bier ernähren.«

»Ich halte das für keine gute Idee.« Unser Vater hätte nie ein präpariertes Tier hinten auf einem Pick-up zurückgelassen, andererseits hätte er auch nie jemandem eines geliefert. »Der Keiler könnte Schaden nehmen.«

»Er hat schon Schaden genommen, und wir müssen frühstücken.« Milo rieb eine Hand über seinen eingefallenen

Bauch. Er trug ein altes T-Shirt aus der Highschool, rosafarben mit einer Brusttasche, die vom Aufbewahren von Kautabak ausgeleiert war. Sein Teint hatte einen kränklichen, unnatürlichen Farbton, noch fahler als sonst. In letzter Zeit hatte ich ihn nicht oft gesehen – ich war zu beschäftigt und fürchtete seine Gefühlsausbrüche – und fand, dass er noch schlimmer aussah als ich. *Wie will er sich um seine Tochter kümmern, wenn er so aussieht?*, fragte ich mich. *Wie wird Brynns Kind ernährt?*

Schon beim Gedanken an Brynns Namen überfluteten Bilder von ihr mein Gehirn: schiefe Zähne und breiter roter Mund, ein Mädchen mit so viel Licht in sich, dass es fast schmerzte, ihr ins Gesicht zu sehen. Seit unserer Kindheit hielt sie mein Denken besetzt. Erinnerungen an Brynn fühlten sich an wie Rasierklingen in meinem Bauch, nie wie Schmetterlinge.

Ich verdrängte die Bilder und konzentrierte mich aufs Essen. Weil ich tatsächlich etwas vertragen konnte, nickte ich Milo zu, worauf er lächelnd nach links in die Straße zum Diner abbog.

»Vielleicht wird es Zeit, über den Verkauf des Geschäfts zu reden.« Milo steuerte mit der linken Hand, sein Ellenbogen lehnte aus dem Fenster, während er mit der rechten die Gänge einlegte. »Wirtschaftlich sieht es nicht gut aus, und von der Lebensversicherung sehen wir nichts, weil ... Du weißt schon.«

Mein Bruder hatte in seinem Leben nicht einen einzigen Dollar gespart. Er wirkte so selbstgefällig, als er jetzt über etwas sprach, worum er sich nie hatte kümmern müssen. Das orange-blaue Sparschwein der University of Florida seiner Tochter war das Einzige, was man als sein Konto bezeichnen konnte. Am liebsten hätte ich ihm eine gescheuert. »Was verstehst du schon von Geschäftsführung.«

»Am Ende verlierst du deine ganzen Ersparnisse. Du musst realistisch sein.«

Den Großteil meiner Ersparnisse hatte ich schon in den Laden gesteckt, aber das würde ich Milo bestimmt nicht auf die Nase binden. Realistisch sein hieß, sich unserer Lage offen zu stellen, und Tatsache war, dass ich mich als Einzige um alles kümmerte. Ich konnte mich an niemanden wenden und um Hilfe bitten. Es machte mich wütend, dass mein Bruder mir Ratschläge erteilte, obwohl er sich nie mit dem Scheiß abgeben musste, der mit dem Geschäft einherging. Er hatte unseren Vater nicht gefunden und gesehen, wie das Hirn aus seinem Kopf auf den Metalltisch quoll, an dem wir unser erstes Fell bearbeitet hatten.

»Vielleicht könntest du ja ein paar Dollar beisteuern«, sagte ich und pulte an der Verkleidung, die sich langsam vom Armaturenbrett löste. »Es ist auch deine Familie.«

Milo umklammerte das Lenkrad fester, und ich schaute aus dem Fenster. Ich wusste, es war unfair, das zu sagen. Es war nicht seine Aufgabe, in ein Geschäft zu investieren, in dem unser Vater ihn nie hatte haben wollen. Auch wenn ich unsere Mutter vielleicht nicht verstand, so hatte sie sich ihm gegenüber doch immer fürsorglich gezeigt. Mein Vater hingegen behandelte Milo wie etwas Lästiges, einen Bekannten, den er nicht besonders mochte, jemanden, der nur Platz wegnahm.

»Ich will ja helfen«, sagte Milo und legte mir vorsichtig eine Hand aufs Knie. Diese Art von Berührung fühlte sich aufgesetzt an, so gingen wir nicht miteinander um. Milo und ich waren Kumpel, die per Handschlag kommunizierten. Wir klopften uns gegenseitig auf den Rücken, wenn wir uns umarmten.

»Lassen wir das einfach«, sagte ich. »Ich bin hundemüde.«

Der Parkplatz von Winnie's war bereits halb voll. Ich rieb meine klebrigen Augen und blinzelte, um eine Wimper loszuwerden, die unter ein Lid gerutscht war. Die Sonne brannte auf mich herab, als ich aus dem Pick-up stieg, und ich schenkte es mir, einen Blick auf den Keiler unter dem Meer aus blauer Plastikplane zu werfen.

»Alles klar?« Milo kratzte sich am Kopf und blinzelte mich an.

»Ihm wird schon nichts passieren. Aber nur auf einen Sprung, ja?«

Im Diner roch es nach verbranntem Toast und gebratenem Speck. Milo führte uns ganz nach hinten, neben die Küche. Brynn und ich waren jahrelang ins Winnie's gekommen, nur wir beide, und dann hatten wir Milo mitgenommen. Dann wieder nur zwei: die beiden ohne mich.

Kellnerinnen huschten durch die Schwingtüren, voneinander nur zu unterscheiden durch ihre schrillen Haarfarben: kupferrot, maiskolbengelb, das Magenta eines feuerglühenden Sonnenuntergangs. Ein greller Schopf blieb an unserem Tisch stehen, der Block steckte in der Schürze. Ihre Hände erinnerten an Vögel: Eine flatterte an ihren Halsausschnitt und fummelte an einem Knopf, die andere zupfte an einem Ohrring.

»Hey Leute, was darf ich euch bringen?«, fragte sie mit ihren glatten roten Lippen. Ihre Stimme war tief und heiser, als müsste sie sich räuspern. »Das Übliche? Mit Kaffee?«

»Vielleicht das Doppelte, Marsha. Jessa hat eine lange Nacht hinter sich.«

Im Gegensatz zu Lucindas kühler Schönheit hatten diese Frauen etwas sexuell Aggressives. Milo und ich mochten beide den gleichen Typ, und Marsha kam dem sehr nahe: raubtierhaft, selbstbewusst, verlockend. Brynn war schon seit Jahren weg, stand aber zwischen uns wie eine Trennwand, die wir nicht ganz einreißen konnten. Meine beste Freundin und Milos Angetraute, eine Frau, die wir beide unser Leben lang gekannt hatten. Sie bestimmte immer noch, wie wir einander sahen. Wie wir andere Frauen sahen.

Milo spielte mit langsamen, methodischen Bewegungen an seinem Ehering, er mochte ihn immer noch nicht abnehmen. Das beste Mädchen hatte er schon bekommen, als er Brynn heiratete, die kurviger, lustiger und fieser war als jede andere. Marsha strich ihm mit der Hand über den Nacken, und Milo reagierte mit diesem komischen, hohen Kichern, wie immer, wenn ihm jemand zu viel Aufmerksamkeit schenkte.

Ich schaute aus dem Fenster und behielt den Keiler im Auge.

SUS SCROFA – WILDSCHWEIN

Eigentlich war kein Platz für jemand zweiten auf dem Bett, doch das hielt Brynn Wiley nicht davon ab, sich hinter mich zu zwängen. Sie rollte sich an der Wand ein, auf den Beinen noch Streifen von der Kakaobutter, die nicht ganz in die Haut eingezogen war. Ein bestrumpfter Fuß schob sich vorsichtig zwischen meine Waden, während ich ganz still dalag und so tat, als wäre mein Herz nicht kurz davor, in meiner Brust abzuheben.

Zwei unserer Freundinnen saßen vor uns auf dem Boden, während wir uns in meinem Zimmer einen Film ansahen. Es war mein sechzehnter Geburtstag, doch auf meinem Wunschzettel hatte kein Auto gestanden; ich hatte mir Schabemesser und Skalpelle gewünscht und die Gelegenheit, an dem Wildschwein zu arbeiten, das in der Werkstatt lag.

Warum bist du immer so warm?

Ihre vom Gloss klebrigen Lippen waren nah an meinem Ohr. Später würde ich dort einen roten Fleck entdecken und mir wünschen, er bliebe für immer.

Du musst dich rasieren. Fingerspitzen klopften auf mein trockenes, verschorftes Knie. *Du bist eklig, weißt du das?*

Es fiel mir schwer, das Geschehen in dem Film zu verfolgen, wenn mich jemand auf eine Art berührte, bei der mir die Haut prickelte. Jedes Nervenende war freigelegt und zerfasert. Suzanne und Lizbeth lachten, und dann reichte eine der beiden die Popcornschüssel auf die Matratze neben meinem Kopf. Eine Hand glitt unter mein T-Shirt. Die Kälte von Brynns Haut strahlte bis nach unten in mein Becken aus.

Ihre Hände geisterten weiter und zupften wahllos an mir herum. Sie fand die Hubbel meiner Wirbelsäule, presste ihre Finger zwischen meine Rippen, legte ihre Hand um die Wölbung meiner Hüfte. Die Filmmusik war nicht laut genug, um die Geräusche zu übertönen, die mein Mund von sich geben wollte: die Laute eines verwundeten Tiers, Wimmern, das tief aus meiner Brust kam. Ich setzte mich auf und verschränkte die Beine unter mir, stellte die Popcornschüssel zwischen uns. Brynn lächelte, ihr schiefer linker Eckzahn leuchtete radioaktivblau im Licht des Fernsehers. Sie öffnete den Mund, und ich übte, einzelne Popcornkerne reinzuwerfen.

Als der Film vorbei war, stellten wir eine tiefgekühlte Pizza in die Mikrowelle, weil wir zu faul waren, den Herd vorzuheizen. Brynn riss kleine Stückchen ab und warf sie Sir Charles zu, dem Zwergspitz meiner Mutter. Das vierte Stück würgte er auf den Wohnzimmerteppich neben die vierköpfige Wachtelfamilie, die mein Dad und ich vor zwei Jahren präpariert hatten.

Wir sollten rausgehen. Brynn trug ein Garfield-Nachthemd, das sie schon seit der vierten Klasse hatte. Es bedeckte nur knapp ihren Hintern. Garfields Gesicht spannte sich so stark über ihren Brüsten, dass er gar nicht mehr wie eine Katze aussah. Als sie ihre Hüfte an die Küchentheke lehnte, hing ein Teil ihres Hinterns aus einer rosa gepunkteten Shorts.

Milos Zimmer befand sich am Ende des Flurs. Im Schein des Deckenventilators konnte ich gerade noch seine schlanke Gestalt erkennen. Er war fast fünfzehn und über einen Meter achtzig groß, schlaksig, fast schon ausgezehrt. Ich wusste, er mochte Brynn. Wusste, dass er sie mochte, weil er sie auf dieselbe Art ansah wie ich. Folglich redeten wir weniger miteinander, scheuten beide vor unseren ungewollten Gefühlen zurück und waren nicht bereit, die Emotionen preiszugeben, die wir beide abwerfen wollten wie sich schälende, sonnenverbrannte Haut. Brynn streckte die Arme über den Kopf, bis Garfields Gesicht ein langer Halloween-Ghul wurde, Milos Tür fiel wieder ins Schloss.

Brynn wollte, dass wir mit dem Bier meines Vaters zum Laden fuhren. Brynn wollte, dass wir das Bier tranken und uns die präparierten Tiere ansahen. Brynn wollte, dass wir dort bei ausgeschalteten Lichtern Verstecken spielten. Es war mein Geburtstag, und ich wollte Brynn.

Ich saß auf dem Beifahrersitz ihres Kombis, während die anderen beiden hinten kauerten. Wir kurbelten die Fenster runter und ließen die feuchte Nachtluft herein. Ungeziefer flog uns bei fünfundsechzig Stundenkilometern entgegen, landete auf den Scheinwerfern und spritzte Flüssigkeit auf die Windschutzscheibe. Brynn rauchte und ließ mich ein paarmal ziehen; ihre Lippen ließen rote Herzabdrücke auf dem Filter zurück. Sie bog auf den Parkplatz ein und hielt vor dem Laden. Wir stiegen aus, tranken jede ein Bier und öffneten dann sofort das zweite. Ich ließ uns durch den Hintereingang rein, die Lichter blieben aus. Während ich mich an der Wand entlangtastete, stolperten die anderen hinter mir her, nur Brynn nicht, deren kleine Hand auf meinem Rücken lag. Ihre Finger drückten auf meine Wirbelsäule, bis ich hätte schwören können, jeden Mittelhandknochen und jede Sehne zu spüren. Wenn ich sie endlich für mich hätte, würde ich ihre Haut kartografieren. Wenn ich sie auszog, würde ich ihre Gelenke kennen, ihre Gestalt, wäre mit den Bewegungen ihres Körpers vertraut und wüsste, wie er sich an meinem anfühlte.

Die Leuchtstoffröhren erwachten mit einem spastischen Flackern zum Leben. Suzanne schrie laut genug, um den Keiler aufzuwecken, der halb abgezogen auf dem Metalltisch in der Mitte des Raums lag. Sein Gesicht war nach vorn geneigt, weil ich zwischen den Kieferknochen alles entfernt hatte, auch die Hauer. Sie standen aufrecht da, Seite an Seite wie gelbe Dolche. Das nackte Gerippe des Wildschweins ragte hervor. Die Knochen sahen so menschlich aus, ganz wie unsere. Das Skelett wirkte traurig und klein ohne die ausfüllende Masse von Muskeln und Fett.

Ich bedeutete den anderen, nach vorne in den Laden zu gehen, und sagte, sie sollten ihr Bier austrinken. Außerdem gebe es dort Schokoriegel und abgepacktes Trockenfleisch mit Teriyaki-Aroma unter der Theke, versteckt im Regalfach neben der Kasse.

Die Werkzeuge meines Vaters waren weggeräumt, nur das kleine Messer lag auf dem Tisch. Ich stellte mein Bier ab und hob die Klinge auf. Ich wollte Brynn unbedingt zeigen, wie geschickt ich war. Sie würde mich niemals begehrenswert finden, das hatte ich begriffen, jedenfalls nicht so wie ich sie. Ich war zu mädchenhaft, zu sehr wie sie. Aber ich konnte ihr meinen Wert auf andere Weise zeigen.

Ich würde dem Tier wieder Leben einhauchen. Es würde sich im Laufschritt strecken, den Hals recken, gewölbt und triumphierend. Ich könnte es auch zurückhaltend und freundlich gestalten, ein Zeichentricktier. Alles Mögliche könnte ich schaffen, jederzeit. Meine Hände beherrschten das Fleisch, entrissen das Leben den Klauen des Todes. Ich hatte Macht in mir.

Und das gefällt dir? Solche Dinger abziehen? Sie strich mit der Hand über das Hinterbein des Keilers, den dicken, abgeschabten und gebleichten Oberschenkelknochen. Dann führte sie den Daumen dieser Hand an meinen Mund, drückte kurz, als würde sie eine Stopptaste bedienen, neigte sich zu mir und stieß einen heftigen Seufzer aus. Als wir uns an den Metalltisch gelehnt küssten, war es mir egal, dass das Messer herunterfiel, das Bier umkippte und sich auf die Füße des Keilers ergoss.

Ihre Augen waren schmal und schläfrig, die Wangen mit Grübchen. Ein weiches Gesicht, wie ein Donut mit Puderzucker, süß und lecker. Unsere Münder trafen sich wieder. Mein Herz pochte wie wild in der Brust und rumorte hinter meinen Rippen wie ein wühlendes Tier. Ich wollte die Härchen auf ihren Armen streicheln, das breite Muttermal an ihrem Hals umkreisen und die knochigen Schlüsselbeine flüchtig berühren, die aus ihrem Nachthemd vorlugten. Sie führte meine Hand unter den herabhängenden Saum an ihren Beinen entlang, die von Schweiß und Feuchtigkeit klebrig waren. Ich steckte meine Finger in das V in ihrem Schritt und suchte ihre warme, offene Mitte. Dort verharrte ich, während unsere Münder weiter aneinander saugten.

Wir sagten nichts, und das war irgendwie richtig. Durch die Unterwäsche stieß ich in sie hinein, während wir beide schwer atmend auf die Geräusche unserer Freundinnen im Nebenraum horchten. Als eine etwas umstieß, sprangen Brynn und ich auseinander. Sie griff nach ihrem Bier und kippte es beinahe wieder um, bevor sie den Rest austrank. Mein Mund war trocken, ich konnte aber nichts mehr trinken. Wir gingen nach vorne in den Laden zu unseren Freundinnen, schalteten das Licht aus und spielten Verstecken. Brynn und ich duckten uns hinter den Bären mit seinem struppigen Fell. Unsere Körper wie Schatten. Hände fanden sich in der Dunkelheit. Lippen streiften sich. Jedes Mal, wenn wir uns voneinander lösten, roch ich ihren Abdruck auf mir: ihren Speichel, meinen Speichel, an den Händen ihr Geruch.

Als wir um drei Uhr morgens ins Bett krochen, sagte Brynn Gute Nacht und drehte sich zur Wand um. Ich rollte mich auf die Seite und betrachtete die Uhr, doch anstelle der Zahlen sah ich nur vor mir, was ich wollte. Alles ordentlich, sauber und präzise angeordnet. Leicht zu handhaben wie das Skelett, das in der Werkstatt auf mich wartete. Ich musste nur die Knochen so richten, wie ich sie haben wollte, dann wäre alles perfekt.

2

Milo suchte in der mittleren Konsole des Pick-ups nach Vierteldollarmünzen und förderte dabei Fast-Food-Servietten und vertrocknete Eichenblätter zutage. »Ich hasse diese beschissene Konstruktion.«

Die Galerie gehörte zu den neuen Läden, die in letzter Zeit aufgetaucht waren. Was bis vor Kurzem eine normale Einkaufsstraße gewesen war, beherbergte jetzt Geschäfte mit Vintagemöbeln und Craftbierbars. Die Neuankömmlinge renovierten die heruntergekommenen Bereiche der Innenstadt, strichen Wände und erneuerten die Straßen mit Kopfsteinpflaster, dass die Reifen bei Geschwindigkeiten über fünfundzwanzig Stundenkilometern nur so hüpften. Für mich war das nicht neu. Es war typisch für die Einwohner von Mittelflorida, alles zuzupflastern, damit sie vergessen konnten, was früher mal da war. Themenparks und Restaurantketten wurden über Häuser und Bibliotheken gebaut. Banken übernahmen den Platz von familiengeführten Unternehmen. Man baute Schnellstraßen über historische

Gebiete; Orte, an denen man nicht ahnte, dass dort jemals etwas passiert war, solange es einem niemand erzählte oder man in einem Buch darüber las. Das Gebiet, wo einst die Seminolen gelebt hatten, eine Ethnie der Indianer Nordamerikas, hatte man plattgemacht, um einen Rummelplatz zu errichten, der wiederum einem Kraftwerk weichen musste, in das irgendwann ein Publix-Supermarkt einzog. Niemand schien sich daran zu erinnern, was zuvor da war. Eine Art lokaler Gedächtnisschwund, wie mein Vater oft sagte. In diesem speziellen Abschnitt von Morse gab es ein altes Haushaltswarengeschäft mit einem abgeranzten ACE-Schild, das den größten Teil des Schaufensters bedeckte, eine Kooperative, die Gemüse aus der Region verkaufte, und die Galerie.

Obwohl es sich um Backsteinbauten handelte, war die Fassade von Lucinda Rex' Galerie in einem schlichten Grau gestrichen. Nichts deutete darauf hin, dass es überhaupt ein Geschäft war, nur in das Glas der Eingangstür war REX geätzt, als wäre hier vielleicht ein Dinosaurier untergebracht.

»Ist es in Ordnung, wenn du so oft bei der Arbeit fehlst?«, fragte ich. »Oder feuern sie dich bald?«

Er zuckte die Achseln und fand schließlich etwas Kleingeld. »Wenn sie mich feuern wollten, hätten sie es längst getan.« In seiner Hand lagen sechs Vierteldollarstücke, ein paar Strohhalmpapierchen und eine alte Fritte. »Ich arbeite dort jetzt schon so lange, dass sie wahrscheinlich gar nicht mehr wissen, dass ich auf ihrer Gehaltsliste stehe.«

Milo hatte vor einer Parkuhr gehalten. Sie war kaputt, aber er versuchte trotzdem, Münzen einzuwerfen. Statt das

Kleingeld zu schlucken, spuckte sie es immer wieder in seine Hand zurück.

Noch eine Münze. »Hm«, sagte er. Und noch eine.

Ich liebte meinen Bruder, aber sein Lebensstil ergab für mich keinen Sinn. Keine Regeln, keine Listen. Es war ihm egal, ob seine Rechnungen zum Inkasso weitergeleitet wurden oder ob ihm auf der Autobahn das Benzin ausging und er fast fünf Kilometer in der glühenden Sonne gehen musste, um einen Ersatzkanister zu füllen. Einmal erzählte er mir, dass er liebend gern in einem Zelt leben würde, wenn er dann nicht arbeiten müsste. Er las im Bett oft bis in die frühen Morgenstunden und schlief dann bis mittags, was mich regelmäßig auf die Palme brachte, da ich schon mein ganzes Leben lang ein Kontrollfreak war. Ich könnte nie so sein wie er und mich um nichts scheren. Brynn hatte seinen absoluten Mangel an Wut und Empörung toll gefunden. *Davon kriege ich schon von dir genug,* sagte sie. *Lass ihn doch einfach Milo sein. Wie ein Glas warme Milch. Gesund und glücklich.*

»Ich geh mal eben rein und rede mit der Frau«, sagte ich. »Um zu erfahren, wohin wir das Paket liefern sollen.«

Milo warf eine weitere Münze ein, und als sie herausrollte, noch eine. »›Das Paket liefern‹? Klingt, als würden wir ein Kilo Kokain vorbeibringen.«

»Was glaubst du, ist wohl in dem Keiler?«

»Du bist so was von blöd, ich kann nicht fassen, dass wir verwandt sind.« Er steckte die Münzen in seine Tasche und lehnte sich an den Pick-up. »Ich glaube, das Ding ist kaputt.«

»Im Ernst?«

Es war merkwürdig, in diesem Teil der Stadt zu sein. Es fühlte sich nicht nach dem alten Florida an. Der Gehsteig war hochdruckgereinigt worden, bis sich alles ergab und kein Pflanzenleben mehr übrig war, abgesehen von einer Reihe sehr kleiner Kakteen, die man in den Kies vor dem Gebäude gepflanzt hatte. Die Tür zur Galerie war dunkel getönt, mit einer Sprechanlage neben dem Griff. Ich drückte den roten Knopf. Es summte, und die Tür schnappte auf.

Milo und ich sahen uns an und lachten.

»Wenn ich in zehn Minuten nicht zurück bin, ruf die Polizei.«

»Wenn du in zehn Minuten nicht zurück bist, fahr ich los, und du gehst zu Fuß nach Hause.«

Drinnen war es mindestens dreißig Grad kälter als im Freien, jedenfalls fühlte es sich so an. Die Beleuchtung war schummrig, die Fußböden schwarz gestrichen. Der Raum war verwirrend, und ich fand, das sagte viel über Lucinda Rex aus – sie war eine Frau, die andere gern im Ungewissen ließ; ein Typ, der gern eine Situation schuf, und wenn man am Ende des Flurs herausstolperte, erwartete sie einen absolut cool und gesammelt. Menschen, die weit vorausdachten, beeindruckten mich seit jeher. Mein Leben bestand irgendwie aus einer Reihe ungewollter Überraschungen, und das, obwohl ich immer alles genau plante.

Der Flur ging in den eigentlichen Ausstellungsraum über. Riesige Objekte waren mit gelbbraunen Planen bedeckt, und an der hinteren Wand lehnten ein paar nackte Schaufensterpuppen. Einigen fehlten die Beine, anderen die Arme, und ein verdrehter Körper in der Ecke hatte seinen Kopf verloren. Von der Decke baumelten Lichtinstallationen, die aussahen, als wollten sie gleich die Wände, den Boden und die Puppenkörper angreifen.

Lucinda kam von hinten, ganz in Schwarz gekleidet. »Wunderbar, Sie sind da. Wo ist er?«

Ihre Haltung hatte etwas Faszinierendes: kerzengerade, als hätte man ihr einen Stock in die Unterwäsche gerammt. Ich spürte, wie ich mich unwillkürlich aufrichtete und in meinen schmutzigen Klamotten die Schultern straffte.

»Der ist noch draußen. Ich war mir nicht sicher, wohin Sie ihn haben wollen.«

»Bringen Sie ihn einfach vorne rein.« Sie starrte mich an, ohne zu blinzeln, und ich bemühte mich, das Starren zu erwidern, bis ich aufgab und den Blick senkte.

Mich hatte schon immer diese gewisse Energie angezogen. Dieser besondere Typ Frau, der selbstsicher auftrat und wusste, dass er tun und haben konnte, was er wollte. Lucinda lächelte strahlend, sie hatte ein markantes Kinn, schönes Haar. Ich ging rasch durch den Flur zurück, darum bemüht, den Boden nicht zu beschmutzen.

Als ich nach draußen kam, sah Milo gerade nach dem Keiler. »Sieht gut aus. Schielt nur ein bisschen.«

»Er hat schon immer geschielt.«

Wir banden die Plane los, hoben sie hoch und schlugen sie zurück. Milo kletterte auf die Ladefläche und schob das Tier vorwärts, bis ich es zu fassen kriegte. Wir bugsierten es durch die Tür und den langen Flur. Überall landeten Wildschweinborsten.

»Sie können ihn hier abstellen.« Lucinda stand in der hinteren linken Ecke des Raums, neben den abgedeckten Objekten. Schon bei dem Gedanken, dass sie mich beobachtete, zitterten mir die Hände. Ich musste sie fest in den Hintern des Keilers drücken.

Kaum hatten wir ihn abgestellt, wünschte ich, wir hätten ihn nie hergebracht. Er wirkte deplatziert und viel kleiner als bei uns im Schaufenster, wo er immer wie ein König über seine Untertanen geherrscht hatte. Ich dachte an Brynn, wie sie das Bein berührte und mit den Fingern über den jetzt von Fell umschlossenen Knochen strich.

Lucinda ging in die Hocke und begutachtete den reparierten Hauer. Ihr Rock rutschte hoch und entblößte ziemlich viel Haut – sie hatte tolle Beine, sehnig und kräftig, die Muskelstränge zeichneten sich deutlich ab. »Sieht jetzt viel besser aus. Ganz sauber. Ich kann die Bruchstelle kaum erkennen.«

»Gut. Ich meine, danke.«

Milo kniff die Augen zusammen. Er wusste Bescheid, ich merkte es, und das stresste mich. Er beobachtete meine Hände, die den Hemdsaum umklammerten, damit ich aufhörte, sie an der Jeans abzuwischen.

»Was haben Sie jetzt mit ihm vor?« Er tätschelte den Rücken des Keilers. Staub wirbelte auf und schwebte in der Luft.

»Er ist Teil einer Installation. Ich hatte gehofft, Ihre Mutter wäre an einer Zusammenarbeit interessiert.«

»Unsere Mutter?« Ich konnte mir nicht vorstellen, was

unsere Mutter in einer Kunstgalerie tun sollte. Die einzige öffentliche Kunst, die sie je betrieben hatte, war Kinderschminken beim Herbstfest. Sie machte alles freihändig: Tiere, Roboter, Monster, Märchenfeen. Die Kinder standen bei ihr Schlange.

»Ich fände es schön, wenn sie mitmachen würde.«

»Ich glaube nicht …«

»Hier. Geben Sie ihr einfach meine Karte.« Lucinda reichte mir eine Visitenkarte. Schwarz, mit weißer Prägeschrift. Als ihre Hand meine berührte, spürte ich, wie zäh sie war: die Kraft in ihren Fingern, die lange, schlanke Linie ihrer Unterarme. Allein der Anblick dieser kleinen Muskeln weckte in mir den Wunsch, mit der Hand über ihren Körper zu streichen und den Rest von ihr zu erkunden. Jedes Mal, wenn ich eine Frau traf, die mich wirklich interessierte, fing ich an darüber nachzudenken, wie ich sie auseinandernehmen könnte. Es war nervig.

Ich räusperte mich und trat einen Schritt zurück, betrachtete die Visitenkarte. »Ich bin nicht sicher, ob sie mitmachen will.«

Milo griff nach der Plane neben dem Keiler und hob eine Ecke an. »Und was ist hier drunter? Der Raum ist noch ziemlich leer.«

»Bitte fassen Sie nichts an.« Lucinda nahm ihm die Ecke aus der Hand. »Sagen Sie Ihrer Mutter, sie soll mich anrufen, ich würde gern mit ihr sprechen.«

»Wird gemacht.« Milo nickte und sah mich an, zeigte mit dem Kopf Richtung Tür.

»Ach, und ich wäre auch sehr an den anderen Tieren interessiert, die Sie in Ihrem Laden ausgestellt haben. Geben Sie mir Bescheid, wenn Sie bereit sind, sich von ihnen zu trennen.« Lucinda lächelte breit, und ich konnte fast alle ihre perfekten weißen Zähne zählen. Sie sah schön aus in ihrem schwarzen Kostüm, ein gefährliches Raubtier. Ich stellte sie mir als Trophäe auf einem Ast vor, gebeugt über ein paar nichts ahnende Rehe.

Manchmal fand ich mich selbst schrecklich. Ich sah eine wahnsinnig schöne Frau und überlegte, wie ich sie als Tiertrophäe darstellen würde – irgendwas schien bei mir im Kopf nicht zu stimmen.

Ich ging Richtung Tür. »Rufen Sie an, wenn Sie noch etwas brauchen oder wenn Sie Hilfe mit dem Keiler benötigen.«

Draußen ließ ich mich von der Sonne wärmen. Meine Kopfhaut brannte am Scheitel, der Zopf hing mir halb den Rücken hinunter. Ich zwirbelte ihn und zerrte daran, um meine Gedanken zu ordnen.

»Was war das eben?« Milo schloss die Beifahrertür für mich auf, ging dann vorne herum auf seine Seite und stieg ein. »Stehst du auf sie?«

»Das war nichts. Wir haben den Keiler verkauft. Jetzt können wir das Geld für Lebensmittel oder sonst was ausgeben.«

Wir fuhren auf Nebenstraßen nach Hause. Ich kurbelte mein Fenster runter und ließ mich von der frischen Luft umwehen. Noch war es sonnig und warm, doch am Horizont, draußen über dem See, brauten sich schon die ersten dunklen Wolken zusammen. Lucinda war hübsch, aber ich fing am besten gleich an, sie zu vergessen. Darin hatte ich Übung.

Ich hielt meine Hand aus dem Fenster und öffnete die Finger im Wind. Wir fuhren an dem alten Gemischtwarenladen vorbei, der erst eine Chevron-, dann eine Texaco-Tankstelle und bis vor Kurzem ein 7-Eleven gewesen war. »Kannst du mich an der Werkstatt absetzen? Da liegen noch ein paar Rehpräparate. Ich muss Arbeit nachholen.«

»Du musst Schlaf nachholen.« Er bog in unsere Straße in Richtung des Ladens ein. »Du führst ein ungesundes Leben. Sogar Dad ist manchmal nach Hause gegangen.«

Was ich hätte sagen können, es aber unterließ: Dad hatte eine Frau und eine Familie gehabt, zu der er nach Hause gehen konnte, keine beschissene Wohnung ohne Klimaanlage und mit einer Kakerlakenplage unter der schäbigen Küchenspüle. Und selbst das hatte ihn nicht davon abgehalten, sich von uns zu verabschieden. Er besaß ein Geschäft und ein eigenes Heim, er hatte eine Frau und Kinder, die ihn liebten. Sogar Enkelkinder. Und trotzdem ließ er seinen Körper zurück, damit ihn jemand fand, der ihn liebte. Eine Schweinerei, die seine Tochter wegräumen musste.

Ich fischte die Schlüssel aus meiner Tasche. Die Ziege stand immer noch im Schaufenster und wirkte einsam ohne ihre Sexualpartner. »Vielleicht können wir Mom dazu bewegen, etwas Passenderes zu inszenieren. Würde nicht schaden, wenn sie beschäftigt wäre.«

»Was denn, du willst doch nicht etwa, dass sie in dieser unheimlichen Galerie herumlungert.«

Mein Vater hätte gewollt, dass unsere Mutter zu Hause bleibt. Ihm wäre es lieb gewesen, wenn ich mich so um sie kümmern würde, wie er es getan hätte: ihr eine Liste mit Aufgaben geben, ihr das Gefühl vermitteln, dass sie gebraucht wurde. Er war kein Vater, der über seine Gefühle sprach, aber manchmal wartete er aus heiterem Himmel mit einer Überraschung auf. Als wir mal ein paar Bier zusammen tranken, hatte er gelächelt und sich zu mir geneigt, als gäbe er mir gleich einen weisen Ratschlag. *Deine Mutter ist ein bisschen komisch*, sagte er und berührte meinen Arm. Lachte. *Manchmal tut sie Dinge, die keinen Sinn ergeben. Das macht natürlich ihren Charme aus, aber das heißt auch, wir müssen auf sie aufpassen. Wir müssen darauf achten, dass sie keinen Ärger kriegt.*

»Ich glaube, wir finden was für sie, das ein bisschen näher an zu Hause ist«, sagte ich. »Diese Art von Aufregung braucht sie nicht.«

»Aufregung? Sie ist kein kleines Kind, Jessa.«

»Aber sie verhält sich so.«

Milo wirkte unglücklich, und ich verstand nicht, warum. Wollte er der Fantasie unserer Mutter freien Lauf lassen, damit sie weiterhin Tierpornos kreierte? Wollte er, dass sie mitten in der Nacht durch die Gegend geisterte?

Milo seufzte, und ich stieg aus, bevor er mir irgendwas an den Kopf werfen konnte. Ich kam mir vor wie ein bloßgelegter Nerv, wahrscheinlich vom Stress und Schlafmangel und von der Tatsache, dass ich seit Monaten keinen Sex mehr gehabt hatte.

»Wir sehen uns heute Abend beim Essen«, sagte er schließlich und zeigte mit dem Finger durchs Fenster auf mich. In der Ferne donnerte es bereits, als ich Milo zuwinkte und ins Haus ging.

Sämtliche Lichter waren aus, und ich schaltete sie nicht ein. Meine Augen waren körnig und klebrig. Ich hatte alles satt. Das Geschäft hätte offen sein sollen, aber es kam niemand. Den Großteil unserer Arbeit erledigten wir stückchenweise, wir wurden von mittelmäßigen Jägern angerufen, die Preise wissen wollten. Laufkundschaft war so gut wie nicht mehr vorhanden.

Ich setzte mich auf einen Stuhl neben ein Gestell mit angestaubten Jagdzeitschriften und bückte mich, um meine Stiefel aufzuschnüren. Meine Socken hatten in jeder Ferse ein Loch; sie passten nicht zusammen, und ich hatte sie eine Zeit lang nicht gewaschen. Mir tat alles weh, als hätte ich mir eine leichte Grippe eingefangen. Das passierte immer, wenn ich mich um das Geschäft sorgte, und in letzter Zeit ging es nur um das Geschäft. Wir hatten kein Geld, ich wusste nicht, was ich mit meiner Mutter tun sollte, ich war nicht der Mann, der mein Vater war, und würde es auch nie sein, aber vielleicht war er ja auch gar nicht der Mann, für den ich ihn gehalten hatte. Was wusste ich also überhaupt?

Ich richtete mich wieder auf und lehnte den Kopf an ein aufgerolltes T-Shirt, auf dem ein Hirsch aufgedruckt war, mit einem roten Fadenkreuz auf dem schlanken Körper. Ich nickte ein, sagte mir, es wäre nur für eine Minute, dann würde ich mit der Arbeit an einem der Stücke anfangen, die in der Gefriertruhe lagen. An der Schwelle zum Schlaf fühlte sich alles leichter an.

*

Das Haus meiner Eltern wurde von buttergelben Lichtkreisen erhellt, die sich überlappten. Auf beiden Seiten standen Häuser, die nicht bewohnt waren. Die ZU VERMIETEN-Schilder schaukelten schon ewig in den mit Unkraut überwucherten Vorgärten. Der Boden blieb das ganze Jahr über sumpfig. In dem schmutzigen, abgestandenen Wasser legten Moskitos ihre Eier ab, zuckten die Larven, bis sie als Stechmücken schließlich den Himmel verdunkelten. Sie saugten uns aus, winzige Vampire, die sich an unseren Nacken und Waden festsetzten und leuchtende rosa Quaddeln zurückließen.

Am anderen Ende der Straße lag der Friedhof. Milo und ich hatten dort in unserer Kindheit Verstecken gespielt, später unsere ersten Zigaretten geraucht und zum ersten Mal Whiskey getrunken, mit dem Rücken an die Wand des einzigen Mausoleums gelehnt. Es gehörte den Laniers, einer Familie, die vor unserer Geburt ausgestorben war. Wir fuhren mit den Fingern die Gravuren nach, bis wir die Namen im Schlaf schreiben konnten. Sie fühlten sich an wie Familienangehörige, denen wir nie begegnet waren und die dennoch über uns wachten, wenn wir zwischen den überwucherten Grabsteinen umherrannten. Wir waren so in unseren Spaß vertieft, dass wir die Leichname, die unter uns in der Erde lagen, völlig vergaßen.

Auf diesem Friedhof hatten wir unseren Vater beerdigt. Der Platz unserer Mutter neben ihm war noch leer, sie hatten ein Doppelgrab gekauft, als der Tod noch weit entfernt schien. Es war ein merkwürdiges Gefühl zu wissen, dass der Körper meines Vaters nur eine Straße weiter lag. Als könnte er eines Nachts einfach aufstehen und nach Hause kommen, mit dem Ersatzschlüssel die Tür aufschließen, sich gemütlich hinsetzen und in seinem Lehnstuhl ein Bier trinken. Die *Late Show* ansehen. Neben meiner Mutter ins Bett fallen und schlafen. Als wäre er nicht für immer von uns gegangen.

Ich parkte hinter meinem Bruder, über dem Ölfleck, der noch vom Pick-up meines Vaters stammte, den meine Mutter inzwischen verkauft hatte. Dieser Fleck würde nie mehr größer werden und kam mir tatsächlich schon kleiner vor; die heiße Sonne und der ständige Regen ließen die Erinnerung daran erodieren.

Fledermäuse flogen am purpurnen Himmel und kurvten rasant durch die Äste der Eichen, die das Haus säumten. Das Licht über der Tür war mal wieder durchgebrannt, und im Briefkasten türmte sich die Post. Ich nahm die diversen Kataloge und Rechnungen heraus, außerdem ein paar kleine Päckchen, die sich anfühlten, als enthielten sie DVDs, und wischte die toten Motten ab, die sich unsere Post als Grab auserkoren hatten.

Ich schloss die Tür auf und trat ein, ging an den gerahmten Fotos unserer Familie vorbei, Studioaufnahmen in Sonntagskleidern. Mein pickliger vierzehnjähriger Bruder sah groß und schlaksig aus in seinem besten Anzug, ich eingezwängt wie ein Schweinchen in einem mit Rüschen besetzten rosa Festtagskleid, das ich nur anzog, wenn man mir mit dem Tod drohte. Auf dem Bild bleckte ich die Zähne, als müsste ich an mich halten, damit ich meinem Bruder nicht in die Hand biss, die unbeholfen auf meiner Schulter lag.

Ich kickte meine Stiefel gleich im Eingang weg und versank mit meinen bestrumpften Füßen im orangegelben Flokati. Die Mikrowelle surrte in der Küche. Meine Mutter wärmte eine Schüssel tiefgekühltes gemischtes Gemüse auf, und meine Nichte Lolee saß an der Theke, brach Oreos auf und pulte die Creme aus der Mitte. Sie schichtete beides aufeinander, bis sich je ein Stapel Füllung und Kekse vor ihr auftürmten.

»Willst du die Kekse essen?«

»Nö.« Der Keksstapel wurde kurzerhand in denselben Abfalleimer befördert, in den meine Mutter die Plastikfolie und ein klebriges Styroportablett warf, in dem Hähnchenteile verpackt gewesen waren. Lolee hob den Haufen Füllung auf, rollte ihn zwischen den Handflächen zu einer festen Kugel und biss hinein. Dann drehte sie sich zu mir und grinste mich mit ihrer cremeverklebten Zahnspange an.

Ich nahm einen Keks aus der Packung, setzte mich, kratzte die Mitte frei und reichte sie ihr. Früher hatte Brynn immer die Füllung gegessen. Wir hatten in der Küche nebeneinandergesessen und meiner Mutter beim Kochen zugeschaut. Fast jeden Dienstag gab es Hähnchencacciatore mit Spaghettisoße aus der Flasche und zu vielen Paprikaschoten, gerade so lange gekocht, dass wir keine Salmonellen kriegten.

Lolee hatte langes blondes Haar, das sie an den Spitzen weiß gebleicht hatte. Es war brüchig und verfärbte sich vom vielen Schwimmen im Freibad langsam grün. Sie verströmte einen Cocktail aus jugendlichen Sommergerüchen: fruchtiger Lippenbalsam, Körperspray und der beißende Geruch von Chlor. Eine Miniausgabe von Brynn, wäre Brynn ein Mädchen gewesen, das bei fürsorglichen Erwachsenen aufgewachsen wäre. In Lolees Alter hatten Brynn und ich nur Mist gebaut. Sie dachte schon mit vierzehn daran, abzuhauen, und überlegte, wie sie es anstellen könnte, während ich mir die ganze Zeit den Kopf darüber zerbrach, wie ich sie für immer an mich binden könnte.

»Ma, brauchst du Hilfe?«, fragte ich und schenkte mir die Mühe aufzustehen. Meine Mutter hasste jede Hilfe in der Küche. Zur Antwort ließ sie den Schüsseldeckel auf die Theke fallen, und das Scheppern klang wie ein Schrei.

Sie legte eine Rolle tiefgekühlten Hörnchenteig auf die Theke. Ich hielt ein Ende der Rolle, Lolee das andere. Dann bog sie die Pappe zurück, und wir zogen beide. Die Folie explodierte mit einem lauten Knall, und der Teig quoll aus dem Riss.

»Bring mir das Backblech«, sagte meine Mutter und holte etwas aus dem Tischbackofen. »Verdammt, das ist schon verbrannt.«

Ich kniete mich auf den Boden und zog das beste Blech heraus, rostbraun gefleckt vom Kochspray, das sich jahrelang in die Oberfläche eingebrannt hatte. Lolee warf mir Keksteile zu, von denen ich nur die wenigsten fing; die meisten flutschten unter den Kühlschrank, bis meine Mutter ihr einen Klaps auf den Hinterkopf gab, sie dann in die Wange zwickte und ihren Nacken rieb.

Bei Lolee passte nichts zusammen. Sie trug ein T-Shirt und abgeschnittene Jeansshorts, ihre Flipflops hatte sie abgestreift und stupste sie ständig mit den Zehen hin und her. Sie hatte Brynns Leichtigkeit und meine Kieferpartie – markant, als hätte sich der kräftige Muskelstrang vom Zähnezusammenbeißen und Zurückhalten gebildet. Ihr haftete etwas Strenges an, das sich nur gelegentlich zeigte. Sie war nicht mein Kind. Die äußeren Eigenschaften mochten von den Mortons stammen, dem genetischen Material meines Bruders, aber ich hatte sie in mein Herz geschlossen. Als sie noch klein war, hatte ich sie im Arm gehalten und ihren flaumigen Babykopf gestreichelt. Die Starentochter, die nie meinem eigenen Ei entspringen würde.

Ich rollte die kleinen Teigdreiecke zu Hörnchen und schob das Blech zusammen mit dem Hähnchen in den Ofen. Im alten Kühlschrank auf der hinteren Veranda wartete Bier, und mein müder Nacken spürte, wie eins meinen Namen rief. Ich überließ meine Mutter ihren Töpfen und meine Nichte ihren Keksen und ging hinaus, um Milo zu suchen.

Er saß auf der hinteren Veranda im Lehnstuhl meines Vaters und war schon beim zweiten Bier. Die erste Flasche lag leer neben seinem Stiefel auf dem glatten Betonboden.

»Ich hab ihr von der Frau in der Galerie erzählt. Dass sie dir ihre Visitenkarte gegeben hat.« Milo sah mich nicht an, als er das sagte, knibbelte nur das Etikett von seiner Flasche. Es löste sich in nassen Klümpchen, die er anschließend an seiner schmutzigen Jeans abstreifte. Es sah aus, als würde er sich häuten und erinnerte ein wenig an Sterben.

»Mir wäre lieber gewesen, du hättest ihr nichts gesagt.« Normalerweise war Milo jemand, auf den ich mich verlassen konnte, aber in letzter Zeit überraschte er mich öfter. Mit bestimmten Äußerungen, mit Entscheidungen, die er traf. Mir gefiel das nicht.

Im Kühlschrank waren nur noch drei Bier übrig, eins stand in der Tür, die anderen beiden steckten zwischen Gestellen mit Wildfleisch, das mit Sicherheit schon hinüber war. Frisches Fleisch hatte es bei uns das letzte Mal gegeben, als mein Vater mit Andy Reeling losgezogen war, einem Nachbarn ein paar Straßen weiter, und zwei große Böcke zurückgebracht hatte. Von beiden hatte er Kopfpräparate gemacht und sie Andy für einen Spottpreis überlassen. Er sagte, wir bräuchten nicht noch mehr Trophäen in unserem Wohnzimmer, und er hatte recht – an jeder Wand hingen schon mehrere Tierköpfe, die mit glasigen, leeren Augen auf unsere Gäste hinabstarrten.

Als Kinder hatten Milo und ich ihnen die Namen der sieben Zwerge gegeben und uns noch ein paar Ergänzungen ausgedacht: Schlafmütze war der mit den niedergeschlagenen Augen, Pimpel war der mit der links leicht heraushängenden Zunge, Happy der mit dem ewigen Grinsen – das eher einer schmerzverzerrten Grimasse glich –, außerdem gab es noch Verdammt und Gottverdammt, zwei Worte, die unser Vater oft rief, wenn er sich im Fernsehen Footballspiele der Buccaneers ansah.

Auf der Terrasse standen ein paar ausgediente Möbel. Relikte wie der Kartentisch unserer Mutter mit der Kunststoffplatte, die sie beim Scrapbooking mit einem Präzisionsmesser übel zerschnitten hatte, der Schaukelstuhl mit der Rückenlehne aus Weidenrohr, der völlig durchgesessen war, und ein ausgeblichenes geblümtes Zweiersofa, das die Hunde mit ihren Krallen malträtiert hatten.

Ich saß auf der Kante des Schaukelstuhls und öffnete das Bier mit meinem Flaschenöffner, der am Schlüsselbund hing. Es war Dads alter Flaschenöffner, mit dem erhabenen Relief eines Goldbarschs, der das Maul aufsperrte, als wollte er den Kronkorken abbeißen. Er hatte ihn nicht bei sich getragen, als er sich erschoss, und dafür war ich dankbar. Milo und ich sahen uns kurz an und dann rasch wieder weg. Ich erinnerte mich, wie mein Vater mit einem eigenen Bier hier hinten auf der Veranda saß und der Barsch vom Schlüsselbund hing, der immer eine Beule in seiner Hosentasche verursachte. Die Erinnerung daran vergällte mir das Bier, mir taten meine Zunge und die Zähne weh.

Ich sah vor mir, wie seine Hände den Fischkopf packten, dann das Zischen der austretenden Luft, wenn der Kronkorken absprang. Milo und ich rannten im Garten herum und beobachteten ihn beim Trinken. Ich wollte so sein wie er. Groß, gut aussehend, immer gelassen. Ein Mensch, der alles problemlos wegsteckte. Ein Mensch, der ein Bier in zwei langen Schlucken trinken und hinterher lächeln konnte, völlig zufrieden mit dem Leben, das er sich aufgebaut hatte.

»Weißt du noch, als Brynn mir den Flaschenöffner schenkte, der so aussah wie Dads, und ich ihn beim Öffnen des ersten Biers gleich kaputt gemacht habe?«

Natürlich wusste ich das noch. Schließlich hatte ich ihr beim Aussuchen geholfen. Wir hatten Weihnachtsgeschenke im Einkaufszentrum gekauft, und sie bat mich, etwas für Milo auszuwählen. *Du kennst ihn besser als ich,* hatte sie gesagt, dabei waren sie schon ein Jahr verheiratet.

»Ich weiß auch noch, wie du versucht hast, ihn zusammenzukleben.«

»Sie sollte nicht wissen, dass ich ihn so schnell kaputt gekriegt hatte.«

Er hatte ihr eine Kette mit einem Herzanhänger geschenkt, etwas, was Männer immer kaufen und Frauen sich nie selbst kaufen würden. Brynn trug sie, als sie bei mir war, und als sie sich auszog, hängte sie die Kette im Schlafzimmer über eine staubige Lampe. Am nächsten Morgen sah ich sie mit den trüben Augen meines Katers dort baumeln. Die winzigen Diamantsplitter blinkten im Sonnenlicht und lachten mich an. Brynn wollte die Kette nie zurückhaben, und ich bot es nie an.

»Ich schätze, ich habe viel vermasselt.« Milo fummelte an seiner Bierflasche herum, kratzte immer noch wassergetränktes Papier ab und rollte das klitschige Zeug zwischen den Fingern zu kleinen Kugeln.

Brynn war ein Thema, über das wir nicht sprachen. Was gab es auch schon zu sagen? Sie war fort. Sie hatte uns verlassen. Ich konnte meine eigenen Erinnerungen kaum ertragen und wollte mich nicht mit seinen befassen.

Nach Brynn war Milo ernster und verschlossener geworden. Er fehlte noch häufiger bei der Arbeit und ließ die Kinder im Stich. Er ging nicht zu ihren Sportfesten und Tanzvorführungen. Vergaß Geburtstage. Er lächelte zwar immer noch ständig, aber das Lächeln erreichte seine Augen nicht mehr. Gespielt glücklich, ein Gesicht, wie ich es bei einem Tier gestalten würde, das sanftmütig aussehen soll.

Ich wechselte das Thema, bevor wir uns zu weit auf allzu rührseliges Terrain begaben. Milo war leicht zum Weinen zu bringen. »Du findest also, Mom sollte es machen. Bei dieser Frau arbeiten.«

Er zuckte mit einer Schulter, ein nonverbales *Vielleicht*, das er seit seiner Kindheit perfektioniert hatte, wenn er nicht sprechen wollte. Für mich war das die Chance hinzubiegen, was nicht in Ordnung war, ihm Fragen zu stellen. Ihn zu bewegen, sich zu öffnen. Aber Dinge zu besprechen war noch nie meine Stärke gewesen. An mich konnte man sich wenden, wenn man etwas erledigt haben wollte. Ölwechsel, eine Terrasse bauen, Fisch grillen. Ich zeigte meine Liebe, indem ich Reifen wechselte und anderen Starthilfe gab. Milo war derjenige, der zuhörte. Er gab den Leuten immer das Gefühl, dass er sie schätzte und mochte. Ich hatte Brynn zuerst geliebt, sie aber für ihn aufgegeben, weil ich wusste, er würde sich besser um sie kümmern, würde ihr all die bedeutungsvollen, romantischen Dinge sagen, die mir nicht über die Lippen gingen.

»Wir müssen nur etwas anderes für Mom finden«, sagte ich. »Sie braucht eine Beschäftigung.«

Milo verdrehte die Augen. »Hat sie doch schon. Nur ist das, was dabei herauskommt, nicht sehr erfreulich.«

Nachdem Dad sich umgebracht hatte, sprachen wir mit ihr darüber, einen Therapeuten aufzusuchen, was sie sofort ablehnte. Danach redete sie eine Woche lang nicht mit uns, so beleidigt war sie, dass wir sie überhaupt gefragt hatten. Als wäre es das Normalste auf der Welt, wenn sie mitten in der Nacht herumgeisterte und das Schaufenster unseres Ladens in eine Peepshow verwandelte. Ich musste wieder an den Keiler denken, der einsam und allein in Lucindas Galerie stand. Hoffentlich passte sie gut auf ihn auf. Ich hatte fast ein wenig das Gefühl, als hätte ich die Sachen einer Exfreundin einer anderen Frau überlassen.

»Meinst du, wir sollten ihr noch mal eine Therapie vorschlagen? Vielleicht lässt sie sich jetzt darauf ein.«

»Bieten Beratungszentren nicht auch Kunsttherapie an? Wäre das nicht was?«

»Warum muss sie denn unbedingt *Kunst* machen?«

»Weil sie Kunst mag. Sie hat sich schon mit Kunst beschäftigt, bevor sie Dad geheiratet hat. Bildhauerei und solchen Scheiß.« Milo schnipste eine fette Riesenameise von seiner Armlehne. Sie landete auf dem Boden neben meinem Stiefel.

»Ich wusste nicht, dass ihr Kunst so wichtig ist.«

Milo schnaubte und schaukelte in seinem Stuhl zurück. »Du weißt vieles nicht über Mom, Jessa.«

Ich hatte es nie für nötig gehalten, mehr über meine Mutter zu erfahren, und mich damit begnügt, dass sie am Rande meines Lebens existierte. Sie machte unsere Wäsche und kaufte Lebensmittel für uns ein. Sie kochte, putzte und wischte Staub, beschnitt den Baum. Meinen Vater hatte ich bewundert. Ihm hatte ich nachgeeifert. Und dann hatte er sich umgebracht, mir den Brief hinterlassen, und alles, was ich zu wissen glaubte, erwies sich als falsch. Ich hatte viele Theorien, warum mein Vater ausgerechnet von mir hatte gefunden werden wollen, aber was mir nachts den Schlaf raubte, war der Gedanke, dass er mich innerlich für hart hielt. Dass er vielleicht dachte, ich würde ihn so behandeln wie einen Tierkadaver.

Wäre ich dazu wirklich fähig? Könnte ich seinen Tod von mir abspalten, ihn häuten und wie jedes andere Stück im Laden behandeln?

»In der Kunsttherapie verlangen sie auch, dass man redet«, sagte ich. »Sie müsste sich also unangenehmen Themen stellen.«

»Vielleicht solltest *du* zur Therapie gehen.«

»Fick dich«, erwiderte ich, aber es klang ziemlich lahm.

Ich hatte die Polizei gerufen. Ich hatte unseren Vater im Leichenschauhaus identifiziert. In einem Zeitraum von nicht mal vierundzwanzig Stunden hatte ich den Vater erlebt, der mir zum Mittagessen bei Publix ein Sandwich gekauft hatte, den toten, der am Abend blutüberströmt dalag, und die blau angelaufene Leiche, die am nächsten Morgen um sechs unter Neonlicht im Bezirkskrankenhaus aufgebahrt war. Meine Mutter hatte nichts von alldem gesehen. Manchmal machte ich mir sogar Sorgen, dass sie ihn gar nicht wirklich für tot hielt, dass sie vielleicht glaubte, er sei nur für ein paar Wochen zum Angeln gefahren.

»Vielleicht finde ich im Laden eine Arbeit für sie. Organisationskram oder vorne sauber machen.«

Milo kippte summend im Lehnstuhl nach hinten und trank sein Bier aus. Er stellte die leere Flasche auf den Schrank neben ihm, eins der Relikte, das in meinem Zimmer gestanden hatte, bevor es auf die hintere Veranda verbannt wurde. Jetzt beherbergte er unsere leeren Flaschen, einige noch halb voll, mit ertränkten Zigarettenkippen und Insektenleichen.

»Wir finden schon eine Lösung.« Ich schwenkte meine Flasche von Hand zu Hand und lauschte dem Stimmengemurmel, das gleichmäßig durch den Spalt der Schiebeglastür drang.

Milo beugte sich wieder vor und fuhr sich mit beiden Händen durchs Haar. Die Haltung seiner Schultern ließ mich innehalten; zusammengekauert sah er unserem Vater unheimlich ähnlich. »Apropos Geschäft. Ich dachte mir, wir könnten vielleicht jemanden einstellen.«

Ich hatte heftige Kopfschmerzen, der Ansatz meines straff gebundenen Zopfs riss an meiner Haut. Ich wollte wieder in der Werkstatt sein und meine ganze Energie auf den Falken verwenden, mit dem ich mich gerade herumplagte – den Winkel seines Schnabels betrachten, die Haltung des Halses, die wie im Flug ausgebreiteten Schwingen, die den leichten Wind fast, aber nicht ganz auffingen. »Milo, komm schon. Du weißt, das geht nicht.«

»Nur ein paar Tage pro Woche, Teilzeit.«

Der Wind wehte Abfälle durch den Garten, die sich seit dem Tod unseres Vaters angesammelt hatten. Blätter und Streusand wirbelten gegen das Fliegengitter. Ich betrachtete das alte Vogelbad, gesprungen und voll mit schmuddeliger Brühe. Spatzen hopsten in den Unrat und wieder heraus, spritzten das schmutzige Wasser mit kräftigem Schütteln aus ihrem Gefieder.

Milo setzte sich wieder zurück, er wirkte angespannt. »Der Laden gehört auch mir. Ich habe ein Mitspracherecht.«

»Lass das.«

»Ich habe ein Mitspracherecht, verdammt noch mal.«

Wir stritten uns nicht oft, aber es gab eine Sache, die meinen Bruder immer wieder kränkte. Den mageren Sohn mit den hellen Augen seiner Mutter und den hängenden Schultern, Zeichen seiner unsicheren Persönlichkeit. »Wann ist Bastien zurückgekommen?«

»Gestern Abend. Er wohnt in meinem alten Zimmer.« Milos unrasierter Hals lief rot an, es sah aus, als hätte er Ausschlag. Seine Verlegenheit hatte etwas Animalisches, ein hässliches, schmutziges Ding, das ich fast schmecken konnte. »Ich dachte mir, er könnte eine Weile bei Mom bleiben. Ist doch gut, oder? Noch jemand, der sie im Auge behalten kann.«

»Ich weiß nicht.«

»Er überlegt, ob er sich eins dieser kleinen Häuser kauft, die ständig im Fernsehen gezeigt werden. Ungefähr dreißig Quadratmeter groß. Passt da ein ganzer Hausstand rein?« Milo lächelte und schüttelte den Kopf. »Er behauptet, das sei besser als eine Wohnung.«

Ich biss mir in die Wange und kaute mit den Backenzähnen auf dem Fleisch herum. Bastien war Brynns Ältester und hatte gerade seinen zweiten Aufenthalt in einer Entzugsklinik hinter sich. Kein Blutsverwandter der Mortons, aber er sah Brynn so ähnlich, dass Milo ihn einfach lieben musste. Als er das letzte Mal in der Stadt gewesen war, hatte er Mutters Schmuck verpfändet und ungedeckte Schecks im Wert von achthundert Dollar ausgestellt.

»Es geht ihm besser. Man sieht es an seiner Hautfarbe.« Milo sah mich an, und ich merkte, dass er glaubte, was er da sagte. Er brauchte das Gefühl, dass es so war, damit es zumindest für eine Weile so schien, als wäre alles wieder im Lot.

Brauchen, hatte mein Vater geschrieben. Brauchen hieß verletzlich zu sein. Eines der furchteinflößendsten Dinge, die ich mir vorstellen konnte. Wenn man etwas brauchte, war man angreifbar. Es hieß, dass man sich selbst nicht unter Kontrolle hatte.

»Nur wenn er zu Hilfsarbeiten in der Lage ist.« Ich konnte meinem Bruder den Wunsch nicht abschlagen. Nicht wenn es um Brynns Jungen ging. »Wenn er Scheiße baut, ist er draußen. Das ist mein Ernst.«

»Gut.« Milo stand auf und holte sich noch ein Bier. »Er macht sich gut. Er braucht nur etwas, was ihn ablenkt.«

Ein Schatten füllte die Schiebetür hinter meinem Bruder aus. Bastien umschlang sie, als hielte er sich daran fest. Er sah tatsächlich besser aus als das letzte Mal, als ich ihn gesehen hatte. Seine Haut war rein, ohne Akne, und er war bei Weitem nicht mehr so blass. Er trug ein sauberes weißes T-Shirt und mit mehreren Blautönen bedruckte Boardshorts – helle Palmen über einer marineblauen Dünung. Sie gehörte Milo.

»Grandma sagt, das Essen ist fertig.« Er lächelte und entblößte dunkle Zähne, als hätte er Holz im Mund. Sein Haaransatz ging schon leicht zurück, kroch zum hinteren Teil seines Schädels, als würde sein Haar vor dem harten Blick in seinen Augen fliehen. »Gibt's noch mehr davon?« Er zeigte auf das ungeöffnete Bier in Milos Hand. »Passt gut zum Hähnchen.«

»Geh und hol dir den Teekrug aus dem Kühlschrank und sag Grandma, wir sind gleich da.«

Ich fragte mich, was Bastien von unserer Unterhaltung mitgehört hatte. Er glich insofern sehr seiner Mutter, als er einen nur wissen ließ, was man wissen sollte. Alles andere blieb fest unter Verschluss.

Milo verstaute die letzten beiden Bier in dem schimmeligen Schrank, wo unsere Mutter gern ihr Eingemachtes aufbewahrte – sie standen aufrecht hinter Gläsern mit Orangenmarmelade und Erdbeergelee, die die Farbe von Bratensoße angenommen hatten. Dann gingen wir nach drinnen. Es roch immer noch wie zu Hause, wenn auch in einer verblassten Version. Da war weniger von dem Rasierwasser meines Vaters. Weniger Gerbmittel und Formaldehyd, ein Geruch, der ihn immer begleitet hatte.

Und Gerüche, das wusste ich inzwischen, waren etwas, was mich immer wieder umhaute.

LEPORIDAE AUS DER ORDNUNG DER LAGOMORPHA – KLEINE HÄSCHEN

Die Bewegung unter meiner Hand brach den Bann.

Hör nicht auf. Warum hörst du auf?

Meine Finger lagen gespreizt auf ihrer Haut, während ich betete, das Flattern darunter möge aufhören. Ich redete mir ein, es sei eine Ausnahme. Vielleicht eine Magenverstimmung, etwas, was sich schnell durch einen Säureblocker beheben ließ.

Hier, da lang. Brynn führte meine Hand von ihrem Bauchnabel nach unten, tiefer, bis ich die dünne Spitze ihres Höschens streifte. Schatten spielten auf ihrer Haut, tüpfelten Brüste und Hüften in unruhigem Grau. Der Regen trommelte auf die Einfahrt und die ausladenden Eichen, in einem lauten, steten Rhythmus, der in weißes Rauschen überging. Wir lagen eingekuschelt in einem Nest aus Decken, das nach dem Rasierwasser meines Vaters und dem zitronigen Talkumpuder meiner Mutter roch.

Ein einzelnes Klopfen an meiner Schläfe. *Wohin bist du verschwunden?* Sie grub ihre Nase in meinen Hals. Schnupperte, wühlte herum, und ich drehte den Kopf zur Seite und versuchte sie dort festzuhalten. Mein Arm glitt um ihren Bauch, und dann spürte ich es wieder: ein leichtes Zittern, ein Zucken unten in ihrem Bauch. Neues Leben, das blubberte und platschte. Ich hatte es schon zuvor gespürt. Wir wussten beide, was das hieß. Sie rollte von mir weg, stützte den Kopf auf ihren angewinkelten Arm und schaute aus dem Fenster.

Ja, seufzte sie. *Ich weiß.*

Am Morgen hatte ich *Häschen, Häschen* zu meinem vierjährigen Neffen gesagt, als ich in die Küche meiner Eltern kam. Er stand an der Anrichte bei meiner Mutter, die Orangenhälften in einer Zitruspresse ausdrückte. Ich lächelte ihm zu, und er lächelte zurück, sein Mund ein solider orangefarbener Block von dem kleinen Stück, in das er gerade biss.

Waf if Äfen, Äfen, murmelte Bastien, die Zunge um den Schnitz bewegend. Er würgte, es klang nass und verschluckt. Der arme Junge aus Florida hatte Probleme mit den Pollen, die über sämtlichen Autos schwebten und die Straßen gelb färbten. Er hustete trocken und keuchte dabei wie ein vierzig Jahre alter Raucher, unter seinen hellen Augen prangten dunkle, lilafarbene Ringe.

Das hält die Monster von uns fern.

Ich pulte die Schale aus seinen Lippen und warf sie in den überquellenden Müll. Milo brachte ihn nie raus, sagte, er sei zu müde, wenn er von der Arbeit nach Hause kam. Brynn meinte, er hätte nie Zeit für sie, dass sie keinen Sex mehr hätten, und mir war das recht.

Das bringt Glück. Wenn du das am Anfang des Monats sagst, läuft alles so, wie du es dir wünschst.

Bastien schloss die Augen. *Häschen, Häschen.* Er hielt einen Finger hoch und blies darauf, wie man es bei einer Geburtstagskerze macht.

In jenem Mai regnete es jeden Tag. Der Himmel ertränkte die Welt um vier Uhr morgens, und dann kam die Sonne wieder und brannte das übrig gebliebene Wasser vom Asphalt. Die Erde platzte auf und roch wie frisch gemäht, über allem wucherte saftiges Grün. Ich fuhr mit geöffneten Fenstern und sog alles in mich ein: den feuchten Duft von frischer Erde an einer Baustelle, den orangefarbenen Lehm, der auf dem Baseballfeld der Highschool zu nassen Pfützen geebnet wurde, das fruchtige Shampoo meiner Haare, die mir der Wind ins Gesicht wehte. Selbst der gärende Müllcontainer neben einer Ampel hatte seinen Reiz; alles sprudelte vor Leben. Auf den Dachbalken unseres Ladens nisteten Vögel. Als eines der Jungen aus dem Nest fiel und sich das Genick brach, präparierte ich es den ganzen Nachmittag lang für Bastien.

Meine Mutter machte jeden Tag Rührei mit scharfem Cheddarkäse, Milos Lieblingssorte. Die drei waren wieder in das Haus meiner Eltern gezogen, um Geld für etwas Eigenes zu sparen. Da Milos altes Zimmer mittlerweile in ein Nähstudio umfunktioniert worden war, landeten die drei in meinem alten Kinderzimmer. Jede Nacht schliefen sie unter den zerfledderten Plakaten, die immer noch an der dunklen

Holztäfelung klebten: von Bands, die Brynn und ich früher gemocht, von Filmen, die wir in der Highschool gesehen hatten. Mein Bruder, den ich liebte, kuschelte mit der Frau, die ich liebte, unter meiner rot-weißen Steppdecke. Milo behauptete, er sei froh, dass Brynn die ganze Zeit mit mir verbrachte, da er immer weg war. Er sagte, er wisse, dass ich mich um sie kümmerte und sie bei Laune hielt. Er lächelte, als er das sagte, ohne auch nur daran zu denken, dass ich seine Frau berührte, sobald er aus der Tür war.

Wie konnte es sein, dass er nichts ahnte? Wie konnte er glauben, dass nicht das Geringste passierte, wo er doch wusste, dass ich sie zuerst gehabt hatte?

Milos Arbeitsstelle in der Lexus-Autohandlung war fünfundvierzig Minuten entfernt. Er stand früh auf und kam spät nach Hause, machte Überstunden und arbeitete an Feiertagen. Es war ein schlecht bezahlter Job, für den man keine Vorkenntnisse brauchte, und das war gut, weil sein Lebenslauf nicht mal eine halbe Seite hergab. Einer seiner Kumpel in der Highschool hatte ihm die Stelle besorgt. Es war das erste Mal, dass er sich ernsthaft bemühte, und er kam nicht besonders gut damit zurecht.

Wenn ich die ersten drei Monate schaffe, werde ich wahrscheinlich befördert, sagte er. *Ich muss nur die ersten drei überstehen, dann wird alles anders. Wir kaufen uns ein eigenes Haus. Bekommen noch ein Kind.*

An seinen freien Tagen blieb er bis nachmittags im Bett liegen, dann wagte er sich in die Küche, holte sich ein Sandwich und legte sich wieder auf die Couch. Er wirkte die ganze Zeit müde, seine Haut war gräulich, sein strähniges Haar fettig. Seine Polohemden waren nie sauber. Brynn machte manchmal die Wäsche, aber sonst verhielten wir uns beide wie Kinder in den Sommerferien. Sie überließ meiner Mutter die Hausarbeit, während wir vor dem Fernseher hingen. Wenn Milo nach Hause kam, gab er Brynn als Erstes einen Kuss. Sie erwiderte ihn so heftig, dass ihre Zähne zusammenstießen.

Du sorgst so gut für uns, sagte sie oft und fuhr ihm mit einem langen Fingernagel, den ich ihr lackiert hatte, über die Wange. *Wer würde mich so sehr lieben? Keiner ist süßer als du, Baby.*

Danach sah er besser aus, und ich merkte, das alles war es ihm wert – die langen Stunden, das Fahren, nur um zu ihr und Bastien zurückzukehren. Wenn ich diese geflüsterten Unterhaltungen mithörte, versuchte ich mich an die Stelle meines Bruders zu versetzen, aber es gelang mir nicht so recht. Ich wusste, was Brynn von ihm und von mir wollte, was wir ihr gaben. Ich sah zu, wie mein Bruder sich zu Tode schuftete, registrierte, dass er trotz der Belastung emotional für sie da war, und wünschte mir, ich wäre jemand, der beides könnte.

Ich kam jeden Tag in der Mittagspause vorbei und aß die übrig gebliebenen Krusten von Bastiens Erdnussbutter-mit-Honig-Sandwiches.

Ich mag unsere kleine Familie. Brynn schob ihre Hand in meine Ellenbeuge. Ich ließ sie dort liegen und Schweiß sammeln, meinen und ihren. Etwas, was ich mit nach Hause nehmen und bis zum Ende des Tages behalten konnte, wenn ich neben meiner kaputten Klimaanlage in meiner Wohnung Cola mit Rum in mich hineinkippte. Und dann betrunken darüber nachdachte, was für ein Mensch ich war: jemand, der Leuten, die mir wichtig waren, etwas wegnahm, und ich nahm es, weil ich vielleicht sterben würde, wenn ich mir nicht nahm, was ich brauchte.

Wir saßen am Esszimmertisch und aßen zu Mittag, es gab Schinkensandwiches. Bastien schlürfte krümelige Getreidemilch aus einem vergilbten Tupperbecher, kaute zwischendurch auf seinem Knuspermüsli mit Zimtgeschmack und streichelte vorsichtig die kleinen Häschen in ihrem Korb – die Jungen, an denen mein Vater und ich mehrere Wochen lang hingebungsvoll gearbeitet und versucht hatten, den flaumigen Liebreiz von Säugetierbabys zu erhalten. Mein Vater hatte sie in einem Pappkarton in unserer Garage gefunden, in einem Nest aus zerfetztem Zeitungspapier und Telefonbuchseiten.

Erstickt. Kohlenmonoxid aus dem Automotor. Er umfing eines in seiner Hand, der Körper so groß wie ein dickes Brötchen. Als ich es ihm abnahm, knickte sein Nacken nach hinten, bis der Kopf schlaff über meinen Fingern baumelte.

Wir schenken sie deiner Mutter. Er streichelte den flauschigen Rücken. Er war noch warm. *Ein schönes Ostergeschenk. Peter Hase, richtig?*

Wir nahmen jeder zwei und öffneten die Körper entlang der kleinen weißen Bäuche. Es gab kaum etwas zu entfernen, sie waren so jung. Ihre niedlichen, zarten Köpfe hatten die Größe einer Aprikose. Ich reinigte sie sorgfältig mit einer Zahnbürste und wusch ihre Felle in der Werkstattspüle. Dann trocknete ich sie mit einem Fön auf niedriger Stufe. Jede runde Backe wurde mit Rouge aus dem Drogeriemarkt hübsch rosa eingefärbt. Die Augenlider umrandete ich mit einem Filzstift. Peters schwarze Augen stammten von einer perlenbesetzten Handtasche, ein Geschenk an mich von einer wohlgesinnten Tante, deren Aussehen Brynn so kommentierte: *Fußballermutter um die vierzig geht nach der Scheidung auf ein Date.*

Meine Mutter hielt die Hasenbabys und gurrte, als hätte ich ihr endlich Enkel geschenkt.

Ihr Lieben. Sie küsste mich auf die Wange und drückte meine Schulter. *Meine braven, gut erzogenen Kinder.*

Brynn drehte sich zu meiner Mutter und hielt die leere Müslischachtel hoch. *Wenn ich dem Sturm zuvorkommen will, muss ich schnell einkaufen gehen.* Sie hatte noch ihr Schlafshirt und Boxershorts von Milo an. Unter der offenen Klappe am Schritt spitzte ihr helles Höschen durch.

Ich geh schon. Meine Mutter hatte bereits ihre Handtasche um die Schulter geschlungen. Ihr langes, dunkles Haar streifte den Boden, als sie sich vorbeugte und Bastien auf den Kopf küsste. *In einer Stunde bin ich wieder zurück.*

Hinter uns sprang der Kühlschrank an und vibrierte so heftig, dass die auf der Oberfläche gestapelten Reispackungen wackelten. Bastien legte seinen Löffel beiseite und bekleckerte dabei das gesteppte Platzdeckchen mit Milch. Seine Augen waren schläfrig; er schwankte in seinem Stuhl. Ich setzte ihn vor den Fernseher und legte eine Decke um ihn, die mit grauen Hundehaaren und Krümeln vom Fußboden übersät war. Er lutschte am Daumen und schniefte, die Allergie flammte wieder auf. Einer der Hunde kam angetapst und legte sich neben ihn.

Brynn und ich gingen ins Schlafzimmer meiner Eltern, weil ich sie nicht im selben Raum ficken konnte, in dem sie jede Nacht mit meinem Bruder schlief. Mein früheres Bett war jetzt das ihre; ein Bett für zwei Menschen, die einander ihr Leben anvertraut hatten. Wenn ich ihn dort zwischen den Laken bei uns spürte, traurig und gekränkt, hätte ich am liebsten geheult.

Wir standen in der Tür des Schlafzimmers meiner Eltern und schauten uns nicht an. Es passierte nicht zum ersten Mal und würde auch nicht das letzte Mal sein. Damit ich dazu fähig war, verdrängte ich Milo, bis er in meinen Gedanken ein weit entfernter Punkt war, ein verschwommener Fleck am Horizont, den ich mir als etwas gänzlich anderes einreden konnte. Nicht mein Bruder. Nicht zu mir gehörig. Brynn neigte sich zu mir und ließ den Kopf an meine Schulter sinken. Die Zeit war immer zu kurz. Uns blieben nur die Nachmittage, kurze Minuten zwischen Milos Arbeitsschichten.

Ob ich das Ganze wohl irgendwann satthabe? Ich stellte die Frage laut, auch wenn ich die Antwort schon kannte. Man konnte nicht etwas satthaben, das man zum Leben brauchte.

Wie geht es jetzt weiter? Sie schaute aus dem Fenster, eine Hand auf den Bauch gepresst. Ich schmiegte mich von hinten an sie und legte meine Hand auf ihre. Ohne Decken war es nicht mehr warm genug, doch das war mir egal. Wir schwiegen, lauschten dem nachlassenden Regen, bis nur noch Tropfen auf die Metallmarkise am Fenster platschten.

Ich fuhr mit einem Finger ihren Bauch entlang. *Häschen, Häschen,* dachte ich und sprach meinen Wunsch lautlos in ihren Nacken.

3

Hinten in der Werkstatt stand ein Vorratsschrank, in dem wir Tierreste aufbewahrten. Zeug, das mein Vater Krimskrams nannte, Sachen, die uns als Ersatzmaterial dienten, wenn es hektisch wurde und wir Schnipsel zum Flicken brauchten.

Nur für den Notfall, sagte er, als ich ihn fragte, wozu ein einzelner Entenfuß mit orange-schwarzen Schwimmhäuten gut sein sollte. *Ich werfe doch nichts weg, was wir irgendwann brauchen könnten.*

Sparsamkeit war ein fester Bestandteil meiner Arbeit. *Rechnungen,* ein Wort, das in meinem Kopf nur in neonfarbenen Großbuchstaben aufblinkte, hielten mich nachts vom Schlafen ab. Wenn es eine Möglichkeit gab, Kosten zu reduzieren, zog ich sie gern in Betracht.

Die Teile verschwanden und tauchten wieder auf, wenn ein großes Arbeitspensum bewältigt werden musste. Der Schrank enthielt ein merkwürdiges Sammelsurium: durchtrennte Hirschhufe, an denen noch die Knöchel hingen,

Hasenpfoten mit zu vielen Zehen, Alligatorenkiefer, die nicht zusammenpassten. Wir hatten Federn von Kardinälen, Finken, Fischreihern, Krähen und Hähern – zerzaust und glatt, flaumig und spitz. Da lagen Hörner in allen Farben und Formen, Geweihe, Knochenfragmente, Fellstücke zum Einpassen, abgeschnittene Schwänze. Der Schrank war klar unterteilt, auf jeder Schublade klebte ein blaues, mit dem Inhalt beschriebenes Etikett. Von Weitem betrachtet hätte man tatsächlich meinen können, es handle sich um ein echtes Wunderkabinett.

Es war eine gute Quelle für Teile, aus denen ich Fantasiewesen zusammenbaute, und da mein Vater nicht mehr war, zahlten Fantasiewesen die Miete. Ich setzte Hörner auf mit Schaumstoffstückchen ausgestopfte Kaninchenköpfe und lackierte Frösche auf Minikartentische, kochte eine Million Alligatorenschädel aus, deren spitze Zähne ich blau und orange anmalte für Footballfans des UF-Teams. Ich verwandelte Entenküken in Meerjungfrauen mit grün-golden schimmernden Fischschwänzen. Mit der Zeit leerte sich der Sammelsuriumschrank, bis ich nur noch schäbiges Zeug fand, das seit ewigen Zeiten in den Schubladen gelegen hatte. Eine Korallenotterhaut, um eine Spule gewunden, die einst Unmengen fuchsiafarbener Spitze für eines der Nähprojekte meiner Mutter gehalten hatte, zerfiel in meinen Händen.

Es war immer der gleiche Trott, der gleiche Trott. Schon der Anblick des Schranks deprimierte mich. Ich war gelangweilt und unglücklich, und wenn ich mich so fühlte, dachte ich ständig an Sex. Lucinda Rex ging mir oft durch den Kopf. Und genau das sollte ich nicht tun, mich auf eine Frau fixieren, die ich kaum kannte und die obendrein noch eine Kundin war. Aber bei der Arbeit wanderten meine Gedanken, wohin sie wollten. Es war lange her, dass ich mich so zu jemandem hingezogen gefühlt hatte. Ich ging in Bars und traf Leute, Frauen, die ich nie wieder sah nach solchen verschwommenen, durchtrunkenen Nächten in Hotelzimmern oder schmutzigen Wohnungen, aber sie waren nicht wie Lucinda. Sie war die Sorte Frau, die mich verletzen könnte, wenn ich ihr auch nur den Hauch einer Chance gab.

Oft ertappte ich mich dabei, wie ich den biegsamen Körper eines Rehs mit der langen Linie ihrer Beine oder ihrem schlanken Hals verglich. Als ich einen alten Kasten mit pelzigen Motten auseinandernahm, fragte ich mich, welche Geräusche sie wohl von sich gäbe, wenn ich die zarte Stelle unter ihrem Ohr lecken würde. Immer wenn ich so dachte, unterband ich es sofort – meistens, indem ich meinen Daumen an die Kante des Schabeisens presste. Lucinda war nicht chaotisch wie Brynn, aber sie hatte etwas Hartes an sich, das mir Angst machte. Sie waren beide Frauen, die einem das Herz brachen und hinterher lächelten. Es war leichter, in eine Bar außerhalb der Stadt zu gehen und jemand Anonymen zu finden. Nach ein paar Bier merkte ich den Unterschied zwischen meinen Händen und ihren nicht mehr.

Doch wenn ich in letzter Zeit eine dieser namenlosen Frauen gevögelt hatte, dachte ich danach immer an Lucinda.

An ihr dunkles Haar, die schlanken Handgelenke. Abends im Bett mischten sich Träume von Brynn mit einem Gifthauch von Lucinda, bis es schien, als läge ich eingezwängt zwischen ihren Körpern. Ich wachte früh auf und machte mich vor Sonnenaufgang an die Arbeit, damit ich die Bilder abschütteln konnte, die sich wie eine endlose Filmrolle in meinem Kopf abspulten.

Wollen und *brauchen*. Zwei Worte aus dem Brief meines Vaters, die so viel und zugleich so wenig bedeuteten. Ich wusste nie, was ich wollte. Und ich wollte nicht, dass ich etwas brauchte. Es war besser, nichts zu brauchen; nichts konnte einen nicht verletzen, wenn es sich aus dem Staub machte.

An den meisten Tagen war ich fast nur allein im Laden, aber eines Nachmittags lieh sich Bastien Milos Pick-up und kam mit Lolee vorbei; die beiden wollten im See schwimmen gehen. Die Amöbenzahl war in diesem Sommer hoch gewesen. Überall in Mittelflorida warnten Schilder davor, den Kopf unter Wasser zu tauchen. Seen und Staubecken waren Todesfallen, in denen die Bakterien nur darauf warteten, in Ohrenkanäle zu kriechen und das Gehirn in Brei zu verwandeln. Die Augustsonne heizte die Seen in der Stadt auf, bis sie sich anfühlten wie ein warmes Bad. Alle Gewässer verströmten einen schwefligen Geruch.

Meine Nichte hatte sich ihr Handtuch wie einen Schal um den Hals geschlungen und trug die große Schildpattsonnenbrille meiner Mutter. Mit ihrem Hüftschwung und dem schräg gelegten Kopf sah sie aus wie eine Miniausgabe von Brynn. Die Sonne, die durch die Tür fiel, ließ ihr Haar weiß leuchten.

»Willst du mit ihr gehen?« Bastien trank orangefarbene Gatorade aus einem Plastikbecher der University of Florida. Er hatte dort ein Semester studiert und dann abgebrochen, nachdem er Hunderte von Dollar an Kreditkartenschulden angehäuft hatte.

»Ich bin hier gerade am Aufräumen.« Noch hatte ich nicht viel gemacht, nur eine kopfgroße Wollmaus in die Mitte des Linoleums gefegt. Den ganzen Tag war erst ein Kunde hier gewesen, und der hatte nur einen LOVE MY BEAGLE-Magnet gekauft. Viel Arbeit für einen Dollar fünfzig.

»Ich könnte für dich einspringen und den Laden übernehmen.«

Er spielte mit einem Stapel Fachzeitschriften, halb von mir abgewandt, um zu zeigen, dass es ihm egal war.

Lolee hing an der Tür und zog sie vor und zurück, sodass die Glocke alle paar Sekunden schrillte. »Wir könnten unser Floß mitnehmen.« Die Sonnenbrille rutschte auf ihrer Knollennase nach vorne, und sie schob sie mit der flachen Hand zurück. »Du kannst mich durchs Wasser ziehen wie früher, als ich klein war.«

»Du bist immer noch klein.« In dem Sommer, als Brynn sich davonmachte, waren wir oft zu dritt mit dem Floß im Wasser gewesen. Wir hatten es abwechselnd durchs Schilf geschleust, bis zu den Knien in Schlamm und Algen. Brynn beklagte sich über die Hitze, während sie ihre verlaufene

Wimperntusche unter den Augen wegwischte, und sagte immer wieder, sie könne es kaum erwarten, irgendwo zu leben, wo die Temperatur manchmal unter siebenundzwanzig Grad sank. Zwei Monate später zog sie mit einem Fremden, den sie in der Reinigung kennengelernt hatte, an einen Ort, wo es noch heißer war als in Florida. Einmal fand ich sein Bild im Internet. Ein Typ, der klein, muskulös und fast kahlköpfig war. Nicht die geringste Ähnlichkeit mit den Mortons. Milo zeigte ich das Bild nicht. Ich hatte zwar ein schlechtes Gewissen, aber ich war mir nicht sicher, wie mein Bruder es aufnehmen würde. Sein Selbstwertgefühl war ohnehin sehr fragil; ein ausgeblasenes Vogelei.

»Wo ist dein Vater?«, fragte ich. »Sollte er sich nicht um dich kümmern?«

Milo war nie da. Er ging nicht zu Elternsprechstunden, unterschrieb keine Zeugnisse, machte keine Ausflüge zu den Quellen oder nach Disney World. Ob er seiner Tochter aus dem Weg ging, weil sie Brynn zu ähnlich sah? In Lolees weit auseinanderstehenden Augen und dem Grübchen im Kinn erkannte ich ihre Mutter. Der Anblick meiner Nichte löste nicht selten ein schmerzhaftes Gefühl in mir aus. Es tat weh, aber angenehm, eine Erinnerung daran, dass Brynn existiert und uns geliebt hatte.

»Bitte, du unternimmst nie was mit mir.« Lolee zog eine Schnute, ihr langes Haar streifte fast das Linoleum. Die Glocke über der Tür schrillte und schepperte. »Bitte, bitte.«

»Na gut. Aber nur … wenn du damit aufhörst.«

Ich zeigte Bastien den alten gelben Schlüsselkasten hinter

der Theke. Erklärte ihm, dass das Telefon nach hinten in die Werkstatt umgeleitet wurde, wenn man nicht bis zum zweiten Klingelton abhob. Um drei Uhr kam ein Kunde, der im Voraus bezahlt hatte. Seine Trophäe lag hinten in der Werkstatt unter einer Plastikplane, um den Staub abzuhalten.

Die schwarzen Hirschaugen schimmerten im Neonlicht, als ich die Plane zurückschlug. Ich wies Bastien auf die gewundene Halshaltung und das geöffnete Maul hin – ein Wunsch des Kunden. Die Zunge lag hinter einer Reihe von Zähnen, die ich mit Prothesenreiniger gesäubert hatte. Der Schuss war im Kiefer eingedrungen, und ich hatte den Knochen teilweise rekonstruieren und mit Draht und Filz polstern müssen. Einige Zähne hatte ich von einem anderen Tier genommen, das noch in der Gefriertruhe lag. Beim Einführen des Drahts hatte ich mich mit der Klinge in den Finger geschnitten, und etwas Blut war ins Fell getropft. Wenn ich ein solches Stück, das etwas von mir enthielt, an einen Kunden abgab, hatte ich manchmal das Gefühl, als bräche ich in ein besseres Leben irgendwo anders auf.

Lolee und ich ließen Bastien im Laden zurück und gingen zu Fuß in Richtung See, der ein paar Straßen entfernt war. Sie trottete vor mir her, in ihrem neongelben Bikinitop mit den schwarzen Biesen, das T-Shirt hatte sie schon ausgezogen, es hing über ihrem Arm. Ich trug ihr Handtuch und lauschte ihren Flipflops, die anzüglich auf dem Asphalt schmatzten. Es war mörderisch heiß. Mir lief schon der Schweiß am Hals entlang, bevor wir eine Straße weiter waren.

Schnellboote fegten über den See, prallten von der spiegelnden Oberfläche ab und schossen in die schwüle Luft. Heckwellen schwappten ins Schilf und klatschten ans Ufer, wo sie schleimige Algenspuren hinterließen. Die Luft roch nach Grillrauch.

Es war wie früher, als Milo und ich noch klein waren und mit unseren Freunden am Wasser herumtobten, während unsere Mutter uns zurief, von den Rohrkolben wegzubleiben; dass dort unten Schlangen waren, die nur darauf warteten, uns in die Knöchel zu beißen.

Wie war es möglich, dass wir plötzlich so alt waren, obwohl es sich so anfühlte, als wären nur Sekunden vergangen? Milo erschöpft und immer abwesend, Brynn unerreichbar. Aber hier war ihre Tochter, ihr kleiner Zwilling. Bald würde auch Lolee weggehen. Alle wurden groß und flogen aus.

Lolee steuerte einen von Gestrüpp halb verdeckten Picknicktisch an, wo die Sonne weniger heftig brannte. Ich setzte mich mit dem Rücken zu den Bäumen auf eine Bank und legte meinen Fuß auf das Atemknie einer Sumpfzypresse. »Geh nur«, sagte ich zu ihr. Einige Kinder hatten sich am Anleger versammelt und winkten wild mit den Armen fuchtelnd, um ihre Aufmerksamkeit zu wecken. Sie legte ihr Handtuch und ihre Flipflops ab und lief los, während ich die warme Grillluft einatmete. Sie kletterte hinten auf ein Sea-Doo, hielt sich an der Taille eines Jungen fest und schrie auf, als er beschleunigte, mit einem Geräusch, als würde ein Mixer Wurzelgemüse zermalmen. Als sie über das Kielwasser sausten, flog ihr Haar hinter ihr her.

Brynn hatte es immer toll gefunden, auf Booten, Jetskis

und Motorrädern zu fahren. Sie hängte sich seitlich an Jeeps, stellte sich hinten auf Pick-ups und schrie wahllos die Leute auf der Straße an. Als Milo seinen ersten Pick-up kaufte, nahm Brynn die Ladefläche in Beschlag. Sie fläzte sich auf ein Handtuch, die Shorts hochgekrempelt bis zum Schritt, Knopf und Reißverschluss geöffnet, um braun zu werden. Er fuhr mit ihr zum McDonald's-Drive-in, ließ sie Eisbecher bestellen und das Geld durchs offene Fenster zurückreichen. Auf einer dieser Fahrten gestand er ihr seine Liebe, schrie seine Botschaft zu ihr nach oben, während sie mit den Händen aufs Dach der Fahrerkabine trommelte. Ich sah aus dem Beifahrerfenster und ertränkte meinen Kummer mit einem weiteren Schluck schalen Biers.

Du weißt doch gar nicht, was Liebe ist, dachte ich und hätte ihm am liebsten eine geschmiert. Liebe war das stete Brennen einer Magenverstimmung. Liebe war ein Schlag in den Bauch, der einem die Milz zerriss. Liebe war ein kaputtes Telefon, das sich weigerte zu wählen. Milo gestand Brynn seine Liebe, und an seinem Gesicht sah ich, dass er diese Floskel für einen magischen Zauberspruch hielt. Sprich das Wort *Liebe* aus, und sie ist für dich da; sprich das Wort *Liebe* aus, und die andere Person empfindet sie auch.

Was ich ihm an diesem Tag hätte sagen sollen: Liebe macht dich zu einer offenen Wunde, empfänglich für Infektionen. Aber damals war er jung, genau wie ich, und das Glück der beiden war mir wichtiger als meines. Also schluckte ich meinen Schmerz und redete mir ein, ihre Liebe könne gedeihen, wenn ich ihr nicht im Weg stand.

Hinter mir trampelten Kinder durchs Unterholz, schlugen sich durch den Wust aus Farnwedeln und Luftkartoffelranken. Als ich mich auf der Bank umdrehte, grub sich das Holz in meinen Oberschenkel und drohte zu splittern. Ich schaute durch das herabhängende Louisianamoos und die Zwergpalmen, die sich auffächerten wie gespreizte Finger.

Zwei Mädchen mit dunklem Haar kauerten auf dem Boden.

Sie waren um die zehn Jahre alt, hockten in einem kleinen Palmbüschel und starrten den Körper eines Fischreihers an. Einer seiner Flügel zeigte himmelwärts, ausgebreitet wie im Flug. Mit Stöcken stocherten sie an der Unterseite des Vogels herum. Das Mädchen mit dem Pferdeschwanz stieß so fest zu, dass ihr Stock schließlich nachgab und zerbrach.

»Guck dir den ekligen Schleim an.«

»In den Augen sind kleine schwarze Käfer. Stehen wir auf einem Ameisenhaufen?«

»Wahrscheinlich.«

Das andere Mädchen spähte unter den Flügel, ihr zerzaustes Haar fiel ihr über die Augen. »Da ist ein verdammtes Loch drin.«

Ich trat mit dem Stiefel auf einen Zweig. Die beiden blickten gleichzeitig erschrocken auf. Ich kannte sie nicht. Das Mädchen mit dem Pferdeschwanz ließ den Stock fallen. Das andere drückte seinen an die Brust, wo er einen schwarzen Schmutzfleck auf dem Stoff hinterließ. Sie erinnerte mich an Lolee, als sie klein war, irgendwie schmuddelig und ungewaschen, als käme sie gerade vom Spielplatz hereingestolpert.

»Wir haben ihn nicht angefasst.« Sie fuhr mit der Hand über den Fleck und versuchte ihn wegzuwischen. »Wir haben nur geschaut.«

»Vögel haben alle möglichen Krankheiten«, sagte ich. »Ihr solltet nicht an ihnen herumfummeln.«

»Das wissen wir.« Das Mädchen mit dem Pferdeschwanz wich zurück, das andere folgte seinem Beispiel. Sie waren ungefähr gleich groß. Gleiche Haarfarbe, dunkle Augen in verkniffenen Gesichtern. Schwestern, vielleicht Cousinen.

»Ach ja? Dann solltet ihr wissen, dass sogar das Stochern an einem toten Vogel mit einem Stock Bakterien in der Luft freisetzt. Die ihr wahrscheinlich gerade einatmet.«

Die beiden Mädchen hielten sofort die Luft an, als wollten sie warten, bis die Gefahr vorbei war. Ich trat zurück und machte Platz, damit sie durch das Gebüsch zurückkommen konnten. Sie vermieden es, mich zu berühren, und rannten davon, nachdem sie das Palmgestrüpp hinter sich hatten.

Ich hockte mich neben den Vogel. Es war ein ziemlich großes Exemplar, aber er war schon zu steif, um ihn zu präparieren. Ich nahm einen der weggeworfenen Stöcke und drehte den Vogel um, bis er ausgestreckt dalag, die Flügel ausgebreitet, die Brust aufgeworfen, der Rücken gewölbt. Der Halsstellung nach zu urteilen war er vermutlich vor zwei Tagen verendet. Die Wunde an der Seite befand sich direkt unter dem Brustkorb. Sie war rund und dunkel, eine kleine Mulde, wahrscheinlich verursacht durch ein Luftgewehr.

Obwohl der Vogel bereits verweste, waren die Flügel

noch in gutem Zustand. Mit dem Taschenmesser entfernte ich sie an der Verbindungsstelle zum Rumpf. Während ich arbeitete, krabbelte eine Floridaskunkschabe aus der Öffnung in seinem Körper und huschte ins Gebüsch.

Mit dem Stiefelabsatz bohrte ich ein Loch, schubste die Reste hinein und scharrte den Erdhaufen wieder darüber. Dann legte ich die Flügel auf den Picknicktisch und wartete auf Lolee. Sie war kaum zu sehen draußen auf dem Wasser, wo sie hinten auf dem Jetski herumtollte. Der Fahrer machte eine scharfe Kehrtwende, deren Wucht sie ins Wasser schleuderte. Als sie auftauchte, schrie sie und schlug wie wild um sich. Der Fahrer griff nach unten, um ihr hochzuhelfen, aber sie zog ihn zu sich ins Wasser und tauchte ihn immer wieder unter.

Ihre große Ähnlichkeit mit Brynn brannte mir ein Loch in die Brust. Ich starrte fest in die Sonne, bis die Welt blau und fleckig wurde. Als ich die Augen wieder auf den Tisch richtete, bewegte sich alles, als hätte ich zu lange ein Magic-Eye-Bild betrachtet. Überall Punkte, Schnörkel, Fussel. Nichts ergab Sinn, so sehr ich mich auch bemühte, es zu entziffern.

*

»Kann ich die haben?« Ich hatte die Fischreiherflügel in eine Einkaufstüte gesteckt, und meine Mutter konnte sich daran gar nicht sattsehen.

»Wofür?«

Eigentlich wollte ich die Flügel nach dem Säubern im Resteschrank aufbewahren. Ich hatte das Spülmittel in der Werkstatt schon neben das Waschbecken gestellt.

»Ein Projekt.«

Was immer das bedeuten mochte. Ich hatte darüber nachgedacht, was mein Bruder mir über die künstlerischen Ambitionen unserer Mutter erzählt hatte – dass sie etwas in dieser Richtung machen wollte, bevor sie meinen Vater heiratete und zwei Kinder bekam. Ich wusste nicht viel darüber. Schon gar nicht über Bildhauerei. Ich hatte keine Ahnung, was die Körperteile von Tieren damit zu tun haben sollten. Wenn überhaupt, so dachte ich, würde sie einen Töpferkurs besuchen. Einen, bei dem Frauen Wein tranken und einen Kaffeebecher bastelten, den sie am Ende des Abends mit nach Hause nahmen, etwas, was sie mit ihren Freundinnen unternehmen könnte.

»Was für ein Projekt?«, fragte ich.

»Ein Kunstprojekt.«

Sie ging nicht weiter darauf ein, streckte nur die Hand aus. Ich übergab ihr die Einkaufstüte, und sie presste sie an die Brust. Ich stellte mir schaudernd vor, wie die Käfer aus dem Plastik heraus auf ihre Bluse krabbelten.

»Vielleicht sollte ich sie erst säubern.«

»Hast du nichts anderes zu tun? Liegen in der Gefriertruhe nicht ein paar Hirschköpfe?«

Sie hatte bereits alles Mögliche aus dem Schrank gekramt und auf dem Tisch verstreut. Eine Fledermaus, die ich vor ein paar Jahren aufgesammelt hatte, mit einem Loch in einem ihrer netzartigen Flügel, der an einen punktierten Drachen erinnerte. Außerdem einen schäbigen Fuchsschwanz, versteinerte Frösche, einen kaputten Schildkrötenpanzer und das Fell einer schwarz-weißen Katze, die einer unserer Nachbarn überfahren hatte.

»Haben wir noch mehr in der Art?«

»Unser Vorrat wird langsam knapp«, erwiderte ich und stupste ein Stück Gürteltierpanzer an. Es blätterte auf wie Glimmer. »Das ist alles.«

Totgefahrene Tiere waren eine gute Möglichkeit, die Schränke gefüllt zu halten, doch seit ich das Geschäft übernommen hatte, war ich mit meinen frühmorgendlichen Runden nachlässig geworden. Ich schenkte mir die Mühe, die Straßenränder abzugrasen und Ausschau nach Tierkadavern zu halten, die noch nicht in der glühenden Hitze Floridas verwest waren.

Ich überlegte, ob ich Bastien die Straßenarbeit übertragen sollte, der verduftet war, nachdem er meine Mutter zum Schrank mit den Tierresten geführt und ich ihn dabei erwischt hatte. Die Vorstellung, wie er bei über dreißig Grad die Innereien von Beutelratten aufhob, verschaffte mir eine gewisse Schadenfreude.

»Ich möchte einfach gern wissen, was du mit dem Zeug vorhast.« An der Seite der Plastiktüte war ein kleines Loch. Bei dem Gedanken an Milben sträubten sich mir die Haare.

Sie durchwühlte die Vitrine neben der Spüle und fand mehrere Gläser mit Glasaugen und Pigmentfarben. An ihrem Hinterkopf klaffte eine Schnittwunde, offenbar entstanden, als sie sich die Haare wieder abrasiert hatte. Über dem Schnitt klebte ein Stück Toilettenpapier. Der Anblick erinnerte mich an die Zeit, als ich klein war und ihr zusah, wie sie sich am Waschbecken in unserem Bad die Beine rasierte. Rasierschaum tropfte von ihrem Knöchel, während der Raum von dem endlos laufenden heißen Wasser beschlug und meine Haut sich glitschig anfühlte.

»Ich stelle ein paar Sachen für Lucinda Rex zusammen«, sagte sie. »Nur eine kleine Präsentation.«

Ich wünschte mir zum millionsten Mal, meine Familie würde sich von den Frauen in meinem Leben fernhalten. Ich malte mir schon aus, wie meine Mutter Lucinda zum Abendessen einlud. Vielleicht würde sie zwischen Milo und mir am Tisch sitzen und mit ihren Händen jedem von uns über den Schenkel streichen. Vielleicht würde sie dort einziehen und in meinem alten Zimmer schlafen. Ich zwickte mich fest in die weiche Haut an der Innenseite meines Unterarms.

Meine Mutter wandte sich wieder der Vitrine zu. »Haben wir vielleicht schwarzes Färbemittel?«

»Wer ist ›wir‹?«

»Du weißt, was ich meine, Klugscheißerin.« Sie hatte bereits jede Schublade in der Werkstatt aufgerissen. Flaschen und Gläser übersäten die Arbeitsflächen, vollgestopft mit Knöpfen, dickem Nähgarn und makellos schimmerndem Besteck: Messer, stabile Aufrauer, Schaber und Zangen.

Sie drehte sich um und zeigte mit einer der langen Ahlen auf mich, die wir benutzten, um nach dem Gerben Löcher in die Haut zu bohren. »Und?«

Meine Mutter sah gesund aus. Ihre Wangen waren fülliger geworden und ihre Haut rosiger, weniger fahl. Konnte es schaden, ihr diese kleine Freude zu lassen? Wenn es ihr half, über Dads Selbstmord hinwegzukommen, durfte ich ihr den Zugang zur Werkstatt und den Sachen, die ja auch ihr gehörten, nicht ernsthaft verbieten. Oder ermunterte ich sie dann dazu, ihre komische sexuelle Kunst weiterzubetreiben? Bei jedem anderen hätte ich es vermutlich lustig gefunden: Dachse, die mit Kaninchen schmusen, ein rosa Flamingo, der seinen Hals neigt, um ein Eichhörnchen sexuell zu befriedigen. Tiere, die eigentlich wild aussehen sollten, wirkten plötzlich verletzlich, Raubtier und Beute wurden durch die Haltung eines Kiefers oder die Stellung der Pfoten gleichgesetzt. Die Arbeiten waren gut. Was mich abstieß, war die Tatsache, dass meine Mutter sie schuf.

Ich kniete mich neben das Schränkchen unter der Spüle und durchwühlte die Schachteln mit Haarfärbemittel von Dollar General. Meistens kauften wir Artikel, die gerade im Angebot waren, zwei zum Preis von einem, die Auswahl war also begrenzt.

»Schwarz haben wir nicht.«

»Wie sieht es mit gedecktem Schwarz oder Mattschwarz aus?«

»Wir haben Muskat, dunkles Kupferrot, Beigebraun und pures Platin.«

»Davon will ich nichts.« Als ich das Schränkchen schließen wollte, hob sie die Hand. »Moment. Zeig mir das Muskat.«

Sie drehte die Schachtel in den Händen und betrachtete mit zusammengekniffenen Augen das Modell auf der Vorderseite. »Nein, das geht nicht. Zu braun. Ich muss mir selbst was besorgen.«

Auf dem Boden stand ein geflochtener Korb, den ich in meinem Leben schon tausendmal gesehen hatte. Meine Mutter bewahrte immer ihre Brötchen und Maismehlmuffins darin auf, eingewickelt in ein Tuch. Und jetzt packte sie alles, was sie aus dem Schrank geholt hatte, wild durcheinander hinein: Fellreste und Knorpel. Hoffentlich warf sie den Korb weg, wenn sie fertig war.

»Ich arbeite damit zu Hause weiter.« Sie fuhr sich über den Kopf, streifte dabei das Stück Toilettenpapier ab und löste den zarten Schorf, der sich gebildet hatte. Blut tropfte aus der Wunde, ein leuchtendes Rinnsal, das ihr den Nacken hinunterlief. »Könntest du Bastien nach Hause fahren? Milo arbeitet wieder lange.«

Es wäre leicht gewesen, ein Papiertuch aus der Schachtel an der Spüle zu nehmen, aber ich tat es nicht. Ich ließ das Blut einfach am Schädel meiner Mutter hinunterlaufen. Als sie wegging, wanderte der Tropfen in einem Zickzackmuster abwärts, bis er schließlich den Kragen ihrer Bluse erreichte. Ich hörte sie draußen vor dem Laden, sie unterhielt sich mit einem Kunden. Die Arbeitsflächen waren ein einziges Chaos – Schachteln und Schränke aufgerissen, der Abfluss in der Spüle voller Haarschnipsel. Mein Vater hätte das nie geduldet. Aber mein Vater lebte nun mal nicht mehr. Er hatte nichts mehr zu sagen.

ARDEA ALBA – SILBERREIHER

In der Zeit, die ich brauchte, um die Leiter zu erklimmen, war Milo schon auf das Dach des Baumhauses geklettert. Er war zwölf, ich dreizehn, aber er hatte schon die Größe von jemandem, der viel älter war. Seine Arme und Beine waren dünn und ungelenk, wie schmelzende Karamellbonbons. Milo war hoch aufgeschossen, aber nicht kräftig, und er war ungeschickt. Er trieb keinen Sport, außer mir hatte er keine Freunde. Wir verbrachten fast die ganze Zeit zusammen. Wir beide und Brynn, wobei mein Bruder und ich ihr wie zwei liebeskranke Hündchen folgten.

Könntest du vielleicht warten?

Könnte ich, sagte er. *Mach ich aber nicht.*

Wir hatten das Baumhaus hinten im Garten des zwangsversteigerten Hauses entdeckt, drei Häuser weiter von unserem und direkt neben dem Friedhof. Wenn wir durch die Löcher in den Holzwänden schauten, konnten wir in der Ferne einen Streifen Wasser sehen. Ich nannte es Grundstück mit Seeblick, auch wenn die Aussicht sich vor allem auf abgewrackte Grabsteine beschränkte, die aufragten wie gezackte Zähne.

Ich geh da nicht rauf, sagte ich. *Da komm ich ja nie wieder runter.*

Ist mir doch egal, was du machst. Gib mir einfach mein Glas.

Unsere Mutter hatte uns fürs Sommerlager angemeldet, das eigentlich nur darin bestand, die Nachmittage im kirchlichen Freizeitheim zusammen mit anderen Kindern, die definitiv nicht dort sein wollten, mit Basteln zu verbringen. Wir waren zu alt für die Krippe und zu jung, um alleine zu Hause zu bleiben. Kinder aus reichen Familien fuhren in Ferienlager oder kirchliche Freizeitheime, aber nicht wir. Unser Vater hatte uns von der Arbeit in der Werkstatt befreit und gesagt, das seien Ferien genug. Oder wollten wir lieber vorbeikommen und Reste von den Kadavern klauben, die er entfleischte?

Ich stellte mich auf die Zehenspitzen und gab Milo das Glas in seine herabbaumelnde Hand. Ein Mädchen, das nur drei Jahre älter war als ich, hatte uns an dem Tag im Freizeitheim die Herstellung von Butter beigebracht. Sie trug ihr langes rotes Haar seitlich zu einem Pferdeschwanz gebunden, mit einem dieser Gummibänder mit durchsichtigen blauen Kugeln an den Enden. Milo sagte, sie habe blaue Eier im Haar, und Brynn kriegte sich vor Lachen gar nicht mehr ein. Plötzlich fand sie Milo umwerfend komisch und wollte ihn die ganze Zeit bei uns haben. Was dazu führte, dass ich meinen Bruder hasste, weil er die Aufmerksamkeit gierig aufsaugte und dadurch noch nerviger wurde.

Aber das Brot kriegst du nicht, sagte ich zu ihm und schob die Tasche nach unten zwischen meine Füße. *Es reicht nicht für zwei.*

Ich esse doch keine Butter ohne Brot. Das ist eklig.

Wir schüttelten unsere Gläser. Es würde mindestens dreißig Minuten dauern, bis sich in der Buttermilch ein Klumpen bildete. Wir hatten unsere Zutaten in der glühend heißen Küche in die Gläser gefüllt, sie mit nach draußen genommen und unsere Mutter weiter die fleischigen rosa Brüste für das Parmesanhähnchen klopfen lassen, das es heute Abend gab.

Wir verbrachten die Spätnachmittage im Baumhaus, nachdem die Leute aus dem versteigerten Haus ausgezogen waren. Nicht mal ein Jahr hatten sie dort gewohnt. Der Mann war jünger als unser Vater, dünne Arme und Taille, aber breite Hüften. Er hatte das Baumhaus mit ein paar Freunden an einem einzigen Tag gebaut – alle tranken Bier in der Nachmittagshitze, mit freiem Oberkörper und verschwitzt. Milo und ich beobachteten sie heimlich vom Friedhof aus, geduckt hinter den Grabstellen der Davidsons und Meekins. Man sah es unseren Knien an, nach dem stundenlangen Kauern in der unnachgiebigen Erde hatten sich tiefe Rillen eingegraben. Der Mann hatte ständig *Bier!* und *Mehr Bier!* gerufen, und das so oft, dass Milo und ich witzelten, seine Frau müsse wohl so heißen. Wir wussten nicht, warum sie das Baumhaus bauten. Das Paar hatte keine Kinder.

Das dauert zu lange. Die Flüssigkeit in Milos Glas schäumte vom vielen Schütteln, aber Butter bildete sich noch nicht. Bei mir sah es nicht besser aus.

Stell dich nicht so an. Geh einfach weiter.

Brynn wollte bald vorbeikommen. Sie musste eine Stunde auf ihren kleinen Bruder Gideon aufpassen, weil ihre Mutter Besorgungen machte. Gideon war nicht gerade niedlich. Er war blass, hatte verrückte blaue Augen. Brynn redete ständig davon, dass sie später mal Kinder wollte, ich dagegen fand Kinder nicht so toll. *Denkst du nicht daran, irgendwann zu heiraten?*, fragte sie und stülpte sich das Ende eines Bettlakens als Schleier über den Kopf. *Dein Bruder wird bestimmt mal ein guter Ehemann. Er wird immer süßer.* Damit sie aufhörte, von Milo zu reden, gab ich ihr den Rest meines Himbeerlutschers. Ich dachte nie übers Heiraten nach, wünschte mir allerdings manchmal, Brynn und ich könnten zusammenleben, wenn wir älter waren.

Hey, schau mal. Milo schlug neben meinem Gesicht an die Wand.

Was ist denn? Meine Butter war fast fertig; ich spürte es. Immer wenn ich das Handgelenk drehte, schlug etwas Hartes an das Glas, es hörte sich dumpf an und erinnerte mich an die Vitamin-E-Kapseln, die meine Mutter für ihr Haar und ihre Nägel nahm.

Da sitzt irgendwas hinter der Gedenkbank.

Als ich mich über das Holzgeländer beugte, gab es unter meinem Gewicht leicht nach, und ich lehnte mich schnell zurück. Unter der Bank wackelte irgendwas.

Das ist ein Vogel.

Nein, eine Plane, sagte Milo und schüttelte sein Glas.

Sei nicht albern. Das ist ein Reiher. Vielleicht ein amerikanischer Schlangenhalsvogel.

Unmöglich, zu weit weg vom Wasser. Sieht aus wie ein Müllfetzen.

Ich werf ihm ein bisschen Brot hin.

Sein langer Arm schwang herunter und schnappte sich die Plastiktüte mit dem Endstück eines Brotlaibs. *Nein, nicht. Wir haben nicht mehr viel.*

Reg dich ab. Ich öffnete die Tüte, riss ein Stück Brot ab und rollte es zu einer weißen Kugel. *Ich nehme nur ganz wenig.*

Mein Wurf war ziemlich gut. Die Brotkugel flog in hohem Bogen durch die heiße Luft und landete anderthalb Meter vor der Bank, verborgen im wuchernden Unkraut. Der Vogel bemerkte es nicht.

Gib mir ein bisschen. Ich reichte ihm einen Brocken, größer als meiner. Sein Wurf war nicht besonders gut. Die Brotkugel landete neben einigen überwucherten Grabsteinen, an denen nicht mal die Inschriften zu lesen waren; so was wie Adler oder Addison. Aber es spielte keine Rolle, dass er nicht getroffen hatte. Der Vogel hatte sich hinter die Bank geschleppt, bis ich nur noch die Spitze seines hellen Flügels durch die Latten sehen konnte.

Anstatt noch mehr Brot zu verschwenden, ließ ich die Tüte fallen und gab Milo mein Glas. *Schüttel weiter.*

Ich hüpfte über den Nachbarzaun und durchquerte das buschige Unkraut, während ringsum Wolken von Stechmücken aus den Pfützen aufstoben, die auch im Sommer nie wegtrockneten. Matsch saugte an meinen Turnschuhen, billige weiße Keds, die gegen Ende des Sommers schlammfarben wurden und auf die Brynn in Schwarz die Namen aller Jungs schrieb, in die sie während des Schuljahrs verknallt war. Auf meinen Schuhen stand *Brian, Rickie* und *David* und dann wieder *Brian*; Brian, der in Mathe vor mir saß, Brian mit dem schlaffen Haar, das ihm über ein Auge hing, Brian, der immer nach billigem Aufschnitt roch, wenn er Basketball gespielt hatte.

Im Sportunterricht saßen Brynn und ich oft auf dem Hallenboden und teilten uns einen Kaugummi. Ich kaute eine Linie in eine Richtung und sie eine in die andere, bis er die Form und das Muster eines Crackers hatte. Sie schrieb Brians Namen, und ich kaute ihren Kaugummi und konzentrierte mich auf ihre Finger, die meinen Knöchel umfingen, während sie schrieb. Als sie es das letzte Mal machte, schrieb sie ein großes *M,* und mein Herz setzte aus. Ich nahm ihr den Filzstift aus der Hand. *Es reicht,* sagte ich zu ihr. *Schreib auf deine eigenen Schuhe.*

Je näher ich dem Vogel kam, desto seltsamer sah er aus. Sein Hals lag verrenkt neben einer Baumwurzel. Einer seiner Flügel war leicht nach hinten gebogen. Als er mich seitlich um die Bank kommen hörte, drehte er den Kopf noch schräger, bis er mich verkehrt herum anstarrte.

Ich kniete mich auf die nasse Erde und streckte vorsichtig die Hand nach ihm aus. Es war eindeutig ein Reiher; ein großer, schneeweiß, mit einem streitlustigen hellroten

Schnabel, der sich weit öffnete und ein gedehntes Fauchen von sich gab. Der zweite Flügel lag hinter seinem pfeilförmigen Körper. Ein Fuß war vollkommen verdreht, vermutlich gebrochen.

Bring mir ein Handtuch, schrie ich. *Schnell.*

Milo kam mit einem unserer guten Gästehandtücher zurück, muschelrosa mit bestickten Rändern; die Sorte, die einem nie die Hände trocknete, sondern nur das Wasser verteilte.

Du Idiot. Mom dreht durch.

Er hatte Brynn mitgebracht. Sie kniete sich neben mich auf die Erde und roch nach dem Himbeerkörperspray, mit dem sie sich schon den ganzen Sommer einsprühte; es stammte aus einer halb leeren Flasche, die sie in einer Schublade im Freizeitheim gefunden hatte.

Armes Baby. Was machen wir jetzt mit ihm?

Ich werde ihn einwickeln, dann nehmen wir ihn mit nach oben ins Baumhaus.

Und dann?

Pflegen wir ihn gesund, sagte ich. *Richten ihn wieder her.*

Brynn zog eine Augenbraue hoch. Inzwischen konnte sie das richtig gut. Sie konnte auch gut mit nur einem Mundwinkel spöttisch grinsen und den Kopf zur Seite legen, dass ihr Pferdeschwanz über ihre Schulter wischte. Sie gab mir das Gefühl, dass ich keine Ahnung hatte, was ich mit meinem Körper anstellen sollte, während sie ihren völlig unter Kontrolle hatte. Milo beobachtete sie auch ständig, mit einem unheimlichen Blick in den Augen. Wenn ich ihn dabei ertappte, kniff ich ihn, bis er wieder normal schaute. Es stand mir zu, sie zu mögen und sie anzusehen. Aber wir waren nun mal seine einzigen Freundinnen, es gab keine anderen Mädchen, die er angaffen konnte. Solange er seine Kommentare für sich behielt, konnte er denken, was er wollte.

Mach irgendwas, das ihn ablenkt, mit den Armen wedeln oder so. Ich hielt das Handtuch hoch wie ein Matador. *Dann nehme ich ihn.*

Milo neigte sich von der anderen Seite herüber und schüttelte sein Butterglas vor dem Vogel. Der Reiher bäumte sich auf, und ich brachte das Handtuch zum Einsatz, wickelte es um den dünnen Körper und hob ihn entschlossen auf, so wie ich einen nassen Hund aus der Badewanne holen würde. Er wehrte sich ein bisschen, aber die Anstrengung schien ihn zu erschöpfen. Der Vogel wurde fast augenblicklich wieder schlaff.

Wie in einer Prozession zogen wir mitten über den Friedhof: Ich trug den Vogel, Brynn stapfte mit ihren Plateauflipflops hinter mir her, und Milo war, wie immer, das Schlusslicht, ganz gleich, wo wir waren oder was wir machten.

Ich presste den Vogel wie ein Wickelkind an die Brust und kletterte einhändig die Leiter hoch. Das Baumhaus war hauptsächlich aus Sperrholz – alle vier Seiten und das Dach –, während der Boden aus wahllos zusammengenagelten Brettern bestand. Es thronte viereinhalb Meter hoch in der Eiche, und die schmale Veranda ringsum war ein guter Platz, um sich den Wind um die Nase wehen zu lassen.

Geh weiter, sagte Brynn, die mir von hinten in die Knie stieß. Aber ich wollte nicht reingehen. Vorhin war eine der größten Kakerlaken, die ich je gesehen hatte, an der Decke gekrabbelt. Manchmal flogen die auch. Ich quetschte mich an das Geländer, während Milo als Letzter hochstieg. Er hatte noch sein Glas und schüttelte es um den Kopf.

Kannst du mal aufhören?, fragte ich. *Und wo ist meins?*

Er zeigte nach unten auf den Friedhof und lachte.

Gehn wir einfach rein. Brynn steckte einen Finger unter den Handtuchrand, hob ihn an und legte den gekrümmten Hals des Reihers frei, um den sich winzige weiße Federn kräuselten. Er sah schläfrig und lieb aus, eingemummelt, als hätte er eine Erkältung.

Warte kurz, sagte ich. *Ich seh mich erst mal um*.

Jessa macht sich wegen der Kakerlaken in die Hose. Milo stand mit einem Fuß im Eingang, mit dem anderen auf der Veranda. *Sie hat Schiss vor einem Käfer, der nur einen Bruchteil so groß ist wie sie*.

Na los. Brynn packte ihn am Ellenbogen. *Mach sie einfach platt*.

Brynn sah mich verständnisvoll an. Für sie war ich nur ein Mädchen, das Angst vor einer Kakerlake hatte, während mein Bruder, der nicht mal ein Waschbärfell entfleischen konnte, ohne grün zu werden, plötzlich derjenige war, an den sie sich ständig um Hilfe wandte. Dabei war er der Zimperliche von uns beiden. Ich blieb bis spätnachts mit ihm auf, wenn er einen Albtraum hatte und sich vor eingebildeten Monstern fürchtete, die sich unter dem Wäschekorb versteckten. Er heulte bei traurigen Filmen und ließ sich von unserer Mutter trösten, wenn ihm etwas wehtat. Ich war die Starke, aber Brynn sah nur, dass ich ein Mädchen war. Milo, ein Angsthase, wie er im Buche stand, würde immer der Ritter sein.

Ich schaff das schon. Ich wollte nach vorn treten, aber Milo drückte mich an meiner Schulter zurück auf die Fersen.

Lass mich das machen, du kannst die Dinger doch nicht ausstehen.

Ich hab keine Angst. Ist mir egal.

Wir rangelten miteinander, ich wollte weitergehen, Milo schob mich immer wieder zurück. Brynn war zwischen uns eingekeilt und schlug mit den Händen auf unsere Gesichter ein.

Hört auf, rief sie. *Ihr seid beide blöd.*

Milo, dessen Arme bedeutend länger waren als meine, versetzte mir einen letzten Stoß. Ich fiel gegen das Geländer und hörte es krachen, ein Geräusch wie Eiswürfel in einem Glas warmem Wasser. Dann kippte ich mit dem Vogel über die Seite.

Wir landeten hart in einigen abgefallenen Eichenästen. Ich wirbelte Blätter auf und versuchte wieder Luft zu bekommen. Ich drehte meine Wange in den Schmutz, lauschte dem Blut, das laut in meinen Ohren rauschte, und wartete darauf, dass die Welt sich wieder einrenkte.

Jemand drehte mich um. Brynn weinte, und dann schrie sie. Milo zog den Vogel aus meinen Armen. Das Handtuch war mit Schmutz und etwas Dunklerem gefleckt. Ich war mit meinem vollen Gewicht auf dem Reiher gelandet. Sein Kopf hing schlaff aus dem Handtuch; aus seinem geöffneten Schnabel tropften Blut und eine schmierige Flüssigkeit.

Sie legten meinen gebrochenen Arm in eine Schlinge. Der Knochen in meiner Schulter war so weit oben gebrochen, dass kein Gips angelegt werden konnte. Von den Schmerzmitteln war ich zu müde, um zu gehen oder viel zu reden. Ich war froh darüber; ich wollte nicht mehr an den Vogel denken, daran, wie er ausgesehen hatte, als Milo ihn über meinen Kopf hielt, blutig wie ein abgetriebenes Kind.

In der Nacht wachte ich in meinem Zimmer mit einem Pochen in der Schulter aus einem Albtraum auf und rief nach meiner Mutter. Schluchzend legte ich meinen Kopf in ihren Schoß, während sie mir das verschwitzte Haar aus dem Gesicht strich und mir mit dem Ärmel ihres Nachthemds den Rotz von der Nase putzte. Ihr langes Haar bedeckte uns, ein Vorhang, der nach Schlaf und dem hefig-zitronigen Aroma ihrer Haut roch.

Ihre kühlen Hände streichelten meine Wangen. *Du wolltest ihn nicht töten. Er war doch schon verletzt. Manchmal können wir Dinge einfach nicht besser machen.*

Ich wusste, sie hatte recht, aber etwas Kleines, Schwarzes in mir hatte gesehen, wie schön die Federn des Vogels in der Sonne glänzten, und wünschte sich, er könnte für immer bei mir bleiben. Ich weinte also, weil ich jemand war, der einer Kreatur den Tod wünschte, nur damit sie mir gehörte.

4

Ich wies Bastien vorne im Laden ein und machte ihn mit der Ware vertraut. Es war seltsam, einem Angestellten Dinge beizubringen, die ich schon beherrscht hatte, bevor ich eine Zahnspange bekam. Ich hatte als Kind mit Rinderschädeln und gefriergetrockneten Mäusen gespielt, lässig in Schalen mit Haizähnen gewühlt, weil sich die scharfen Spitzen so gut an den Fingern anfühlten.

»Wie lange noch?« Bastien fegte den Betonboden, fing Schaumflocken und Geweihsplitter von dem Hirschkopf ein, an dem ich seit einer Stunde arbeitete.

»Ich bin mir nicht sicher.«

»Fünfundvierzig Minuten? Fünfzehn?«

»Ich weiß nicht.«

Die vorgefertigte Form, die ich gewählt hatte, war zu groß. Ich hatte Probleme, das Geweih dort anzusetzen, wo ich es haben wollte, und anstatt das Fell abzuziehen und von vorne anzufangen, versuchte ich es mit den Händen zu dehnen. Ich war mit einer der Sprossen gegen den Metalltisch gestoßen, und nun war sie stark gesplittert. Ein Anfängerfehler, wie er mir seit der Highschool nicht mehr unterlaufen war.

»Aber du glaubst, schon bald?«

»Vielleicht.«

Die Anwesenheit eines anderen Menschen lenkte mich ab. Ich konnte mich nicht konzentrieren. Bastien redete gern bei der Arbeit. Er war unruhig und zappelig, lief ständig durch den Raum, um eines der Werkzeuge aufzuheben, die ich benutzte, oder um ein Stück von dem Hirschfell zu befummeln. Er hatte Glasaugen in allen möglichen Farben herausgeholt und angefangen, sie in Haufen zu sortieren, die ich würde aufräumen müssen, bevor wir gingen. Ich hatte gesehen, wie er versuchte, sich das feste Leingarn, das ich zum Nähen benutzte, wie ein Freundschaftsarmband um das Handgelenk zu wickeln. Dann hatte er es aufgegeben und das verknotete Gewirr auf den Boden geworfen.

»Ist vorne noch was zu tun?«, fragte ich.

»Der Boden ist so scheißsauber, dass du davon essen könntest.« Der Besen hielt eine Sekunde lang inne. »Entschuldige.«

»Was ist mit der Post, auf die es geregnet hat?«

Er schlurfte hinüber in die Ecke und nahm sich mit der Spitze des Besens die Schmutzreste vor, die sich dort immer sammelten. Seine Ohren waren rot, sein Nacken leicht sonnenverbrannt. Ich fragte mich, wie er sich die Zeit vertrieb, wenn er nicht im Laden arbeitete. Seine Freunde waren kein guter Umgang für ihn.

Er kratzte am Staub herum, und ein paar Borsten brachen

ab. »Die liegt vorne am Fenster, wo am meisten Sonne reinkommt.«

»Sehr gut. Danke.«

»Vielleicht solltest du mal drüber nachdenken, die Ziege anders hinzustellen, Tante Jessa.« Er drehte den Besen um und fuhr mit den Fingern an den zerfransten Kanten entlang, sodass noch mehr Borsten abbrachen und auf den Boden fielen.

»Wieso? In der vergangenen Woche hatten wir mehr Laufkundschaft als im ganzen letzten Monat.«

Staub wirbelte um ihn herum auf und umgab ihn mit einem Heiligenschein. »Ihr Fell ist verblichen. Sie sieht irgendwie komisch aus.«

»Mist.«

»Ja.«

Ich legte den Nahttrenner hin und krümmte meine verkrampften Finger. Das nicht zugenähte Hirschgesicht sah mich von unten an. Die Glasaugen saßen schief, wodurch es leicht benommen wirkte. Ich musste noch mal von vorne anfangen. »Dann bringen wir sie jetzt weg und stellen vielleicht was anderes auf.«

Vorne sah es tatsächlich so sauber aus, wie Bastien gesagt hatte. Der permanente Staub, der sich um die Regale gesammelt hatte, war zu einem wächsernen Schimmer verdichtet. Die Poststapel neben der Kasse waren in Plastikschubern sortiert, etikettiert mit ÜBERFÄLLIG, FÄLLIG und BEZAHLT – in Letzterem lag ein einziges zerknittertes Blatt, bei dem es sich vermutlich um einen Irrtum handelte.

Wir packten jeder vorsichtig ein Ende der Bagot-Ziege, damit sie nicht umkippte; wahrscheinlich wären sonst die Nähte geplatzt, und ich hätte alles neu füllen und nähen müssen.

»Könntest du heute Nachmittag Grandma von der Galerie abholen?«

Ich stolperte fast über einen riesigen Haufen Schlangenhaut, den Bastien in den Gang gelegt hatte. »Kannst du das nicht machen?«

»Eigentlich darf ich nicht Auto fahren.«

Ich hatte nicht damit gerechnet, mir die Kunst meiner Mutter ansehen zu müssen, jedenfalls nicht so schnell. Ich wusste, dass sie die meisten Nachmittage in der Galerie verbrachte, doch ich sah darin eher eine Möglichkeit, sie in Schach zu halten, während sie ihrem künstlerischen Schaffensdrang freien Lauf ließ. Zu diesem Plan gehörte nicht, dass ich ihrem Werk nahe kam, denn ich war felsenfest überzeugt, dass es mir nicht gefallen würde.

Bastien wankte in Richtung der hinteren Wand, wo die Sonne vom vorderen Fenster nicht hinschien. »Sie möchte dir was zeigen.«

»Verdammt. Okay.« Ich setzte die Ziege etwas unsanfter ab als nötig und untersuchte ihr Maul. »Du hast recht, sie sieht ramponiert aus.« Die Haut hatte sich durch das direkte Sonnenlicht verzogen. Beide Ohren waren verkrustet und die Nasenlöcher von dünnen Rissen durchzogen. »Sie muss befeuchtet werden.«

»Das kann ich übernehmen.«

»Ich mach das, wenn ich zurückkomme.« Allerdings musste ich auch noch Lebensmittel einkaufen und Lolees Marschkapellenuniform aus der Reinigung abholen und zur Post, um ein paar Bestellungen abzuschicken.

»Man braucht bloß ein bisschen Weichmacher. Ich werde vorsichtig sein.«

»*Weichmacher?*«

Er hockte sich vor die Ziege und untersuchte ihre Hufe, die auch etwas schuppig aussahen. »Ja, Vaseline.«

»Du hast so was noch nie gemacht.«

Er zog einen Block aus seiner Gesäßtasche und machte sich ein paar Notizen. »Ich hab mir einiges von dir abgeguckt. Und auch von Grandpa, als ich klein war. Außerdem gibt es da etwas, was sich Internet nennt. Da findest du allen möglichen Scheiß.«

Mein Vater hätte Bastien liebend gern ein paar geheime Tricks gezeigt, wenn Bastien auch nur einen Funken Interesse an den Tag gelegt hätte: wie man ein Ohr spitz aufstellt, die beste Methode, um Kleintiere auszubeinen, ohne das Fell zu ruinieren. Wenn er noch leben würde, wären wir jetzt zu dritt in der Werkstatt, und ich müsste die ganze Arbeit nicht notdürftig allein bewältigen. Ich erinnerte mich noch gut daran, wie es war, als mein Vater mir das erste Mal zeigte, wie man Zähne säubert und wieder einsetzt. Wir brauchten den ganzen Tag, aber als wir fertig waren, saßen sie fast perfekt im Kiefer des Tiers. Es war so befriedigend: an einem Stück zu arbeiten, bis es vollkommen war. Vielleicht, dachte ich, könnte ich Bastien beibringen, so zu arbeiten. Vielleicht könnte ich ihm einiges zeigen, was mein Vater mir gezeigt hatte.

»Okay. Wir werden sehen, wie es läuft.« Ich schnappte mir die Autoschlüssel, die hinter der Theke lagen.

»Gut.« Er rieb sich den Nacken und starrte auf seine Notizen. »Ich fange einfach mit ein paar kleineren Sachen an, und du schaust dir dann meine Arbeit an.«

Als ich ging, saß er vor der Ziege auf dem Boden und maß Hals und Gesicht mit den Händen. Er sah aus, als würde er gleich etwas sagen, und das Tier ebenso. Als würden sie schon miteinander kommunizieren.

Obwohl ich einkaufen und Lolees Uniform abholen musste, wünschte ich mir nichts sehnlicher als ein Bier. Ich fuhr an dem kleinen Reparaturladen für Klimaanlagen vorbei, auf dessen Fenstern in schwarzer Schablonenschrift HEIZEN & KÜHLEN stand, am Friseursalon, wo Milo und ich unsere ersten Haarschnitte bekommen hatten, und bog auf den Parkplatz der einzigen Bar ein, in der mein Vater und ich je etwas trinken gegangen waren. Es standen keine Autos davor, was ich als gutes Zeichen wertete.

Ein Pärchen saß eng aneinandergeschmiegt auf der Bank einer Ecknische, doch außer den beiden und dem Barmann war ich der einzige Gast. Ich setzte mich auf einen der roten Vinylhocker, und der Barmann stellte mir ein Bier hin. Jimmy war ungefähr so alt wie mein Vater. Sie hatten zusammen die Highschool besucht, dieselbe, in der Milo und ich waren. Er trug die Art von Hemd, die mein Vater an Floridianern gehasst hatte: ein rosa geblümtes Ding mit Palmen im Hawaiistil, weit genug aufgeknöpft, um ein angegrautes Büschel Brusthaar zu offenbaren, in dessen Gewirr eine Goldkette hing.

Ich war gern in dieser Bar. Es war kühl, ohne feucht zu sein, und das düstere Licht tat meinen Augen gut. Draußen wurde man von allen Seiten von saftigem Grün bedrängt, und die Sonne strahlte so aggressiv, dass man im Alter von fünfundsechzig garantiert grauen Star hatte, in der Bar jedoch konnte man sich vormachen, dass die Außenwelt nicht existierte.

Es lief Classic Rock, der Barmann summte mit. Ich trank mein Bier in langen, gemächlichen Zügen und bestellte noch eins. Mein Vater und ich waren jahrelang hierhergekommen, gewöhnlich am Donnerstag- oder Freitagabend nach Ladenschluss. Wir tranken ein paar Bier und saßen still da, wir brauchten uns nicht über etwas Bestimmtes zu unterhalten. Meine Mutter wartete zu Hause auf meinen Vater, niemand wartete auf mich. Er fragte mich nie nach meinem Liebesleben. Wollte nicht ein einziges Mal wissen, warum ich immer allein war; warum ich nie jemanden zum Essen mit nach Hause brachte oder der Familie vorstellen wollte.

Alles, was mit Sex zu tun hatte, war ihm extrem unangenehm. Er mochte keine unanständigen Witze; er warf den Victoria's-Secret-Katalog meiner Mutter weg, weil er die Bilder anstößig fand. *Das ist Schund,* sagte er, als er ins Wohnzimmer kam und Milo und ich eine Komödie schauten, in der zwei Menschen ungeschickt miteinander schliefen.

Milo hatte protestiert und gesagt, das Ganze sei doch nur witzig, aber unser Vater hatte einfach den Fernseher ausgeschaltet und erwidert, Sex sei nichts, worüber man lachte.

Unsere Familie war nicht religiös. Keiner meiner Eltern sprach je darüber, was moralisch richtig oder falsch war. Wir redeten nicht über die Angelegenheiten der anderen. Meistens erzählten wir immer wieder die gleichen alten Geschichten, schwelgten in Ereignissen, die wir schon tausendmal zuvor aufgewärmt hatten, beschönigten die Erinnerungen, damit sie glänzten, und verschwiegen alles Schlechte. Ich fragte mich oft, warum wir nicht über unsere Gegenwart sprechen konnten, warum die Vergangenheit alle Verheißungen enthielt, während die Zukunft wie ein stehendes Gewässer vor uns lag.

In der Woche bevor mein Vater sich umbrachte, waren wir in der Bar gewesen, um ein Bier zu trinken. Er saß auf dem Barhocker neben mir und riss einen blöden Vaterwitz über Polarbären. Ich lachte, ohne zu ahnen, dass ich ihn keine drei Tage später in einer Pfütze seiner eigenen Gehirnmasse finden würde. Ich trank rasch mein zweites Bier aus, genoss es aber nicht mehr so wie das erste.

*

In ihrer Arbeitsschürze sah meine Mutter aus wie eine Kunstlehrerin in der Grundschule. Es war ein kleines schwarzes Ding mit übergroßen Taschen, das sie über einem T-Shirt trug, als sie das Haus neu gestrichen hatte. Die Jeans, die sie anhatte, kannte ich nicht, aber das mochte daran liegen, dass sie sonst nie welche trug. Mein ganzes Leben lang hatte sie behauptet, Jeans würden ihren Hintern einengen.

»Puh.« Sie ging in die Hocke, und die Jeans dehnte sich so um ihren Arsch, dass sie drei Töne heller wurde. »Puh.«

Ein Bleistift steckte zwischen ihren Zähnen, wippte auf und ab, während sie den Haufen vor sich betrachtete. Sie bückte sich noch tiefer und neigte sich so weit vor, dass ich sicher war, ihre Hose würde in zwei Hälften reißen. Ich zog an meiner eigenen Jeans, die am Schritt stetig höher wanderte, und bemühte mich, nichts Gemeines über die Ungeheuerlichkeit zu sagen, die meine Mutter zusammenstellte.

Um sie herum lagen unzählige Dosen mit flüssigem Latex, Haarfärbemitteln und Glitzerfarben, mit denen wir in der Highschool unsere T-Shirts bemalt hatten. Die meisten Tiere, die sie aus dem Vorratsschrank genommen hatte, waren zerlegt, einer Fledermaus hatte sie die Flügel ausgelöst und einem kleingeratenen Eichhörnchen das Fell vom Schädel geschnitten. Es lag unbeholfen neben dem Rest und starrte versunken auf die Arbeit, die sie mit einer Heißklebepistole zusammenfügte.

Sie ließ den Bleistift fallen. Er rollte über den Boden und landete neben zwei Dosen Sprühfarbe. »Mist«, sagte sie und kroch ihm hinterher.

»Ist das nicht beindruckend?« Lucinda Rex sah lässiger denn je aus, in Jeans, Arbeitskittel und T-Shirt wie meine Mutter. Ihr dunkles Haar war mit einem pinkfarbenen Gummiband zurückgebunden. Sie trug eine Brille mit großem Gestell, das einen großen Teil ihres Gesichts einnahm. Alles in allem sah sie überaus niedlich aus, und ich spürte, wie meine Hände wieder anfingen zu schwitzen.

»Was genau macht ihr da eigentlich?«, fragte ich und überlegte, ob mein Haar wieder verrücktspielte und sich aus meinem Zopf kräuselte.

»Ihre Mutter probiert ein paar neue Techniken aus. Ich finde, die Arbeit kommt gut voran.«

»Klar.« Für mich sah es aus, als wäre ein Laster rückwärts über eine Mülltonne mit totgefahrenen Tieren gerollt, aber das sagte ich natürlich nicht zu Lucinda.

»Haben wir noch Spachtelmasse?« Meine Mutter hatte den Kopf des Eichhörnchens aufgehoben und befestigte ihn mit dem Heißkleber an einem losen Hornschild von einem Gürteltierpanzer. Als sie die Pistole zurückzog, riss der Klebefaden auf halber Höhe ab und verpasste dem Eichhörnchen eine Plastikperücke.

»Natürlich, Libby. Ich seh mal nach, was ich finde.«

Neben meiner Mutter stand ein abgedeckter Teewagen, als wäre der Zimmerservice gerade hier gewesen. Das Tuch war weiß und frisch.

»Ist das ein Sandwich?«

»Was?« Sie säbelte mit einem Schablonenmesser an dem Gürteltierpanzer herum und hebelte wahllos Stücke heraus. »Na ja, Mittagessen. Ich hab es wieder vergessen.«

»Und was ist das?« Ich schlug das Tuch zurück und blickte auf eine große Auswahl an Körperteilen. »Sind das …?«

»Ein paar Vulven. Irgendwo liegt auch ein Hodensack …«

Sie riss mir das Tuch aus der Hand und offenbarte den Rest, ein großes Metalltablett mit Geschlechtsorganen. »Ah, da ist er ja.« Sie zeigte mit dem Messer auf ein verrunzeltes Bündel in der Ecke.

»Was hast du damit vor?«

»Wirst du schon sehen.«

Sie widmete sich wieder dem Gürteltier, rammte ihm das Schablonenmesser in die Seite und schnitzte münzgroße Löcher in den Panzer.

Lucinda kam mit mehreren Tuben Klebstoff zurück. »Bitte sehr. War mir nicht sicher, was am besten funktioniert, also habe ich alles mitgebracht, was wir hatten.«

Die Arbeit meiner Mutter pervertierte alles, was ich an der Taxidermie liebte. Unsere Stücke waren, wenn richtig präpariert, ganz und naturgetreu – als könnten sie vom Brett direkt wieder in den Wald zurückspazieren. Die Tiere meiner Mutter waren verstümmelt und unförmig, zusammengeklatscht wie Müll. Ihrer Würde beraubt.

»Können wir jetzt gehen?«, fragte ich und kniff in meinen Nasenrücken. Ich wünschte, ich wäre auf ein weiteres Bier in der Bar geblieben oder ich hätte Milo angerufen, dass er sie abholte.

»Setz dich nach vorne, wenn dich das so stört.«

»Es stört mich nicht.« Ich betrachtete das Eichhörnchen, dessen Gesicht zu einer gequälten Grimasse verzogen war, auch wenn mir natürlich klar war, dass es nichts mehr spürte.

»Natürlich tut es das. Aber weißt du was? Es ist mir egal.«

Meine Mutter schlitzte den Gürteltierpanzer auf und

breitete ihn wie ein Sandwichbrot aus. Dann fing sie an, das Ganze auf eine breite weiße Leinwand zu kleben, die sich auf einer Staffelei neben ihr befand. Es sah aus, als hätte jemand erfolglos versucht, Gipskarton aufzuziehen. Die winzige dunkle Nase des Eichhörnchens erschien aus der Spachtelmasse und schnorchelte nach Luft.

»Das ist schrecklich«, sagte ich, unfähig, noch mehr zu ertragen. »Ich kann das kaum ansehen.«

»Ach ja? Das ist schrecklich?« Sie öffnete den größten Eimer mit Kleber, schmierte ihn auf die Leinwand und über die Hornschilde des Gürteltierpanzers, so lange, bis das Eichhörnchen vollkommen eingetaucht war. »Ist es schrecklicher, als Tiere auszuweiden und ihre Innereien auszuschaben? Schlimmer als Köpfe auszustopfen und sie an die Wohnzimmerwände der Leute zu hängen?«

»Dad fände es abscheulich.« So viel wusste ich ganz sicher; mein Vater hätte einen Blick auf den Haufen von Geschlechtsorganen und ausgestopften Tierteilen geworfen und den dringenden Wunsch verspürt, alles zu verbrennen.

»Das freut mich.« Ein besonders grober Stoß hinterließ ein Loch in der Leinwand. »Oh, verdammt.« Sie wirbelte herum, das Kinn wütend vorgereckt. »Mein ganzes Erwachsenenleben hat mir dieser Mann gesagt, was ich tun soll. Was ich mögen darf, worüber ich reden darf. Es war ein Leben wie in einer geballten Faust.«

»Das stimmt nicht«, sagte ich, obwohl ich ihr insgeheim recht geben musste. »Er hat sich nur um dich gesorgt. Er wollte das Beste.«

»Ich muss mich nicht darum scheren, was ihm gefallen würde, oder? Er ist fort. Es spielt keine Rolle mehr.«

Ihre Pupillen waren vergrößert und schluckten den Rest ihrer Iriden. Ich kam mir vor, als würde ich mit einem kleinen Kind schimpfen, und ich hatte keine Geduld. Nicht mit den zwei Bier im Bauch. Ich wollte nach Hause und mich ausruhen. »Ich geh nach vorn. Komm, wenn du fertig bist.«

Auf dem Weg nach draußen ging ich an Lucinda vorbei. Sie lehnte an der Theke und telefonierte. Sie musste unseren Streit mitgehört haben, und ich schämte mich, dass sie nun so intime Einzelheiten unserer persönlichen Angelegenheiten kannte. Dann wurde ich wütend und fragte mich, warum sie eine Frau, die ganz offensichtlich einen Trauerbegleiter brauchte, mit einem Haufen Genitalien und toten Tieren herummurksen ließ.

Sie wedelte mit der Hand aufgeregt über den schwarz lackierten Boden hinweg in Richtung Raummitte, hauchte das Wort *unglaublich,* hielt mir ihren emporgereckten Daumen hin und gestikulierte dann weiter.

Der Keiler, den ich in der Woche zuvor vorbeigebracht hatte, stand aufrecht auf einem Podest, in der Mitte durchgeschnitten. Auf beiden Seiten quollen die Eingeweide heraus, in einem flüssigen Rot, das sich auf dem Boden in einer Pfütze sammelte, begleitet von einem Plätschern aus einem Lautsprecher an der Decke. Vom Hals baumelte ein Stethoskop, das in einem mit Pailletten besetzten Resonator endete, den eine Tonne klarer Kristalle schmückte. In die Eingeweide waren offenbar aus Knete geformte, grob vergrößerte

Phalli gerammt. Die Zunge war herausgerissen, seitlich am Maul befestigt und in demselben zähflüssigen Rot angemalt, sabbernd wie in einem Comic. Ein Darmstrang war nach vorne gezogen und hing neben einem grauenhaft großen fleischfarbenen Dildo aus der anderen Seite des Mauls. Die Augen waren durch zwei grüne Objekte ersetzt. Schwer zu sagen, worum es sich dabei handelte.

Ich drehte mich zu Lucinda um. »Was ist das?« Ich hielt zwei Finger an meine Augen und zeigte dann auf das zerteilte Wildschwein.

Sie beugte sich über den Schreibtisch und drückte einen Schalter. Glühbirnchen flackerten auf und erhellten das Tier von innen, schlängelten sich rot und grün blinkend um die Eingeweide und landeten in einem Haufen auf dem Boden. Die Augen glühten hexenartig und starrten mich über den beiden unberührten Hauern böse an.

»Die hat sie auf dem Dachboden gefunden.« Lucindas Augen wurden groß, und sie nickte begeistert, dabei rutschte ihr die Brille auf der Nase nach unten. »Eine Weihnachtslichterkette. Ihre Mutter ist ein Genie.«

MACACA RADIATA – INDISCHER HUTAFFE

Ich war elf Jahre alt und hatte noch nie ein eigenes Haustier besessen. Zahllose Hunde bevölkerten unser Haus und spielten verrückt, wenn sie nicht gerade mit meinem Vater auf der Jagd waren, oder sie schlichen um unser an einer Sackgasse gelegenes Grundstück wie eine Meute überzuckerter Kinder. Wir hatten einen Zwergspitz, Sir Charles, der jeden biss, nur nicht unsere Mutter. Wenn wir Glück hatten, fanden Milo und ich einen Wurf verwilderter Katzenjungen hinten unter dem Schuppen. Wir gaben ihnen Namen, doch am Abend waren sie wieder obdachlos. Unser Vater verbot uns, sie zu behalten.

Zu viele Flöhe, sagte er.

Zu Weihnachten wünschte ich mir etwas, was zappelte. Egal was. Meinetwegen hätte es die Vogelspinne sein können, die ich in der Tierhandlung gestreichelt hatte, oder die Eidechsen, die sich auf künstlichen Steinen sonnten. Ich mochte die winzigen Frösche mit ihrer neonfarbenen Haut, kleiner als mein Daumennagel. Wüstenrennmäuse. Eine

Schildkröte. Ich wünschte mir etwas, was ich halten konnte; etwas, was sich bewegen und atmen und meine Zuneigung erwidern würde.

Wofür zum Teufel brauchen wir noch ein Tier?, fragte mein Vater halb schlafend in seinem Lehnstuhl. Er sah angeschlagen aus, nickte den ganzen Nachmittag immer wieder ein, begraben unter einem Berg von Decken. *In diesem Haus gibt es sowieso schon zu viel Leben.*

Die Monate vor Weihnachten waren angespannt verlaufen. Unser Vater verbrachte die meisten Nachmittage zu Hause, mürrisch und krank. Seine Haut war trocken und pergamentartig geworden und sein normalerweise wilder Haarschopf völlig ausgedünnt, bis er den ganzen Schlamassel abrasierte. Sogar seines Schnauzbarts hatte er sich entledigt. Wenn ich das Gesicht dieses Fremden in unserem Wohnzimmer sah, bekam ich Angst. Milo und ich hielten uns vom Haus fern, wenn er da war, weil wir nicht wussten, was ihn vielleicht aufbrachte. Er schrie uns an, wenn wir zu laut sprachen, und behauptete, alles würde komisch riechen. Ich hörte, wie er sich im Bad unserer Eltern übergab und stöhnte, als würde er sterben. Als ich unsere Mutter fragte, was los sei, antwortete sie nur, er habe sich verkühlt.

Wir gehen pleite, flüsterte Milo eines Abends, als wir uns auf der hinteren Veranda versteckten. Unser Vater regte sich zum dritten Mal an diesem Abend über etwas auf, und unsere Mutter versuchte ihn zu beruhigen. *Bei einem meiner Mitschüler ist das in der Familie passiert, und dann haben sich die Eltern scheiden lassen.*

Ich glaube nicht, dass wir pleite sind. Dad hatte zwar nicht gearbeitet, aber wir hatten noch viele Stammkunden. In der Woche, bevor er sich im Schlafzimmer verkroch, war er zweimal zur Arbeit gegangen. Leise wie ein Geist schlich ich durch den Flur, damit meine Schritte ihn nicht weckten. Er hatte sich unter mehreren Decken verschanzt, obwohl das Haus in diesem Winter feucht und stickig war.

Meine Mutter sah fast so angegriffen aus wie er. Sie rief unsere Tante öfter als sonst an, etwas, was sie nur tat, wenn sie richtig gestresst war. *Es läuft nicht gut,* hörte ich sie in die Sprechmuschel sagen, während sie sich eine Zigarette ansteckte. Sie blies den Rauch in raschen Stößen aus dem offenen Küchenfenster. *Er erträgt es nicht, hilflos zu sein.*

Stärke war für unseren Vater wichtig, in allen Bereichen des Lebens. Er hielt sich mit einem Hantelset in unserem Carport fit. Er benutzte regelmäßig Handtrainer für Finger und Muskeln. Sein Körper war sein Tempel, etwas, was ihm die Arbeit ermöglichte, die er liebte. *Du kannst kein Tierpräparator sein, wenn du nicht den richtigen Körper dafür hast,* erklärte er mir und zeigte auf die kräftige Linie seines Bizeps. *Du musst Fleisch durchschneiden. Knochen durchsägen.*

Mein Vater war groß, aber wir hatten beide die gleiche Statur: von Natur aus muskulös und gebaut wie Bulldoggen. Mein Bruder, gertenschlank und zerbrechlich, konnte kaum die kleinste Langhantel über den Kopf stemmen. Unser Vater versuchte ihn zum Trainieren zu bewegen, aber Milo hatte keine Lust. Er las gerne, wollte seine Zeit mit Videospielen verbringen. Er sprach über seine Gefühle auf eine Weise, die meinen Vater schaudern ließ. *Auch da drin ist Stärke,* sagte mein Vater zu mir und klopfte sich an die Schläfe. *Du kannst nicht körperlich stark sein, wenn du es nicht auch geistig bist.*

Am Weihnachtsmorgen saßen unsere Eltern mit ihren Kaffeebechern und Schweißperlen auf der Stirn da, während wir unsere Geschenke draußen auf der Terrasse öffneten, dem einzigen Ort in unserem Haus, wo wir wirklich einen Baum aufstellen konnten. Unsere Mutter schmückte gern alle präparierten Stücke in den Zimmern. Den Hirschtrophäen setzte sie Weihnachtsmannhüte auf, die Eichhörnchen behängte sie mit Lametta. An den Ohren des Polarfuchses, den mein Vater im Arbeitszimmer aufbewahrte, baumelten glänzende rote Glühbirnen.

Milo und ich saßen im Schneidersitz auf dem Boden. Das Geschenkpapier blieb an unseren Fingern kleben, es war Papier aus dem Billigladen, mit Farben, die in unseren Händen schmolzen und radioaktive Fingerabdrücke hinterließen, die alles verschmierten, was wir anfassten.

O mein Gott, rief meine Mutter, als ich eine dreifach recycelte Schachtel von JCPenney aufhebelte. Unter einem Tornado von weißem Seidenpapier lag ein blutrotes Twinset. *Das wirst du ganz oft tragen. Es ist wirklich hübsch.* Sie schnappte es sich und hielt es mir an die Brust. *Wow, wunderschön.*

Meine Mutter kaufte mir Sachen, bei denen nie die Etiketten entfernt wurden, weil sie nie das Haus verließen. Manchmal nahm Brynn etwas, was ich nicht wollte, zum Beispiel das Make-up oder den klebrigen Lipgloss, der immer mein Kinn verschmierte, doch die meisten Kleidungsstücke waren zu groß für ihre schmale Figur.

Milo öffnete Päckchen mit Socken und Unterwäsche, mehreren Messern und einem tollen Anspitzer, der später in meinem Zimmer landete. Das letzte Geschenk, eingewickelt in Fleischpapier, überreichte mir mein Vater. Im Sonnenlicht saß er bleich da, kaum in der Lage, seinen Kaffee zu trinken. Es machte mir Angst, ihn so krank zu sehen – meine Mutter griff immer wieder rüber und strich ihm über den Oberschenkel, als wollte sie ihn wärmen.

Mach schon. Zeig es uns. Er benutzte die Fingerspitze, um ein Ende anzuheben, das Klebeband löste sich bereits in der Feuchtigkeit. Mein Herz schlug heftig, während ich mir einen kleinen Kameraden vorstellte, der bei mir im Zimmer leben würde. Für einen Welpen war die Schachtel zu klein, aber ich dachte, sie hätten mir vielleicht einen Leguan besorgt oder sogar eine dieser kalifornischen Wüstenschildkröten, die einem Salatblätter aus der Hand fraßen. Milo schaute herüber, seine Augen zuckten von der Schachtel in meinem Schoß zu unserem Vater, der ihm nichts überreicht hatte.

Oben aus der Klappe ragte Fell heraus. Es war ein Affe, der Zylinder und Frack trug. Ein Monokel saß über einem braunen Knopfauge. Er hatte große Ähnlichkeit mit Mr. Peanut.

Gefällt er dir? Mein Vater kraulte den Flaum über der winzigen Krawatte. *Den hat mein Vater für mich gemacht, als ich in deinem Alter war. Jetzt gehört er dir.*

Eine Seidenrose steckte an der Frackjacke. Der Affe war

sehr gut gemacht: der Mund perfekt proportioniert, die Zähne in gleichmäßigen weißen Linien. Der Schwanz bog sich um den Körper und wand sich sanft geschwungen um den Griff eines winzigen lackierten Spazierstocks. Ich betrachtete sein kleines verschmitztes Gesicht und hätte ihn am liebsten von der Veranda geworfen. Er sah so aus wie der Affe in dem Film, der die Pest über die Menschen brachte.

Danke, der ist toll, sagte ich, darum bemüht, meinen Ekel zu verbergen. Sein Pelz war zu glatt, als wäre er nass.

Ich hielt ihn vorsichtig, während mein Bruder rosa und gelbe Pez-Bonbons aus einem Batman-Spender mampfte. Meine Mutter sammelte die Frühstücksteller ein, die mit Zimtschneckenresten verklebt waren, die Saftgläser mit getrocknetem Fruchtfleisch an den Seiten. Mein Vater blickte zu mir herab, trank einen Schluck Kaffee und verzog das Gesicht. Seine Lippen waren bleich, im Mundwinkel hatte er eine leuchtend rote Wunde.

Wo ist meins?, fragte Milo und wühlte auf den Knien in dem Chaos aus Geschenkpapier. *Krieg ich auch was Besonderes von Grandpa?*

Mein Vater stand auf, ohne zu antworten, und ließ uns draußen auf der Veranda zurück.

Willst du ihn mal halten? Als ich ihm den Affen entgegenstreckte und damit wackelte, schlenkerte der Zylinder vor und zurück.

Milo saugte an seiner Lippe und blinzelte rasch. *Du kannst ihn behalten*, sagte er. *Er ist hässlich.*

Am Abend räumte mein Vater einen Platz auf dem Regal

gegenüber meinem Bett frei, schob die Spieluhr mit der Ballerina zur Seite, die sich zur Melodie von Beethovens Fünfter ungelenk verrenkte, und die russischen Matroschkas, die die Geschichte von den drei Bären erzählten. Dann stellte er den Affen, der Captain Peterbrook hieß, in die Mitte des Bords. Der Affe lehnte sich auf seinen Spazierstock, einen dünnen Arm in ewiger Pose zum Monokel erhoben.

Sieht doch ziemlich gut aus, oder? Mein Vater rückte ihn ein paarmal zurecht und verdrehte den Körper, damit er im besten Licht erschien. Dann hustete er, lehnte sich kurz an die Wand und verrückte den Affen noch einmal. *Na bitte. Perfekt.*

Meine Eltern ließen wie immer die Tür offen, und das Licht aus dem Flur warf einen Schimmer über die Spritzputzdecke. Ein Streifen erhellte Captain Peterbrook, der aussah, als wäre er einer Klapsmühle entlaufen. Ich drehte mich um, konzentrierte mich auf die gegenüberliegende Wand und versuchte nicht daran zu denken, dass der Affe vielleicht mitten in der Nacht herunterkletterte und mit seinem Stock auf den Boden klopfte. Eine Stunde später war ich immer noch wach und lauschte dem Gemurmel meiner Eltern aus dem Wohnzimmer.

Wenn ich das durchstehe, ist es ein Wunder.

Könntest du bitte aufhören. Die Stimme meiner Mutter klang belegt, als ob sie geweint hätte. *Nur für einen Tag. Es ist Weihnachten.*

Ich kann dir nur sagen, das mache ich nie wieder. Auf gar keinen Fall.

Captain Peterbrook grinste mich anzüglich von seinem Hochsitz an, die Zähne hell und spitz.

Brynn fand ihn toll. Sie schaukelte ihn wie ein Baby, gurrte ihm dummes Zeug in sein hässliches Gesicht und wollte ihn ausziehen wie eine Barbiepuppe. *Seine Kleider sind so winzig! Der ist so süß!* Als sie ihn zu fest an ihre Brust drückte, verrutschte sein Hut. *Wenn du ihn nicht willst, kann ich ihn dann haben?*

Ich wollte den Affen nicht, hatte aber Angst vor der Reaktion meines Vaters, wenn er plötzlich fehlen würde. In der ganzen Woche nach Weihnachten ging er nicht zur Arbeit. Sein Gesicht war ausgemergelt wie bei einem Skelett. Der rote Ausschlag an seinen Lippen war so schlimm geworden, dass er sich Vaseline in die Mundwinkel schmierte. *Du kannst mit ihm spielen, wenn du hier bist.*

Sie holte einen Plastikkamm aus ihrer Handtasche und kämmte das feine, weiße Fell an seinem Bauch unter dem Frack. Der Affe lag rücklings auf ihrem Schoß, eine Hand hinterhältig unter ihren Rock geschoben. *Ich pass auch gut auf ihn auf, versprochen.*

Ein Froschterrarium hätte perfekt auf das Regal gepasst, oder auch ein Käfig für einen Hamster. Stattdessen war da nun der Affe, ein verkniffenes, hässliches Ding mit staubigem Fell in einem unheimlichen Bestatteranzug. Das genaue Gegenteil von dem, was ich mir gewünscht hatte – etwas Warmes und Liebenswertes, etwas Nagelneues, das nur mir gehörte.

Brynn nahm den Affen mit in die Schule und ließ jeden

mal damit spielen. Am Ende des Tages war er völlig ausgezogen. Im Schulbus lagen Stücke von ihm herum, Fell säumte den Boden und klebte an den Schuhen der Schüler. Ohne Kleider wirkt er menschlicher und beschämter. In seinem Hals waren Löcher, dort, wo das Smokinghemd sich gelöst hatte. Ich hätte heulen können, als ich ihn so nackt und hilflos sah.

Allein in meinem Zimmer, starrte ich die leere Stelle auf dem Bord an, wo der Affe gewohnt hatte. Etwas Lebendiges – ein Wellensittich, ja sogar ein Goldfisch – hätte das Ganze erträglicher gemacht. Ich sammelte die anderen präparierten Stücke in meinem Zimmer ein und schleuderte sie unters Bett: den Kolibri, der an einer zarten rosafarbenen Hibiskusblüte nippte, mein hellrotes Katzenbaby mit den geschlossenen Augen, das Hirschfell, das ich am Fußende meines Bettes aufbewahrte wie andere vielleicht eine Decke.

Mit Filzstift schrieb ich Brynns Namen auf die Gummisohle meines Sneakers, neben meinen eigenen. Ich verband unsere Namen mit dicken schiefen Herzchen, presste meine Finger an die Lippen und dann auf das Gummi. Dann scheuerte ich alles wieder weg, bis nur noch schwarzes Geschmiere übrig war.

5

Lolee und ich saßen bei meinen Eltern an der Küchentheke, spielten Jenga und tauschten Menstruationsgeschichten aus. Sie wurden zunehmend plastischer, während wir Steine aus dem wackligen Turm zogen und sie vorsichtig auf die Spitze legten.

»Einmal hab ich ein Gerinnsel von der Größe einer Nacktschnecke ausgeschieden. Es blieb an der Seite der Toilette hängen. Als ich es in den Fingern zerdrückte, fühlte es sich auch wie eine an.« Lolee setzte ihren Stein vorsichtig ab, und der Turm geriet leicht ins Wanken.

Ich testete ein paar vielversprechende Möglichkeiten. »Einmal zog ich in einer öffentlichen Toilette einen Tampon raus. Als ich ihn in Richtung des kleinen Metallabfalleimers warf, fiel er auf den Boden, rollte unter der Kabinentür durch und landete neben dem Schuh einer Frau.«

»Das ist nie passiert.«

»Ich schwöre bei Gott.«

»Ist sie draufgetreten?«

Ein Stein rutschte ein wenig, und alles schwankte, kippte aber nicht um. »Sie stieß ein bisschen dagegen.«

»Wie eklig.« Die elektronische Zeitschaltuhr klingelte, die Kekse waren fertig. Lolee griff sich die beiden Topfhandschuhe, zwei Dinosaurierkarikaturen, die jede in das Ende eines Backblechs bissen. Wir spielten Pyjamaparty, aber eigentlich war ich ihre Babysitterin, weil alle anderen beschäftigt waren und Lolee in einem Alter war, das als *zu jung* galt, um allein zu bleiben, was so viel hieß wie: *Sie könnte einen Jungen einladen und leichtsinnig werden.*

Meine Mutter hatte mich darum gebeten, nicht Milo. Mein Bruder wusste nie, was seine Tochter trieb. Wenn Lolee jemanden brauchte, wandte sie sich an mich oder ihre Großmutter. Milo war so was wie der lustige Onkel, der daran dachte, Eis mit nach Hause zu bringen, die Sorte Vater, die mit einem zum Rummelplatz ging, statt einen zu zwingen, die Hausaufgaben zu machen. Lolee liebte ihn, aber ich merkte, dass sie ihm nicht zutraute, für sie da zu sein. Milo versprach, er käme zum Frühstück, und dann sah man ihn zwei Wochen später, wenn er mit Bier vorbeischaute. Kein Hinweis, wo er in der Zwischenzeit war. Lächelnd, glücklich. Ungezwungen.

Ich hatte mit Lolee über ihren Körper gesprochen, darüber, was sie von ihm erwarten konnte. Zur Veranschaulichung zeigte ich ihr die Tamponschachtel und erklärte ihr stotternd die Anweisungen. Ich zeigte auf die Gebärmutter, den Gebärmutterhals, die kleinen Strichzeichnungen in Babyrosa und Weiß, Comicfinger und Comicvaginas. Erst hatte sie gelacht, dann ich, es war peinlich, aber zumindest erledigt.

Lolee setzte sich mir gegenüber und hakte ihre bloßen Füße um die Sprossen meines Hockers. »Einmal hab ich die Matratze ziemlich übel zugerichtet«, sagte sie. »Das Blut ging durch meine Unterhose, mein Nachthemd, beide Laken und die Daunendecke. Ich hatte einen Traum, dass ich im See schwimme.«

»Den hatte ich auch schon.«

Wir pickten die Kekse vom Backblech und verbrannten uns dabei die Finger, leckten uns geschmolzene Schokoladensplitter von den Händen. Wenn wir dann einen der Spielsteine berührten, blieben immer Fettflecken zurück.

»Ich weiß noch eine gute Geschichte«, sagte ich. »Ich hab mal mit einem Mädchen auf der Rückbank ihres Autos rumgemacht. Es war richtig dunkel, und wir haben erst gemerkt, dass sie ihre Periode hatte, als sie mich nach Hause fuhr.«

Lolee hielt mitten im Zug inne. »Du lügst.«

»Als ich die Autotür öffnete, ging die Innenbeleuchtung an. Da sahen wir das Blut. Wir mussten zu einer Tankstelle fahren und uns auf der Toilette im Waschbecken waschen.

»O Gott. Das ist widerlich.«

Der Turm stürzte ein, und die Jengasteine landeten überall auf dem Küchenboden. Einer rutschte unter den Herd. Ich ließ mich auf alle viere nieder, um ihn hervorzuholen, erreichte ihn aber nicht. Also griff ich mir den Pfannenheber und wischte weiträumig unter dem Herd herum, bis ich den Stein zusammen mit diversen Krümeln, mehreren alten Kartoffelkroketten und etwas, was vielleicht mal ein Chickennugget gewesen war, zutage förderte.

»Wer war das Mädchen?« Lolee stippte mit den Fingern einzelne Kekskrümel auf.

»Niemand, den du kennst.« Wie sollte ich ihr sagen, dass es sich bei dem Mädchen um ihre Mutter handelte? Dass Brynn, als sie das Blut an meinen Händen sah, lachte und irgendwann weinte? Dass meinen Mund ein bräunlich roter Kranz umgab, weil ich ihr wie verrückt das Leben ausgesaugt hatte? Eine bittersüße Erinnerung. Am nächsten Abend war sie mit Milo ausgegangen, und als er nach ihrem Kinobesuch nach Hause kam, prangten Lippenstiftflecken an seinem Hals. Wir hatten nicht darüber gesprochen; wir sprachen nie darüber.

Normalerweise passte meine Mutter auf Lolee auf, aber sie war wieder in der Galerie. In den letzten Wochen war sie jeden Abend dort gewesen, um irgendein Kunstprojekt vorzubereiten, das jedenfalls hatte Lucinda jedes Mal behauptet, wenn ich meine Mutter abholte. Sie beschrieb es als *unglaublich, innovativ, einzigartig*. Ausdrücke, die mich sehr in der Annahme bestärkten, dass ich es bis ins kleinste Detail hassen würde, aber Lucinda war hübsch, und ich dachte nicht daran, ihr etwas Gemeines zu sagen.

Lucinda hatte eine Reibeisenstimme, die klang, als wäre sie permanent erkältet. Sie trug ihr Haar auf dem Kopf zusammengebunden, eine lose Strähne kringelte sich niedlich über ihrem Ohr. Sie war auf natürliche Weise schön, die

Sorte Frau, deren ganzes Leben ohne die geringste Anstrengung geplant und strukturiert ist. Eine wie sie würde beim ersten Anzeichen von Unordnung Reißaus nehmen. Würde sie meine Mutter fallen lassen, wenn ich ihr unsere Familiengeschichte – Todesfälle, Verzicht und unberechenbares Verhalten – erzählen würde? Vielleicht wäre es die Peinlichkeit wert, wenn meine Mutter dann aufhören würde, den Leuten ihre ausgestopften Pornos vor die Nase zu halten. Aber die Frage war hypothetisch, weil ich in ihrer Nähe kaum drei zusammenhängende Worte über die Lippen brachte.

Lolee legte einen Film ein, wir saßen im Schneidersitz auf dem Boden. Sie lackierte mir die Zehennägel mit zähflüssigem grünem Lack, und ich bemühte mich still zu sitzen. Sie zeichnete einen Streifen auf meinen großen Zehennagel, dann schrieb sie auf ihrem Smartphone eine SMS; dann noch ein Streifen und wieder eine SMS. Schließlich fotografierte sie meinen Fuß und schickte mir das Bild.

»Ich sitze vor deiner Nase. Wir müssen uns keine SMS schreiben.«

»Halt die Klappe und beweg dich nicht, sonst verschmierst du alles auf dem Teppich.«

Danach lackierte sie allen präparierten Tieren im Wohnzimmer die Zehennägel. Der Hase auf dem Kaminsims bekam Babyrosa, die schneebedeckten Frettchen Marineblau. Für die spitzen Krallen der Kornweihe wählte ich Rot aus, sodass sie aussah, als wäre sie gerade herabgestoßen und hätte etwas getötet.

»Ich hätte Lust auf Pommes.« Lolee schlüpfte in ihren grauen Hoodie. Er hatte Hasenohren an der Kapuze, die herumflatterten, wenn sie den Kopf schüttelte.

Wir stiegen in meinen Pick-up. Ich hatte ihre Flipflops an, weil sie meinte, meine Stiefel würden den Nagellack ruinieren. Sie waren eine Nummer zu klein, und jedes Mal, wenn ich die Kupplung trat, schrammte meine bloße Ferse über den sandigen Boden. Sie fummelte am Radio herum, während ich ziellos durch die Gegend fuhr, wir uns Pommes bei McDonald's holten und dann an der Tankstelle hielten, wo wir uns Eis kauften. Das Eis hatte Gefrierbrand, und wir mussten mit kleinen Holzlöffeln, die an der Kasse lagen, um die schlechten Stellen herumessen.

Wenn ich sie aus dem Augenwinkel betrachtete, war es, als säße Brynn neben mir. Sie stellte ihre Füße aufs Armaturenbrett und zupfte mich am Haar, wenn ich mich über ihr Babylispeln lustig machte. Ihre Stimme klang wie die ihrer Mutter, leicht heiser, mit dem Hang, die Satzenden eine Tonlage höher zu ziehen, vor allem, wenn sie sich über etwas beklagte. Ich war nicht der Typ, der leicht Freundschaften schloss. Brynn hatte mir am nächsten gestanden, dann kam Milo und schließlich mein Vater. Brynn war fort, mein Vater tot und Milo so in seinem eigenen Kopf gefangen, dass man mit ihm über nichts sprechen konnte. Ich verbrachte viele Abende vor dem Fernseher oder in der Werkstatt und trank Bier, bis ich nicht mehr geradeaus sehen konnte und es mir egal war, ob die Felle sich weigerten, mir zu widersprechen.

Bedürftigkeit, dachte ich, war ein heimlicher Eindringling.

Wir fuhren mit unserem Essen zum See. Hier und da brannten noch ein paar Lichter auf dem Parkplatz, aber überwiegend war es dunkel. Unsere Schritte hinunter zum Anleger wurden von purer Intuition und milchigem Mondlicht geleitet, das durch die Wolkendecke schimmerte. Lolee klammerte sich an meinen Arm, während ich die fettdurchtränkte Pommestüte hielt und mein Hemd beschmutzte.

Das Wasser verströmte einen feuchten, mineralischen Geruch. Es umspülte den Steg in gleichmäßigen Stößen, während kleine Wellen ans Ufer schwappten und glitschige Schlammspuren hinterließen.

»Ich geh schwimmen«, sagte Lolee und kickte ihre Schuhe weg.

»Es ist zu dunkel.«

Sie zog T-Shirt und Shorts aus und sprang nur in Unterwäsche ins Wasser, das sich über ihr kräuselte. Als sie wieder auftauchte, war ihr Kopf glatt wie der einer Robbe.

Ich fütterte sie mit Pommes, als sie an den Steg paddelte, sich mit ihren verschrumpelten Fingern am Holz festhielt und über Splitter beklagte. Ihre Lippen waren feucht und schimmerten im Mondlicht. Die Szene erinnerte mich an früher, als sie noch klein war und immer nur essen wollte, wenn jemand sie fütterte. Brynn hatte sie »Vogelbaby« genannt, und so sah sie auch aus, mit ihrem spitzen Gesicht und der Hakennase. Sie hatte unter schlimmen Koliken gelitten und jede Nacht das ganze Haus mit ihrem Geschrei wachgehalten. *Das mach ich nicht noch mal, ich will kein weiteres Kind*, sagte Brynn. Sie gab Lolee bei jeder sich bietenden Gelegenheit ab – an meine Mutter, an mich, an Fremde im Supermarkt. *Ich brauch einfach eine Pause,* sagte sie oft. Unter ihren Augen waren dunkle Ringe, wie mit Filzstift aufgemalt. *Wenn ich alles noch mal machen könnte, würde ich vielleicht ein Studium ins Auge fassen. Vielleicht hätte ich gleich nach Bastien damit anfangen sollen.*

»Hier unten sind zu viele Algen.« Lolee trat wie wild um sich, und von der Wucht schwappte das Wasser ans Ufer.

»Ist wahrscheinlich eine Schlange.«

»Ja, klar.« Sie bespritzte mich mit der gewölbten Hand, und ich räumte die Tüte aus dem Weg, damit sie nicht vom Seewasser durchweicht wurde.

»Ich steh auf ganz vielen Atemknien. Wahrscheinlich stolpere ich und breche mir was, wenn ich rausgehe.«

»Ich zieh dich hier hoch.«

Sie schwamm weiter raus, ihre strampelnden Beine wirbelten weiße Gischt auf. »Nö. Dann hol ich mir Splitter.«

Unsere Pommes waren kalt, aber ich war auch nicht mehr hungrig. Spielte nur mit dem Essen. Ich ertränkte den Rest in Ketchup und beobachtete, wie sie weiter rausschwamm, so weit, dass ihr Kopf nur noch als dunkler Fleck auf der Oberfläche wippte.

»Jetzt komm zurück!«, rief ich, weil ich sie kaum noch sah. Sie planschte weiter und zählte jeden Stil auf, den sie im Schwimmunterricht gelernt hatte.

»Brust, Hundepaddel.« Sie schwamm in abgehackten Zügen, die das Wasser um sie teilten. »Schmetterling, Hundepaddel. Freistil, Hundepaddel.«

Keuchend erreichte sie den Steg und streckte eine Hand aus. Ich zog sie rasch hoch, aber sie holte sich trotzdem eine Schramme am Oberschenkel.

»Mann. Ich hab doch gesagt, dass ich mir immer Splitter hole.«

Auf dem Wasser spiegelten sich rote und blaue Lichter, die sich vermischten und alles violett tüpfelten. Eine Autotür knallte zu, das Geräusch hallte über den See.

»Schnell, zieh dich an.« Ich warf ihr das gelbe T-Shirt zu, weil sie zu langsam reagierte. Ihre winzigen Shorts blieben auf halber Höhe an den Beinen hängen, als sie sie über die nasse Haut zog.

Der Polizist kam zum Steg herunter und leuchtete uns mit einer Taschenlampe ins Gesicht. Ich stellte mich vor Lolee, der es endlich gelang, ihre Shorts über ihr Höschen zu ziehen.

»Der Park schließt bei Sonnenuntergang.«

»Wir haben nur was gegessen.« Ich hielt die zerknitterte Papiertüte hoch, aber das Licht blieb auf meinem Gesicht.

»Sie essen im Wasser?« Der Strahl der Taschenlampe wechselte zu Lolee und fuhr um ihren nassen Kopf herum, ihr nasser BH zeichnete sich als zwei feuchte Kreise unter ihrem Shirt ab.

»Wir wollten gerade gehen.«

»Zeigen Sie mir Ihren Ausweis.«

Der Polizist war jung, ich kannte ihn nicht. Sehr blond, mit einem markanten Kiefer. Er roch moschusartig, als hätte sein Rasierwasser zu lange im Regal gestanden. Ich zog mein Portemonnaie aus der Gesäßtasche. Es hatte einen

Klettverschluss, der beim Öffnen ein peinliches Geräusch verursachte.

Er nahm meinen Führerschein und nickte Lolee zu. »Ihren brauche ich auch.«

»Sie ist vierzehn.« Er schwenkte das Licht zurück auf meine Augen. Es tat weh, als würde eine brennende Zigarettenkippe auf mein Hirn gedrückt. Ich versuchte zu lächeln. »Sie ist meine Nichte.«

Er hatte immer noch meinen Führerschein und fixierte ihn, als könnte er sich verändern, wenn er ihn schüttelte. »Ist das Ihre Vorstellung von Babysitten?«

»Wir haben nur ein bisschen Spaß. Es ist Freitagabend.«

Der Lichtstrahl verließ unsere Gesichter und tanzte am Wasser entlang, durch die Schneisen von Rohrkolben und Schilf. Glühende grünblaue Nadelstiche leuchteten in Zweierpaaren auf. »Richtig lustig wird es, wenn wir morgen hierherkommen und den See durchkämmen müssen, weil Ihnen ein Alligator den Arm abgebissen hat.«

Es war tatsächlich schon vorgekommen, zwei Sommer nach der Highschool. Wir sahen es in den Nachrichten im Wohnzimmer meiner Eltern, Brynn auf Milos Schoß, ich mit Bastien auf dem Arm. *Ich hoffe, ihr Kinder seid nie so dumm,* sagte mein Vater kopfschüttelnd. Brynn und ich sahen uns an und unterdrückten unser Lachen. Wir drei gingen an den meisten Abenden im Sommer schwimmen, gewöhnlich ohne Kleider. *Alligatoren sind widerlich,* meinte Brynn schaudernd, und dann packte Milo sie auf jeder Seite in der Taille und schrie *Alligatorenköder,* bis sie kreischte und ich mit Bastien ins andere Zimmer ging, damit ich nicht zusehen musste.

Der Polizist gab mir meinen Führerschein zurück und eskortierte uns zum Parkplatz. Unterwegs setzte er seine Strafpredigt über die Gefahren des Nachtschwimmens in den Seen Floridas fort, während er die nassen Kreise auf den Brüsten meiner Nichte anstarrte. Ich reichte Lolee ihren Hoodie und half ihr beim Anziehen, zog den Reißverschluss bis zum Hals zu.

»Wenn Sie das noch mal machen, muss ich Sie festnehmen.«

Eine größere Verschwendung von Steuergeldern konnte ich mir nicht vorstellen. »Natürlich.«

Der Polizist stieg in sein Auto und fuhr weg. Ich stand da, kam mir dumm vor und war wütend auf mich. Was würde Brynn dazu sagen, dass ich etwas so Unsinniges und Gefährliches mit ihrer Tochter machte? Wahrscheinlich würde sie lachen. Wahrscheinlich würde sie dasselbe machen. Als ich unseren Müll in die Tonne neben dem Parkplatz warf, stob eine Horde schwarzer Fliegen auf und ließ sich wieder nieder. Kleine Kiefernzapfenstückchen piksten mich in die Sohle meines einen nackten Fußes.

Lolee hielt mich am Arm fest. »Wo ist der andere Flipflop?«

»Schwimmt bei den Alligatoren. Ich kaufe dir neue.«

Wir fuhren auf Nebenstraßen zurück, die am See entlangführten. Im Rückspiegel hielt ich nach Blinklichtern Ausschau, doch die Straße blieb dunkel.

*

Im Büro hinter der Galerie stand eine Espressomaschine. Sobald ich reinkam, huschte Lucinda hinter die glatte schwarz-weiße Theke, und ich hörte das gurgelnde Sprudeln der Maschine. Der Geruch von verbrannten Bohnen überdeckte den schrecklichen Gestank von nasser Farbe, der überall im Raum hing. Sie reichte mir eine Tasse und stand ruhig da, während ich ihn trank. Das Ritual war hilfreich. Meistens kam ich als zappelndes Nervenbündel an, zu aufgedreht, um klar zu denken. Ich war nicht gern dort, wo ich mich fehl am Platz fühlte. Ich mochte Stabilität, das tröstliche Wissen, dass ich meine Umgebung und das, was mich erwartete, kannte.

Lucinda stand da in ihren schönen Kleidern und schien bereits zu wissen, dass ich ihre Zeit nicht wert war. Bei Brynn hatte ich immer ein hohles Gefühl im Bauch gehabt, die brennende Gewissheit, dass ich sie nie würde halten können. Dass sie nie so sein würde, wie ich es mir wünschte. Bei Lucinda war es anders. Es schien, als wartete sie nur darauf, dass ich einen falschen Schritt machte.

»Noch einen?«, fragte sie und zeigte nach hinten.

Ich schüttelte den Kopf, brachte kaum den runter, den ich in der Hand hielt.

Vorne in der Galerie war es besser. Es war hart, meiner Mutter beim Zerlegen von Tieren zuzusehen, die mein Vater und ich stundenlang aufgebaut hatten. Sie trennte Stiche auf und zerfetzte Häute, riss den Nahttrenner durch Stoff und Draht. Sie klebte grüne Pailletten auf Nasenlöcher und ließ glitzernde Rotzglocken tropfen. Die Flüssigkeiten machte sie aus Latex. Pfützen aus geronnenem Blut. Und dann dieses Bondagezeug, das sie im Internet bestellte. Die absenderlosen Pakete stapelten sich vor der Haustür meiner Mutter.

Ich hatte Probleme damit, wie meine Mutter in ihrer Kunst mit Sex umging. Es schien, als hätte der Tod meines Vaters etwas in ihr freigesetzt, das sich während ihrer ganzen Ehe angestaut hatte. Als mein Bruder und ich aufwuchsen, sprach meine Mutter nie mit uns über Sex. Es gab nicht eine einzige Bemerkung, die mich auf die Idee gebracht hätte, dass sie zur Herstellung von künstlerisch ambitioniertem Sexspielzeug fähig wäre. Manchmal hatte sie mit Milo herumgealbert und ihn mit Mädchen aufgezogen, aber das war immer fröhlich und unbeschwert gewesen. Nie obszön oder anzüglich. Die meisten unserer Präparate wollte sie gar nicht berühren. Sie hatte meinen Vater nicht mal gefragt, ob sie in der Werkstatt helfen könnte.

Ich will es dir erklären, hatte sie gesagt, als sie die SM-Sachen aus den Schachteln nahm. *Es gibt einiges, das du wissen solltest.*

Ich wollte es nicht wissen. Ich wollte lieber weniger wissen.

Meine Mutter steckte Ballknebel in Mäuler, die sie mit der Zange aufgebrochen hatte, sie zog Zähne und schnitt Zungen ab. Dann packte sie alles in eine durchsichtige Plastiktüte, die vom Hinterteil eines Bibers hing, der Anus eine offene Wunde, umgeben von weiteren Pailletten, diesmal roten. Da waren mit orangerotem Fell bezogene Handschellen. Sie benutzte eine Nagelpistole, um Nippelklemmen an einer Elchkuh zu befestigen, deren Beine sie an den Knien abgesägt hatte.

Ich hatte das Gefühl, ein drittklassiges Splattermovie zu sehen und wollte zum Ende vorspulen, zu der Stelle, wo ich so tun konnte, als wäre nichts davon passiert. Hier ging es nicht um etwas, worüber wir liebevoll beim Kaffee reden konnten wie über eine lustige Erinnerung. Ihr Verhalten schadete uns allen und führte dazu, dass wir uns nicht mehr in die Augen sehen konnten. Als ich mich in der Woche zuvor geweigert hatte, nach hinten zu gehen und mir ihr Werk anzusehen, hatte sie wieder meinen Vater aufs Tapet gebracht.

Wenn du wüsstest, wie oft er seinen Willen bekam, dass er immer nur von mir genommen hat, dann würdest du mir diese eine Dummheit nicht missgönnen.

Ich war es leid, darüber nachzudenken, stellte meine Tasse auf die Theke und rieb mir die Augen.

»Möchtest du dich setzen?«, fragte Lucinda. »Komm.«

Abgesehen von Lucinda und meiner Mutter hatte ich nur eine andere Person in den hinteren Räumen gesehen – eine kleine Frau, deutlich männlicher, meistens in Arbeitsstiefeln und einer abgerockten Jeansjacke mit zerrissenem Kragen und Ansteckern von Bands, die mir absolut nichts sagten. Manchmal nickten wir uns zu, aber außer mit Lucinda sprach sie mit niemandem. Sie schienen sich ... nahezustehen.

Vielleicht war sie auch Galeristin. Vielleicht schuf auch sie einen Haufen schrecklicher Exponate, für die *ihre* Familie sich schämen konnte. Allerdings schien sie nicht wegen der Kunst hier zu sein, sondern wegen Lucinda.

Hinten war es kühler. Aus den Lüftungsschlitzen strömte frische Luft, die mir die Härchen an den Schläfen kräuselte. Ein für den Raum viel zu großer Schreibtisch nahm eine ganze Ecke des Büros ein. Er war mit unordentlich gestapelten Papieren und leeren Bechern übersät. Die Espressomaschine stand auf dem kleinen Aktenschrank gegenüber, die Papiere ringsum waren mit dunklen Spritzern bedeckt. Zerknitterte Servietten und Sandwichverpackungen aus Plastik lagen verstreut um einen überquellenden Mülleimer. Ich stellte meine Tasse auf einem Stapel Briefumschläge ab und musste sie auffangen, als der Stapel wie eine Lawine auf den Boden glitt.

»Das ist dein Büro?«, fragte ich. Es stand im eklatanten Widerspruch zu der Persönlichkeit, die sie nach außen präsentierte. Alles war schmutzig und ungeordnet. Offene Schachteln und Papiertaschentücher vermüllten den Boden, über den man kaum gehen konnte, ohne über etwas zu stolpern.

»Hier liegt der ganze Bürokram. Rechnungen, alles Mögliche.« Hier hinten war Lucinda entspannter als vorne. Ihre Schultern hingen herunter, ihr Mund war nicht so streng, sanfter. Sie strich sich mit der Hand durchs Haar und sah mich an. Ich wandte den Blick ab.

An den Wänden hingen gerahmte Poster. Zwei

schwarz-weiße Comiczeichnungen, die Frauen in Vierzigerjahrekleidung zeigten: Hüte und kastenförmige Jacken. Der Rest waren Farbdrucke, die an Buchcover alter Romane erinnerten. Mit Titeln wie *Frauen im Schatten* und *Queer Pulp*. Ich wandte mich in Richtung Tür, das schien mir am sichersten.

»Ich mag deine Kunst«, sagte ich und räusperte mich dann. »Sie ist schön.«

Lucinda lachte. »Solche Kunst gefällt dir also.« Ihre harten Züge wurden weicher, wenn sie lächelte. Sie wirkte dann jünger und zugänglicher. »Was hältst du von der Arbeit deiner Mutter?« In der linken Wange hatte sie ein Grübchen, das seine ausgeprägte Form beibehielt, als hätte es jemand mit dem Fingernagel hineingebohrt.

»Ich hasse sie«, antwortete ich, überrascht, dass sie überhaupt fragte. »Sie ist gotterbärmlich.«

»Wieso findest du das?«

»Ist das dein Ernst?« Wollte sie mich auf den Arm nehmen? Möglicherweise waren ihre Sanftheit und ihr Bürochaos ja nur ein Trick, um mich aufzulockern. Ich nahm einen Briefbeschwerer aus einem Bord voller Bücher und warf ihn zwischen meinen Händen hin und her. Er war aus Marmor und geformt wie ein Ei. »Der ganze sexuelle Mist. Du hast die Requisiten gesehen, die sie mitgebracht hat. Spielzeug und alles Mögliche.«

»Das stört dich?«

»Natürlich. Sie ist meine Mutter.«

Lucinda knöpfte ihr Jackett auf, zog es aus und legte es

über die Lehne des Schreibtischstuhls. Sie trug ein dünnes weißes Shirt, das fast durchsichtig war. »Und es liegt nicht daran, dass sie deine Arbeit zerstört?«

Sie lächelte immer noch, breiter als zuvor, offenbar wollte sie mich ein bisschen ärgern. »Natürlich gefällt mir das nicht«, gab ich zu. »Aber was mich wirklich wahnsinnig macht, ist der Sexkram. Er ergibt keinen Sinn.«

»Wenn du deine Mutter fragen würdest, würde sie es dir bestimmt erklären. Sie hat mir viel über den erdrückenden Einfluss ihres Mannes erzählt. Und jetzt lässt sie einfach alles raus.«

»Sie hat mit dir über meinen Vater geredet?« Ich hob eine Hand. »Egal. Ich will es nicht wissen.«

Ich sah mich weiter im Büro um. Neben der Tür stand ein offener Pappkarton, aus dem ein Stück runzliges graues Fleisch herausragte. »Ist es das, was ich glaube, das es ist?«, fragte ich, in der Hoffnung, ich läge falsch.

»Ist heute erst geliefert worden.«

Je näher ich ranging, desto neidischer wurde ich. »Bitte sag mir, dass du meine Mutter nicht annähernd in die Nähe davon kommen lässt.«

»Es kommt in die Vitrine, ja.«

Lange elfenbeinerne Stoßzähne, die sich aus der Schädelbasis wölbten. Der Rüssel war um den Kopf geschlungen, die nach hinten gelegten Ohren umfingen das sanftmütige Gesicht. Dichte Wimpern umrahmten die Augen; er sah aus, als würde er mir gleich zublinzeln. »Wie zum Teufel bist du an eine Elefantentrophäe gekommen?«

»Eine Gefälligkeit von einem Freund.«

Bei der Vorstellung, was meine Mutter mit diesem schönen Kopf machen würde, lief mir ein Schauder über den Rücken; wahrscheinlich schnitt sie ihm die Zunge raus und ersetzte sie durch einen Gummischwanz. »Ich kaufe ihn dir ab.«

»Den kannst du dir nicht leisten.« Sie setzte sich auf den ledernen Schreibtischstuhl, lehnte sich zurück und schlug die Beine übereinander.

»Ich geb dir das Geld zurück, das du für den Keiler gezahlt hast.«

»Dieser Kopf hat viel mehr gekostet.«

Daran zweifelte ich nicht. Und es war ohnehin egal – ich hatte das Geld, das sie mir gegeben hatte, längst ausgegeben, und auch den Rest auf meinem Sparkonto.

»Was hat sie damit vor?«, fragte ich. Bilder von einem Elefanten in Bondagemontur schossen mir durch den Kopf. »Gott. Das wird schrecklich.«

»Beschäftigt dich das wirklich so sehr?«

»Was würdest du sagen, wenn deine Mutter einem präparierten Kojoten einen Analstöpsel reinschieben und ihn dann vor aller Augen ausstellen würde?«

»Ich würde sie fragen, warum sie das macht. Was sie sich dabei denkt.«

Die Luft im Raum engte mich ein. Ich roch den Duft, den Lucinda an sich trug. Er hatte etwas Süßes, Kokosnuss oder vielleicht Mandel. »Eigentlich sollte man seine Mutter nicht fragen müssen, warum sie mit Sexspielzeug herumexperimentiert oder warum sie Sachen verhunzt, an deren Entstehung man sehr hart gearbeitet hat. Wenn sie trauert, warum sucht sie sich dann nicht wie jeder normale Mensch jemanden zum Reden?« Die tief in den Höhlen liegenden Augen des Elefanten waren braun und darunter weiche, faltige Beutel, kleine Vertiefungen, wo die Haut sich kräuselte. »Ich wünsche mir einfach, dass nicht immer alles so verdammt kompliziert ist.«

Lucindas Schweigen hatte in diesem Moment etwas Nachgiebiges. Vielleicht lag es an der Unordnung in ihrem Büro. Brynn gegenüber hätte ich mich nie so geöffnet. Sie hatte ständig alles bei mir abgeladen, aber wehe, ich wollte mal über etwas sprechen. Dann ergriff sie auf der Stelle die Flucht.

»Ich möchte dich zum Essen einladen.« Lucinda strich mit ihren langen Fingern über die Ledernaht des Stuhls. Ihre Nägel waren mit einem sehr glänzenden Klarlack lackiert, die Spitzen wie weiße Halbmonde. Hübsche Nägel. Die Nägel einer Lady.

»Das musst du nicht.« Ich war verlegen, als hätte ich mich vor ihr übergeben. Mein Magen tat weh.

»Ich möchte aber.« Sie wies in Richtung des Kartons. »Du kannst ihn gern anfassen, wenn du willst.«

Mit einem Elefanten hatte ich noch nie gearbeitet. Tatsächlich hatte ich sogar noch nie einen in natura gesehen. Die Haut war von einer schönen wettergegerbten Beschaffenheit, die sich erstaunlich weich anfühlte. Ich überlegte, wie es wohl wäre, mit einer so runzligen, dicken und unglaublich zähen Haut zu arbeiten. Wie hatte man sie bewegt, um den Rüssel aufzurollen und in Form zu bringen? Hatte man als Innenaufbau Draht oder Holz verwendet? Und das Füllmaterial?

»Fahr deine Mutter nach Hause, und dann gehen wir etwas essen.«

Die Frau, die ständig die Galerie besuchte, war vermutlich ein Problem, doch das war mir ausnahmsweise egal. Es war ein gutes Gefühl, dass jemand anderes eine Entscheidung traf. Als Lucinda aufstand, roch es wieder nach Bäckerei: süß, wie ein zuckriger Kuchen. In ihren High Heels überragte sie mich um einen ganzen Kopf, aber ich hatte mich noch nie so leicht gefühlt, obwohl ich vermutlich mindestens zehn Kilo schwerer war als sie. Dann legte sie mir den Arm um die Taille, und meine Muskeln entspannten sich, etwas löste sich in mir, als würde ich gleich einschlafen. Es fühlte sich nicht überraschend an, sondern unvermeidlich, als hätte sie schon lange an mir gezerrt.

»Du warst noch nicht oft mit Frauen zusammen, oder?« Ihr Mund war nah an meiner Stirn, die weichen, sauberen Lippen nur leicht rosa. Ich spürte ihren feuchten Atem an meiner Haut.

»Ich würde das nicht zusammen sein nennen«, erwiderte ich. Als ich den Kopf hob, um sie zu küssen, lächelte sie und neigte sich herab, umarmte mich. Sie schmeckte nach ihrem letzten Schluck Kaffee. Ich schloss die Augen und ließ mich fallen.

ALLIGATOR MISSISSIPPIENSIS – MISSISSIPPI-ALLIGATOR

Die Jungs an unserer Highschool ärgerten Alligatoren. Brynn gefiel das nicht, sie ging aber meistens mit, und das hieß, dass auch ich dabei war. Sie hatten kistenweise billiges Bier bei sich und bauten mit alten Weihnachtsbäumen aus der Nachbarschaft Lagerfeuer am Fluss, der ungefähr vierzig Minuten von unserem Viertel entfernt war. Wir fuhren in Fahrgemeinschaften in den verranzten Autos der Jungs, ohne Klimaanlage, mit aufgemotzten Motoren und geöffneten Fenstern, bis wir fast überzogen waren vom Schwitzwasser.

Könntest du im Auto schlafen?, fragte Brynn, die an jemanden geschmiegt vor dem Feuer saß. *Bitte! Wir brauchen das Zelt.*

Betrunkene Typen jaulten, schrien und brüllten, die Scheinwerfer ihrer Autos bohrten Löcher in das verschilfte Ufer. Alligatorenaugen, hell wie Sterne, blinzelten uns an und verzogen sich in tieferes Wasser.

Ich saß dicht bei Brynn. Lauter, aggressiver Rock pumpte

ohne Ende aus den Autostereoanlagen. Lichter hüpften auf dem Wasser, und nach ein paar Bier löste sich dein Körper und schwebte dort draußen mit der Tierwelt. Es war ein Gefühl, als könnte man im Wald verschwinden, und es wäre egal, als würde niemand mehr von einem hören, und das wäre in Ordnung.

Und als das Feuer brannte, verlor ich sie. Die Bäume stammten aus Gärten oder waren von Haushalten erbettelt worden, als Weihnachten lange vorbei war. Einige waren schon vertrocknet und warfen ihre Nadeln ab, sodass die auf den Rückbänken der Autos abgestreiften Jacken nach Kiefernharz stanken. Anfangs waren die Feuer klein, an einem bestimmten Punkt jedoch wurden sie bedenklich, grenzten fast schon an Brandstiftung, denn die Jungs zündeten alles an, woran sie ein Streichholz halten konnten. Wir kauerten neben den Zelten, während die Bäume loderten wie Tausend-Watt-Glühbirnen und Lamettafetzen in den Fluss flogen.

Brynns Gesicht leuchtete pfirsichfarben, gebannt von dem Anblick. Sie beobachtete das Feuer, die Jungs; ich beobachtete sie.

Milo war nicht mit diesen Jungs befreundet. Manchmal fuhr auch er zum Fluss und setzte sich zu mir, und wir beobachteten beide Brynn, sprachen aber nie über unsere Gefühle für sie. Wenn wir Zeit miteinander verbrachten, redeten wir nur über Familienangelegenheiten oder albernen Scheiß, sahen zusammen fern, tranken Bier auf dem Friedhof.

Milo hatte damals schon seine volle Größe erreicht, er war länger als unser Vater, aber nicht kräftig. Hager, sagte unsere Mutter. Ich dagegen war eine Eiche, ein stämmiger Sockel mit breiten Hüften und dicken Schenkeln, mein Arsch nicht groß genug, um den runden, teigigen Umfang meines Bauchs auszugleichen. Brynn war in jeder Hinsicht das Gegenteil von mir: blond, wo ich dunkel, dünn, wo ich füllig war, ihre Brüste straff und voll, meine klein und hängend.

Du bist wie ein Maulwurf. Ein kleiner Maulwurfmensch, sagte Brynn und pikste mich in den Bauch, in die Fettröllchen am Rücken, die unter meinem BH-Träger hervorquollen, griff nach den weichen, fleischigen Stellen an meinen Schenkeln. *Süße kleine maulwurfartige Jessa.*

Um Tiere zu präparieren brauchte man Muskeln. Das Universum hatte meine Figur so geformt, wie sie am nützlichsten war: für stundenlanges aufrechtes Stehen und Bücken über Kadavern. Meine robusten Hände konnten Fäden zusammenziehen und Knorpel hacken, meine eng stehenden schmalen Augen waren bereit, den winzigsten Fehler in einem Fell zu analysieren.

Am Rand unserer Camps trieben sich ältere Männer herum, bärtige Typen mit verfärbten Zähnen vom Kautabak. Sie umkreisten gern das Flussufer und riefen Beleidigungen, die wie Komplimente klingen sollten. Einer hatte einen Van wie aus einem Warnfilm für Jugendliche: weiß und verrostet, auf der Seite aufgesprüht die Worte GUTE ZEITEN. Aus dem heruntergelassenen Fenster fragte er, ob wir Musik hören wollten.

Brynn und ich saßen aneinandergelehnt auf einem Baumstumpf, während die meisten Jungs in ihren Booten unterwegs waren, um die Tierwelt und sich gegenseitig zu ärgern. Milo saß auf dem Boden zu unseren Füßen, zupfte einen Palmwedel auseinander und flocht die Streifen um eine Bierdose. Lindy war bei uns, eine der Freundinnen, die wir nicht kannten. Sie trug ein hellblaues Bustier und eine abgeschnittene Hose, Kleidungsstandard der meisten Mädchen an unserer Schule. Ihr Haar war so kaputt vom Blondieren, dass sie es unterhalb der Ohren hatte abschneiden müssen; es leuchtete strahlend weiß unter den Lichtern des Vans, aus dessen Fenster sich der Typ lehnte und uns wieder ansprach.

Brynn stupste mich an, bis ich fast auf Milo fiel. *Er redet mit dir.*

Ich will aber nicht mit ihm reden.

Er war älter als mein Vater, das Gesicht lederartig und von der Sonne verbrannt. Sein graues Haar stand in fettigen Strähnen ab, als ob er die meisten Nächte in seinem Van verbrachte. Sein T-Shirt war am Hals ausgeleiert.

Geh einfach. Du redest nie mit jemandem.

Mit *jemandem* meinte sie Jungs. Keiner der Typen wollte etwas mit mir zu tun haben, und das war in Ordnung. Ich hatte keine Lust, mich mit ihnen in ihre Autos zu verdrücken oder mir anzuhören, wie sie sich gegenseitig beschimpften, zu sehen, wie sie schwankten und den billigen Fusel ausschwitzten, den sie nie bei sich behalten konnten. Ich fand es schrecklich, dass sie alle wie nasse Hunde rochen und ihre Genitalien vorreckten, als würde das jemanden interessieren. Sie waren nicht wie mein Bruder. Man konnte nicht mit ihnen reden.

Milo wusste, wann es angebracht war, zu reden oder die Klappe zu halten. Er ekelte sich nicht vor Perioden oder machte blöde Bemerkungen, dass Frauen schwächer seien als Männer. Er mochte rührselige, gefühlvolle Filme und ging liebevoll mit Tieren um. Sein Mitgefühl für andere Menschen weckte in mir den Wunsch, ich könnte auch ein wenig so sein. Es war beängstigend, ihn so verletzlich zu sehen, denn das hieß, dass einem das Herz herausgerissen und seziert werden konnte.

Brynn schubste mich ganz vom Baumstumpf, und ich landete mit dem Hintern auf dem nassen Boden. Lindy lachte und setzte sich auf meinen Platz. Die beiden schmiegten sich aneinander, mit einer Flasche Fireball, die Lindys Freund spendiert hatte, bevor er in seinem Skiff davongefahren war. Brynn legte ihre Hände auf Milos Schultern, und er lehnte sich zurück, sein Kopf an ihren Knien.

Er sah mich nicht an, drehte sich einfach weg und starrte aufs Wasser, während Brynn mit den Fingerspitzen kleine Kreise um seinen Hals zeichnete. *Ich verführe dich mit dem Gänsehautspiel*, sagte sie, und ich wandte den Blick ab.

Ich ging verlegen auf den Van zu und krempelte die Ärmel meines Flanellhemds runter, bis die Manschetten über den Händen hingen. Das Hemd war braun, wie alles, was ich besaß, und eingelaufen. Es hatte Milo gehört, bis er herausgewachsen war. Vor sechs Monaten hatte es noch an mir heruntergehangen, doch inzwischen spannte es am Bauch, und die Knöpfe drohten abzuplatzen. Als ich den Van erreichte, drehte ich mich wieder um. Brynn winkte mich weiter, beugte sich nach unten und flüsterte Milo etwas ins Ohr. Er duckte sich ein wenig und lächelte, griff mit einer Hand hinter sich und umfing ihren Nacken. Es schnürte mir die Kehle zu, die beiden so vertraut miteinander zu sehen. Ich drehte mich wieder um und öffnete die Beifahrertür.

Im Inneren des Vans roch es nach verschüttetem Bier. Der Mann lehnte sich lässig auf dem Sitz zurück, die Beine um das untere Rund des Lenkrads gespreizt. Er hatte ein breites rotes Gesicht mit einem fleckigen dunklen Dreitagebart. Seine Kleider waren feucht und klebten an ihm, als ob er schwitzte, obwohl die Klimaanlage lief und mir die Haare an den Armen und Beinen zu Berge standen. Ich kletterte neben ihn, blieb aber nah an der Tür.

Du bist eine süße kleine Maus. Willst du was trinken? Er zeigte auf einen Kasten mit gutem Bier, der auf dem Boden stand, nicht das billige Zeug, das wir immer klauten, sondern die teure Sorte, mit Namen, die einen an Staaten im Norden denken ließen. An Backsteingebäude. Er lächelte, die Lippen feucht von Speichel. Ihm fehlten etliche Zähne, und die, die er noch besaß, waren dunkel an den Wurzeln. Er sah aus wie jeder einzelne Freund meines Vaters. Da ich mich einigermaßen sicher fühlte, nahm ich mir ein Bier. *Danke.*

Er zuckte die Achseln und trank einen Schluck aus seiner Flasche. *Ich bin Thomas. Tommy. Pass auf, ich will dir was zeigen. Ist nicht weit weg.*

Wir fuhren an Brynn und Milo vorbei, streiften aufgetürmte Baumstämme und Abfälle, die den Uferweg säumten. Draußen auf dem Wasser konnte ich noch die Boote sehen, in denen die Jungs mit Taschenlampen ins Wasser leuchteten und Alligatoren reizten, während sie versuchten, in ihrem betrunkenen Zustand nicht zu kentern. Der Mann parkte den Van zwischen zwei Bäumen, der Straße abgewandt. Der Mond stand hoch und weiß am Himmel und schien auf das in den Rohrkolben schwappende Wasser.

Los, komm. Er berührte mich nicht, zeigte nur durch mein offenes Fenster. *Dort unten.*

Wir nahmen unser Bier und gingen zum Ufer hinunter. Meine Stiefel schmatzten im Schlamm. Er war angetrunken und torkelte vor mir her.

Siehst du das dort? Unten am Rand? Er nahm meine Hand und zeigte in die Richtung, die er meinte. *Siehst du den schwarzen Haufen?*

Ich sah ihn. Lang und dick, und er roch, als hätte man ein rohes Hähnchen in eine Mülltonne geworfen. Ich ging näher ran, während er sich wie ein Invalide an meinen Arm klammerte. Er stolperte, und ich stützte ihn, bis er kurz vor dem verwesenden Alligator stehen blieb.

Ein Schwarm Goldfliegen flog auf und ließ sich sofort wieder auf dem Fleisch nieder.

Das ist gefährlich, sagte ich und zog ihn zurück. *Was nachts tot am Wasser liegt, zieht lebende Alligatoren an.*

Mein Vater und ich präparierten Alligatorenschädel. Meistens lackierten wir nur die Schädel, tauchten die geöffneten Kiefer in die klare Flüssigkeit und ersetzten die Augäpfel durch Nachbildungen aus Plastik, die aber ziemlich echt aussahen.

Ich hab noch nie zuvor so ein totes Vieh gesehen. Er ließ meinen Arm los und hockte sich neben den Alligator, pikste ihn mit einem Stück Palmholz. Plötzlich fiel er vorwärts und stützte sich mit der Hand an der Seite des Alligators ab. *Mist. Ich wollte ihn nicht anfassen.*

Ich hörte die Jungs draußen in den Booten und wünschte mir, ich wäre wieder am Feuer, bei Brynn, würde Whiskey trinken. Ich wünschte, Milo wäre einfach zu Hause geblieben, dass Brynn meinen Nacken streicheln würde statt den meines Bruders. Als Milo mich gefragt hatte, was ich am Abend vorhätte, hatte er einen Ausdruck im Gesicht, als ob er mit einer Abfuhr rechnete. Als wüsste er, dass ich ihn nicht dabeihaben wollte. Aber ich konnte ihm nichts abschlagen. Das Bier zusammen mit dem Rum, den ich vorher getrunken hatte, machte mich depressiv und verzweifelt, und so beschloss ich, mich noch mehr zu betrinken. Ich nahm einen weiteren Schluck aus meiner Flasche und half Thomas auf die Füße.

Du bist wirklich hübsch, weißt du das? Die Hand, mit der er sich vorher auf dem Alligator abgestützt hatte, fuhr durch mein wuscheliges Haar und strich die krausen Strähnen aus meiner Stirn. Ich ließ ihn eine Weile machen und beobachtete die flackernden Lichter auf dem Wasser, wo die Jungs noch immer herumgrölten.

Wir stiegen wieder in den Van, und ich ließ mich von

ihm berühren, kurz, unter meinem Hemd. Er packte meine Brüste durch den BH, zwirbelte meine Warzen. Ich schloss die Augen und dachte an Brynn, als er jedoch meine Hose öffnen wollte, hielt ich ihn auf. Stattdessen öffnete ich seine und untersuchte den fleischigen Inhalt seiner muffigen Boxershorts. Alles an ihm roch moschusartig und unsauber. Und er wirkte auch nicht besonders erregt, war überwiegend weich und verschrumpelt. Er stieß ein paar weinerliche Geräusche aus, die Augen zusammengekniffen wie ein Baby. Irgendwann mittendrin lehnte er sich aus dem Fenster und kotzte aus, was er getrunken hatte. Ich wischte mir die Hände an meiner Jeans ab und ließ ihn allein, seinen Rausch ausschlafen. Dann ging ich die lange, gewundene Straße zu unserer Lagerstelle zurück.

Brynn kauerte immer noch auf dem Baumstumpf und trank kleine Schlucke aus der Flasche. Milo saß neben ihr, den Arm um ihre Schulter gelegt. Er knabberte an ihrem Hals, seine freie Hand lag eingekeilt zwischen ihren Schenkeln, mit dem Daumen rieb er Kreise auf ihre bloße Haut. Es kam vor, dass die beiden sich betatschten. Ich fragte mich, ob das Brynns Art war, mit einer akzeptablen Version von mir zusammen zu sein, einer männlichen, mit der sie sich in der Öffentlichkeit sehen lassen konnte. Ob sich seine Hände für sie besser anfühlten als meine? Küsste er besser? Auf seinen Zähnen waren Lippenstiftflecken.

Na, sagte sie und blickte zu mir hoch. *Wie war's?*

6

Lucinda wollte die Nacht mit mir verbringen, jede Nacht. Sie fragte mich nicht, schmiegte sich einfach an mich, nachdem wir gevögelt hatten und beide verschwitzt und glühend heiß dalagen. Es war seltsam, morgens aufzuwachen und jemanden ausgestreckt neben mir liegen zu sehen. Ich war daran gewöhnt, allein zu schlafen. Jetzt lagen Beine verknäuelt in meinen Laken, und in meiner Bürste waren andersfarbige Haare. Meine Zahnbürste war feucht von einem anderen Mund, der Deckel nicht auf die Tube geschraubt. Jemand hatte meine Wattestäbchen benutzt und sie gelblich befleckt auf dem Waschbecken liegen lassen.

»Erzähl mir deine schönste Kindheitserinnerung«, sagte sie und leckte unter meiner Brust entlang. »Was hast du als Kind am liebsten gegessen? Wie groß war euer Haus?«

Ich konnte solche Fragen nicht beantworten, ohne über Brynn zu sprechen, ohne Lucinda das Gefühl zu geben, dass sie eine größere Rolle in meinem Leben spielte. Es war einfacher, unsere Münder zu einem besseren Zweck zu verwenden und uns mit rauem, schonungslosem Sex zum Schweigen zu bringen.

Ganz gleich, wie spät wir abends in meine schreckliche Wohnung zurückstolperten, Lucinda war am nächsten Tag da und machte Frühstück aus dem, was mein Kühlschrank hergab. Sachen, von denen ich dachte, sie seien abgelaufen, wurden zu Leckerbissen, zu köstlichen, aus Resten gezauberten Mahlzeiten. Ich bedankte mich nie, sagte ihr nie, wie froh ich war, sie am Morgen zu sehen, wenn dic Sonne ihre dunklen Locken glänzen ließ. Anzuerkennen, dass sie diese liebevollen, häuslichen Aufgaben übernahm, wäre zu intim gewesen. Wenn ich ihr gedankt hätte, wäre ihr Entgegenkommen zu etwas Erwartbarem geworden. Also tat ich so, als wäre es nicht geschehen. Dann war es auch egal, wenn es irgendwann aufhörte.

»Möchtest du Eier?« Sie beugte sich über mich, ihr Mund leicht geöffnet, bereit für einen Kuss.

»Eier hab ich nicht.«

»Natürlich hast du welche. Ich weiß sicher, dass ich ein paar gesehen habe.«

»Ich weiß, was in meinem Kühlschrank ist. Da sind keine.«

»Ich seh mal nach.«

Ich kuschelte mich in die schmutzige Decke und wartete darauf, dass sie das Zimmer verließ. Versuchte meine chaotischen Gedanken in eine Spur zu lenken, die mir Abstand verschaffte, den Raum, den ich brauchte, um wieder die zu werden, die ich war, bevor sie in mein Leben getreten war.

Sobald es morgens hell wurde, wusste ich, dass sie nicht hier sein sollte. Es war schmutzig, nicht der Ort für einen vielversprechenden Menschen wie Lucinda, eine Frau, deren Unterwäsche immer zusammenpasste, deren Kleider so sauber waren, dass ich es schrecklich fand, sie auf einem Teppich zu sehen, den ich seit Monaten nicht gesaugt hatte.

Als ich schließlich in T-Shirt und ausgeleierten Shorts in die Küche kam, standen da Rühreier in der einzigen Pfanne, die ich besaß, und Lucinda machte Toast auf der Herdplatte, die nur die Hälfte der Zeit funktionierte. Sie goss mir Kaffee ein, schwarz, wie ich ihn mochte. Dann stellte sie die Tasse so sanft auf die Theke, dass es kaum zu hören war, und fuhr mir mit den Fingern durch mein langes Haar. Ich schloss die Augen und ließ mich streicheln, ein Gefühl, das ich nicht länger als eine Minute aushielt, bevor ich wieder verkrampfte. Und an andere Hände dachte.

Wir konnten Familie spielen, so viel wir wollten, und uns vormachen, wir wären größer als die fünfundfünfzig Quadratmeter meiner schäbigen Wohnung. Am Ende lief es immer darauf hinaus, dass ich ihr nichts Gutes bieten konnte, während sie bereits etwas für mich aufgab. Ich wusste, dass es jemanden in ihrem Leben gab. Wie sie zu der Frau aus der Galerie stand. Der Frau, die mir sehr ähnlich sah. Die Körpersprache der beiden – wie Frauen, die miteinander schliefen, die sich einander zuneigten wie Magneten. Körper, die bereit waren, sich miteinander zu verbinden. Die Frau hatte mir mehr als einmal zugenickt. Kurzes Haar. Wangengrübchen, die sie jünger aussehen ließen, als ich sie schätzte.

Vermutlich in den Vierzigern. Augen, die mich abtasteten und an etwas Hübscherem hängen blieben, gewöhnlich an Lucinda. Diese Frau stand auf einen bestimmten Typ, und der war nicht ich. Aber ich mochte mich ja meistens selbst nicht. Ich hielt immer Ausschau nach einer Frau, die mich an jemand anderen erinnerte, jemanden, der so anders war, dass ich meinen eigenen Körper vergessen konnte.

Lucinda trug gern meine ausrangierten T-Shirts, die überall in der Wohnung herumlagen. Sie waren ihr viel zu groß, sahen aber hübsch an ihr aus, die langen, dunklen Beine unter dem Saum. Ich empfand ihren Anblick in meinen Sachen als so überaus angenehm, dass ich befürchtete, man könnte es mir ansehen. Ich zerquetschte das Gefühl wie einen rigorosen Eindringling, etwas, was nicht in mir existieren durfte. Wenn sie ging, schnupperte ich an den Shirts, ihren sauberen, sonnigen Geruch, der sich darin eingenistet hatte. Eine Erinnerung, dass es etwas Schönes in meinem Leben gab.

Sie presste frischen Orangensaft, was ich nur aus dem Fernsehen oder aus dem Kino kannte. Ich kaufte nie Orangen, hatte in meinem ganzen Erwachsenenleben wahrscheinlich nie welche gekauft. Warum Orangen kaufen, wenn sie überall umsonst an den Bäumen hingen?

»Woher kommen die?«, fragte ich und trank einen Schluck, ließ den Saft meine Kehle kühlen. Ich hätte gern etwas Wodka gehabt, um einen Screwdriver zu mixen, wusste aber, dass keiner mehr im Schrank stand. Wir hatten die Flasche gemeinsam geleert.

»Aus deinem Garten.«

»Ich hab keinen Garten.«

»Du weißt genau, was ich meine. Draußen.«

Die Apartmentanlage besaß einen schmuddeligen Innenhof, der mit einer ausgedörrten Akazie auftrumpfte und einem, wie ich bisher glaubte, verkümmerten Zitronenbaum. Die Schalen im Mülleimer waren grünlich gelb und klein. Ich fragte mich, woher sie überhaupt wusste, dass sie gut waren.

»Warum verlegen wir das Frühstück nicht auf den Balkon?«

Ich dachte über den Aufwand nach, die Teller und Tassen nach draußen zu bringen; die Glasplatte war dreckig, ebenso die Stühle. In der Nacht hatte es immer wieder geregnet, und die Frösche versteckten sich gern unter den Stühlen, streckten manchmal eine verklebte kleine Hand aus und fassten einem an die Beine. Egal wie oft es passierte, ich schrie jedes Mal. Ich wollte nicht, dass Lucinda mich so sah, niemals. Albern und mich vor einer winzigen Amphibie fürchtend, als würde ich meinen Lebensunterhalt nicht mit dem Aufschneiden von Tieren verdienen.

»Du wirst es überleben«, sagte sie. Ich nickte und schauderte schon jetzt. Ich folgte ihr durch die Glasschiebetür und atmete die Feuchtigkeit ein. Sie trug unsere beiden Teller, während ich nur meinen Kaffee hielt und mich kleinlaut umsah, aus Angst, ein Frosch könnte aufspringen.

Von meinem Balkon überblickte man den Parkplatz und einige zottelige Palmen, die über die angrenzenden Dächer wedelten. Normalerweise roch es draußen nach dem Essen anderer Leute, nach strengen Aromen von Fleisch und Gewürzen, die den ganzen Tag in Schongarern schmorten. Ich hielt alle Fenster fest geschlossen, um die fremden Gerüche auszusperren. Doch an diesem frühen Morgen, als der Wind die regenschweren Wolken peitschte, roch es mehr nach feuchter, aufgewühlter Erde: der schwere Duft von zerdrückten Pflanzen und Schlamm, in dem es von Leben wimmelte.

Lucindas Haar fing die Sonne auf und schimmerte in rötlichen Tönen. Brynns Haar schimmerte immer golden, manchmal bernsteinfarben. Obwohl sie die Sonne liebte, hasste Brynn es, früh aufzustehen. Vor zwei Uhr nachmittags frühstückte sie nie. In der Woche, bevor sie verschwand, machte ich ihr belgische Waffeln auf dem Eisen, das ich bei einem Garagenflohmarkt gekauft hatte. Sie wirkte so glücklich, riss die Waffeln mit den Fingern auseinander und stippte die Stücke in Schlagsahne. Wir fütterten uns gegenseitig, hielten zusammen ein Nickerchen und dösten in der Nachmittagssonne. Sie neigte sich zu mir und flüsterte mir ins Ohr, dass sie mich über alles liebe. Wie kann ein Mensch so glücklich wirken und dich eine Woche später verlassen?

»Schön hier, oder?«

»Ja«, erwiderte ich und trank einen Schluck Kaffee. Keine Frösche in Sicht. »Sehr schön.«

Schweigend aßen wir unsere Eier, tunkten Krusten in das flüssige Eigelb und beobachteten die auf der Straße vorbeigleitenden Autos. Ein entspannter, träger Morgen, wie ich ihn als Kind bei meinen Eltern erlebt hatte. Lucinda reichte mir die Zeitung, die ich aufschlug, während sie an ihrem Saft nippte, und ich überlegte, ob wir wohl gleich das Kreuzworträtsel lösen oder etwas anderes machen würden, was Paare so taten. Es fühlte sich eigenartig normal an, eine häusliche Szene, wie ich sie immer nur bei anderen Leuten gesehen hatte. Ich klaute ihr den Rest ihrer Eier vom Teller, sie stibitzte mein letztes Stück Toast. Ich wusste, wenn ich sie um einen Krümel Zuneigung bitten würde, nur einen ganz kleinen, würde sie den Rest des Tages bei mir bleiben. Ob sie wohl jemanden hatte, zu dem sie nach Hause kam, wenn sie von hier wegging? Ich war mir nicht sicher, aber es schien mir wahrscheinlich. Die stämmige Frau, die in der Galerie ein und aus ging, unterhielt sich mit Lucinda auf eine Art, wie ich es gern getan hätte; sie legte ihr eine Hand auf den Arm und streichelte mit dem Daumen ihre Ellenbeuge. Lucinda war eine Frau, die einem das Leben leichter machte. Ich hätte sie bitten können zu bleiben, und vielleicht hätte sie es eine Zeit lang getan. Doch ich saß nur stumm da, während sie darauf wartete. Dann sammelte sie das Geschirr ein und trug es hinein. Die Dusche wurde aufgedreht, und ich ging mich anziehen, schlüpfte in eine löchrige alte Jeans, die sich am Hintern auflöste.

Als Lucinda aus dem Bad kam, war sie wieder unnahbar. Zum Abschied durfte ich sie auf die Wange küssen, nicht aber auf den Mund. Ich beobachtete, wie sie hinausging, alles Schöne des Morgens mitnahm, und ich wünschte, der Raum würde mich verschlucken.

*

Bastien hatte seinen Führerschein verloren und ohnehin keinen Zugang zu einem Auto, deshalb holte ich ihn, als Lucinda weg war, bei meiner Mutter ab, und wir besorgten uns Kaffee an der Tankstelle in der Nähe der Werkstatt. Er schmeckte verbrannt und war immer voller Satz, aber wir durften unsere riesigen Styroporbecher den ganzen Tag nachfüllen. Während wir unseren unerschöpflichen Vorrat an teeriger schwarzer Säure tranken, standen wir hinten in der Werkstatt und arbeiteten Seite an Seite über Felle und Kadaver gebeugt. Manchmal übernahm er das Entfleischen, manchmal ich, bei den monotonen Aufgaben aber wechselten wir uns immer ab: Näharbeiten an den Beinen, Fleisch von den Knochen abkochen, bis unsere Hände schmerzten vor lauter Brandblasen.

Ich bevorzugte die langweilige Arbeit, konnte dabei alles um mich herum vergessen. Bastien ging es offenbar ebenso. Er schaffte spielend jeden Auftrag, den ich ihm gab, selbst wenn er schreckensstarre Hamster machen sollte. Wenn wir zusammen an einem Stück arbeiteten, verfielen wir in einen guten Rhythmus. Inzwischen verlief die Zeit mit ihm meistens angenehm. Er hatte meine Abläufe kapiert. Wusste, wann er still sein musste. Möglichst wenig reden, nur die Gesellschaft eines anderen warmen Körpers. Er studierte Fachmaterial über die verschiedenen Tiere und wusste, dass Totenmasken eine gute Vorlage boten, um die beste Haltung für Hals und Ohren zu finden. Er führte eine

Sammelmappe mit Markierstreifen für die verschiedenen Tierarten, an denen er schon gearbeitet hatte: Kaninchen, Eichhörnchen, Füchse, Rotwild.

Wenn ich zu lange allein war und in die Augen eines toten Tiers starrte, hatte ich mitunter das Gefühl, als wäre ich selber nur ein Sack totes Fleisch. Die Arbeit mit Bastien erinnerte mich ein wenig an die gemeinsame Zeit mit meinem Vater, der genau gewusst hatte, wann ich ein bestimmtes Werkzeug oder ein Stück Faden brauchte. Wie mein Vater ging auch Bastien ganz natürlich mit Körpern um; er wusste, was er mit den Beinen tun musste und wie man einen Hals modellierte, damit er nicht steif wirkte. Er drehte eine Hirschhaut schneller von innen nach außen, als Milo es je geschafft hatte, und manchmal lieferten wir uns einen harten Wettkampf. Diese Parallelen zur Vergangenheit machten mich schwindelig: Ich war mein Vater, Bastien war ich, und die toten Tiere – die immer gleichen leeren Gesichter – lagen ewig auf dem Tisch zwischen uns.

»Gehst du heute früher weg?«, fragte er und legte die letzte Haut des Tages beiseite. Wir hatten seit Stunden gebückt an einem Stapel Hirschhäute gearbeitet. Seine Haare klebten am Nacken, der Schweiß lief ihm in den Hemdkragen.

Ich schnupperte an meiner Achselhöhle und schreckte zurück. Säuerlich. »Ich bin auf einen Drink verabredet.«

Er wischte sich mit einem sauberen Lappen übers Gesicht und warf ihn in Richtung Waschbecken. »Okay. Dann schließe ich ab.« Bastien fragte mich nicht nach meinem

Privatleben, und ich fragte ihn auch nicht nach seinem. Das Gefühl, dass wir beide kein zusätzliches Gepäck in unserem Leben brauchten, beruhte auf absoluter Gegenseitigkeit.

»Ruf deinen Vater an.«

»Klar. Ich schätze, ich bin noch eine Weile hier.« Milo hatte erst in ein paar Stunden Feierabend. Falls er überhaupt zur Arbeit erschienen war; man konnte nie wissen, wo er war oder was er gerade trieb. Er konnte ebenso gut zu Hause sein und schlafen. An sein Handy ging er selten. Es war meist nicht mal eingeschaltet, sondern lag hinten in seinem Pick-up, wie ein lebloser Backstein.

»Wir sehen uns morgen früh«, sagte ich und schnappte mir ein Ersatzhemd aus dem Schrank neben der Tür. Als ich das schmutzige auszog, drehte sich Bastien diskret um und fummelte an einigen Werkzeugen, die er schon gesäubert hatte. »Gute Arbeit heute.«

»Ja.«

Ich weiß, er war enttäuscht, aber das war mir egal. Im Augenblick fühlte ich mich nur in den dunklen, intimen Stunden gut, die ich mit Lucinda bei ein paar Drinks im Chaos meiner feuchten Wohnung verbrachte.

Wir trafen uns in der Bar, verkrümelten uns nach hinten, tranken beschissenes einheimisches Bier und schauten uns tief in die Augen. Wenn ich den ersten Schluck nahm und Lucinda über den Tisch hinweg ansah, war es mir egal, wie schlecht es mir am nächsten Morgen gehen würde. Ich grübelte nicht über Brynn, meine Mutter oder meinen Vater nach, und ich dachte auch nicht an die Sorgen, die mich den ganzen Tag bei der Arbeit bedrückten. Es gab nur die Drinks und Lucindas kühle Finger, die mir zart über den Unterarm strichen.

»Warum hast du keine Trophäen in deiner Wohnung?« Sie schenkte jedem von uns einen Schluck zum Probieren ein. So nannte sie unsere ersten Gläser, in die sie gerade mal drei Zentimeter kippte. Wir warteten, wie lange wir durchhielten, bis eine von uns schwach wurde und trank. Dann schenkten wir die Gläser voll, und es ging richtig zur Sache. Der Krug stand zwischen uns, ein sicherer Punkt, auf den ich den Blick richten konnte, wenn ich zu lange in ihren Ausschnitt starrte.

»Warum war ich eigentlich noch nicht bei dir?« Ich berührte das Bier nur ein klein wenig mit der Zunge. Es bizzelte, schmeckte hefig wie Brot.

»Ich habe keine Wohnung. Nimmst du dir nicht gern Arbeit mit nach Hause?«

Sie trug drei dünne goldene Armreife, die klimperten, wenn sie zusammenstießen. Bei jeder leichten Drehung ihrer Hand reflektierten sie das Licht.

»Nein, das ist es nicht.« Ich trank meinen ersten großen Schluck und meine Geschmacksknospen jubilierten. »Hast du ein Haus?«

»Ich lebe in einer Eigentumswohnung und habe eine Mitbewohnerin.« Sie lächelte, als ich noch einen Schluck nahm, und folgte dann meinem Beispiel. »Heute verlierst du schnell. Aber was sagt es über dich aus, wenn du mit dem Präparieren von Tieren dein Geld verdienst und in deinen eigenen vier Wänden nicht ein einziges Stück stehen oder hängen hast?«

Ich leerte mein Glas und ließ mir von Lucinda nachschenken, aber das Wort *Mitbewohnerin* klang noch in mir nach, obwohl ich versuchte, es aus meinem Kopf zu verdrängen. »Es sagt aus, dass ich in meiner Wohnung keine habe. Mit wem lebst du zusammen?«

Ihr letzter Schluck Bier verschwand in ihrem roten Mund, der verschmierte Abdrücke am Glas hinterließ. *Mitbewohnerin* konnte alles bedeuten, aber so, wie sie es sagte, klang es nach *Ehefrau*. Die Frau aus der Galerie. Ich wusste es ja schon, hatte es an der Körpersprache abgelesen. Eine Hand. Ein Ellenbogen. Ein kurzes Streifen von Haut an Haut; ich wusste, was das hieß. Ich hatte zu oft ihre Gesichter beobachtet, statt auf ihre Hände zu achten. Ich schenkte ihr nach, aber sie hielt mich auf, als das Glas halb voll war. »Warum hast du in deiner Wohnung keine Trophäen?«

Ein kräftiger Schluck für mich. »Ich will nicht, dass es sich wie ein Zuhause anfühlt.«

Zwei weitere Schlucke für Lucinda, die ein schwarzes Samttop trug, das wie eine zweite Haut an ihr klebte. »Das ist traurig, Jessa. Jeder braucht einen Ort, wo er sich sicher fühlt.«

Ein Zuhause und Sicherheit waren für mich nicht gleichbedeutend. Die Gelegenheiten, bei denen ich mich am verletzlichsten gefühlt hatte, waren mit meiner Familie verbunden. Da war meine Mutter, die plötzlich alles auf den Kopf stellte, was ich von ihr zu wissen geglaubt hatte oder erwartete. Und mein Vater, der sich an einem Ort umgebracht hatte, an dem ich ihn finden würde, und mir einen Brief hinterließ, in dem er mir auftrug, mich um das zu kümmern, was ihn überfordert hatte. Die einzige Frau, die mir je wichtig gewesen war, hatte ich mit meinem Bruder geteilt, den ich dafür liebte und zugleich hasste.

Lucinda rieb mit einem Finger die Einkerbung ihrer Lippe entlang, und ich wollte ihre Hand wegschlagen, sie fragen, warum sie das, was ich vergessen wollte, in die nächste quälende Erinnerung verwandelte. Ich wollte sie dringend küssen. Ich wollte etwas anderes fühlen.

»Verdammt, könntest du nicht einfach die Frage beantworten?«, sagte ich und goss den Rest in mein Glas. *Mitbewohnerin* war ein Wort, das man für eine Freundin oder eine Fickgefährtin verwenden konnte. Ich bemühte mich zwar, die Sache zwischen uns locker zu sehen, aber ich war nicht sicher, ob ich mir wieder einen Menschen mit jemandem teilen wollte. So wie die beiden in der Galerie miteinander umgingen, hatte ich nicht den Eindruck, als wäre es vorbei. Zumindest ließ die Körpersprache der anderen Frau nicht darauf schließen. Ich wusste, wie es aussah, wenn man jemanden immer noch liebte, auch wenn die andere Person schon lange keine zärtlichen Gefühle mehr für einen hegte. Und dieser Frau stand das Wort *Verlangen* groß auf der kessen Stirn geschrieben.

»Ich habe eine Mitbewohnerin, weil ich die Eigentumswohnung zusammen mit ihr gekauft habe und ich sie jetzt nicht einfach bitten kann zu gehen, ohne das Eigentum aufzuteilen.« Sie beugte sich vor, schob einen Arm über den Tisch und steckte einen Finger unter das Armband meiner Uhr. Sie ließ ihn dort liegen und wackelte unter dem Zifferblatt damit herum.

»Ich bewahre auch keine Fotos in meiner Wohnung auf«, fuhr ich fort. In meiner Wohnung hing auch keine Kunst, abgesehen von der billigen Eierschalenfarbe, die der Vormieter lange vor meinem Einzug an die Wände geklatscht hatte. »Für mich ist es nur ein Ort zum Schlafen.«

Der noch immer wackelnde Finger schickte sich an, das Armband zu lösen. »Du weißt, ich bin für dich da«, sagte Lucinda und strich mit dem Daumen über meine Handfläche. »Du musst mich nur darum bitten. Gib mir ein bisschen was, Jessa. Vertrau mir, ich werde dich nicht verletzen.« Ihre Stimme hatte einen scharfen Unterton angenommen.

Vertrauen war ein Wort, das zu viel nach sich zog. Mir ging ohnehin alles zu schnell; kein Wunder, wenn man bedachte, dass so viele queere Frauen nach dem ersten Date die Biege machten. Diese emotionale Offenheit lag mir nicht, aber selbst die Ladys, mit denen ich gelegentlich schlief, versuchten manchmal mehr aus einer Sache zu machen, als sie hergab. Genau das passierte mit Lucinda, ich spürte es: Ich dachte ständig an sie, ignorierte sie, wenn sie Aufmerksamkeit wollte, und regte mich dann auf, wenn sie vielleicht eine andere sah. *Dass* sie eine andere sah. Ich wusste nicht, was ich wollte. Ich drehte mich im Kreis.

Lucinda nahm die Uhr von meinem Handgelenk und drehte sie um. Es war die meines Vaters, mit der er gestorben war. Ich trug sie jeden Tag, das Armband war glatt gerieben von seiner und meiner Haut und auch der meines Großvaters. Ich könnte ihr alles über mich erzählen, sie mit Einzelheiten über mich füttern. Aber wenn man Futter ins Wasser warf, erschienen die größten Raubtiere und fraßen alles auf. Ein bisschen geben ging nicht. Es ging nur alles oder nichts.

Ich schwitzte am Rücken und unter den Armen. Ich trank den Rest meines Biers aus und dann ihres. »Ich geh mal zahlen«, sagte sie, als ich mich nach was anderem umsah, das ich in mich hineinkippen konnte.

Draußen war es dunkel und ungewöhnlich still, lautlos, nicht mal die Zikaden zirpten. Lucinda legte ihre Hand auf meine gut gepolsterte Hüfte und drückte zweimal. Ich verkrampfte beide Male. »Es ist still«, bemerkte ich dümmlich. Lucinda nickte.

»Wieso sind Zikaden eigentlich nie zu sehen?« Sie schmiegte sich an mich und roch nach den Zimtminzebonbons, die sie immer lutschte, wenn sie etwas getrunken hatte.

»Was?«

»Man hört sie die ganze Nacht, vor allem im Sommer. Warum sieht man sie dann nie?«

Eine gute Frage. Zikaden hielten sich in den Kronen von Eichen auf, versteckt in der Rinde oder verdeckt unter dicken Büscheln Louisianamoos. Sie verursachten einen Höllenlärm, aber ich hatte noch nie welche irgendwo herumkrabbeln sehen. »Ich habe ein Stück von einer«, sagte ich, atmete ihren süßen Duft ein und leckte mir die Lippen. »Die Hülle. Man nennt sie Carapax.«

Lucindas Hand kroch zum Schritt meiner Jeans hinunter, presste leicht und wartete. Draußen war niemand zu sehen. Die einzige Straßenlaterne flackerte über uns, zuckte, zuckte noch mal und ging dann aus. Dunkelheit hüllte uns ein. Ich lehnte mich an die Seite meines Pick-ups und überließ ihr die Führung. Sie rieb mich sanft, während sie mit der anderen Hand unter meiner Brust innehielt.

»Erzähl mir mehr über die Zikade.« Sie leckte mein Ohrläppchen, saugte daran. »Alles, was du über sie weißt.«

»Nicht viel.« Ich atmete langsam aus und bedachte meine Worte. »Ich habe nur die Hülle. Sie lag im Garten.« Bei jedem Satz bewegte sie ihre Hand an eine andere Stelle meines Körpers. Erst rieb sie die zarte Innenseite meines Unterarms, dann glitt sie unter mein Hemd und streichelte mich über dem Nabel.

»Was noch?« Ihr Atem drang schwer und lebendig an mein Ohr.

Es fiel mir schwer, meine Erinnerung zu mobilisieren. Ihre Finger krochen über meine Rippen und schoben sich behutsam unter das Körbchen meines BHs. »Sie lag unter dem Basketballkorb am Schuppen. Mein Bruder wollte sie mit dem Ball zerquetschen, verfehlte sie aber ständig.«

Ein Finger strich träge unter meiner Brust entlang und streifte gerade so eben die Warze. »Wie hat sie ausgesehen?«

»Wachsgelb. Wie durchsichtiges Klebeband.«

»Wonach hat sie gerochen?« Mit der anderen Hand strich sie an der Naht meiner Jeans hin und her. Erst leicht, dann so fest, dass ich das Kratzen ihrer Nägel am Stoff hörte.

Ich atmete tiefer ein und hielt inne, dann löste sich aus dem Summen in meinem Gehirn eine Erinnerung. »Nach nichts. Sie hat nach nichts gerochen.«

Aber ich hatte ihren Geschmack getestet und sogar ein Loch durch die Mitte ihres Brustkorbs geleckt. Brynn hatte mich dazu herausgefordert. Sie wollte, dass ich die hohle Hülle mit dem Mund berührte und hielt sie hoch, als wollte sie, dass ich sie küsse. Ein Stück der Hülle hatte sich vom Körper gelöst und klebte an meiner Zungenspitze. Dort schmolz es zähflüssig und schmeckte wie Tapiokaperlen ohne den Pudding. Brynn schrie und rannte ins Haus, ließ mich allein zurück. Ich hielt die Hülle in meinen gewölbten Händen, als könnte auch sie versuchen zu fliehen.

Lucinda rieb fest und schnell, und dann kam ich und biss mir auf die Lippe, bis ich Blut schmeckte. Ich packte ihre Hand, als sie weitermachte und sich die Krämpfe durch den rauen Stoff meiner Jeans im Schritt verstärkten.

Ein Mann öffnete die Tür der Bar, und das Licht fiel in einem hellen Halbkreis auf den Asphalt des Parkplatzes. Wir stiegen in den Pick-up, und ich ließ mich von ihr zu meiner Wohnung fahren. Sie fuhr acht Stundenkilometer unter dem Tempolimit und kämpfte mit der Kupplung, wenn sie in einen höheren als den zweiten Gang schalten wollte. Über das Lenkrad gebeugt, die weißen Fingerknöchel am Schaltknüppel, sah sie klein und zerbrechlich aus. Nicht wie jemand, der eine Frau auf einem öffentlichen Parkplatz zum Orgasmus bringen konnte. Es war gefährlich, sich im Dunstkreis eines so wandlungsfähigen Menschen zu bewegen. Sie konnte alles sein, was ich wollte: süß, schüchtern, hart, besorgt. Liebenswert. Ihre Schichten brachen auf. Ich hatte Angst vor dem, was ich über mich selbst herausfinden würde, wenn ich mich zu sehr auf sie einließ.

»Du machst das Getriebe kaputt«, sagte ich und musste über ihre verkniffene Miene lachen. Sie fuhr wie eine alte Frau. Sie fährt, dachte ich, wie meine Mutter. »Du musst den Rhythmus finden. Wie beim Sex. Das kannst du doch, oder?«

Lucinda schlug meine Hand weg, als ich versuchte, für sie zu schalten. »Trink nächstes Mal nicht so viel, dann kannst du selbst fahren.«

»In Ordnung.« Ich fand es süß, wie sie in Schlangenlinien die Straße entlangfuhr. Süß, aber Furcht einflößend. »Fahr schneller, sonst werden wir angehalten.«

Der Pick-up ruckelte in den dritten Gang, und ich hielt mich am Sitz fest, in der Hoffnung, dass wir keinen Schlenker machten.

Zurück in meiner Wohnung, bat mich Lucinda, ihr die Zikade zu zeigen. Ich holte eine Tupperdose hinten aus dem Schlafzimmerschrank und fand sie eingehüllt in Zeitungspapier, vergraben unter ein paar alten T-Shirts von Brynn und Stapeln von Polaroids, deren Anblick ich nicht ertragen konnte. Wir bei Geburtstagsfeiern und Pyjamapartys. Beim Öffnen von Weihnachtsgeschenken. Bilder von Brynn im

Nachthemd mit den Kindern im Arm. Wir beide an Halloween aneinandergekuschelt auf einer schmutzigen, seltsamen Couch, geschmückt mit lila und rosa Hasenohren.

Die Hülle hatte sich ein wenig aufgelöst, dort, wo ich sie mit der Zunge durchstoßen hatte, doch der Kopf war noch vollkommen intakt. Ich hielt die Zikade in der gewölbten Hand, während Lucinda sich über sie beugte und das letzte kalte Bier aus meinem Kühlschrank trank. Warum trank immer eine andere Frau mein letztes Bier?

»Ich sollte dir ein bisschen Kunst besorgen. Für die Wohnung. Sie ist so kahl.«

»Ich habe gesehen, auf welche Art von Kunst du stehst. Nein danke.«

Sie reagierte nicht auf meine Spitze und untersuchte stattdessen die Insektenhülle. Kondenswasser tropfte von der Flasche und landete auf meiner Hand, lief in Richtung der Hülle. Ich neigte mein Handgelenk, damit es auf meinen Arm tropfte.

»Na schön, keine Kunst. Aber häng ein paar Fotos auf, Jessa. Erinnerungsstücke.« Lucinda stellte die leere Flasche auf den Couchtisch zu den anderen, die wir gekillt hatten. Ihr Fingernagel fuhr vorsichtig die transparenten Flügel nach, klopfte auf die leeren, borstigen Beine. »Unglaublich. Perfekt geformt, aber völlig ausgehöhlt.«

Die Augen der Zikade waren milchige Flecken, die hervorragten wie die Noppen bei Luftpolsterfolie. »Ich mag den Gesang von Zikaden«, sagte ich und rollte die Hülle in der Hand hin und her. »Er gibt mir das Gefühl, als würde die ganze Welt gleich einschlafen. Und er erinnert mich an die Abende mit meinem Vater, an denen wir lange auf waren.«

Lucinda zog ihre Hose und ihr Oberteil aus und öffnete in ihrer schwarzen Unterwäsche das Fenster. Ihre Brüste waren hoch und klein, ganz anders als meine, die herunterhingen wie schlaffe Partyluftballons. Jedes Mal, wenn sie eine Brustwarze hob, um daran zu saugen, verschrumpelte meine Haut. Es tat ein bisschen weh, aber es war ein schöner Schmerz. Als sie ans Bett kam und mich küssen wollte, schob ich sie weg und streifte meine Stiefel ab, die Jeans. Ich dachte an ihre *Mitbewohnerin*, eine Frau wie ich, die zu Hause auf sie wartete, und dann küsste ich sie, um den Gedanken zu verdrängen. Alles zu vergessen. Ich dachte nur an ihren Körper – wie er sich mir öffnen würde und mir gab, was ich brauchte.

Sie legte sich auf mein ungemachtes, noch von der letzten Nacht zerwühltes Bett. Ich musste ihr die Zikadenhülle auf den Bauch legen, in die Vertiefung zwischen ihren Rippen. Wir sahen uns durch das offene Loch des kleinen Körpers an. Draußen in den Bäumen zirpten ihre lebendigen Artgenossen hoch und schrill. Als mein Mund die Öffnung von Lucindas Körper berührte, hob sie abrupt die Brust. Die Zikade rollte aufwärts, bereit zu fliegen.

*

Am nächsten Morgen stand Lucinda früh auf. Sie zog eines meiner Hemden an und band sich ihr Haar zu einem Pferdeschwanz, der schräg am Kopf saß. Als sie sich über mich beugte, roch ich meine Zahnpasta in ihrem Atem.

»Ich geh eben los und hole uns Donuts«, flüsterte sie und strich mir mit der Hand über die Wange. »Dann reden wir über heute Abend. Wir sollten einen Schlachtplan für den Besuch bei deiner Mutter entwerfen.« Ich brummte, drehte mich um und tat so, als würde ich wieder einschlafen.

Als sich die Tür hinter ihr schloss, setzte ich mich auf und nahm meinen Kater wahr, voller Furcht vor der Angst und Erschöpfung, die meist mit der morgendlichen Nüchternheit kamen. Die Zikade lag auf dem Nachttisch. Ich hielt sie ans Licht, das hell durch den kaputten Lamellenvorhang fiel. Die Flügel waren durchscheinend, der Körper gelbes Buntglas.

Brynn hatte mich einmal gebeten, ihr ein Libellenkostüm für Halloween zu schneidern. Ich brauchte Wochen, um glänzende Stoffreste auszuwählen und schimmernde Flügel zu formen, sie ihr an den Rücken zu halten, die Maße für etwas Flatterndes und Zerbrechliches zu nehmen. Es saß perfekt.

Das hat Jessa für mich gemacht, ist es nicht toll?, sagte sie jedem, der ihr zuhörte, drehte sich mitten auf einer Party im Kreis und schlug mit den funkelnden Flügeln. Ich hatte sie akribisch mit Reihen von winzigen Glitzersteinen verziert. Brynn mochte das Kostüm so sehr, dass sie es drei Jahre hintereinander trug. Ein schönes, schimmerndes Wesen.

Ich ging, bevor Lucinda zurückkam, und fuhr zur Werkstatt. Dort trank ich im Dunkeln niedergeschlagen kalten übrig gebliebenen Kaffee, bis mein Magen rebellierte und ich zu Wasser überging.

Am Abend sollte ein Treffen bei meiner Mutter stattfinden, zur Voransicht ihrer Kunstwerke. Eingeladen waren auch einige Freunde der Familie: Vera und ihr Mann, Travis und seine Frau. Mir war unwohl bei dem Gedanken, was mir dort vielleicht vor die Nase gesetzt wurde. Ich arbeitete halbherzig an mehreren Präparaten, dann schrubbte ich die bereits blitzblanken Arbeitsflächen mit Bleiche ab. Milo rief mehrmals an, ebenso Lucinda. Ich stellte mein Handy auf stumm und versuchte hinten auf der Liege ein Nickerchen zu machen, doch mein Hirn kam nicht zur Ruhe.

Die Liege, eingezwängt im hinteren Teil der Werkstatt, stand direkt vor dem glänzenden Metalltisch, an dem mein Vater am liebsten gearbeitet hatte. Wenn ich die Augen schloss, sah ich ihn dort vor mir. Bilder aus der Vergangenheit überlagerten sich wie zwei Filme, die gleichzeitig liefen: Er, jung und bärtig, lächelnd, hackte auf das Fleisch eines Rehs ein, und dann die Szene, wie ich ihn zuletzt gesehen hatte, grau meliert, mit ausgestreckten Armen. Leblos. Was hatte er in diesen letzten Momenten gedacht? Dass der Brief Erklärung genug lieferte? Glaubte er, ich würde ihn als ein weiteres zu präparierendes Stück sehen, etwas, was ich auf ein Brett setzte und im Haus ausstellte? Ich fiel in einen unruhigen Schlaf und träumte vom schaurig dargebotenen Gesicht meines Vaters, die Haut bereit, gegerbt zu werden.

Es dämmerte bereits, als ich wie gerädert und verärgert

aufwachte, mein Nacken fühlte sich so verspannt an, als bestünde er aus tausend winzigen Knoten, was im Laufe des Abends noch schlimmer werden würde. Ich zog meine Stiefel an, fuhr die kurze Strecke zum Haus meiner Mutter und sang zur Musik im Radio mit, um wach zu werden. Auf dem Rasen wucherten Gänseblümchen und Bahiagras. Es hatte zwei Wochen durchgeregnet, und niemand hatte gemäht. Das fast neongrüne, vor Leben strotzende Gras überragte saftig das in den Gärten links und rechts. Lucindas Auto stand nicht vor dem Haus, und meine Erleichterung darüber verwandelte sich rasch in Sorge. Anstatt zu reden, hatte ich eine Situation geschaffen, über die Lucinda sich ärgern würde, schließlich hatte ich unsere Pläne über den Haufen geworfen. Zu alldem musste ich mich auch noch mit der Kunst meiner Mutter auseinandersetzen. Hoffentlich hatte Milo Bier besorgt.

Drinnen saß Lolee auf dem Fußboden vor dem Fernseher, kratzte abgeplatzten Lack von ihren Nägeln und ließ die Schnipsel auf den Teppich fallen. Milo und Bastien saßen auf der Couch, jeder mit einem Teller voller Braten und Blumenkohlsalat, der so in Mayonnaise schwamm, dass er an Pudding erinnerte. An der Schiebetür unterhielt sich Travis Pritchard mit Vera Leaseys Mann Jay, der einen Fuß auf einen Beistelltisch gesetzt hatte, um ein winziges Loch nahe der Ferse zu präsentieren.

»Schlangenbiss.« Er klopfte mit einem dicken Finger auf die Stelle. »Hätte fast die Haut durchdrungen.«

»Was für eine Schlange?«, fragte Travis und ging so nah

ran, dass seine Nase fast vom Leder abprallte. »Klapperschlange?«

»Nee. Mokassin. Draußen am Südende vom See.«

Vera war in der Küche bei meiner Mutter und Travis' Frau Bizzie Lee, deren Haar mit einer großen violetten Schmetterlingsspange nach hinten gebunden war. Bizzie war sehr dünn und hatte eine lange Nase, die sich am Ende irgendwie nach unten bog, wie bei einer Hexe, aber ihre Augen waren freundlich. Milo sagte oft, wenn sie die untere Gesichtshälfte mit einem Schal bedecken würde, hätte sie wahrscheinlich einen viel attraktiveren Mann als Travis abbekommen, denn Bizzie war eigentlich ziemlich hübsch und hatte uns an Halloween immer viele Süßigkeiten geschenkt.

»Wie trinkst du deinen Kaffee?« Vera hielt die Kanne hoch. Sie trug ein leuchtend blaues Kleid, das früher meiner Mutter gehört hatte. So war ihr Status: »Freundinnen«, die sich Kleider teilten und Rezepte tauschten. Vera gehörte zu unserer Familie, seit ich auf der Welt war.

»Schwarz«, sagte ich, schon gespannt auf ihre Antwort.

»Nimm ein bisschen von der Sahne, ich hab sie heute aus dem Milchladen geholt.«

Es hatte keinen Zweck, Vera zu sagen, dass ich nichts in meinem Kaffee wollte. Sie hörte nur, was sie wollte, und das war auch die Basis für die lange Freundschaft zwischen ihr und meiner Mutter. Ich fragte mich, ob Vera über ihre Arbeit Bescheid wusste. Ziemlich unwahrscheinlich. Sie war konservativ und fuhr mit einem dieser gelben WÄHLE DAS LEBEN-Nummernschilder am Heck ihres Autos herum. Ich konnte mir nicht vorstellen, dass sie sich für den schaurigen Tierporno meiner Mutter erwärmen könnte.

»Schnapp dir einen Teller, die anderen haben alle schon gegessen.« Meine Mutter holte mehrere Kuchen aus dem Kühlschrank. Oben auf dem Stapel stand ein großer gallertartiger mit Erdbeeren, abgedeckt mit blauer Frischhaltefolie.

»Deiner Mutter scheint es viel besser zu gehen«, flüsterte mir Vera ins Ohr. »Dieser Kunstkram tut ihr offenbar gut. Sie hatte ja schon immer eine kreative Ader. Sehr talentiert. Was macht sie eigentlich, Aquarelle? Das bieten sie jetzt drüben im Seniorenzentrum an. Der Kurs wird von einem jungen Mann mit einem Pferdeschwanz geleitet. Seine Jeans sind so eng, dass man wirklich *alles* sieht.«

Ich hatte keine Lust, mir anzuhören, was in der Hose des Kunstlehrers war, und griff mir einen Teller, nur damit meine Hände etwas zu tun hatten. »Ihre Kunst ist ein bisschen ... plastischer«, sagte ich und stürzte mich auf eine Schüssel mit Kartoffelbrei. *Plastisch* war ein Wort dafür. »Zeitgenössisches Zeug.«

Vera stöhnte und lehnte sich an die Theke. »Gott bewahre, ich hoffe, es sind nicht solche Blumen, die aussehen wie Vaginen. Ab einem gewissen Alter sind Frauen nur noch auf solchen Mist fixiert.«

Wahrscheinlich war es noch viel extremer, aber ich wäre die Letzte, von der Vera das erfahren sollte. »Gibt es noch mehr Soße?«

»Ich geb dir welche.« Vera holte die Sauciere hinter einem Weißbrot hervor. »Sie wirkt nicht mehr so traurig.

Wegen deines Vaters, meine ich. Vorher hat sie immer nur geweint. Jetzt sieht sie besser aus. Glücklicher.«

Ich hatte meine Mutter nur bei der Beerdigung weinen sehen, wie ich hatte sie nur wenige Tränen vergossen. Milo dagegen hatte die ganze Zeit geschluchzt und sein Gesicht wie ein kleines Kind an ihrem Hals vergraben. Sie hatte aufrecht dagesessen. Stoisch. Ungläubig. Genau wie ich.

»Lass mich das machen, Schätzchen.« Bizzie Lee nahm meiner Mutter die Scheuerbürste aus der Hand, als sie die Bratpfanne in Angriff nehmen wollte. »Sonst wird dein Kleid schmutzig.«

Meine Mutter trug ein schulterfreies rotes Kleid, das eigentlich eher für jemanden in Lolees Alter gemacht war. Eng anliegend um Hüften und Brust. Um ihren kahlen Kopf hatte sie einen Seidenschal mit einer Art Paisleymuster geschlungen, der im Nacken verknotet war. Hätte ich sie von hinten gesehen, dann hätte ich sie nicht erkannt.

Jemand klopfte an die Haustür. Wahrscheinlich Lucinda, jeder andere Bekannte unserer Familie wäre einfach hereingeplatzt. Wie mochte sie wohl die Arbeiten meiner Mutter in unser Haus geschafft haben? Die groß angelegten Stücke konnten unmöglich in ihre winzige Limousine passen. Und dann fiel mir ein, dass sie mich am Abend zuvor gefragt hatte, ob ich ihr meinen Pick-up leihen würde, und ich betrunken genug war, Ja zu sagen. Jetzt war sie mit Sicherheit sauer, dass ich sie versetzt und ihr damit die Möglichkeit genommen hatte, die Sachen zu transportieren.

Vielen Dank, das bedeutet mir viel, hatte sie gesagt und

sich nackt an mich geschmiegt. Ich hatte ihren Bauch gestreichelt, der flacher war als Brynns, ohne die störenden Beulen und Dellen der Entbindungen. Ob sie sich Kinder wünschte? Ob das ein Thema war, über das sie mit ihrer Mitbewohnerin sprach, der Frau, mit der sie in ihrer Eigentumswohnung lebte? *Ihrer* Frau? Für mich würde es nie Kinder geben. Oder Liebe. Ich hatte mich mit dem Gesicht zur Wand gedreht und versucht den Schmerz in meiner Brust zu erdrücken. Wie konnte ich nur so über einen anderen Menschen denken? Dass er eine andere Person so sehr lieben würde, dass für mich immer nur Krümel abfielen.

Wieder klopfte es. Lauter, entschiedener. Lucinda, natürlich. »Ich geh schon«, sagte ich und stellte meinen Teller auf die Theke. Ich hatte erst zwei Happen gegessen, aber mir war für den Rest des Abends der Appetit vergangen.

Als ich nach unten in den Flur kam, war sie bereits im Haus und zog einen riesigen Pappkarton hinter sich her. Sie richtete sich auf, blies sich eine Locke aus dem Gesicht und griff unter ihre Kostümjacke, um ihren BH zurechtzurücken. Als sie sich umdrehte und mich sah, verzog sie wütend das Gesicht.

»Nein«, sagte sie. »Ich will es nicht hören.«

»Ich hab nichts gesagt.«

Sie kickte den Karton weiter durch den Flur, blieb stehen und strich sich durchs Haar. »Denk dran, es hätte anders laufen können. Was immer jetzt passiert, geht auf dich.«

»Was verdammt soll das heißen?«, fragte ich, unsicher, ob ich es überhaupt wissen wollte. Beunruhigt wegen der

Wut in ihrer Stimme folgte ich ihr ins Wohnzimmer, wo sich alle anderen schon versammelt hatten.

»Sucht euch einen Platz.« Meine Mutter balancierte zwei Kuchen auf einem Arm, ihren Kaffeebecher und eine Handvoll Gabeln in der anderen. Sie sah aus wie eine Kellnerin. »Vera, kannst du die Teller holen?«

Es wurden noch mehr Stühle hereingetragen, auch die verschimmelten, die wir auf der hinteren Veranda aufbewahrten. Ich saß auf einem Metallklappstuhl neben dem Couchende, bei Milo, der meiner Mutter einen Kuchen abnahm und ihn auf den Tisch stellte. Es gab einen Erdbeerkuchen und einen mit Eiercreme, der Lieblingskuchen meines Vaters. Milo schnitt mir ein Riesenstück von dem mit Eiercreme ab, auch mein Lieblingskuchen, und reichte es mir auf einem Teller. Was jetzt auch kommen mochte, es würde schlimm sein.

»Willkommen, ihr alle. Seht zu, dass ihr ein Stück Kuchen bekommt; der mit Erdbeeren kommt von Bizzie, und ihr wisst, wie gut die schmecken.« Meine Mutter vollführte eine ausladende Armbewegung durch den Raum, als fühlte sie sich durch das schulterfreie Kleid gezwungen, sich wie Vanna White beim Enthüllen der Buchstaben für das letzte Glücksradrätsel zu präsentieren.

Lolee rutschte an meine Füße zurück und fummelte an den Schnürsenkeln meiner Stiefel herum, bis ich sie trat, damit sie aufhörte. Sie drehte sich grinsend um und biss mir durch die Jeans ins Knie. Lucinda stand an der Wand neben der Sumpfohreule meines Vaters, eines seiner ersten Stücke und ein echter Publikumshit. Er hatte sie in Flugpose modelliert, mit einer präparierten Maus in den Krallen. Bei irgendeinem Wettbewerb hatte er einen Preis dafür bekommen. Lucindas Blick huschte zwischen mir und Lolee hin und her. Ich legte eine Hand an den Kopf meiner Nichte und drehte ihn wieder nach vorn.

»Sind wir alle so weit?«

»Ach, jetzt zeig es uns schon, Libby. Mach nicht so ein Theater.« Vera saß auf einem der Esszimmerstühle, der Kuchenteller auf ihrem Schoß neigte sich zur Seite, und es drohte Erdbeersaft auf ihr Kleid zu tropfen. Ich betete, es möge passieren, und wir müssten eine halbe Stunde nach einem Fleckentferner suchen. Dann könnten wir diesen katastrophalen Abend vergessen und mit unserem Leben weitermachen.

»Lucinda, könntest du mir assistieren?«

Lucinda huschte um den ausgestreckten Flügel der Eule herum und sah mich noch mal an, bevor sie im Flur verschwand. Sie sagte lautlos etwas, was aussah wie *Tut mir leid.* Meine Finger legten sich fester um Lolees Hals, bis sie aufschrie und meine Hand wegschlug.

Meine Mutter trat zur Seite und drückte den Lichtschalter neben der Stehlampe. Der Flur erhellte sich und gab ein riesiges Tier frei, das sich zackig vorwärtsbewegte. Bizzie Lee schrie auf, schnappte sich den Arm ihres Mannes und presste eine Hand an ihre Kehle. Veras Teller kippte schließlich ganz um. In der Mitte ihres Rocks sammelte sich eine Pfütze Erdbeersaft.

Es war ein Wasserbüffel oder war zumindest irgendwann in seinem elenden Leben einer gewesen. Das Tier stand auf einem Podest mit Rollen, geschoben von Lucinda, die eisern auf den Boden starrte und sich weigerte, Augenkontakt mit mir aufzunehmen. Meine Mutter räusperte sich und förderte aus dem Oberteil ihres Kleids einen Stapel Karteikarten zutage. Gestikulierend las sie davon ab und zeigte auf verschiedene Teile des Tiers.

»Also, das ist nur eine Kostprobe. Die Ausstellung eröffnet in zwei Wochen. Sie wirft ein Schlaglicht auf die Ähnlichkeiten bei den Sexualpraktiken im Tierreich und denen in der modernen Vorstadt. Trauer und Wut. Vor allem die Wechselbeziehung zwischen mir und meinem verstorbenen Mann Prentice.«

Milo stach auf seinen Kuchen ein, als wollte er ihn umbringen. Ich stellte meinen Teller auf den Boden und hob ihn dann wieder auf, nicht wissend, was ich sonst mit den Händen anstellen sollte. Niemand im Raum aß mehr.

Meine Mutter fuhr lächelnd fort, arbeitete ihre Karteikarten ab. »Anhand seiner Tierpräparate möchte ich die repressive Natur von Beziehungen und Sexualität illustrieren. Es besteht ein starker Zusammenhang zwischen Sadomasochismus und der Art und Weise, wie die moderne Ehe uns immer wieder in die Position bringt, bestraft zu werden. Und das erforschen meine Arbeiten.«

Sie steckte die Karten zurück in ihren Ausschnitt und griff nach einem Seil, das an einem Ring im Maul des Wasserbüffels hing. Sie zerrte kräftig. Es dauerte einen Moment, dann ruckelte der Wasserbüffel über den Zottelteppich, den wir schon vor meiner Geburt besessen hatten, und trudelte den Rest des Wegs in den Raum. Dort verharrte er, sprachlos und verstümmelt, zwischen Jay und dem Couchtisch mit den Kuchen.

»Was hast du getan, Libby?« Vera zeigte auf das Tier und zog dann rasch den Finger zurück, als könnte das Ding sie vergiften. »Was soll das?«

Der Körper des Büffels war mit Peitschen und Paddeln verschiedener Größen geschmückt. An seinem Rumpf hing Kettengeflecht und Lederzeug. Zwischen den Hörnern saß eine lachhaft kleine, mit Nieten besetzte Lederkappe. Das Maul war geöffnet, als würde er knurren, die Zunge hing lüstern heraus.

Lolee beugte sich vor, um besser sehen zu können. Ich zog sie wieder zurück, hielt sie mit den Knien fest.

»Mom.« Milo rieb sich das Gesicht, bis ich das Kratzen seines Barts unter den Handflächen hörte. »Bitte sag, dass es nicht das ist, was ich denke.«

»Gütiger Himmel.« Travis atmete mit weit aufgerissenen Augen ehrfürchtig aus. »Das oben ist doch er.«

Auf dem Rücken des Büffels war eine Schaufensterpuppe montiert. Sie trug einen engen Anzug aus Lackleder, unter dem sich dünne Muskeln an Oberschenkeln und Brust abzeichneten. Fast der ganze Körper war bedeckt, nur das Gesicht lugte gespenstisch aus dem Leder.

Mein Vater. Ging es nicht immer um ihn? Unter dem eng anliegenden schwarzen Lackleder, das seinen Schädel bedeckte, schauten dunkelgraue Strähnen hervor. Sein voller, borstiger Schnurrbart prangte über einem freundlichen Lächeln. Die Brille fehlte, aber es war eindeutig sein Gesicht – das Gesicht, das über mir schwebte, wenn er mich abends ins Bett gebracht hatte. Die Augen, die sich zu schmalen Schlitzen verengten, wenn er lachte. Seine vollen Wangen. Die krumme Nase. Im Gegensatz zu dem Büffel mit seinem höhnischen, vor Wollust triefenden Blick wirkte mein Vater fast sanftmütig. Friedlich, wenigstens einmal in seinem Leben.

»Sein Arsch ist völlig unbedeckt«, sagte Bastien lachend. »Er hängt einfach für Gott und die Welt sichtbar da. Heilige Scheiße.«

Meine Mutter stand da und bewunderte ihr Werk. Sie streichelte das Fell des Büffels, kämmte es durch wie Puppenhaar. Das Knie meines unechten Vaters streifte ihre Schulter. Sie tätschelte es gedankenverloren. Obwohl ich gewusst hatte, was mich erwartete – mehr als alle anderen Anwesenden –, brachte es mich doch etwas aus der Fassung, das Stück im Haus meiner Kindheit zu sehen. Wie oft hatten wir an Thanksgiving im Kreis von Freunden und Verwandten auf Klappstühlen gesessen, gemeinsam das Essen genossen, das jeder in der Küche bei uns zubereitet hatte, und Geschichten erzählt, die wir alle schon tausendmal gehört hatten. Kuchen gegessen. Zu süßen Kaffee getrunken. Und nun saßen wir wieder da, nur dass mein Vater nicht in seinem Lehnstuhl saß, sondern in SM-Montur auf einem Büffel thronte. Es war surreal, ihn so ausgestellt zu sehen und zu beobachten, wie unsere Bekannten auf unsere Familie blickten und alles überdachten, was sie meinten über uns zu wissen.

»Was sagt man dazu?« Vera stellte ihren Teller auf den Boden neben ihren Stuhl und rieb mit einer Serviette an dem Erdbeerfleck. »Das ist wirklich … besonders.«

Meine Mutter atmete tief durch und lächelte, die Hand noch immer am Knie der Vaterpuppe. »Ich habe noch ein paar Stücke, die ich euch gern zeigen möchte. Aber vorher, wer will noch Kuchen?«

PROCYON LOTOR – WASCHBÄR

Wenn ich in den Pelz griff, ließ der Drang, an meinen eigenen Haaren zu zerren, etwas nach. Am liebsten hätte ich sie mir büschelweise mitsamt den Wurzeln ausgerissen, bis der Schmerz in meiner Kopfhaut mich zwingen würde, das Denken einzustellen. Stattdessen stürzte ich mich auf den noch nassen Waschbären und stach Löcher in die weichen Stellen rings um den Schwanz. Die Haut war schlaff, zu groß für den kleinen Körper.

Das Skelett lag neben mir auf dem Tisch, in der Nähe einer Ansammlung von Filz und Draht. Von einer Spule hing Faden auf den Boden. Die Knochen waren fast bereit für das Säurebad, aber ich konnte nicht aufhören, schabte zitternd die letzten Stoppeln ab. Ich drehte das Fell wieder um und betrachtete die Stellen, wo ich mit den Daumen wütend Löcher in das Maul gerissen hatte. Der Waschbär war winzig, im Kiefer saßen noch Milchzähne.

Ich legte ihn neben seinen Zwilling auf den Tisch, wischte mir eine Mischung aus Blut und Schweiß an der Jeans ab.

Dann zog ich die Gummibänder von meinen Zöpfen, löste mein Haar, fuhr mit den Fingern hinein und riss immer wieder, doch es half nichts. Ich spürte, wie immer, nichts.

*

Zuvor:

Milo sagte, die Waschbärenjungen hätten einfach mitten auf der Straße gesessen, als er sie mit dem Auto erwischte. Statt sie zurückzulassen, hätte der alte Impuls eingesetzt, sie zu präparieren. Totgefahrene Tiere konnten wir nie einfach liegen lassen. Etwas in uns sorgte dafür, dass wir anhielten und sie mitnahmen.

Komisch, oder? Ich fahre ein Tier tot und denke sofort an Dad. Man darf nichts verschwenden, mein Sohn. *Ich konnte nicht anders, ich musste sie mitnehmen.*

Er trug sie unter dem Arm wie zwei Stofftiere.

Milo lachte, aber es war ein bitteres Lachen, das den Tränen nahe war. Als er sich die Nase an seinem bloßen Arm abwischte, blieb eine glänzende Rotzspur zurück. Ich warf einen Blick in die Plastiktüte und sah sie eingerollt nebeneinanderliegen. Vollkommen intakt, als würden sie schlafen.

Es war spät, ich war müde. *Du wolltest das nicht. Reg dich nicht auf.*

Das weiß ich! Milos Augen tränten ständig. Seit Wochen waren sie blutunterlaufen, und er ließ sie einfach tropfen, als spürte er die Tränen nicht mehr. Meine Augen hingegen waren so trocken, dass sie sich klebrig anfühlten. Er stand betreten da, und ich konnte nicht mal Mitgefühl aufbringen. Am liebsten hätte ich ihm eine gescheuert.

Brynn hätte ihm gesagt, er solle es vergessen. Sie hätte ihm einen Finger in die Seite gebohrt, um ihn zum Lachen zu bringen, obwohl er es nicht leiden konnte, wenn man ihn kitzelte. Als er wieder schniefte, umklammerte ich den Griff der Tüte, und die toten Körper raschelten am Plastik. Die meisten Präparatoren gaben sich gar nicht erst mit Waschbären ab, das hätte er wissen müssen.

Mir blieb keine Zeit, das Steuer herumzureißen, sagte er. *Sie haben so überrascht ausgesehen.*

Mach dir deswegen keinen Kopf.

Es fiel mir schwer, mit meinem Bruder zu sprechen, ohne ihm vorzuwerfen, was er alles falsch machte. Dass er Tränen wegen toter Waschbären verschwendete, während er lieber in Ordnung bringen sollte, was tatsächlich kaputt war. All die Jahre hatte ich um Brynn gekämpft und meine Gefühle unter Verschluss gehalten, weil ich wusste, sie wäre damit überfordert, während er sie mit seinen überschüttete, als wäre er ein leckes Dach. Trotzdem saß er da und heulte, weil er wusste, dass er Brynn mit Gefühlen nicht halten konnte.

Du hast uns das eingebrockt, dachte ich und hasste den dummen, jämmerlichen Ausdruck auf seinem Gesicht. *Du bist schuld, obwohl du es besser wusstest.*

Es war zwei Uhr morgens und stockfinster, kein Stern stand am Himmel. Lolee lag eingerollt auf der Couch meiner Eltern. Sie hatte aufbleiben und auf Milo warten wollen, den Rücken steif, als könnte sie, wenn sie sich kerzengerade aufrichtete, die Augen offen halten. Im Fernseher liefen Nachrichten, dann ein Film, den ich mir nicht ansah. Ich hörte Verfolgungsjagden, Schüsse und heulende Sirenen, bis mein Vater kam und die Lautstärke auf ein leises Wimmern drehte. Lolee schlief mit dem Kopf zwischen den Kissen ein. Während das blaue Licht vom Fernseher auf ihr strohblondes Haar fiel, dachte ich, wie seltsam es doch war, sie wie Brynn schlafen zu sehen, und mir wurde klar, dass dies vielleicht die einzige Möglichkeit war, Brynn je wieder schlafend zu sehen. Durch ihre Kinder.

*

Doch zurück zur Arbeit.

Ich trank mein letztes Bier aus und trug die Waschbären zum Pick-up hinaus. Milo war im Lehnstuhl meines Vaters eingeschlafen, also brachte ich Lolee selbst ins Bett, wohl wissend, er würde es nie tun.

Die Waschbären waren noch warm, als könnten sie aufwachen und aus der Tüte auf meinen Schoß kriechen. Sie hatten keine sichtbaren Verletzungen. Die Tüte war nicht verfleckt, weder Blut noch Fäkalien.

Man hätte sie für schlafend halten können, wären da nicht ihre Hälse gewesen. Ihre Schädel rollten haltlos herum, fielen schlaff auf die winzigen Rücken. Ein Tier sah unverkennbar tot aus, wenn das Rückgrat die Spannung verloren hatte. Darum arbeiteten wir so hart daran, unseren präparierten Stücken die richtige Haltung zu geben. Waren sie zu locker oder zu verrenkt, stellte man sich unwillkürlich ihren Tod vor.

Ich hatte das nur einmal an einem menschlichen Körper gesehen.

Vor Lolees Geburt waren wir als Familie zum See gefahren. Nur wir vier am Wasser: Milo, der vier Jahre alte Bastien schlafend auf einem Handtuch, Brynn und ich, uns im Kielwasser der Boote bespritzend. Als mein Bruder Bastien hochhob, um ihn in den Schatten zu legen, rollte sein Kopf zurück und hing schlaff über Milos Arm. Brynn schrie und rannte in großen Schritten am Ufer entlang, das Handtuch um ihre Taille flatterte ins Wasser. Als sie Milo Bastien entriss, fürchtete ich, sie könnte den Kleinen versehentlich verletzen.

Tu das nicht, murmelte sie in seinen Hals. *Tu das niemals, hörst du, niemals.*

Der verwirrte Bastien klammerte sich an sie und weinte. So standen sie ziemlich lange da. Sie hielt ihn fest, während seine pummeligen Kinderbeine an ihr abglitten. Ihr Top war zur Seite gerutscht und entblößte fast ihre Brüste. Milo wollte ihr ein Handtuch über die Schultern legen, aber sie drehte sich mit gefletschten Zähnen von ihm weg.

Wenn sie so reagierte, sagte mir ihre Körpersprache, dass man sie in Ruhe lassen sollte, Milo aber wusste nie, wann er aufhören musste. Er war ein guter, mitfühlender Zuhörer, aber er war immer zu nah, zu präsent. Manchmal durfte man Brynn nicht bedrängen; sie musste sich schlecht fühlen und allein sein. Doch Bastien wollte sie in dem Moment berühren, obwohl sie stinkwütend aussah. Als er ihr seine Hand auf die Schulter legte, spannte sie sich an, ließ es aber zu. Ich sammelte unsere Sachen auf, während die drei sich aneinanderschmiegten. Sie hatte das gebraucht, und ich hatte das nicht gewusst.

Brynn mochte das Beständige des Ehelebens. Das sagte sie mir dauernd und verwies auf ihre Mutter als Beispiel dafür, wie sie nie sein wollte: dreimal heiraten, in einem Trailer leben, vierzehn Jahre lang in demselben beschissenen Job arbeiten, um Kinder zu ernähren, für die sie nie Zeit hatte. *Wenn meine Ehe nicht funktioniert, bin ich weg. Ich will nicht eine dieser Frauen sein, die ihr ganzes Leben an einem Ort verbringen. Das ist mir zu deprimierend.*

Mir war klar, dass ihre Ehe funktionieren würde, weil ich ihr genau das gegeben hatte, was sie wollte: ein stabiles Umfeld, Kinder, die sie kaum großziehen musste, und einen normalen Mann, der sie trotz ihrer Fehler liebte. Jemand, der aufmerksam war, ein Romantiker, der ihr Blumen zum dreimonatigen Jubiläum schenkte. Ein Mann, der zuhörte und sich um ihre Leiden kümmerte und seine Gefühle zeigte. Ich hatte ihr jemanden gegeben, dem ich vertrauen konnte. Ich wusste, er würde sie fast so sehr lieben wie ich. Fast.

*

Wo war ich noch mal?

Völlig problemlos bahnte ich mir meinen Weg durch den dunklen Laden. Ich wusste, wie viele Meter zwischen der

Kasse und den Regalen an der gegenüberliegenden Wand lagen, kannte den Abstand zwischen den Hauern des Ebers und dem Zeitschriftenständer. Ich wusste, wo der Behälter mit den Alligatorenköpfen stand und wo ich gehen musste, um ihn nicht umzustoßen. Als ich das Licht hinten einschaltete, entstand das vertraute Summen, das meinem Gehirn Ruhe signalisierte.

Ich stellte die Plastiktüte auf den Metalltisch und nahm die Waschbären heraus. Sie lagen geschmeidig da. Feuchte Augen, die Pfoten noch immer nacheinander greifend.

Wo ist eure Mutter?, fragte ich, hob den linken auf und strich über den weichen Rücken. *Wo sind deine Verwandten?*

Konzentriert begann ich mit den Vorarbeiten, die mich gewöhnlich beruhigten: Ich legte mein Werkzeug in sauberen, ordentlichen Reihen hin. Die aufeinander abgestimmten Messer, die Schabeklinge zum Entfleischen. Kleine Skalpelle und scharfe Küchenscheren, die ich zum Durchtrennen der zähen Sehnenansätze benutzte. Ich wusch mir die Hände, wartete, bis das Wasser warm wurde, und wusch sie noch mal. Dann holte ich meine Schürze aus dem Schrank und legte sie an. Als ich wieder vor dem Tisch stand und die Waschbären betrachtete, stellte ich zu meinem Erstaunen fest, dass ich mich nicht konzentrieren konnte.

Ich schnappte mir ein Sixpack aus dem Kühlschrank und stellte es auf das Metalltablett, bevor ich ein Bier aufmachte. Dann nahm ich eines der Skalpelle und testete die Klinge an meinem Daumenballen. Vielleicht war es ja nicht scharf genug. Ich holte den Wetzstein aus der Schublade unter der Spüle, setzte mich und schärfte methodisch jede Klinge. Das gleichmäßige Kratzen verstärkte den diffusen Nebel, den das Bier in meinem Gehirn bereits erzeugt hatte. Als alles geschärft und mein Bier leer war, blieb mir nichts anderes übrig, als die beiden toten Babys anzusehen.

Die Pfoten kleiner als Halbdollarmünzen. Weiche Ohren. Ihre Gesichter wirkten fast menschlich. Ich drehte den linken um und setzte den ersten langen Schnitt quer über den Bauch.

*

Zurück, zurück.

Wenn Brynn vom Weggehen redete, klang es immer wie eine große Inszenierung, wie die Handlung in einem dieser albernen Filme, die sie so gern auf dem Hallmark Channel sah. Nie auch nur entfernt glaubwürdig. *Ich geh nach Kalifornien und lebe neben der Wüste*, sagte sie und schnitt die Ränder von den Erdnussbutter-Gelee-Sandwiches der Kinder ab. *Noch ist es nicht zu spät für mich, in die Schauspielerei einzusteigen. Ich könnte zum Beispiel Charakterrollen übernehmen. Nur Leinenkleider tragen.*

Und was ist mit Milo?, fragte ich und strich ihr eine schmutzige Haarsträhne hinters Ohr. *Willst du ihn verlassen und die Kinder mitnehmen? Das wäre herzlos. Schön und herzlos.*

Sie lachte und küsste mich. *Du weißt, ich würde euch nie verlassen. Wer würde sich dann um mich kümmern?*

Natürlich wussten wir beide, was sie wollte. Was sie mochte. Wir waren bereit, es ihr zu geben, keine Frage. Milo arbeitete, brachte Geld nach Hause und hörte ihr zu, wenn sie sich Sorgen machte oder es ihr schlecht ging. Wir kümmerten uns beide um die Kinder, ohne zu klagen, beschwichtigten ihre Ängste, wenn sie grübelte, unruhig war und sich selbst hasste. Ich gab ihr Freundschaft und Leidenschaft und bot ihr ein Ventil für ihren Ärger. Milo hingegen konnte sie beruhigen und dafür sorgen, dass sie sich wieder normal fühlte. Wenn ich sie am liebsten erwürgen wollte, war er mit einer Umarmung zur Stelle oder mit einer lieben, romantischen Geste wie einem Plüschtier oder einer albernen Süßigkeit, die sie mochte. Wenn er zu gefühlvoll war, durfte sie bei mir egoistisch sein. Bei Milo konnte sie nett und lieb sein, ohne sich verletzlich zu fühlen. Aber bei mir, das wusste sie, konnte sie gemein und schrecklich sein, ohne fürchten zu müssen, dass ich sie nicht mehr liebte.

Ein Mensch allein erträgt mich nicht, flüsterte sie mir einmal zu und biss mich in die Ohrmuschel.

Aber sie ging nicht nach Kalifornien und nahm auch die Kinder nicht mit. Sie verließ uns alle an einem Dienstag kurz nach dem Mittagessen. Einfach so. Es gab kein Anzeichen dafür, keinen Riesenstreit oder ein Ultimatum. Es war ein Tag wie jeder andere.

Hinterher dachte ich oft darüber nach. Wie banal es war. Es war so untypisch für sie, gar nichts daraus zu machen. Ein ganz normaler, durchschnittlicher Nachmittag mit Essen, Arbeit und Zuhause. Ich fühlte mich betrogen.

Wir aßen alle zusammen. Mein Vater und ich kamen aus der Werkstatt nach Hause, meine Mutter wärmte Hühnernudelsuppe in der Mikrowelle auf. Milo hatte Spätschicht, und als er ging, küsste Brynn ihn fest auf den Mund und gab ihm einen Klaps auf den Hintern. Sie holte eine Rolle Küchenpapier und gab Lolee und Bastien ihre Suppe. Als eines der Kinder eine Cola auf dem Tisch auskippte, fuhr sie nicht aus der Haut. Wir spülten zusammen das Geschirr ab, und danach stand ich mit ihr auf der Veranda, während sie eine rauchte. Sie trug ein altes Kleid, verschossen blau und ärmellos, und schlurfte in den zu großen Flipflops meines Bruders herum. Dann gingen mein Vater und ich wieder in die Werkstatt zurück, und meine Mutter ging rasch einkaufen.

Ich war nur zwanzig Minuten weg. Meine Mutter schüttelte den Kopf, als versuchte sie auszurechnen, wie Brynn ihre Sachen in Windeseile packen und verschwinden konnte. *Ich hätte nie gedacht, dass sie die Kinder allein im Haus lässt*.

Doch das tat sie. Sie legte Lolee für ein Nickerchen hin und schaltete einen Film für Bastien ein, einen der Disney-Filme, die sie schon tausendmal gesehen hatten. Dann packte sie den Großteil ihrer Kleider, stieg ins Auto und fuhr davon. Als meine Mutter zurückkam, schlief Lolee, und Bastien saß noch auf der Couch. Keiner der beiden wusste, wohin ihre Mutter verschwunden war.

Am Abend kam Brynn nicht nach Hause, sie ging auch nicht an ihr Telefon. Ich rief sie immer wieder an, überzeugt, dass sie zurückkäme, wenn ich nur kurz mit ihr sprechen würde. Nach ein paar Tagen läutete ihr Telefon gar nicht mehr und schaltete gleich auf die Mailbox.

*

Arbeit. Es gab immer Arbeit. Wenn ich mich auf sie konzentrierte, wusste ich, wo ich war. Mir konnte nichts passieren.

Ich schabte methodisch an der Waschbärenhaut, war aber nicht bei der Sache. Ich war so weggetreten, dass ich vergessen hatte, Handschuhe anzuziehen. Das rohe Fleisch glitt unter meine Fingernägel, setzte sich in der Nagelhaut fest. Die Knochen waren glitschig vom Blut und schwer auszulösen. Beim ersten Waschbären waren die Eingeweide geplatzt, alles war mit Scheiße und verdauten Futterresten verschmiert. Als ich mit dem ersten Tier halb fertig war, rebellierte mein Magen.

Die Augen des Waschbären glänzten. Die Wimpern säumten das Lid wie dunkelgraue Fransen und verliehen ihm ein liebes, scheues Aussehen. Als ich auf den Rücken drückte, senkten sich langsam die Lider und öffneten sich wieder, als würde er blinzeln. Brynn hatte sich immer einen Waschbären als Haustier gewünscht. Sie mochte ihre Wildheit – in einer Sekunde spielten sie niedlich, in der nächsten fauchten sie einen wütend aus einer Mülltonne an. *Du weißt nie, ob sie dich beißen oder dir die Hand geben,* sagte sie und zeigte mir ein Video auf dem Handy. *Wir sollten uns einen besorgen, Jessa. Einen kleinen zahmen Waschbären, mit dem wir im Viertel spazieren gehen. Wäre das nicht süß?*

Ich legte die Knochen zum Abkochen ein und ging ins Bad, starrte mein Spiegelbild über dem Waschbecken an, atmete durch die Nase ein und stieß die Luft durch die Zähne aus. Ein Stückchen Waschbärenfleisch klebte an meiner Stiefelspitze. Ich beugte mich über die Toilette und würgte alles hoch, was ich am Abend gegessen hatte: Chips und Salsa. Und das ganze Bier.

Als ich fertig war, wischte ich das Fleisch mit einem Blatt Toilettenpapier von meinem Schuh und spülte es mit dem Rest hinunter. Ich schlug mir ins Gesicht, bis die Wangen wieder Farbe bekamen. Dann holte ich mir noch ein Bier aus dem Kühlschrank, ignorierte das Kratzen in meiner Kehle und trank es aus.

Ich drehte den zweiten Waschbären um und legte ihn neben das frisch abgezogene Fell seines Bruders. Dann zog ich mit dem Skalpell eine tiefe Linie durch die Mitte seines Bauchs, die sich zu einem Brunnen aus Blut öffnete. Es war die schlimmste Verletzung, die ich je gesehen hatte. Sämtliche Organe waren zerstört, dabei hatte er von außen völlig normal gewirkt. Ich leerte den ganzen Brei in den Eingeweideeimer und fing von vorne an.

*

Wie soll man die Vergangenheit hinter sich lassen, wenn sie einem ständig ins Gesicht sieht? Wenn sie sich in einen verbissen hat wie ein tollwütiges Tier?

Als Brynn weg war, dachte ich oft über Veränderungen

nach. Die Gleichförmigkeit, die Eintönigkeit von allem. Ich hatte das Gefühl, dass nichts in meinem Leben schnell genug voranging, konnte es gleichzeitig aber auch nicht ertragen, den einen Ort zu verlassen, an dem Brynn mich im Stich gelassen hatte. Den letzten Ort, wo wir uns geliebt hatten.

In der Luft zu hängen fühlte sich für mich wie eine schmerzliche Erinnerung an. Die Erinnerung an einen Finger, den man sich mal in der Autotür eingeklemmt hatte, oder wenn man mit dem kleinen Zeh an eine Wand stieß. Der Schauder, der einen durchströmte, wenn man mit dem Schienbein gegen einen Schreibtisch knallte. Man konnte sich immer wieder an Gefühle erinnern, und sie veränderten sich nie, wurden nie besser. Sie taten immer genauso weh, und es schien, als ob der Schmerz nie aufhörte.

Wohin war Brynn verschwunden? Niemand wusste es, am wenigsten Milo, der in dem Monat vor ihrem Verschwinden nie zu Hause war. Der im Autohaus Überstunden einlegte, damit sie sich ein Haus kaufen konnten, anstatt Geld für die Miete rauszuwerfen. Eigentlich war es fast komisch, dass Milo so viel arbeitete, obwohl er sein ganzes Leben lang alles getan hatte, um es nicht zu müssen, und dann war es auch noch genau die Arbeit, die es Brynn ermöglichte, sich unbemerkt davonzustehlen. Wäre er bei ihr zu Hause geblieben, hätte seinen Job verloren oder einfach an der Tankstelle gearbeitet, wäre sie dann vielleicht geblieben?

Ich konnte seinen Anblick kaum noch ertragen. Mein Leben lang hatte ich meinen Bruder bedingungslos geliebt, doch Brynns Verschwinden hatte unsere Nähe zerstört. Wenn ich zu meinen Eltern ging, um die Kinder zu sehen, saß er neben mir auf der Couch und stellte unbeantwortbare Fragen:

Hast du irgendwas gehört?

Glaubst du, sie nimmt Kontakt zu den Kindern auf?

Liebt sie mich nicht?

Er weinte oft. Redete davon, wie glücklich sie gewesen waren, beschrieb ihre Beziehung bis ins kleinste Detail und suchte nach dem Auslöser, der unser Leben in die Luft gesprengt hatte. Ihre Ehe. Ihre Kinder. Das Haus, das sie hatten kaufen wollen – sogar die Möbel hatten sie schon in dem Geschäft im Zentrum ausgesucht. Ich war mir nicht sicher, ob ich wütend auf ihn war, weil er ihr Weggehen nicht vorhergesehen hatte, oder einfach nur sauer auf mich selbst.

Ein Monat, zwei Monate. Nach drei Monaten ohne Nachricht von ihr hörte Bastien auf, nach ihr zu fragen. Sie hatte seinen zehnten Geburtstag verpasst. Wir feierten in der Bowlingbahn ein Stück weiter unten an der Straße. Es kamen jede Menge Leute. Mit Luftballons und Pizza und Luftschlangen. Einer der schlimmsten Tage meines Lebens.

Milo hatte planlos und ohne nachzudenken Geschenke gekauft: Sportsachen, die Bastien nicht wollte, Videospiele, die er schon besaß. Die Art von Geschenken, die unser Vater für Milo gekauft hätte. Geschenke, die besagten: *Ich weiß nichts über dich; du gehörst zwar zu meinem Leben, aber ich ignoriere dich, und dein Geburtstag bedeutet mir nichts.*

Ich brachte alles zurück und tauschte es gegen Sachen, die Bastien sich wirklich wünschte. Als ich Milos Namen vornedrauf schrieb, musste ich schwer an mich halten, um nicht Brynns danebenzuschreiben. Ich hoffte, sie würde sich an den Geburtstag ihres Sohnes erinnern und auftauchen.

Wir servierten Kuchen und halb geschmolzenes Eis. Neun Kinder kamen und bowlten drei Runden. Dann verteilte ich Spielsteine in kleinen Pappbechern, um die altmodischen Arcade-Spiele *Ms. Pac-Man, Donkey Kong* und *Galaga* zu spielen. In unserer Kindheit hatte Milo dort auf der Bahn zweimal und ich einmal meinen Geburtstag gefeiert. Brynn und ich hatten so viele Bilder aus dem Fotoautomaten, dass wir damit eine Wand hätten tapezieren können.

Ich hasste es, in Milos Nähe zu sein, der sich in Selbstmitleid suhlte, aber ich konnte auch nicht allein sein. In meiner Wohnung saß ich die ganze Nacht wach, trank und sah fern, betete, dass ich irgendwann abstumpfen und aufhören würde, über alles nachzudenken. Jeder Ort, den ich früher als angenehm empfunden hatte, gemahnte jetzt an Brynn. Jede Ecke in der Stadt barg eine Erinnerung. Das Kino, wo sie Pralinen gekotzt hatte. Der Parkplatz einer Tankstelle, wo wir Fremde überredet hatten, uns Schorle mit Limonengeschmack zu kaufen. Es gab kein Entkommen.

Ich verbrachte meine ganze Freizeit im Haus meiner Eltern bei den Kindern und benutzte sie als Ablenkung. Wir bauten Burgen, rannten durch den Rasensprenger, wanderten über den Friedhof. Meine Mutter sagte nichts, beobachtete uns nur traurig und kochte zu viel.

Und ich suchte insgeheim nach Spuren, dort im Haus. Hinweisen. Brynn war nicht der Typ, der ein Tagebuch führte. Sie schrie ihre Gefühle gern in voller Lautstärke heraus, damit jeder an ihnen teilhaben konnte. Ich wusste alles Schlechte, das sie über jemanden dachte, auch über mich. Niemand kannte sie besser als ich, aber ich hatte keine Ahnung, wie ich sie erreichen könnte.

Ihre Mutter war ein Jahr nach Brynns und Milos Hochzeit nach Boca gezogen. Zwischen den beiden herrschte Funkstille. Als ich es nicht länger aushielt, holte ich mir die Nummer aus dem Adressbuch meiner Mutter und rief an. Während es läutete, betete ich, Brynn möge abheben. Selbst an der Art, wie ihr Atem den Hörer berührte, würde ich erkennen, dass sie es war.

Ein Mann hob ab. Er klang jungenhaft, selbst für Brynns Mutter, die einen Hang zu Ehemännern hatte, die halb so alt waren wie sie.

Kann ich mit Marsha sprechen?

Wer ist da? Die Stimme klang mürrisch, leicht abwehrend.

Jessa-Lynn.

Eine Pause trat ein, der Tonfall hellte sich auf. *Hey. Jessa. Ich bin's, Gideon.*

Das letzte Mal hatte ich ihn gesehen, als er kurz vor der Pubertät stand und noch wie ein Hundekauspielzeug klang, auf das jemand getreten war. Brynns kleiner Bruder – Halbbruder, um genau zu sein, etwas, worauf Brynn Wert gelegt hätte.

Ist deine Mutter da?

Nee, bei der Arbeit. Kommt wahrscheinlich heute Abend ziemlich spät nach Hause. Du kennst sie ja.

Der Tag dehnte sich vor mir wie ein endloser Albtraum. Selbst wenn er ihr ausrichtete, dass ich angerufen hatte, hieß das nicht, dass sie zurückrufen würde. Marsha Wiley war noch unzuverlässiger als ihre Tochter. *Könntest du ihr meine Nummer geben? Ich muss mit ihr sprechen.*

Im Hintergrund hörte ich Gelächter; vielleicht der Fernseher. Vielleicht das Radio. Er seufzte. *Du kannst mich ruhig fragen, weißt du.*

Ich war zu bedürftig, um so zu tun, als wüsste ich nicht, was er meinte. Also fuhr ich fort und fragte, ob sie was von ihr gehört hätten. Ich versprach, es Milo nicht zu erzählen. Für eine Antwort hätte ich alles versprochen. Alles, was erklärte, warum das passiert war.

Nicht in letzter Zeit, sagte er. *Aber ja. Sie war da.*

Eine vorsichtige Antwort, eine, mit der ich gerechnet hatte. *Geht es ihr gut?*

Bei ihr ist alles okay. Die alte Brynn.

Wieder gedämpftes Lachen, eine knallende Tür. Ob sie das war? Es gab keine Möglichkeit, es herauszufinden. Ich bohrte mir die Fingernägel in die Hand und konzentrierte mich auf das Brennen.

*

Stopp. Es gab immer Arbeit, die noch erledigt werden wollte. War da nicht immer irgendwas?

Auf der Theke lagen jede Menge Haare. Mein Vater hatte sie immer »die krönende Pracht einer Frau« genannt. Er hatte mich gebeten, meine nie abzuschneiden, sie seien schön wie die meiner Mutter.

Vorsichtig berührte ich die Stellen, wo ich sie mir büschelweise ausgerissen hatte, wunde Stellen, von denen sich ein Kribbeln ausbreitete. Ich hatte mir zwei Nägel bis auf die Haut abgerissen, und unter dem kleinen Finger meiner rechten Hand quoll Blut hervor. Mein ganzer Körper bibberte und bebte. Ich presste mein Gesicht an den kühlen Metalltisch und weinte, bis ich kaum noch Luft bekam. Ich weinte, bis meine Brust zu platzen drohte.

Als ich fertig war, wischte ich mir das Gesicht mit dem Hemdsaum ab, sammelte die Haarbüschel auf, teilte sie in zwei Hälften und rollte sie zusammen. Dann öffnete ich die kleinen Waschbärenbäuche und steckte in jeden ein Haarknäuel.

Ich trank noch ein Bier und weinte wieder. Meine Augen brannten, als hätte ich Sand hineingerieben. Ich wischte mir das Gesicht ab, trank das Bier aus. Warf die leeren Flaschen weg.

Dann schaltete ich das Licht aus, ließ die Arbeit halb erledigt zurück und schlief auf der Liege ein. Als ich am nächsten Morgen aufwachte, waren die Waschbären verschwunden. Mein Vater hatte mich mit seinem *Florida State*-Sweatshirt zugedeckt, einem riesigen Ding, das er anstelle einer Jacke trug, wenn die Temperatur tatsächlich unter fünfzehn Grad fiel, was in Mittelflorida vielleicht fünfmal im Jahr vorkam.

Er drückte meine Schulter, dann legte er seine warme Hand auf meine Wange. *Setz die Kapuze auf, Liebes. Dein Haar sieht schrecklich aus.*

7

Nach der Enthüllung des Wasserbüffels sahen Milos Augen glasig aus, als wäre er unter Wasser gefangen. Wir konzentrierten uns beide auf den Fernseher, wo die Wiederholung einer Krimiserie lief. Auf dem Bildschirm sprühte eine Frau Luminol auf den Linoleumboden in der Küche. Als ein Ermittler das Licht ausschaltete, leuchtete das Zimmer wie eine radioaktive Kammer.

»So sieht das nie aus«, sagte Bastien und schnitt noch ein Stück Kuchen ab. »Viel zu hell.«

»Was machen wir jetzt?«, fragte ich meinen Bruder. Die Leute schlenderten umher und taten so, als stünde da kein gigantischer Büffel in SM-Requisiten, der das halbe Wohnzimmer einnahm.

»Warum?« Er zupfte an der Kruste seines Eiercremekuchens herum, bis Lolee ihm den Teller wegnahm und den Rest futterte. Ich hielt ihr die Ohren zu.

»Warum? Hast du nicht gesehen, was gerade passiert ist, du verdammter Blödmann? Mom hatte offenbar einen Zusammenbruch.« Ich nickte vage in Richtung des Ungetüms und vermied es, das baumelnde Lacklederbein anzusehen.

»Ist doch nicht schlimm. Wahrscheinlich ist es gut, wenn sie alles verarbeitet, oder?«

Es war das absolute Gegenteil von gut. Mein Bruder, der mit seinem Einfühlungsvermögen und Mitgefühl verstand, was andere brauchten, war nicht fähig, sich unsere arme Mutter anzusehen und zu erkennen, dass etwas entsetzlich falsch gelaufen war.

Er starrte auf den Bildschirm und wischte seine sauberen Lippen immer wieder mit einer gefalteten Serviette ab.

»Du hast Wahnvorstellungen«, sagte ich. Lolee stand auf und ging auf den Wasserbüffel zu, aber ich hielt sie an einer Gürtelschlaufe zurück. »Geh nach draußen spielen«, sagte ich zu ihr und schob sie in Richtung der hinteren Terrasse.

»Ich bin bei Tante Jessa, Grandma ist voll übergeschnappt.« Bastien biss in seinen Kuchen, in seinem Mundwinkel hingen Krümel. »Das ist der verrückteste Scheiß, den ich je gesehen habe.«

»Halt die Klappe. Geh und mach dich nützlich.« Milo zeigte auf die leeren Teller. »Und nimm die hier gleich mit.«

Bastien verzog das Gesicht, tat aber, wie ihm geheißen. Ich drehte mich zu Milo und versuchte es noch einmal. »Ich mache mir echte Sorgen um ihren geistigen Zustand. Sie bildet sich ein, das sei ein gesunder Weg, um Dad zu betrauern. Was sagt dir das?«

Er zuckte mit den Schultern und lehnte sich in die Sofakissen zurück. »Keine Ahnung. Ich schätze mal, jeder geht mit seinem Scheiß anders um.«

Mir wollte nicht in den Kopf, warum er so reagierte. Ich atmete durch und versuchte mir etwas Schlagkräftiges zu überlegen, das sein Argument widerlegte. »Das ist das Dümmste, was du je gesagt hast.«

Jay und Travis standen neben dem Büffel und unterhielten sich, während sie ihren Kaffee austranken. Travis streichelte den Hals, gefährlich nahe am ledernen Oberschenkel der Puppe. »Wirklich gute Arbeit«, sagte Travis und nahm ein mit stumpfen Zacken gespicktes Paddel zur Hand. »Hast du schon mal so was gesehen?«

Jay sah aus, als wollte er antworten, aber Vera warf ihm einen Blick zu, der ihm den sicheren Tod verhieß, sollte er es wagen. »Nein, glaube nicht.«

Ich versuchte es wieder. »Das ist nicht richtig. Sie braucht einen Therapeuten.«

»Was sollen wir deiner Meinung nach dagegen tun, Jessa?« Milo rieb sich die Stirn. »Sie ist eine erwachsene Frau. Sie kann machen, was sie will.«

»Also, ich finde mich nicht damit ab«, sagte ich, darum bemüht, uns beide zu überzeugen.

Im Flur traf ich Lucinda, die einige unserer Familienfotos betrachtete. Sie berührte die Ecke eines Rahmens mit einem Bild, auf dem wir zu viert vor einem tosenden Wasserfall posierten. Milo und ich trugen beide Overalls. Unsere Mutter hatte ein Jeanskleid an und ein rotes Bandana um ihren Pferdeschwanz gebunden, unser Vater trug ein dazu passendes um den Hals, sein Arm lag um ihre Schultern. Es war unser lächerlichstes Familienfoto, aber ich hatte es immer geliebt.

»Hinreißend«, sagte Lucinda. »Sieh dir den Topfschnitt an. Habt ihr die Overalls noch?«

»Können wir reden?« Statt eine Antwort abzuwarten, ging ich durch den Flur zur Haustür hinaus. Insekten schwirrten im pissgelben Licht der Verandalampe. Eine riesige, flauschige Motte stieß immer wieder an das schmutzige Glas.

Die Luft war feuchtschwül, die Autos bereits mit Kondenswasser bedeckt. Wir standen an meinem Pick-up, und ich erinnerte mich daran, wie sie mich an ihn gedrückt hatte, an ihre Hände auf meiner Haut.

»Diese Ausstellung darf nicht stattfinden«, sagte ich und verschränkte die Arme, damit ich nicht in Versuchung geriet, sie zu berühren. »Auf keinen Fall.«

»Das ist nicht sehr vernünftig.« Sie schmiegte sich an mich, rieb mit ihren Händen an meinen Armen auf und ab. »Außerdem ist es ziemlich kühn von dir, mich um etwas zu bitten, nachdem du mich heute Morgen hast sitzen lassen.«

»Hör auf.« Ich trat einen halben Schritt zurück. »Hier geht es um meine Mutter, irgendwas stimmt nicht mit ihr. Das ist nicht in Ordnung.«

»Was soll ich denn tun? Ich kann ihr nicht einfach sagen: So nicht. Ich habe viel Zeit und Geld investiert.«

Das hatte sie ganz sicher, und zwar nicht zu knapp. Lucinda sprach nicht oft darüber, aber ich wusste, dass ihr ganzes Geld in der Wohnung und der Galerie steckte – ein beträchtlicher Batzen. Das wenige, was ich über ihre Finanzen herausgefunden hatte, kam vom Stöbern in ihrem Büro, während sie mit der Arbeit meiner Mutter beschäftigt war. Auf dem Schreibtisch lagen immer hohe Poststapel, meist an Lucinda Rex adressiert, aber einige auch an eine Donna Franklin. Ihre *Mitbewohnerin*, wieder dieses Wort, das alles bedeuten konnte, vermutlich aber ihre Partnerin meinte. Vielleicht ihre Frau. Eine Person, mit der Lucinda wahrscheinlich schlief, klar, aber sie war auch jemand, der in die Arbeit meiner Mutter investierte. Jemand, der vielleicht vernünftig reagierte, wenn es darum ging, dieses Grauen zu beenden, weil sie etwas Abstand dazu hatte.

Und wenn ich gleichzeitig etwas mehr über ihre Beziehung erfuhr, umso besser.

»Was soll ich tun?«, fragte sie noch einmal. »Was verlangst du von mir?«

»Lass dir was einfallen.« Ich stieg in den Pick-up und startete den Motor, brauchte drei Versuche, bis er endlich ansprang, so gestresst war ich. Als ich rückwärts aus der Einfahrt fuhr, stand sie da und sah mir nach, ihr Gesicht nicht wiederzuerkennen im Scheinwerferlicht.

Ich fuhr direkt zur Bar und trank, bis ich so hinüber war, dass ich es auf der Toilette nicht schaffte, meine Hose aufzuknöpfen. Es waren noch andere Frauen dort: eine ordinäre Blondine mit einem Delphintattoo auf der Schulter, eine ältere Frau, die ein Sweatshirt trug, bei dem vorne ein Weihnachtskranz aufgedruckt war. Ich wünschte mir, ich wäre eine der beiden, könnte meinen Körper gegen ihren tauschen und ihr Leben führen, damit ich nicht mehr in meinem bleiben musste. Mit Mann, Kindern. Familien, die nicht so viel Aufmerksamkeit brauchten. Ich nahm mir ein Taxi nach Hause und kotzte alles, was ich getrunken hatte, in meine Küchenspüle. Als ich am nächsten Morgen elend aufwachte, rief ich Bastien an und sagte ihm, ich würde den Tag freinehmen.

Ich blieb zu Hause und schlief, träumte von meiner Mutter und Lucinda und Brynn, alles vermischt in einem seltsamen sexuellen Miasma. Verschwommene, klebrige Gestalten tollten mit den Tieren herum, die mein Vater und ich präpariert hatten: dem Keiler, Waschbären mit kleinen schwarzen Pfoten, die mit kratzigen Fingern nach etwas griffen. In der Dämmerung wachte ich auf und stolperte in mein Wohnzimmer. Ein steter Ameisenstrom marschierte an der Wand abwärts und folgte einem krummen Pfad in die Küche. In der Spüle stapelte sich das schmutzige Geschirr mit meinem Erbrochenen. In der Luft hing ein säuerlicher, schwerer Müllgeruch.

Seit unserem Streit war erst ein Tag vergangen, aber ich hielt es in meiner Wohnung allein nicht mehr länger aus, ohne verrückt zu werden. Ich rief Lucinda an und verabredete mich mit ihr auf einen Drink.

Wir trafen uns am Abend. Dann am nächsten. Was bei meiner Mutter vorgefallen war, erwähnte ich nicht mehr und sie ebenso nicht, aber es stand zwischen uns, eine weitere unausgesprochene Kränkung in meinem Leben, die etwas Schönes von innen her zerfraß. Alles Kadaverfleisch. Ich weigerte mich, einen Fuß in die Galerie zu setzen, hatte keine Lust, auch nur ihre Existenz anzuerkennen. Allein zu Hause, ging ich ins Internet und suchte nach Informationen über Lucinda. Über ihr Leben vor mir, außerhalb dessen, was wir miteinander hatten. Ich war nicht sehr gut darin – mein Gehirn verarbeitete nicht gern Dinge auf einem Bildschirm; ich war an greifbare Arbeit gewöhnt –, fand aber immerhin heraus, dass sie verheiratet war. Donna Franklin, erfuhr ich, war acht Jahre älter als Lucinda. Bevor sie die Galerie gemeinsam gekauft hatten, betrieb sie in South Carolina ein Geschäft in Sachen Holzverarbeitung, eine der schwulsten Branchen, die ich mir vorstellen konnte. Als ich weitergoogelte, fand ich ein paar Bilder von ihr. Ich starrte sie an. Waren wir ähnliche Lesbentypen? Wir hatten die gleiche Statur, klar, waren beide stämmig, mit Gesichtern, die eher zum Stirnrunzeln als zum Grinsen neigten. Am Ende einer veralteten Webseite fand ich Kontaktdaten. Eine Telefonnummer. Ich schrieb sie auf ein Post-it, das ich in meinem Schlafzimmer in eine *Better Homes and Gardens*-Ausgabe von 1994 steckte, zwischen zwei Seiten, die Wasserspiele zur Schau stellten. Für alle Fälle.

Meine Beziehung mit Lucinda ging weiter, aber sie war nicht mehr wie früher, wir redeten nicht miteinander. Es gab Momente, in denen unser Sex fast zärtlich war. Wir fickten an Wänden oder auf meinem schäbigen Sofa; manchmal beugten wir uns über den Wohnzimmertisch oder die klebrige Küchentheke. Ich kniete auf dem Teppich und presste mein Gesicht an ihren Schritt, bis ich das Gefühl hatte, sie würde mich in sich aufsaugen.

Wir vögelten nie im Bett. Ich hielt die Tür zu meinem Schlafzimmer geschlossen und dirigierte uns woandershin. Je entschiedener ich sie von mir stieß, desto öfter rief sie an. Ich berührte sie, als wollte ich, dass sie in Flammen aufgeht und explodiert. Für die vertrauten Zärtlichkeiten, so dachte ich, war nicht ich, sondern Donna zuständig. Donna mit dem kurzen Haar, Donna mit den breiten, kräftigen Händen, so wie meine, Donna mit ihrem sanften Babygesicht und den Grübchen. Was bedeutete es schon, wenn Lucinda sagte, dass sie mich brauchte? Eine, die sagt, sie braucht Liebe, wenn sie in Wirklichkeit nur etwas für nebenbei sucht, spricht nicht von Romantik; sie spricht von körperlichem Verlangen. Gut, soll Donna doch die Süße spielen, dachte ich. Sollte Donna doch Lucindas Liebe haben, was immer das bedeuten mochte. Ich konnte mich auf die glücklichen kleinen Tode konzentrieren, die wir einander zufügten. Wenn schon nichts anderes, dann eben das.

Ich nahm mehr Aufträge an und überließ Bastien den Laden vorne. Ich stürzte mich in das Abziehen von Häuten, schnitt und gerbte, krallte die Finger noch lange nach Feierabend um die verschiedenen Werkzeuge. Wenn ich nach Hause kam, taten mir die Arme von der Anstrengung weh, und an meinen Kleidern klebten haarverschmierte Fleischstücke. Ich trank und schlief viel, wollte nicht mehr träumen.

Das Geschäft lief gut. Bastien kümmerte sich um Marketing und Social Media, etwas, was mein Vater nie getan hätte und wovon ich nicht viel verstand. Unser Kundenstamm wuchs, bald hatten wir eine ordentliche Menge Anfragen. Der Markt in seiner alten Form war am Absterben, aber wir fanden einen neuen bei jüngeren Leuten, denen ich nie ein Interesse für präparierte Tiere zugetraut hätte. Aber sie brachten ziemlich viel Geld, und es war mir egal, was sie wollten. Ich nahm es einfach so hin, bis eines Nachmittags eine Frau mit einem Gutschein in den Laden kam.

»Entschuldigen Sie. Ich hab eins von diesen Dingern.« Sie wedelte mir mit einem zerknitterten Papier vor dem Gesicht herum. »Hier ist doch Morton's, oder?«

Sie konnte nicht viel älter als zweiundzwanzig sein. Sie trug rote Cordsamtshorts und eine weiße Matrosenbluse, die über dem Bauchnabel abgeschnitten war. Nicht unsere klassische Kundschaft; die rekrutierte sich ausnahmslos aus verschrobenen Männern in den späten Fünfzigern, die auf mich einredeten, als könnten sie mir was beibringen.

»Ja, das ist hier, aber wir vergeben keine Gutscheine.«

Die Frau hielt mir das Papier unter die Nase, bis ich gezwungen war, es entweder entgegenzunehmen oder einzuatmen. Das Ding war gedruckt, die Tinte am oberen Rand verschmiert, aber da war unser Logo, prangte in der Mitte: MORTON'S, durchgängig in Großbuchstaben.

»Ich hab gehört, dass Sie vielleicht ein paar Pfaue reinbekommen?«, sagte sie, während ich die Schultern zuckte und unsere gedruckte Anzeige betrachtete. Im Laden passierten jetzt ständig neue Dinge.

Bastien lachte, und ich drehte mich zu ihm um, neugierig,

was so lustig war. Er lachte nie, es sei denn, jemand fiel hin oder machte einen Witz über die Benutzung der Toilette.

»Ende der Woche«, sagte er zu ihr und riss mir das Papier aus der Hand. »Ich muss sie erst besorgen.«

*

Bastien und ich holten Lolee bei ihrer Freundin Kaitlyn ab, bevor wir weiterfuhren, um die Vögel abzuholen. Sie verbrachte inzwischen die meisten Abende bei ihr, da meine Mutter sich die ganze Zeit in der Galerie verkroch. Kaitlyn war ein kleines Mädchen mit einem Bulldoggengesicht und einem lieben Lächeln. Sie spielten zusammen in der Marschkapelle, beide Flöte. Lolee war gern dort, und ich konnte es ihr nicht verübeln. Meine Mutter war so beschäftigt, dass sie aufgehört hatte, regelmäßig zu kochen. Als ich das letzte Mal bei ihr war, waren sämtliche Vorräte aufgebraucht, und außer einer Packung bedenklicher Milch und einer halben Schachtel altem Müsli gab es nichts Essbares.

Bastien fuhr meinen Pick-up durch die dunkler werdenden Straßen, während ich das erste Bier des Abends trank. Er bog rasant in Kaitlyns Einfahrt, und das Bier tropfte mir am Kinn entlang und durchnässte meinen Hemdkragen.

»Wo fahren wir hin?«, fragte ich, öffnete die nächste Flasche und wischte das Kondenswasser an meiner Jeans ab. »Gibt es irgendwo einen Fabrikverkauf? Ich war noch nie bei einem.«

»Nein, das nicht. Aber was anderes. Neueres.«

Lolee schlenderte in uralten Pyjamashorts und meinem alten Highschoolsweatshirt aus dem Haus. »Steig hinten ein«, rief Bastien durchs Fenster. Sie kletterte über die Stoßstange hoch, dann klatschten ihre Flipflops auf den geriffelten Boden der Ladefläche.

Meine Nichte presste ihren Mund an die Heckscheibe und zog ein Affengesicht, ihre Zunge hinterließ einen Speichelstreifen auf dem Glas.

»Lass deine Schuhe an«, sagte ich. »Da hinten könnten kaputte Flaschen liegen.«

Bastien fuhr im Zickzack durch einige der breiteren Wohnstraßen, und Lolee kreischte, als sie hinten herumtorkelte. Anstatt eine Ausfahrt zu nehmen, fuhr er weiter ins Zentrum des Viertels und näherte sich dem Golfplatz, der durch die Mitte führte. Trotz des Namens, Fawn Creek, gab es dort kein fließendes Gewässer, nur Auffangwannen. Ein Springbrunnen spie Wasser aus seiner Mitte, dessen Farbe sich an Feiertagen veränderte: rot und grün an Weihnachten, patriotische Farbtöne am vierten Juli.

Die Dämmerung brach schnell herein und brachte eine Schar Fledermäuse mit. Sie flatterten am orangefarbenen Himmel, und es sah aus, als stolperten sie im Flug übereinander. Bastien bog in eine schlecht gepflasterte Seitenstraße ein; der Pick-up holperte über die Löcher, bis mein Bier so durchgeschüttelt war, dass es überlief und auf meine Hose tropfte.

»Fahr langsamer, Arschloch!«, schrie Lolee und klatschte mit der Hand an die Scheibe. »Ich stoß mir hier hinten den Kopf an.«

Bastien lachte, ließ den Motor aufheulen und schnitt eine enge Kurve am Ende des Golfplatzes. In dieser Gegend war ich noch nie gewesen. Die Bauarbeiter luden hier ihr Zeug ab. Als er den Pick-up in der Nähe der Ballkäfige parkte und einen Schlüssel aus seiner Tasche holte, dämmerte es mir.

»Hast du hier nicht mal gearbeitet, als du in der Highschool warst? Als so was wie ein Caddy?«

»Nicht ganz so glamourös.« Bastien hüpfte vom Fahrersitz und streckte die Arme über den Kopf. »Ich hab den Rasen gemäht. Manchmal fuhr ich den Wagen, mit dem die Bälle eingesammelt werden, die die Leute auf der Driving Range abschlagen. Ätzend.«

Lolee trat an den Rand der Ladefläche, und der Pick-up neigte sich leicht unter ihrem Gewicht. Bastien half ihr herunter und ließ sie ächzend ins Gras fallen.

»Du bist nicht so stark wie Daddy«, beklagte sie sich und beugte sich vor, um ihre Waden zu massieren.

»Und so nett bin ich auch nicht.« Er drückte ihren Kopf nach unten, bis er fast zwischen den Knien hing. Lolee schrie auf und schlug nach ihm.

»Okay, im Ernst.« Ich trank mein zweites Bier aus. Im Pick-up waren noch drei, die ich vermutlich bald brauchen würde. »Was zum Teufel machen wir hier? Ich würde gern was essen.«

Auf Bastiens Kinn zeigte sich zotteliger Bartwuchs. Im

trüben Abendlicht waren seine Augen farblos. »Dauert nicht lange.«

Ich geisterte hinter den beiden her, während wir uns von den Laternenpfählen entfernten, die den Rand des sauber gemähten Grüns säumten. Es war still, bis auf das gelegentliche Wischen unserer Beine im Gras. Am Ende des Geländes stand ein unheimlicher Schuppen. Ich blieb stehen und sah mich um, während Bastien und Lolee darauf zustapften.

»Hey!«, rief ich. Lolee drehte sich um und trottete zurück. »Was soll das, was tun wir hier?«

»Die Pfauen holen.« Lolee zog ihr Haar über den Kopf und verknotete es mit einem der Gummibänder, die sie immer am Handgelenk trug. Sie wirbelte um mich herum wie ein kleines Kind.

In dem düsteren Licht konnte ich Bastien kaum erkennen. Wir warfen lange bruchstückhafte Schatten auf das mickrige Gras in der hinteren Ecke des Platzes. Lolee und ich gingen nebeneinander, schwangen unsere Arme im Gleichtakt. Ich fragte mich, wann ich wohl nach Hause käme, damit ich in Ruhe trinken und den Tag vergessen konnte.

Von Nahem sah der Schuppen weniger aus wie aus einem Horrorstreifen, sondern eher wie aus einem harmlosen, netten Film für die ganze Familie. Das abgeschrägte Dach bestand aus Holzlatten, dahinter befand sich eine lange Kiesauffahrt. Die Bretter waren irgendwann grau gestrichen worden, obwohl die Farbe wegen der Feuchtigkeit langsam abblätterte. Draußen hing ein Schild mit der Aufschrift ZUTRITT VERBOTEN.

In der Nähe des Schuppens wurde die Luft dick und roch nach Wild. Ein Pfau streckte seinen Stecknadelkopf aus der Tür. Ein zweiter erschien über ihm, und es wirkte, als spähten zwei Kinder beim Fangenspielen um die Ecke.

»Sind die lebendig?«, fragte ich. »Die sind wirklich lebendig?«

Drei Pfaue stolzierten durch die offene Tür. Bastien folgte ihnen mit einem Golfschläger über der Schulter, als wollte er gleich mit dem Spiel beginnen. Die Vögel, deren Gefieder im Mondlicht goldgrün glänzte, gingen furchtlos vor ihm her.

Lolee hantierte weiter an ihrem Haar und flocht die Strähnen an den Seiten zu kleinen Stacheln, die von ihren Schläfen abstanden. Völlig verwirrt folgte ich Bastien, der die Pfauen zum Pick-up führte.

»Was zum Teufel machen wir mit lebendigen Vögeln?«, fragte ich. »Was verdammt, Bastien?«

»Weißt du, ob der neue Chinese schon eröffnet hat?« Er schwang den Schläger sanft nach rechts, als einer der Vögel aus der Reihe tanzte, um etwas im Gras Krabbelndes näher zu betrachten.

»Welcher Chinese?« Die Vögel sahen imposant und majestätisch aus, wie Botschafter, die zu einem wichtigen Empfang schritten.

»Der neben der Bushaltestelle. In der Nähe von Bennett.«

»Oh. Ich wusste gar nicht, dass ein neuer eröffnet. Ich gehe immer zu dem gleich neben Grandma.«

Bastien lachte. »Den gibt es seit ungefähr drei Jahren nicht mehr.« Wieder schwang er den Golfschläger und drängte den letzten Vogel sanft in die Reihe zurück.

Am Pick-up reichte er den Schläger seiner Schwester und stieg in die Fahrerkabine. Die Vögel liefen im hohen Gras vor den Reifen umher und pickten im staubigen Kies. Als der Motor ansprang, flatterten sie ein wenig, scharrten und pickten dann aber weiter, ihre Federn schillernd im Licht der Scheinwerfer.

Er ließ den Motor aufheulen, und sie erschraken, prallten ungelenk aneinander, bevor sie in Richtung Schuppen zurückrannten. Bastien folgte ihnen den kleinen Hügel hinauf auf den Golfplatz. Die Vögel kreischten, genau wie Lolee, die dem Pick-up hinterherrannte. Bastien fuhr in weiten Bögen in die Mitte des Rasens, während die Pfauen schrien und in ihrer entsetzlichen Angst fast menschlich klangen.

Einer kippte sofort um. Er plumpste bäuchlings über seine Beine und schlitterte ins Gras. Der zweite ging direkt neben ihm zu Boden, die Federn breiteten sich fächerförmig über beide Körper aus. Lolee rannte dem dritten nach, der halb fliegend in jede Richtung Reißaus nahm, die ihn vom Pick-up wegführte. Er hatte es fast bis zu den Bäumen geschafft, als Bastien abdrehte und ihn beinahe überfuhr. Der Vogel raste kreischend auf mich zu und kippte dann mitten im Lauf um.

Bastien fuhr zu den ersten beiden. Er ließ den Motor laufen, stieg aus, hob sie hoch und warf sie auf die Ladefläche.

Lolee hüpfte zum dritten und stieß ihn mit dem Golfschläger an. Sein Hals schlackerte, aber er rührte sich nicht. »Diesmal haben wir sie alle erwischt!«, rief sie ihrem Bruder zu und hievte sich den toten Pfau über die Schulter.

PAVO CRISTATUS – BLAUER PFAU

Brynns Mutter sagte, sie habe gerade keinen Mann. So nannte sie das, als wäre es nur eine Frage der Zeit, bis der nächste mit ihr vor den Friedensrichter trat und ihr einen Ring an den Finger steckte. Marsha Wiley verbrachte die meisten Abende in der Bar und hielt Ausschau nach heiratswürdigem Material, obwohl sie die fünfzehn Jahre alte Brynn gewarnt hatte, dass Bars der denkbar schlechteste Ort seien, um einen Mann zu finden.

Zu viele Loser. Sie lehnte sich in ihren Liegestuhl zurück. *Alle waren schon mal verheiratet und haben es vermasselt. Und wenn sie nicht verheiratet sind, sind sie zu alt.*

Sie warf ihre halb aufgerauchte Zigarette in den Blumentopf. Brynns Blick folgte der Kippe, und ich wusste, sie würde sie herausfischen, wenn ihre Mutter wegging.

Deine Männer sind alle alt. Brynn war noch im Nachthemd. Wir hatten im Wohnwagen geschlafen. Ihre Mutter war bis drei Uhr früh unterwegs gewesen, und wir hatten auf Gideon aufgepasst.

Das meine ich nicht. Diese Kerle sind wie alte Gäule. Als hätte man sie darauf abgerichtet, auf eine bestimmte Art zu funktionieren, und sobald sie die fünfzig überschreiten, geht nichts mehr. Keine Veränderung. Sie leben einfach ihren Junggesellenstiefel weiter wie immer.

Kannst du nicht einen finden, der sich nicht verändert, ohne dass es dich stört?, fragte ich und nahm ihre langen Beine in Augenschein. Sie sahen noch richtig gut aus, sehr braun und glatt. Nicht so dünn wie Brynns, sondern muskulös, die einer Läuferin.

Marsha lächelte und strich mit der Hand über meinen Arm. *Ach, mein Schatz, diese Kerle sind wie kleine Kinder. Ihre Hygiene ist furchtbar, und sie können keinen Job behalten. Wenn du einen in dein Haus lässt, könntest du ebenso gut ein Schwein aufnehmen.*

Bei dir klingt es, als wären Männer verdammt widerlich. Brynn zog ihr Haar zu einem Pferdeschwanz zurück, der hoch auf ihrem Kopf saß. Durch die fettigen Strähnen war stellenweise kahle Kopfhaut zu sehen. Wir waren beide nicht sauber. Ich roch den feuchten Mief meiner Achselhöhlen durch mein T-Shirt.

Pass auf, was du sagst. Marsha griff sich einen Teller vom Abend zuvor und ergatterte ein übrig gebliebenes Stück Salami. *Habt ihr die ganze Pizza aufgefuttert? Und was soll Gideon jetzt essen?*

Los, wir holen das Planschbecken raus. Brynn zog mich in den Trailer zurück. Während sie ihren Bikini anzog, suchte ich das Becken. Ich wühlte im Schrank herum, kramte hinter Plastiktüten mit ausrangierten Kleidern und Autoteilen, die Marshas letzter Freund zurückgelassen hatte. Das Becken lag unter einem Stapel alter Schulsachen und abgelaufener Gutscheinheftchen begraben. Offenbar war es nicht ganz leer gewesen, als sie es zum letzten Mal verstaut hatten, denn die Papiere waren alle nass, gewellt und an den Ecken eingerollt. Auf der Zeichnung einer orangefarbenen Katze erkannte ich Brynns wacklige, kindliche Krakelschrift. Ein leuchtender, verschwommener Fleck war in den Ärmel eines alten Sweatshirts gesickert.

Wir schleppten das Becken die splittrigen Holzstufen des Vorbaus hinunter. Brynn kauerte sich in ihrem Badeanzug hin und strich das Plastik über dem brüchigen abgestorbenen Gras und dem Sand glatt. Ein Typ, der ein paar Wohnwagen weiter an seinem Truck arbeitete, rief ihr mit knurrender Stimme, bei der mir ganz unwohl wurde, etwas zu, aber Brynn ignorierte es einfach.

Das Aufblasen des Beckens war anstrengend. Wir wechselten uns ab, bliesen unseren Kaugummiatem in den kleinen Gumminippel. Als es halb aufgebläht war, steckte Brynn den Stöpsel hinein und warf es ins Gras.

Das reicht, befand sie und zerrte unter einer Ecke des Wohnwagens den Schlauch hervor, der aussah wie eine überfahrene Schlange. Sie drehte den Hahn auf, und alles roch sofort nach Chemikalien und feuchtem Dreck.

Marsha erschien wieder in einem neongrünen Sarong über einem funkelnden pinkfarbenen Bikini. Auf der Hüfte trug sie den immer noch tief und fest schlafenden Gideon.

Sie ließ sich in ihren Liegestuhl nieder, der bedrohlich quietschte und unter dem Gewicht der beiden fast bis zum Boden durchhing.

Brynn und ich saßen im Wasser und ließen den Schlauch wie einen Springbrunnen auf uns spritzen. Die Sonne brannte uns auf den Kopf, im Müll des Nachbarn summten Fliegen. Der Typ, der an seinem Truck arbeitete, hörte laute Countrymusik und sang mit. Den Text schien er nicht besonders gut zu kennen.

Marsha kickte ihre Flipflops weg und rutschte nach vorn, bis ihre Füße das Wasser erreichten. Sie stellte sie neben meine Beine. Ihre Zehen wackelten auf dem Beckenboden, die Nägel waren in leuchtendem Petrol lackiert, der gleichen Farbe wie an den Fingern. Sie war die einzige Mutter, die ich kannte, die die Kleider und das Make-up ihrer jugendlichen Tochter trug.

Willst du dir wirklich keinen Badeanzug ausleihen? Marsha fuhr mir mit den Fingern durch die Haare und kämmte sie aus, bis ich am liebsten eingeschlafen wäre. *In dem Aufzug muss dir doch heiß sein, Baby.*

Ich trug eine alte Cargoshorts von Milo und ein T-Shirt mit einem aufgedruckten Barsch, dessen Hals so ausgeleiert war, dass man die beiden schmutzigen weißen BH-Träger sah. *Ich komm schon klar,* sagte ich und neigte mich in ihre Finger zurück, die in meinem Haar nach Knoten suchten.

Ich bitte dich. Jessa würde nie so viel Haut zeigen. Brynn drehte sich auf den Bauch, und ihr Bikiniunterteil rutschte bis zur Arschritze. Ich versuchte nicht hinzustarren, zog die

Knie an die Brust und konzentrierte mich auf die Finger, die mir kreisend über die Kopfhaut strichen.

Lass sie in Ruhe. Jessa hat es nicht nötig, so viel Haut zu zeigen.

Warum nicht? Brynn zappelte herum, bis ihre Beine hinten über das Becken hingen. Das Wasser schwappte über den heruntergedrückten Rand und bildete kleine Rinnsale. Der Matsch floss die unbefestigte Auffahrt hinunter auf die Straße.

Weil sie einen tollen Körper hat. Das sieht man, ohne dass sie damit angeben muss. Sie ist ausgesprochen stilvoll.

Brynn schnaubte. *Klar. Das Angel-T-Shirt ist unglaublich stilvoll.*

Meine Muskeln lockerten sich, bis meine Schultern schlaff herabhingen und mein Kopf auf die Knie fiel. *Ich bin so stilvoll, dass ich mal so tue, als hätte ich das nicht gehört.*

Du bist so eine kleine Zicke. Brynn wölbte ihre Hand und schickte mir eine Flutwelle an die Brust. Die nächste Ladung erwischte nicht nur mich, sondern auch ihre Mutter und Gideon. Er wachte augenblicklich auf und fing an zu weinen.

Um Himmels willen, Brynn. Marsha stand auf, ihr halber Sarong baumelte an ihrem Arm, während Gideon strampelte und sich die Augen rieb. Sein Hinterkopf war verschwitzt und nass. *Nimm ihn mit rein und gib ihm eine Cola.*

Brynn stöhnte und stand auf, schüttelte Wasser auf mich wie ein nasser Hund. Dann nahm sie Gideon ihrer Mutter ab, schwankte unter seinem Gewicht. Seine Beine hingen an ihrer Seite bis zu den Knien herab. *Der Kleine zieht mir gleich mein Top runter, verdammt.*

Die Trailertür klemmte im Rahmen, sodass Brynn sie mit dem Fuß aufstieß und sie hinter ihr zuknallte.

Marsha spielte weiter mit meinem Haar. Ich spürte, wie sie die Strähnen trennte, sie locker flocht und fallen ließ, sie dann wieder aufhob und von vorne anfing.

Du bist schon ein bisschen rot. Marsha tippte mit der Fingerspitze auf meine Ohrmuschel. *Du brauchst Sonnencreme.*

Der Stuhl quietschte, als sie aufstand und ins Haus ging. Sie kam mit einer braunen Plastikflasche zurück, aus der es nach Kokosnuss und Ananas roch, und tupfte einen Klacks auf die Stelle, die sie vorher berührt hatte, verrieb die Creme, bis mein ganzes Ohr eingeschmiert war.

Arbeitest du im Sommer wieder in der Werkstatt?

Ja. Heute Abend muss ich ein paar Hirschschädel abziehen. Mein Dad will mir zeigen, wie die Augen eingesetzt werden. Meine letzten haben geschielt.

Ich entspannte mich unter ihren Streicheleinheiten, und der Duft der Lotion stieg mir in die Nase. Sie steckte mir das Haar auf dem Kopf fest und fing an, meinen Nacken zu bearbeiten, der so verkrampft war, dass er sich ganz knorpelig anfühlte.

Als sie sich herabbeugte, um etwas zu sagen, hing der Geruch ihrer Zigarette noch in ihrem Atem. Ich atmete ein und aus, Kokosnuss und Zigarette, Zigarette und Ananas.

Du bist ganz verknotet. Ihre Hände wanderten in den Ausschnitt meines Shirts, dann spreizten sich ihre Finger zu beiden Seiten meiner Wirbelsäule und glitten unter meine BH-Träger, bis sie schlaff von den Schultern hingen.

Das kommt vom Nähen. Ich muss ganz kleine Stiche machen. Meistens lässt Dad sie mich zweimal machen.

Ihre Hände glitten über meine Schulter, die Finger landeten in den Mulden meines Schlüsselbeins. Meine Brustwarzen wurden hart, als ihre Hände stückchenweise nach unten wanderten. Mir stockte der Atem.

Du hast richtige Babyhaut. Ihre Hand glitt weiter abwärts, bis eine Fingerspitze den Rand meines Warzenhofs erreichte. *Warum bist du bloß so weich?*

Ein lautes, lang gezogenes Hupen durchbrach die Stille. Marshas Hand verschwand. Ich verharrte in derselben Position, hoffnungsvoll und zugleich ängstlich, dass sie weitermachte. Ich überlegte, was das stete, schreckliche Hämmern in meiner Brust verlangsamen könnte. Selbst meine Augäpfel fühlten sich an, als hätten sie einen Herzschlag.

Der Mann am Truck winkte Brynns Mutter zu. In seiner Gesäßtasche hing ein Bandana. Wenn er sich umdrehte, sah es aus wie wedelnde Schwanzfedern, ein Vogel, der mit seinem Federschmuck protzt.

Komm mal, schau dir das an. Er zog sein Hemd hoch und zeigte seinen braun gebrannten Rücken. Marsha stand sofort auf und stützte sich auf meine Schulter, um das Gleichgewicht zu halten, als sie in ihre Schuhe mit den Keilabsätzen schlüpfte. Ich starrte ihre Zehen an, die von Dreck und einzelnen abgestorbenen Grashalmen bedeckt waren.

Ihr Sarong blähte sich leuchtend hinter ihr auf, als sie die unbefestigte Einfahrt entlangging und mit schwingenden Hüften die Straße überquerte. Die in den Stoff eingenähten Strasssteine spiegelten das Licht. Plötzlich war ich durstig. Ich nahm den Schlauch und trank das nach Gummi schmeckende kalte Wasser, bis ich nicht mehr konnte und mein Magen zu platzen drohte.

Endlich, verdammt. Brynn stieg wieder aus dem Wohnwagen und ließ sich neben mir ins Wasser plumpsen. Sie legte ihre von Kokoslotion klebrigen Beine über meine. Ein Klacks der Lotion glitt ins Wasser und hinterließ schimmernde Ringe, die an eine Öllache erinnerten. *Können wir heute Abend bei dir essen? Ich weiß, dass sie mich überreden will, auf den Kleinen aufzupassen, aber wir haben alle guten Sachen aufgegessen. Bis zu ihrem nächsten Gehaltsscheck wird sie nichts mehr einkaufen.*

Marsha lachte über eine Bemerkung des Mannes, und als er sie mit dem Finger in die Seite pikste, stieß sie einen hohen, spitzen Schrei aus, fast ein Kreischen.

Ich arbeite heute Abend an den Hirschschädeln.

Bitte. Ich bleibe einfach bei dir zu Hause, und wenn du fertig bist, machen wir was zusammen. Ich kann mit deiner Mutter und Milo Karten spielen oder so. Alles ist besser als das hier.

Wir starrten beide ihre Mutter an, die sich weit über die Eingeweide des Trucks beugte. Eine Sandale baumelte an ihrem erhobenen Fuß.

Wahrscheinlich hast du recht. Aber erst ruf ich meine Mom an.

Brynn schoss hoch und schüttelte sich, bis mir das Wasser den Hals hinablief. *Nein, gehen wir einfach. Heute Abend hängt sie mit dem Typen ab, und das halte ich nicht aus.*

Wir stiegen aus dem Becken, stampften unsere Füße sauber und ließen es mit dem schmuddeligen Wasser zurück. Im Trailer zog ich ein T-Shirt von Brynn an, zu eng und zu klein, aber wenigstens trocken. Es war rosa, mit einem Regenbogen auf der Vorderseite; über der Brust prangte eine blaue Surferwelle mit dem Aufdruck ALOHA.

Wir holten unsere Fahrräder, die neben einem winzigen, verrosteten Schuppen lehnten. Mir war zu heiß und irgendwie übel, als wäre die Haut an meinem Körper zu eng. Wir saßen auf und radelten durch den schlammigen Vorgarten, wo das hohe Gras in unsere Speichen griff und die Reifen in der nassen Erde versanken.

Marsha entdeckte uns, als wir schon auf der Straße waren. Sie schrie, wedelte mit hoch erhobenen Armen und verfolgte uns, der Sarong wie eine leuchtende Flagge hinter ihr.

Beeil dich, sagte Brynn, stand auf und trat fest in die Pedale.

Als wir um die Ecke des Trailerparks bogen, hörte ich Marsha nicht mehr.

Brynn lachte, und das Geräusch schwebte zu mir zurück. *Bitte bring mich um, wenn ich später mal so werde,* schrie sie. Ihr Haar wehte wild hinter ihr her, es war strähnig vom Haarspray. Auf ihrer Nasenspitze thronte die verspiegelte Sonnenbrille ihrer Mutter und blitzte im Sonnenlicht.

8

Lolee fuhr hinten auf dem Pick-up zwischen den hingestreckten Pfauen. Ihre im harten Licht der Straßenlaternen glänzenden Zähne und der gelbe Schimmer ihrer Haut verliehen ihr etwas Brutales. Die Eckzähne wirkten zu spitz in ihrem winzigen Elfengesicht. Als sie mit der offenen Hand an die hintere Scheibe schlug, um meine Aufmerksamkeit zu gewinnen, zuckte ich zusammen und drehte mich nach vorne um, tat so, als würde ich nicht hören, dass sie wie ein wildes Tier heulte und stampfte.

Obwohl mein führerscheinloser Neffe hinterm Steuer saß, öffnete ich schon das letzte Bier, bevor wir auf die Straße zur Werkstatt eingebogen waren. Bastien parkte vor dem Eingang und stieg aus, um Lolee hinten herunterzuhelfen. Sie öffneten die Ladeklappe, und jeder schnappte sich einen Pfau. Ich wusste, sie erwarteten, dass ich den dritten auslud, den größten, aber ich fummelte mit den Schlüsseln herum und stahl mich in den Laden. Das Licht von draußen spendete genug Helligkeit, um meinen Schatten im Flur vor mir zu sehen.

Das warme Bier, das mir geschmeidig durch die Adern strömte, kam nicht gegen den Horror an, den ich angesichts der kaltblütig getöteten drei Pfauen empfand. Ich setzte mich am anderen Ende des Ladens auf die Toilette und verzichtete darauf, die Tür zu schließen. Bastien stolzierte vorbei, dann Lolee, die unter dem Gewicht des Vogels leicht taumelte. Ich pinkelte mit einem lauten rauschenden Strahl und schloss die Augen, nur darauf konzentriert, meine Blase zu leeren.

»Wie viele Tiere hast du schon so umgebracht?«, fragte ich und tastete im Dunkeln nach dem Toilettenpapier.

»Nicht viele.« Bastien ging wieder vorbei, seine Stiefel dröhnten schwer auf dem Linoleum. »Die heute und den Habicht vor zwei Wochen. Ein paar Fischreiher. Einen Rotfuchs, vielleicht ein Weibchen? Ach, und die Katzenjungen.«

»Katzenjungen? Du hast kleine Kätzchen getötet?«

»Nicht ich. Lolee.«

Einen Moment lang dachte ich, ich müsste aufstehen und mich übergeben, die Hose an den Knöcheln, und mein eigener Urin würde mir ins Gesicht spritzen. Die Vorstellung, dass meine kleine Nichte Katzenbabys umbrachte, war unerträglich.

»Hör mal. Ich hab die nicht umgebracht.« Lolee blieb stehen und lächelte zu mir herein. Sie wirkte zu dünn. Ich fand es beängstigend, dass sie mit Bastien herumhing und er sie mitnahm, wenn er mitten in der Nacht Tiere jagte. So was machte vielleicht ein Serienkiller. Erzählte man das nicht immer? Dass Soziopathen immer mit dem Töten von Tieren anfingen?

»Was hast du getan?«, fragte ich und starrte sie an, während sie in der Tür herumtänzelte.

»Ich hab sie gefunden, da waren sie schon ertränkt. Von Kaitlyns Stiefvater, glaube ich. Nur ein großer, nasser Sack voll mit toten Kätzchen. Echt traurig. Kaitlyn hat fast, na ja, eine Woche geweint.«

»Haben wir noch Klopapier?« Die leere Rolle raschelte unter meinen Fingern, während ich an die kleinen Katzenjungen dachte, die ausgesehen hatten, als würden sie schlafen; die Katzenjungen, die ich erst vor einer Woche geschoren und wiederhergestellt hatte. »Ich dachte, sie gehören vielleicht jemandem. Dass wir eine Tierberatung machen.«

»Da ist kein Klopapier mehr. Du musst welches besorgen.« Sie drückte mir eine Faustvoll Imbissservietten in die Hand. »Die darfst du nicht runterspülen.«

Als wüsste ich das nicht selbst. Ich saß da und wischte mich mit dem Knäuel ab. Draußen hörte ich die beiden Schubladen öffnen und Werkzeuge herausnehmen. Es würde viel Aufräumarbeiten geben. Ich hatte noch nie einen ganzen Pfau abgebalgt, und jetzt mussten gleich drei ausgenommen werden.

»Bloody Mary«, flüsterte ich, mein Gesicht dunkel und wild im Spiegel über dem Waschbecken. Ich fühlte mich leicht angeheitert. Das war hilfreich. »Bloody Mary.« Ich wusch mir die Hände und trocknete sie an meiner Hose ab. »Was verdammt machen wir da?«

Das Werkzeug lag ausgebreitet auf den Arbeitsflächen. Lolee und Bastien legten die Vögel auf den mittleren Tisch, die Hälse schlugen lose aneinander.

»Für heute Abend ist das zu viel Arbeit.« Ich zog mir die Schürze über den Kopf und stellte die Eimer für die Eingeweide neben den Tisch. »Es ist schon nach zehn. Packt zwei in den Kühler. Wir nehmen uns den hier vor; mal sehen, was da an Vorarbeit notwendig ist.«

»Ich glaube, wir schaffen alle drei.« Bastien schlug dem Pfau, der ihm am nächsten war, auf den Rücken. »Wir nehmen sie heute Nacht aus, und das Entfleischen machen wir morgen früh.«

Ich sah Lolee an, die auf den Fußballen auf und ab wippte. »Hilfst du mir?«, fragte ich.

Sie zog sich bereits eine Schürze an – eine, die ich bei einem privaten Flohmarkt gekauft hatte, auf der in gelber Stickerei LORD & MASTER OF THE GRILLE stand.

»Dann nimm den anderen Tisch. Für drei wird es hier zu eng.«

Wir nahmen jeder einen Vogel. Lolee durfte ihren zuerst auswählen, im Gedenken daran, wie Milo und ich uns zum ersten Mal in der Werkstatt um meinen Vater gedrängt hatten. Damals war es noch aufregend, der Spaß am Unbekannten, wir wussten beide nicht, was uns erwartete. Präparierte Tiere waren die Brücke zwischen den Lebenden und den Toten, die Verbindung zwischen diesen Linien. Ich fragte mich, wie viel von meinem Hunger nach Nostalgie ich meinem Vater zu verdanken hatte, einem Mann, der sehr gern zurückblickte, als wäre die Vergangenheit ein Ort, den man nach Belieben aufsuchen konnte.

Lolee schleppte ihren Pfau zum Nebentisch. Ich half ihr, das Tier abzulegen, auf den Rücken, sodass die Federn sich auffächerten und fast den Boden berührten.

»Eigentlich hätte ich mich vorher gern ein bisschen informiert. In das Thema eingelesen, bevor wir sie verstümmeln.«

»Ist das wirklich so schwer?«, meinte Bastien und schlitzte seinen knapp unterhalb der Speiseröhre auf. Ich war davon ausgegangen, dass wir unseren geschäftlichen Aufschwung einem glücklichen Zufall verdankten und nicht den mörderischen Machenschaften meines Neffen. Wie viele Tiere hatte ich wohl schon aufgeschnitten, denen er den Garaus gemacht hatte, die er mit dem Auto zu Tode gehetzt hatte?

Vielleicht hatte ich es ja einfach nicht wissen wollen.

Aber möglicherweise stimmte das nicht. Ich projizierte mal wieder, wie immer. Er versuchte nur zu helfen, wollte geben, was ich brauchte, was das Geschäft brauchte. Wollte die Familie unterstützen.

Obwohl er seinen Vogel wahrhaft verstümmelte. Nicht mal Arbeitshandschuhe hatte er angezogen. Seine Hände waren bis zum Handgelenk mit geronnenem Blut befleckt. Aus Erfahrung wusste ich, dass es lange dauern würde, bis das wieder abging, besonders unter den Fingernägeln. Tierblut verfärbte alles nikotingelb, womit es in Berührung kam.

»Zieh die an.« Ich gab Lolee ein Paar Handschuhe. Dann zog ich selbst welche an, stülpte sie mir über die Handgelenke und zog sie so hoch, dass sich die Härchen auf meinen Armen im Latex verfingen. Es war ein gutes Gefühl; als käme ich nach Hause, nachdem ich den ganzen Tag mit Fremden unterwegs war.

»Was muss ich machen?«, fragte Lolee und hielt das Skalpell hoch. Die Klinge war sauber und scharf. »Zeig es mir.«

Ich legte es ihr richtig in die Hand, die Finger weg von der Schneide. Zeigte ihr, wie man den ersten Schnitt am besten setzt; schön klein und sauber, damit man ihn mit ein paar Stichen und zusätzlichen Federn gut verdecken konnte.

»Hier schneiden wir. Sei vorsichtig, nicht zu tief.«

Ich spürte ihre kräftigen Finger unter meinen, wie sich die Muskelstränge unterhalb des Gelenks beugten. Bastien ächzte, als er in den Rumpf stach und ihn in ein einziges Schlachtfeld verwandelte, das wir ewig würden zusammenflicken müssen. Es war ungewöhnlich für ihn, sich so ins Gemetzel zu stürzen. Normalerweise hielt er sich zurück und beurteilte mit mir die Lage, setzte langsame, präzise Schnitte. Jetzt aber säbelte er planlos herum und hieb auf ihn ein wie ein Berserker. Er wirkte schadenfroh, seine Haare standen hinten ab wie bei einem kleinen Kind. Ob das von dem Nervenkitzel kam, den er empfunden hatte, als er die Tiere zu Tode hetzte? Sein Grinsen war zu breit, die Schultern zu angespannt. Das Grübchen in seinem Kinn war unter seinen Bartstoppeln verschwunden. Er sah aus wie seine Mutter, wenn sie sich an Kampfszenen in Filmen aufgeilte. Irgendwie blutrünstig.

»Wenn man zu grob vorgeht, verpfuscht man die Halshaltung.« Ich sagte das so laut, dass er es hören musste, aber er säbelte einfach weiter. Lolee neigte sich zu mir, und ich roch ihr ungewaschenes Haar, den zarten milchigen Duft ihrer Haut.

Was hier geschah, war illegal, absolut gegen das Gesetz. Und ich war nicht die Einzige, die davon profitierte. Mein Verstand arbeitete fieberhaft, bedachte die Sache von allen Seiten, rieb sie wie eine Münze zwischen den Fingerspitzen. Es gab noch etwas, was wir aus der Sache herausholen konnten, abgesehen vom Geld. Meine Mutter hatte mit Stücken aus der Werkstatt gearbeitet. Möglicherweise hatte sie sogar etwas Illegales für ihre Kunst verwendet.

Mit illegal erworbenen Tieren konnte man keine Kunstausstellung machen.

Oder?

Das Innere des Pfaus war ein faszinierendes Chaos. Wir erweiterten den Schnitt so weit, dass Lolee hineingreifen und die Innereien so vorsichtig wie möglich herausziehen konnte: die gewundenen Darmschlingen, dunkel von Futter, Insekten und Grünzeug; Knorpel und Sehnen; die Fettablagerungen hinter den Keulen, wo alle Nutzgeflügelarten Gewicht zulegten.

»Öffne die Haut etwas weiter. Entfalte sie wie eine Jacke.«

Sie zog das Messer nach unten, und die Haut teilte sich wie von Zauberhand. Ich beugte mich vor und presste meine Wange an ihr Haar. Sie fühlte sich warm an; ihre Körperwärme strahlte auf mich ab, bis ich das Gefühl hatte, ich stünde neben einer geöffneten Ofentür.

»Ich kann das«, sagte sie, nahm mir das Messer ab und öffnete den Vogel ganz. Er lag ausgebreitet da, die nassen Innereien zartrot.

»Du machst das wirklich gut. Und jetzt nimm die großen Organe raus. Alles andere machen wir morgen.«

Ich zog den letzten Pfau ans andere Ende der Metallfläche, weg von Bastien, der mit der Begeisterung eines Holzfällers auf seinen Vogel einhackte. Der letzte war am schönsten. Seine Federn waren breit, mit goldenen, grünen und indigoblauen Ringen. Ein wunderschönes Tier und vermutlich sehr teuer.

»Werden wir deswegen Ärger bekommen?« Ich arbeitete mich mit dem Messer um die Gelenke und kleineren Knochen herum die lange Halslinie entlang. »Ich meine, gibt es auf dem Golfplatz Sicherheitskameras?«

»Fällt dir das nicht ein bisschen spät ein?«

»Wahrscheinlich. Kommen wir in den Knast? Ich, du, deine kleine Schwester, wir alle in einem orangefarbenen Overall?«

Bastien lachte und hustete dann, ein Raucherhusten, der in seiner Brust saß und dort rasselnd blieb, feucht und tief. »Nein. Ein Typ schuldet mir einen Gefallen. Die haben um die zwanzig von den Vögeln. Drei werden sie nicht vermissen.«

Auch wenn das vermutlich zutraf, machte es die Sache nicht weniger illegal. Das Letzte, was unsere Familie brauchte, war noch mehr Stress. Die Kunstausstellung, die illegalen Tiere. Die Münze juckte weiter zwischen meinen Fingern. Es wäre so einfach, einen Anruf zu machen. Ich suchte immer noch nach einem Ausweg.

Ich stieß den Abfalleimer mit dem Fuß an und schüttete einen großen Teil des Magens und der Eingeweide des Pfaus hinein, wobei ich darauf achtete, nichts zu zerreißen. Dann schabte ich das Innere mit meinem Lieblingsmesser aus, dem mit dem langen, vom jahrelangen Gebrauch ganz glatten Holzgriff. Es hatte meinem Großvater gehört. Mein Vater hatte es mir eines Nachmittags geschenkt, als wir acht Tiere hintereinander gesäubert hatten. Ich war so erschöpft, dass die Muskeln in meinen Unterarmen ununterbrochen zuckten. Er überreichte mir das Messer mit den Worten: *Du hast es verdient.* Es glitzerte silbern im Licht, und ich wollte noch ein Tier ausschaben, um mein Können zu beweisen. Mein Vater hatte zwei mehr abgezogen als ich. Er war stark. Wenn er über meinen Großvater sprach, verwies er immer auf diese Art von Stärke.

Er hat nie etwas mit mir besprochen, sagte mein Vater eines Nachmittags, als wir auf der vorderen Veranda zusammen ein Bier tranken, während die Sonne blutrot in der Hitze Floridas unterging. *Nicht wie du und ich. Nicht wie wir miteinander reden.*

»Würdest du das auch mit Mom machen?«, fragte Lolee, das Gesicht hinter einem Vorhang aus langem Haar verborgen. Da es fast in den Vogel hing, strich ich es ihr rasch hinters Ohr, damit es nicht schmutzig wurde. »Hat sie solche Sachen gemacht?«

Lolee fragte nur ganz selten nach Brynn. Sie hatte nicht viele konkrete Erinnerungen an sie. Bastien war derjenige, der alt genug war, um sich zu erinnern und zu leiden wie ich. Ich warf ihm einen kurzen Blick zu. Er konzentrierte sich auf sein Messer und tat, als hörte er nicht zu.

Das war das Besondere an Bastien. Er mochte ein paar Pfauen auf einem Golfplatz zu Tode hetzen, doch am Ende des Tages hatte er zu viel Liebe in sich, um sich mit dem miesen Umgang der Menschen miteinander zu befassen.

»Eigentlich nicht.« Ich hielt kurz inne, weil jetzt das zähe Fleisch an der Halsrückseite drankam. Es passierte ganz schnell, dass man die Klinge komplett durchstieß, auf der anderen Seite wieder herauskam und so das glänzende Gefieder ruinierte. »Manchmal kam sie und wartete vorne im Laden. Sie stand nicht so auf das viele Blut und die Innereien.«

»Nicht wie du und Dad?« Lolees Augen waren groß in ihrem blassen Gesicht. Sie standen weit auseinander wie bei ihrer Mutter, doch die Farbe war dieselbe wie bei Milo. Ein dunkles Braun, fast schon Schwarz.

»Dein Dad mag das auch nicht besonders gern.« Was eine ziemliche Untertreibung war. Wenn Milo zu viel über das Abziehen nachdachte, wurde ihm übel. Einmal hatte er sich beim Schneiden einer Tomate für ein Sandwich geschnitten, und als er sah, wie sich das Blut in seiner Hand sammelte, fiel er an Ort und Stelle in Ohnmacht. Meine Mutter kam in die Küche, sah das Messer und die Spritzer und dachte, er sei ermordet worden. Brynn rief mich später an, um es mir zu erzählen, und dabei benutzte sie die Stimme, mit der wir meine Mutter oft nachahmten, eine Art nasal verschleimtes Kreischen.

Du hättest ihn sehen sollen, sagte Brynn kichernd. *Ein klassischer Morton-Moment.*

Ich hatte mit ihr gelacht und mir die Szene vorgestellt, dort, im Haus meiner Eltern: Milo und Brynn, meine Mutter und mein Vater, die Kinder. Alle verbrachten sie Zeit miteinander und taten, was sie tun mussten. Sie führten ein Leben, das perfekt auf ihr Glück ausgerichtet war. Was war ein klassischer Morton-Moment? Hätte er nicht auch mich einschließen müssen? Etwas an diesem Bild war mir irgendwie immer unbegreiflich. Dass meine Familie Brynn aufgenommen hatte und ohne mich vollständig war. Scherze, persönliche Geschichten, dummes Zeug, das ihnen nichts bedeutete und mir alles. Es war ein schlechtes Gefühl zu wissen, dass meine Familie ohne mich als aktiv Beteiligte existieren konnte. Danach hatte ich mich in meiner Wohnung besinnungslos betrunken, über diese Wendung nachgedacht und verstanden, dass er mich nicht einschloss: *der klassische Morton-Moment.*

»Nur du?« Lolee drückte eines der Beine nach unten, weil sie einen besseren Schnittwinkel suchte. Es schnellte wieder hoch und traf sie in der Brust. »Und wahrscheinlich Grandpa. Ich dachte, das ist ein Familienunternehmen. Warum arbeiten nicht alle hier?«

Eine Frage, die auch ich vor Jahren gestellt hatte. Mein Vater und ich schlossen gerade den Laden. Es war ruhig, ich machte den Kassenabschluss, wir tranken Cola. *Ich will dir was sagen*, setzte mein Vater an, der eine präparierte Krähe auf das Regal hinter der Theke stellte. *Ich liebe deine Mutter, aber wenn ich sie den ganzen Tag bei der Arbeit und dann noch zu Hause um mich hätte, wären wir inzwischen geschieden. Menschen brauchen ihren Freiraum, damit sie sich am Ende nicht gegenseitig umbringen*. Ein paar Minuten lang tranken wir weiter unsere Cola. *Auch für deinen Bruder wäre es besser, wenn er nicht so oft zu Hause wäre. Brynn hat ihn völlig in der Hand*. Er sah mich streng an, als er das sagte. Es war eine der wenigen Gelegenheiten, bei denen ich das Gefühl hatte, dass die Rolle, die ich in Milos Ehe spielte, anerkannt wurde.

Doch wie sollte ich das Lolee erklären? Sie würde es vermutlich nicht verstehen. »Für diese Arbeit muss man ein bestimmter Menschentyp sein.« Ich legte die Klinge beiseite und ging zu ihr. Sie hantierte am Rücken des Pfaus herum und führte das Messer durch ein knotiges Fleischstück. »Als ich so alt war wie du, hatte ich schon mindestens fünf Hirsche präpariert. Und auch die Gerbtechniken gelernt.«

»Hat Grandpa eigentlich gern hier gearbeitet? Schließlich hat er sich umgebracht. Zeigt das nicht, dass es hier vielleicht doch beschissen ist?« Bastien hackte mit solcher Wucht auf eine Sehne ein, dass das Bein komplett vom Rumpf getrennt wurde. Er fluchte und warf es samt Skalpell über den Metalltisch. Das Bein schlitterte über den Fußboden und landete neben mir. Als ich es aufhob, blieben dünne Spritzer auf dem Boden zurück. Sagte das nicht alles, was ich über diesen jungen Mann wissen musste? Er war zu impulsiv, um etwas angemessen zu handhaben.

»Sei nicht albern, Grandpa hat die Werkstatt geliebt.« Ich gab Bastien das Bein zurück. Vorsichtig. »Du solltest kein großes Universalmesser benutzen. Das ist Feinarbeit. Du brauchst eine kleinere Klinge.«

Ich verstand, warum mein Vater die Werkstatt gewählt hatte. Am glücklichsten war er immer, wenn er von seinen Werkzeugen und Tierpräparaten umgeben war. Nichts liebte er mehr, als den ersten Schnitt zu setzen. Einmal sagte er, dieser Schnitt sei einer der schönsten Augenblicke des Lebens. *Wenn du die Zukunft von dem Tier, das vor dir liegt, noch planen kannst. Wenn du die totale Freiheit hast, Gott zu spielen, und ein Geschöpf in alles verwandeln kannst, was du willst.*

Als ich sein Blut auf dem Metalltisch abkühlen sah, hatte ich über Schicksal und Entscheidung nachgedacht. Er hatte die Macht in seine eigenen Hände genommen, doch indem er seinen Körper zurückließ, zwang er mir einen bestimmten Weg auf. Der Brief, etwas, was mir Antworten hätte liefern sollen, war nichts als ein Haufen unbeantwortbarer Fragen. *Ich vertraue dir,* hatte er geschrieben. *Ich vertraue darauf, dass du das Richtige tun wirst.* Verpflichtungen, Verantwortlichkeiten. Wie sollte ich mein eigenes Schicksal in die Hand nehmen, wenn mir ständig ein anderes auferlegt wurde?

»Das reicht für heute.« Ich zog die Handschuhe ab und ließ sie in den Mülleimer fallen. Lolee stöhnte. Ich nahm ihr das Skalpell aus der Hand und schob sie in Richtung Waschbecken. »Alles abschrubben. Bis hier oben.« Ich zeigte ein ganzes Stück über meinen Ellenbogen. »Und viel Seife benutzen.«

Bastien griff sich ein paar Lappen und eine Flasche Allzweckreiniger, den wir in einem Kasten neben den Planen aufbewahrten. Schweigend machten wir sauber, wickelten die Vögel in feuchte Tücher, legten die Instrumente in Alkohol ein, wischten den Boden und die Tischflächen, bis der Raum streng nach Chemie roch.

Ich spendierte den beiden eine Pizza und fuhr sie zu meiner Mutter zurück. Bastien drehte sich um und winkte einmal, um mich fortzuscheuchen, aber ich blieb noch und wartete, bis sie im Haus waren. Es war stockfinster, kein Licht brannte, nicht mal auf der Terrasse. Dann fuhr ich zu meiner dunklen Wohnung zurück und saß auf der Couch, bis der Morgen dämmerte.

*

Eine Einladung lag im Briefkasten, steckte zwischen Ölwechselgutscheinen und überfälligen Kreditkartenabrechnungen. Der Umschlag war einfach, doch das Papier darin cremefarben, die Art von teurem Zeug, das ich mit Hochzeiten verband. Eingelegt zwischen steifem quadratischem Seidenpapier befand sich ein dickes Stück Fotokarton mit geprägter Goldschrift. Ich fuhr mit den Fingern über das glatte Papier. Es fühlte sich an, als streichelte ich eine Katze.

Ganz oben war ein goldener Bulle, der einen silbernen Hengst besprang. Auf einem gefalteten Blatt Notizblockpapier fand ich außerdem eine von meiner Mutter hingeschmierte Nachricht, in der sie mich bat, ein paar Kanister Eistee mitzubringen und etwas Elegantes anzuziehen. *Etwas Elegantes,* als ahnte sie, ich könnte Probleme haben, etwas Passendes zu finden. War es meine Schuld, dass formelle Kleidung in mir das Gefühl auslöste, als steckte ich in einer Zwangsjacke?

»Vergiss es.«

Ich warf die Einladung samt den Gutscheinen in den überquellenden Mülleimer. Mir war klar, wer das teure Papier bezahlt hatte. Dieselbe Person, die auch für alles andere aufkam, die Frau, mit der ich weiterhin schlief, obwohl sie meiner Mutter den Abstieg in eine pornografische Leere ermöglichte. Die Frau, von der ich wusste, dass sie mit einer anderen verheiratet war. Die Frau, die das Wohlergehen meiner Familie in ihrer Hand hielt. Wieder dachte ich an die Telefonnummer, die in meiner Nachttischschublade lag. Es wäre so einfach, anzurufen und dem Ganzen ein Ende zu setzen.

Ich will nur bei dir sein, hatte Lucinda gesagt, als wir das letzte Mal zusammen waren, und ich wollte ihr glauben. Aber ich hatte das schon einmal gehört, geflüstert von einer weitaus besseren Lügnerin.

Da ich fürchtete, meine Entschlossenheit könnte ins Wanken geraten, antwortete ich nicht mehr auf Lucindas Anrufe.

Ich löschte Nachrichten, ohne sie mir anzuhören. Einmal kam sie zu meiner Wohnung, und ich ließ sie klopfen, bis sie schließlich aufgab. Ich hörte ihr Atmen durch den Türspalt, ihre Silhouette blockierte das Licht für Stunden, so jedenfalls kam es mir vor. Sie rief meinen Namen, und ich stellte den Fernseher lauter, bis mir die Ohren wehtaten. Als sie ging, trank ich die Flasche Rum aus, die sie in meiner Küche gelassen hatte, und verlor irgendwann auf der Couch das Bewusstsein.

Am nächsten Morgen wachte ich mit einem schlimmen Kater im Bett auf. Ich hatte das Gefühl, als würde die Welt in zwei Hälften zerbersten, und wäre nur zu gern in den Bauch der Hölle gestürzt. Vor meiner Wohnung zwitscherte eine Vogelschar, als wollte sie die Toten auferwecken. Anstatt aufzustehen drehte ich mich in meinen schmutzigen Laken um und wühlte in meiner Nachttischschublade, bis ich die Zeitschrift fand, in der ich die Nummer versteckt hatte. Als ich sie aufschlug, flatterte der Zettel heraus und landete auf meinem bloßen Bauch. Verschlafen starrte ich ihn an und spielte mit dem Gedanken, gleich anzurufen, doch dann fiel mir ein, dass wir in Zeiten der Anruferkennung lebten. Neben der Tankstelle, wo Bastien und ich jeden Morgen unseren Kaffee holten, befand sich ein Münztelefon, allerdings hatte ich keine Ahnung, ob es funktionierte.

Benutzte überhaupt noch jemand ein Münztelefon?

Ich zog schmutzige Sachen an, setzte meine Sonnenbrille auf und stieg in den Pick-up, die Zeitschrift mit der wieder ordentlich hineingelegten Nummer auf dem Sitz neben mir.

An der Tankstelle kaufte ich den größten Kaffee, den sie im Angebot hatten, und einen riesigen, mit Gelee gefüllten Donut, den ich bestimmt nicht essen würde. Dann verkroch ich mich in der Telefonzelle und überdachte meinen nächsten Schritt. Als Teenager hatten Milo und ich sie manchmal benutzt, um Sexhotlines anzurufen. Die ersten paar Minuten waren immer kostenlos, und ich ergötzte mich an der hauchigen Stimme der Frau am anderen Ende, die darum bat, in der Leitung zu bleiben. Ich hatte jede Menge Vierteldollarmünzen in der Tasche, steckte eine in den Schlitz und lauschte, wie sie klirrend im Bauch des Apparats landete. Nach dem ersten Läuten legte ich auf, die Münze fiel durch, und ich holte sie wieder heraus.

»Scheiße«, flüsterte ich, trank einen Schluck Kaffee und räusperte mich. »Scheiße, verdammte Scheiße.«

Ich warf die Münze wieder ein, wählte die Nummer noch einmal und wartete.

Am anderen Ende meldete sich ein Telefonroboter, aber ich erschrak, als ich hörte, dass sie selbst ihren Namen nannte. »Donna Franklin«, sagte sie, mehr nicht. Die Stimme klang weicher, als ich sie mir vorgestellt hatte. Höher, freundlich.

Der Signalton gab mir zu verstehen, dass es Zeit für meine Nachricht wurde. »Ich glaube, es gibt ein paar Dinge, die du wissen solltest«, sagte ich und legte eine Pause ein. Es kam mir vor wie ein schicksalhafter Moment. »Deine Frau betrügt dich.«

Dann sprudelte alles aus mir hervor. Ein verquastes

Durcheinander von Halbwahrheiten: Ich sprach von der Kunstausstellung und den Tieren, erwähnte, dass sie unmenschlich abgeschlachtet worden waren (was vermutlich nicht stimmte). Ich sagte, sie seien gesetzwidrig erworben worden (waren sie nicht). Ich erklärte Donna, wenn nichts unternommen werde, um die Ausstellung zu verhindern, gäbe es eine Demonstration (es würde absolut keine geben). Dass die PETA sich einschalten würde. Bei dem Wort PETA verhaspelte ich mich ein bisschen, selbst überrascht, dass eine Tierpräparatorin eine solche Gruppe überhaupt ins Feld führte. Es fühlte sich an, als hätte ich den Namen Beetlejuice zu oft gesagt: Wenn man nicht aufpasste, konnte man sie herbeizitieren wie den Teufel.

Ich legte auf und hyperventilierte ein paar Minuten lang. Dann trank ich meinen inzwischen kalten Kaffee aus, setzte mich wieder in den Pick-up und fuhr nach Hause, um meinen Kater ganz auszuschlafen.

Bei der Arbeit lief es besser. Ich fokussierte meine ganze Energie auf die Pfauen. Sie schimmerten farbenprächtig; perfekte Spiegel. Als ich sie nebeneinander auf dem Metalltisch betrachtete, erkannte ich das Potenzial, von dem mein Vater gesprochen hatte: die zahllosen Möglichkeiten. Ich nähte mehrfach mit Hellblau und Lindgrün und konnte so das amputierte Bein wieder befestigen, ohne dass man etwas sah. Dann fädelte ich Kupferdraht in die Hälse und ordnete die Schwanzfedern zu großen, plastischen Fächern, die das Licht reflektierten wie feurige Opale.

Ich arrangierte sie in verschiedenen Posen, bevor ich sie

schließlich zusammen gruppierte und einen der Federschwänze so nach vorne drehte, dass er die Basis des Trägerbretts abdeckte. Die Schnäbel waren kümmerliche kleine Haken, die erst nach langem Zureden gut aussahen. Die Pfauen sollten nicht grimmig wirken, nicht entsetzt, wie sie es im Augenblick ihres Todes gewesen waren. Sie sollten eisig und majestätisch aussehen. Wunderschön.

Am Ende thronten die Pfauen auf einem aufgesetzten Apfelbaumast – ein krönender Triumph. Ihre dreieckigen Köpfe neigten sich liebevoll einander zu, die schimmernden Federn schützte ein Lackspray.

Als Bastien das fertige Produkt sah, schrie er vor Entzücken.

»Heilige Scheiße. Damit machen wir ein Vermögen.« Er fuhr mit dem Handrücken über die größten Schwanzfedern und klopfte lächelnd auf einen der Krallenfüße. Das Licht schimmerte auf den Pfauen, ihr Gefieder überzog sie wie ein Geschmeide.

»Die verkaufen wir nicht.« Ich schob den Karren an ihm vorbei und räumte einen Platz neben der Ziege frei, die dringend abgestaubt werden musste.

»Wovon redest du? Natürlich verkaufen wir sie.« Bastien packte mich am Arm, als ich das Brett mit den Pfauen anheben wollte. »Wir brauchen doch Geld, oder?«

Wir brauchten immer Geld. Gab es jemals einen Zeitpunkt im Leben eines Menschen, an dem er beschloss, dass er kein Geld mehr brauchte? »Ich will sie aber nicht verkaufen.«

»Tante Jessa, wir haben keine Wahl.«

Drei perfekte Tiere, die sich gegenseitig ergänzten. Eines für sich gesehen war hübsch, aber die Symmetrie des Trios gab mir das Gefühl, als wäre die Welt plötzlich wieder im Lot. Ihre Federn zitterten im Luftzug der Klimaanlage. »Nein.« Ich schüttelte den Kopf. »Die gehören mir.«

»Und wie bezahlen wir nächsten Monat die Rechnungen?«

Ich überdachte die Tatsache, dass mein Neffe das Geschäft des Tieretötens für Geld betrieb. Ich liebte den Jungen, sah noch immer das kleine verkniffene Gesicht mit dem teigigen Lächeln, das sich in dem neuen, schlankeren erwachsenen verbarg, doch das täuschte nicht über seine Söldnerqualitäten hinweg. Darin war er Brynn sehr ähnlich: Er war bereit, alles Nötige zu tun, um zu bekommen, was er wollte. Ich hatte Donna von den Tieren erzählt, Bastien aber nicht namentlich genannt. Aber er hatte recht. Wir brauchten wirklich Geld.

»Wir lassen uns was einfallen.«

Bastien half mir, die Pfauentrophäe auf den Boden zu stellen. Sie machte sich gut neben unserem Süßwasserbarsch. Das durchs Schaufenster einfallende Licht war schön, aber nicht zu hell, um das Gefieder stumpf zu machen. Die verschiedenen Tageszeiten würden immer andere Farben zur Geltung bringen. Violett am Vormittag, leuchtendes Blau am frühen Abend.

Bastien fuhr sich mit der Hand durchs Haar, das schütterer als sonst aussah. »Wenn ich mehr besorge, können wir sie dann verkaufen? Das Mädchen hat wieder angerufen und meinte, sie möchte Schwanzfedern für eine Karnevalsmaske.«

Ich hatte schon bekommen, was ich von den Pfauen wollte. Immer wenn ich sie ansah, empfand ich eine tiefe Befriedigung, als wäre eine Last von meinen Schultern genommen. Ob die Kunst meiner Mutter ähnliche Gefühle in ihr auslöste, diese egoistische Freude, aus der Arbeit zu ziehen, was sie sich wünschte? Bei dem Gedanken, ihr dieses unbändig gute Gefühl zu nehmen, befiel mich vorübergehend ein schlechtes Gewissen. Dann erinnerte ich mich an die Vaterpuppe auf dem Wasserbüffel, an das bleiche, aus der Lackledermaske spitzende Gesicht. Den grauen borstigen Schnurrbart über den reglosen Lippen. Dafür gab es keine Entschuldigung. Ich durfte das nicht zulassen.

»Ich kann präparieren, was du mir bringst«, sagte ich und rückte das Trägerbrett zurecht, bis die Federn maximales Sonnenlicht bekamen. Sie schimmerten wie Katzengold. »Ich will nur diese drei.«

MICROPTERUS SALMOIDES – FORELLENBARSCH

Jetzt pass auf: Nimm die verdammte Nadel und halt die Klappe.

Meine Mutter und ich saßen dicht beisammen auf dem Zweiersofa im Wohnzimmer, beide über eine Jeans gebeugt, die einen riesigen Riss im Schritt hatte. Seit ich von der Schule nach Hause gekommen war, hatte ich pausenlos gejammert und die Geduld meiner Mutter strapaziert. Laut meinen Eltern hatte ich seit der siebten Klasse ein *gewaltiges Einstellungsproblem*. Unser Vater war wieder krank, grau um den Mund und sehr bleich, wie in Neonfarbe getaucht. Meine Mutter bekam seine Reizbarkeit voll ab und schluckte alles, während sie kochte, sauber machte und meinen Bruder und mich im Auge behielt. Sie sah abgehärmt aus, ihre Kleider waren mit Essensresten und Kaffeeflecken übersät.

Aber wie verbergen wir die Naht? Eigentlich wollte ich etwas anderes machen. In der Werkstatt lagen mehrere Fische, die mein Vater am Abend präparieren wollte. Mit einem

Barsch hatte ich noch nie gearbeitet, weil er meinte, man könne sie leicht verpfuschen, besonders um die Kiemen herum. Er zog an meinem Zopf und sagte, Mädchen seien manchmal nicht so geduldig, wenn es um Feinarbeit ginge. Eine seltsame Bemerkung aus seinem Mund, denn schließlich wusste ich, dass meine Mutter zu Hause ständig mit Näharbeiten beschäftigt war. Sie nähte unsere Kleider, Halloweenkostüme, Decken und Vorhänge, Weihnachtsbaumschmuck. Aber er war mein Vater, er hatte immer recht. Ich vertraute ihm.

Das nervt. Ich legte die Nadel beiseite, der Faden zog sich über das Sofapolster. *Und zwar gewaltig.*

Was hab ich gesagt? Klappe halten. Sie packte meine Hand und führte sie wieder an den Stoff. Die Nadel stach zu tief ein und pikste mich ins Bein.

Abgesehen von einer Cargohose von meinem Bruder trug ich nur Jeans. Ich hasste es, einkaufen zu gehen, konnte die Umkleidekabinen mit dem hellen Neonlicht nicht ausstehen. Meine Haut sah im Spiegel pockennarbig aus, als hätte jemand sie mit einem Topfreiniger geschrubbt. Nur mit Brynn ging ich gern shoppen. Sie probierte Sommerkleider an, Badeanzüge, rückenfreie Oberteile. Ich hielt die Kleiderbügel und brachte die Sachen weg, die sie mir an den Kopf warf. Ich beobachtete im Spiegel, wie sie sich umzog, und erhaschte Blicke auf geheime Haut – rosa, weiß und weich.

Ich weiß, dass du den Fingerhut nicht magst, aber du solltest ihn benutzen.

Meine Mutter nähte ihre Kleider meistens selbst. Als kleines Mädchen hatte sie Unterricht von einer alten Vorschullehrerin erhalten, einer Nachbarin ihrer Eltern. Sie hatte sticken gelernt, wie man eine perfekte Naht macht, einen ordentlichen Saum.

Meinst du so?

Nein, der Knoten ist zu groß. Dann hast du einen Klumpen, der beim Sitzen drückt.

Mein Vater war ein Fachmann, seine Stiche waren so winzig, dass man sie kaum sah. Er sagte immer, man merke genau, wenn eine Trophäe professionell gearbeitet sei, weil man dann keine Nähte sah. Die Kaninchen mit ihrem Plüschfell, Tauben mit flaumiger Brust, selbst die Hirschtrophäen mit ihrem glatten, öligen Haar sahen tadellos aus. Ich wusste, sie waren zusammengeflickt, denn ich hatte gesehen, wie er sie mit Gewalt auseinandergenommen, bei den fleischigeren Tieren mit der Schabeklinge hantiert und die Felle aufgeschnitten hatte. Aber wenn er mit den Näharbeiten fertig war, waren sie wieder heil und sauber, bereit, vom Tisch zu springen und das Weite zu suchen.

Für mich war es längst an der Zeit, die raffinierteren Stiche zu lernen, die geschlungenen Doppelfäden, die hinter die gegerbte Haut führten, doch dafür hatte mein Vater keine Zeit. An den meisten Nachmittagen war er nicht mehr in der Werkstatt, weil ihm so übel war, dass er nicht länger als eine Stunde aufstehen konnte, ohne sich zu übergeben oder aufrecht auf dem Stuhl einzuschlafen. Wenn wir unsere Mutter fragten, warum er wie ein Skelett aussah, antwortete sie, er habe die Grippe. Nur die Grippe, kein Grund zur Sorge. Milo und ich warteten darauf, dass wir uns ansteckten, doch wir wurden nie krank. Nicht mal ein Schnupfen.

Warum verwenden wir Hellblau? Sollten wir nicht lieber Goldgelb verwenden wie in der Naht?

Blau passt zum Stoff. Wir bessern ihn aus, es muss natürlich aussehen.

Meine Mutter achtete bei der Arbeit nicht auf ihre Hände. Im Gegensatz zu meinem Vater, der den Blick von seinen Waschbären und Beutelratten nicht abwandte, schaute meine Mutter sich um, ihr Blick schweifte überallhin. Von ihren Händen zu der aufgeschlagenen Zeitschrift auf der Sessellehne zum flackernden Fernseher und zu meinem Gesicht. Bei ihr sah alles einfach aus, als könnte es jeder. So handhabte sie alles. Schlichte Dinge, die nichts bedeuteten, hübschte sie ein bisschen auf. Sie hatte Mosaikfliesen bemalt und sie in unserer tristen Küche als Wandverkleidung angebracht. Wenn Leute bei uns vorbeikamen, fragten sie oft, wo wir sie gekauft hatten, worüber meine Mutter gleichgültig hinwegging. Ich empfand die Sachen, die sie machte, als wertlos. Wie sollte ich sie ernst nehmen, wenn alle anderen es nicht taten? Und ihr war es egal.

Auf dem Herd schmorte ein Eintopf, außerdem hatte sie Sauerteigbrötchen gebacken, die mein Vater am liebsten mochte. Ich wusste, er würde nichts davon anrühren. Wenn wir am Tisch saßen, starrte er mit grimmiger Miene auf das Essen, als wäre Nahrungsaufnahme eine bedeutungsschwere, kraftzehrende Aufgabe.

Ich zog zu fest, der Faden riss und nahm etwas von dem ausgefransten Material mit. Die Fusseln fielen auf meinen Schoß und vermischten sich mit den Hundehaaren, die sich im Stoff meiner Jogginghose festgesetzt hatten.

Du musst die Stiche fester anziehen. Vorsichtig, sonst wird das Loch noch größer, und das ist doch wirklich die letzte Stelle, an der man noch eins haben möchte.

Ich sah sie schockiert an und merkte, wie sie in ihre eigene Näharbeit lächelte.

Das ist eklig!

Sex ist nicht eklig, Jessa. Ich weiß, dein Vater tut so, als wäre es das Schlimmste auf der Welt, aber Sex ist natürlich und normal. Die Menschen sollten darüber reden können. Auch Mütter.

Nein. Das ist schräg.

Sie lachte über meine ernste Miene. Ihr Hals kratzte von der Erkältung, mit der sie sich herumschlug. Weil sie sich immer nur um uns und meinen Vater kümmerte, war niemand da, der für sie sorgte. Sie hatte einen schlimmen Husten, und ich hatte gesehen, wie sie Schleim in die Spüle spuckte, als sie Rühreier zum Frühstück machte.

Mit dem Nahttrenner löste ich die Knoten, die aus dem Stoff hingen. Die Jeans war zu kurz, aber ich hatte sie im vergangenen Frühjahr von Brynn bekommen, als sie beschloss, dass die Hose nicht mehr ihrem Stil entsprach. Der Stoff war ziemlich versaut. Alles, was ich aß, landete auf meinen Kleidern: rote Kool-Aid-Tropfen und Butter von einem getoasteten Bagel. Ölflecken vom Carport, Blutflecken und

Risse in beiden Knien, die von einem Sturz stammten, als Milo mich auf dem Skateboard hinter seinem Fahrrad herzog.

Vielleicht sollten wir dir einfach eine neue kaufen. Meine Mutter legte mir eine Hand in den Nacken und fuhr mir durch die kurzen Haare, die nicht in meinem Zopf bleiben wollten. Als sie einen Knoten erwischte, schrie ich auf.

Mit gefällt sie aber.

Dir wird in deinem Leben noch vieles gefallen. Sie trank ihren Kaffee aus. *Sehr, sehr vieles.*

Ich weiß, was mir gefällt.

Milo lag auf dem Läufer vor unseren Füßen mit einer Schüssel Popcorn. Er hatte schon fast alles aufgefuttert, kaute die ganz unten liegenden nicht aufgeploppten Kerne und leckte sich Salz von den Fingern. Er ließ sein Haar lang wachsen, was gut war, weil er seit einiger Zeit unter Akne litt. Auf dem Weg zur und aus der Dusche sah ich die Eiterbeulen, die seinen Rücken bedeckten. Wenn Brynn davon redete, dass er immer niedlicher wurde, hätte ich ihr gern diese Pickel als Beweis gezeigt und darauf hingewiesen, dass von uns beiden ich diejenige war, die nicht wie ein Pestopfer aussah.

Früher hatten wir uns zusammen über ihn lustig gemacht. Wir ließen ihn im Haus zurück und schlichen uns hinten raus, damit wir ihn nicht mitnehmen mussten, wenn wir etwas unternahmen: Fahrradtouren, Ausflüge zum Supermarkt, um uns ein Eis zu kaufen. Aber seit dem letzten Schuljahr redete sie über ihn wie über die anderen Jungs aus unserer Klasse. Wenn sie vorbeikam, hing sie an seinem Arm und zog an seinen T-Shirt-Ärmeln. Sie legte ihre Hände besitzergreifend auf seinen Bauch und lehnte ihren Kopf an seine knochige Schulter, als fände sie dort irgendwie Trost. Brynn lachte über die Dummheiten, die er von sich gab, anstatt ihn dafür zu verspotten. Mein Bruder war vieles, aber lustig war er wirklich nicht.

Als ich über all das nachdachte, wurde meine Laune noch schlechter. Es fiel mir schwer, mich aufs Nähen zu konzentrieren, wenn ich Milo am liebsten in den Nacken gekniffen hätte, bis er schrie.

Der Riss im Schritt war halb zugenäht, als mein Daumen durch den papierdünnen Stoff am Gesäß der Jeans drückte. Es entstand ein Loch, durch das meine Hand gepasst hätte.

Verdammte Scheiße! Wutentbrannt trat ich gegen die Popcornschüssel. Milo erschrak und stieß ein volles Glas Cola auf dem Teppich um. *Du blöde Kuh!*

Es reicht. Meine Mutter stand auf, schnappte sich einen der Spüllappen, die am Kühlschrankgriff hingen, ließ sich auf allen vieren nieder und presste ihn auf den Teppich, um die Flüssigkeit aufzusaugen. *Geh und hol mir den Fleckentferner und ein feuchtes Handtuch aus dem Bad.*

Auf dem Weg aus dem Zimmer trat ich die fettigen Popcornreste absichtlich in den Teppich. Milo krabbelte auf den Händen rückwärts von mir weg.

Und weck deinen Vater nicht auf! Er hat sich gerade hingelegt.

Das Schlafzimmer unserer Eltern befand sich am Ende

des Flurs. Das Licht war aus, die Tür geschlossen. Ich öffnete sie behutsam, meine Augen gewöhnten sich langsam an die Dunkelheit. Auf dem Bett lagen Haufen von Steppdecken, so hoch, dass ich nicht erkennen konnte, welcher davon mein Vater war. Ich tappte über den Teppich und wich vorsichtig einem überquellenden Wäschekorb aus, dessen Inhalt meine Mutter noch waschen musste, und ging Richtung Bad.

Das Muschelnachtlicht, das meine Mutter in St. Augustine gekauft hatte, schimmerte rosa an der Wand über dem Spiegel. Ich hörte ein komisches Geräusch, eine Art *hiak-hiak*, das mich an Hunde erinnerte, die sich auf dem Teppich übergaben. Ich trat ein und schaute zur Badewanne.

Mein Vater stand vor der Toilette. Ich sah die blasse Linie seines Rückens, den gesamten Brustkorb. Er war erschreckend dünn, die Haut bleich unter ein paar versprengten dunklen Haaren. Er atmete schwer, keuchte. Zuerst dachte ich, er versuchte, sich nicht zu übergeben und es in sich zu behalten, so wie Milo es immer tat, weil er nicht gern spuckte. Dann sah ich, dass sein Arm sich bewegte, nur der rechte, ruckartig, und die Muskeln in seinem Bizeps anschwollen und sich wieder entspannten.

Er murmelte etwas, Worte, die ich unter seinem Keuchen nicht richtig verstand. Ich hörte das Wort *Scheiße*, einmal, dann noch zweimal. Mein Vater fluchte manchmal in unserer Gegenwart, vor allem in der Werkstatt, wenn er an einer Trophäe etwas vermasselt hatte, aber dieses Fluchen klang anders. Es kam tief aus seiner Brust.

Es machte mir Angst, diese komischen Tierlaute aus dem Mund meines Vaters zu hören. Ich lehnte mich zurück und stieß an die Tür. Der Griff knallte laut krachend gegen die Fliesen. Mein Vater wirbelte herum. Seine Hand lag um seine Weichteile, hielt seinen Schwanz. Er stieß ein Geräusch aus, halb Bellen, halb Husten. Als ich zu ihm aufblickte, sah ich, dass er weinte. Seine Lippen bewegten sich auf und ab, während er mit der anderen Hand versuchte, den weichen Schlamassel an seinen Genitalien abzudecken.

Ich drehte mich um und lief weg.

Ich durchquerte das Wohnzimmer, wo meine Mutter immer noch auf dem Teppich kniete, und verdrückte mich durch die Seitentür in den Carport. Es regnete, der Wind wehte Blätter und Kiefernnadeln durch den Garten über die Einfahrt. Ich rutschte auf dem glatten Gehweg aus, fing mich wieder und rannte auf der Straße davon.

Der Regen rann mir in die Augen und machte mich fast blind. Ich steuerte auf den Friedhof zu, umging das Tor und sprang über den Maschendrahtzaun. Der Boden war weich und matschig, ich rutschte wieder aus, aber ich lief weiter. Ich rannte zwischen den frischen Gräbern mit den neuen Grabsteinen und den tropfenden Bäumen hindurch am Mausoleum vorbei. Der Regen fegte über die von Flechten überzogenen Steinbänke, von deren morschen Füßen große Brocken in den Matsch fielen.

Ich kroch unter eine Hecke, die eine Eiche in der Nähe der ältesten Grabsteine umgab. Blitze leuchteten in rascher Folge auf und erhellten den Himmel. Das Bild vom nackten Rücken meines Vaters ging mir nicht aus dem Kopf. Ich presste meine Finger in die Augenhöhlen und rieb, bis sich die Farben im Takt mit den Blitzen miteinander vermischten wie bei einem Feuerwerk – rot, blau und golden.

Mein Vater sprach nie über Sex. Er küsste unsere Mutter nicht vor uns; er hielt uns nicht auf dem Schoß und umarmte uns nicht allzu oft. Ich hatte ihn nie nackt gesehen. Jedenfalls nicht vor diesem Tag, soweit ich mich erinnern konnte. Sein Körper war mir ein Rätsel. Ich konnte mich nicht mal daran erinnern, ob er uns gebadet hatte, als wir klein waren. Als ich einmal nur in Unterhose und T-Shirt aus meinem Zimmer kam, schrie er mich an, ich solle mir etwas anziehen.

Ich saß ziemlich lange im kalten Regen und fragte mich, was als Nächstes passieren würde. Ob er mich vielleicht nicht mehr in der Werkstatt helfen lassen wollte, nachdem ich ihn so gesehen hatte, nackt und verletzlich. Würde er mir je wieder in die Augen sehen? Und auch ich war mir nicht sicher, ob ich ihm überhaupt noch gegenübertreten könnte.

Ich hörte Milo von Weitem auf mich zukommen, er wirbelte Laubhaufen auf und sprang über abgefallene Äste. Er hatte eine ziemlich spezielle Gangart, einen schlurfenden Kurz-kurz-lang-Rhythmus, der ihn verriet. Wenn wir Verstecken spielten, verlor er immer.

Rutsch ein Stück. Er war klitschnass. Sein blaugrünes T-Shirt mit dem Schriftzug der Marlins war dunkel vom Regen und sah aus, als könnte man einen großen Becher voll Wasser auswringen. *Noch ein Stück. Das reicht noch nicht.*

Wir saßen schweigend da. Kauerten einfach nebeneinander im Gestrüpp. Er hatte nur Socken an den Füßen. Sie waren verdreckt, die Sohlen so dunkel, dass er sie wahrscheinlich wegwerfen musste. Er hatte sich ein paar Streifen Kaugummi in den Mund gesteckt, und der Geruch tröstete mich. Er erinnerte mich an zu Hause, an den Maischipsgeruch unserer Teppiche und den Zimtapfelduft der Kerzen, die meine Mutter an Weihnachten anzündete.

Milo fragte nicht, was passiert war, und dafür war ich ihm dankbar. Er kannte mich so gut. Ich fand es schön, dass wir nebeneinandersitzen konnten und einfach die Wärme des anderen spürten. Wenn mein Bruder bei mir war, konnte alles nicht so schlimm sein.

Er hatte noch drei Streifen Kaugummi übrig, wovon er mir zwei gab und sich den letzten in den Mund schob. Wir leckten den süßen Puder von den Einwickelpapieren und zogen die Köpfe ein, um den Tropfen auszuweichen. Der Regen ließ nach und wurde sanfter, bis der Friedhof wieder deutlich zu sehen war. Alles war wieder grün, und aus den Blättern über uns hingen fette Stränge Louisianamoos. Langsam gingen wir über den Friedhof zurück, strichen über die Grabsteine und wichen den größeren Ästen aus, die im Sturm heruntergefallen waren. Die Luft fühlte sich wieder leichter an, die Feuchtigkeit legte sich vorübergehend. Mein Gesicht spannte vom Weinen, Rotz lief mir übers Kinn. Ich wischte ihn mit der Vorderseite meines Hemds ab, wo er eine schimmernde Schleimspur hinterließ.

Als ich nach Hause kam, ging ich sofort in mein Zimmer, ohne das Licht einzuschalten. Wo mein Vater war, wusste ich nicht. Ich wollte ihn nicht sehen und noch viel weniger an alles denken. Ich zog mich aus und warf meine nassen, schmutzigen Sachen auf einen Haufen neben der Tür. Dann kroch ich in meiner feuchten Unterwäsche unter die Decke.

Ein leises Summen weckte mich. Ich lag eingerollt im Bett, das einzige Licht kam vom Spalt unter der Tür. Meine Mutter saß neben mir und strich mit einer Hand durch mein langes Haar, meinen Zopf hatte sie gelöst. Meine Augen waren vom Weinen verklebt. Mit den geschwollenen Lidern fühlten sie sich zu groß an für mein Gesicht.

Ich habe die Hose für dich geflickt. Ihre Hände fühlten sich gut an auf meiner heißen Wange und Stirn.

Wirklich?

Sie ist wieder heil. Wenn du willst, kannst du sie morgen in die Schule anziehen.

Meine Mutter schaltete die Nachttischlampe an. Der bunte Glasschirm verströmte rosarotes Licht. Die Eule starrte mich mit ihren weit aufgerissenen Augen aus der Mitte der Kuppel an, ihr großer brauner Körper umgeben von grünen Blättern und blauem Wasser.

Siehst du? Alles in Ordnung. Das Loch im Schritt war verschwunden. Ich hätte nicht mal sagen können, wo der Riss gewesen war. Sie drehte die Hose um und steckte die Hand in den Hosenboden, um mir zu zeigen, wo sich die Taschen vom Stoff gelöst hatten. Sie hatte eine gewundene Blumenranke aufgestickt, mit leuchtenden Blütenblättern in Rosa,

Gelb und Blau. Ich fuhr mit dem Finger über die Ranke, spürte den glatten Stickfaden.

Das ist echt hübsch. Wie hast du das gemacht?

Ich zeige es dir morgen. Nach der Schule, okay?

Ich nickte und vergrub mein Gesicht im Schoß meiner Mutter. Sie war warm und roch nach dem pudrigen Deospray, das sie immer benutzte. Ich dachte an die Schule am nächsten Tag, daran, wie neidisch Brynn auf meine Jeans sein würde. Wahrscheinlich wollte sie mit zu mir kommen und sich von meiner Mutter zeigen lassen, wie man das machte, damit sie ihre Sachen auch besticken konnte.

Ist alles in Ordnung? Mein Vater stand in der Tür. Er trug wie gewohnt ein Flanellhemd und Jeans, Socken und Hausschuhe. Seine Lesebrille war ihm auf der Nase ein Stück heruntergerutscht. Er war wieder normal, nur mein Dad, nicht der ausgezehrte Leichnam, den ich nackt im Bad gesehen hatte. Er sah mich lächelnd an, und es war überhaupt nicht seltsam.

Alles bestens. Meine Mutter wickelte sich eine lange Strähne meines Haars um den Finger. Es zog ein bisschen, aber das war mir egal. Ich war müde und bereit, alles zu vergessen, ich wollte so tun, als wäre nichts davon passiert. Mein Leben fühlte sich wieder so an, wie es sollte. Ganz normal, mit meiner Mutter und meinem Vater, mit Milo am anderen Ende des Flurs und einem der Hunde, der meinem Vater nachgelaufen war und am Bein seiner Jeans schnüffelte.

Darf Brynn morgen kommen und mit uns sticken?

Ja, Liebes.

Ich atmete in langsamen, schläfrigen Zügen, mit schwerer Brust. Meine Mutter strich mir noch einmal übers Haar, stand auf und schaltete die Lampe aus. Dann hängte sie die Jeans über die Lehne meines Korbschaukelstuhls und schloss die Tür hinter sich.

9

Milo und ich kamen beide am Abend der Vernissage zum Haus meiner Mutter. Als ich eintraf, stieg er gerade aus seinem Pick-up. Er hatte etwas Schickes an, der Anzug kam mir bekannt vor: die blau-gold gestreifte Krawatte, das hellblaue Hemd mit dem weißen Kragen unter dem passenden marineblauen Jackett. Dann fiel es mir wieder ein. Vor meinem geistigen Auge stand Brynn neben ihm, in einem weißen Kleid, das sie im Einkaufszentrum gekauft hatte. Ihr Blick huschte über die Menge im Garten meiner Eltern. Sie war besorgt, jemand könnte das gleiche Kleid tragen.

»Du siehst schick aus«, sagte ich und räusperte mich. Die Hose passte ihm immer noch. Die Schuhe waren noch dieselben abgewetzten braunen Slipper, die er schon sein gesamtes Erwachsenenleben trug. Ein Wunder, dass die Sohlen nicht abfielen. »Die Jacke hab ich lange nicht mehr gesehen.«

»Stimmt.« Er zeigte mit dem Finger auf mich und musterte abschätzig meine Aufmachung. »Wie ich sehe, hast du viel Zeit auf dein Outfit verwendet.«

Ich hatte nichts Elegantes angezogen, sondern war direkt aus der Werkstatt gekommen, in meiner schmutzigen Jeans und einem ausgeleierten T-Shirt, auf dem vorne das Wort *Bahamas* in verblichenen, nicht mehr ganz vollständigen roten Buchstaben stand. Mein Plan war, reinzugehen und zu versuchen, meine Mutter zur Vernunft zu bringen. Noch hatte ich die Hoffnung nicht ganz aufgegeben, dass sie auf mich hören und vielleicht einsehen würde, dass ihr Werk die Leute in ihrer Umgebung verletzte. Dass sie vielleicht beschließen würde, die Vernissage nicht durchzuziehen. Wie Donna meinen Anruf aufgenommen hatte, wusste ich nicht. Auch von Lucinda hatte ich nichts gehört – weder über die Ausstellung noch über das, was ich zu ihrer Affäre gesagt hatte. Und ich hatte mich auch nicht bei ihr gemeldet. Mit anderen Worten, ich hatte keine Ahnung, was mich erwartete.

Wir gingen den Gehweg entlang, der mit Unkraut überwuchert war, das zwischen den Steinplatten spross. Die Blumenkästen vor den Fenstern waren voller Moos und Pflanzen, die so weit abgestorben waren, dass sie aussahen wie riesige Spinnen, schwärzliche Ranken, die sich aufwärts schlängelten, als wollten sie entkommen.

»Ich dachte, Bastien kümmert sich um den Garten.« Ich kickte einen abgefallenen Palmwedel aus dem Weg, bevor ich mich unter dem Spalier duckte. Aus einer Ecke der Dachrinne tropfte schwarzer schimmeliger Modder, der in die abblätternde Farbe gesickert war und Flecken zurückgelassen hatte. »Ist er nicht deswegen hier? Um Mom zu helfen?«

»Ich würde sagen, es ist für beide Seiten von Vorteil. Außerdem war er zu sehr mit der Arbeit beschäftigt, um auch noch den ganzen Scheiß hier zu erledigen. Das weißt du genau.«

»Klar.« Als ich Bastien das letzte Mal gesehen hatte, trug er eine schwarze Plastiktüte in die Werkstatt. Er hatte sie nicht aufgemacht, um mir den Inhalt zu zeigen, der sich noch bewegte. Er schleppte immer mehr lebende Ware an. Ich kam mir langsam vor wie in einem Schlachthof. »Wo ist Lolee?«

»Keine Ahnung. Wahrscheinlich bei Kaitlyn.«

»Du weißt es nicht?«

»Ich war bei der Arbeit.«

Das bezweifelte ich sehr. Wahrscheinlicher war, dass er mehrere Tage nicht nach seiner Tochter gesehen hatte, und es passte ihm nicht, dass ich davon anfing. Ich war selbst nicht besonders gut gelaunt und hatte keine Lust auf sein angepisstes Gehabe. Unser Vater hatte auch ständig Stress gemacht, weil Milo so wenig Zeit mit Lolee verbrachte. *Weißt du eigentlich überhaupt etwas über deine Tochter? Weißt du, dass du ihre Schulaufführung verpasst hast? Willst du wirklich so ein Mann sein? Ein Vater, der sich nur um sich selbst kümmert?*

Unser Vater, der Milo die meiste Zeit ignorierte.

»Sie hat zu viel Zeit mit Bastien verbracht«, sagte ich und trat zurück, als Milo die Fliegengittertür aufriss.

»Was soll das denn jetzt heißen?«

Ein Schwall Kochfettdunst schlug mir entgegen und ließ meinen Magen knurren.

»Und was macht sie, wenn sie nicht bei ihm ist? Du weißt, was passieren kann, wenn Kinder die ganze Zeit allein sind.« Ich dachte an Brynn, an ihren geschwollenen Bauch, als sie erst fünf Monate mit Bastien schwanger war. Sie sah aus wie eine Dreizehnjährige mit einem Basketball unterm T-Shirt. Milo hatte es auch gesehen. Er war mit uns im Krankenhaus gewesen. Er wusste genau, wie leicht die Teenagerjahre sich verflüchtigen konnten; für immer verschwunden, keine Möglichkeit, die Zeit zurückzudrehen.

»Erzähl mir nicht, wie ich meine Kinder erziehen soll.«

»Und du antworte nicht mit Floskeln«, erwiderte ich und zwängte mich an ihm vorbei ins Haus.

Nur das blaue Leuchten des Fernsehers erhellte das Wohnzimmer. Er war immer an, egal zu welcher Tageszeit. Meine Mutter mochte das Hintergrundgeräusch, sie sagte, ein Haus fühle sich gemütlicher an, wenn sie Leute reden höre.

Im Flur lagen überall Zeitungen und Papierfetzen, offenbar war Lucinda hier gewesen und hatte meiner Mutter beim Verpacken der letzten Stücke geholfen. Ich stellte mir vor, wie sie in der Galerie letzte Hand an Abscheulichkeiten legte, die das Tageslicht am besten nie sahen. Aber vielleicht auch nicht, vielleicht hatte Donna schließlich doch etwas unternommen. Am liebsten hätte ich noch mal angerufen, ein letzter verzweifelter Versuch, aber ich dachte mir, diesen Stress hebe ich mir für das Gespräch mit meiner Mutter auf.

Milo griff sich die Fernbedienung und schaltete den Fernseher ab. Das Zimmer wurde dunkel. »Was, verdammt, willst du von mir, Jessa? Ich bemühe mich doch.«

Ich glaubte ihm nicht eine Sekunde. Er bemühte sich überhaupt nicht, schon gar nicht, wenn es um seine Tochter ging. »Ich sage ja nur, Lolee braucht ein Elternteil. Und Mom ist das im Augenblick weiß Gott nicht.«

»Sei still, Jessa. Sei einfach … still.«

»Ihr seid jetzt beide still, sonst krieg ich Kopfschmerzen.« Unsere Mutter steckte den Kopf durch die Tür. »Ich hab eine Pastete aufgewärmt und ein paar Kroketten frittiert, die ihr so gern mögt, und sie mit Knoblauchsalz bestreut.« Sie drehte sich um und ging in die Küche zurück. »Jessa, hilfst du mir, mich fertig zu machen?«

Meine Mutter hatte mich noch nie um Hilfe beim Anziehen gebeten. Ich folgte Milo in die Küche und riss ein Küchenpapier von der Rolle, packte Kroketten drauf und nahm sie mit ins Schlafzimmer. Ich hatte seit dem Morgen nichts gegessen und konnte eine Stärkung vertragen, obwohl mir ganz mulmig war.

Sie saß auf dem Hocker vor ihrem Schminktisch. Ihr Rücken war mir zugewandt und gab den offenen Reißverschluss ihres Satinkleides preis. Das Band ihres BHs schlang sich um ihren Oberkörper, die weiche Haut über den Rippen wölbte sich um den Gummizug. Diesmal hatte sie ihren Kopf ordentlich rasiert, er glänzte fast im Licht der Deckenventilatorhalterung. Das Zimmer war angenehm warm und roch vertraut: hefig, wie die Bettwäsche, die meine Mutter nur selten wusch.

»Zieh den Reißverschluss zu. Dann machen wir den Rest.«

Allein mit meiner Mutter in ihrem Zimmer, spürte ich den ersten Anflug einer Panikattacke. In meiner Kopflosigkeit hatte ich den Brief meines Vaters mitgebracht, er steckte zusammengefaltet in der hinteren Tasche meiner Jeans und fühlte sich an, als wollte er ein Loch durch den Stoff brennen.

Es schien keinen guten Weg zu geben, den Brief anzusprechen, keine erste Bemerkung, die sie nicht sofort aufregen würde. Ich war es nicht gewohnt, über schwierige Dinge zu reden. In unserer Familie war das nicht üblich. Den Selbstmord meines Vaters mussten wir alle verarbeiten; aber es oblag allein mir, meiner Mutter die letzten Worte zu präsentieren, die er je geschrieben hatte. Worte, die nicht mal an sie gerichtet waren. In dem Brief stand nicht ausdrücklich, dass ich alles für mich behalten sollte, doch der Inhalt legte nahe, dass er nur für mich gedacht war. Diese Verantwortung. Die Verletzlichkeit, die er gezeigt hatte. Seine überwältigende Traurigkeit, seine Not.

Sie wühlte in der Schublade ihres Schminktischs und griff sich eine flache Dose und einen kleinen Pinsel. Ich hielt nach dem Make-up Ausschau, wartete darauf, dass sie ihre gebunkerten blassrosa Farbpaletten von Mary Kay herausholte, doch das war's. Kein Rouge, keine Wimperntusche. Und auch kein Eyeliner, der meist unter ihren Lidern verschmiert war, wenn sie einen langen Tag hinter uns hergejagt oder für meinen Vater gekocht hatte.

Sie zuckte ungeduldig mit den Schultern, wobei ihr Kleid hinten noch ein weiteres Stück blasse Haut unter ihrem BH offenbarte. Ich legte die Serviette samt Kroketten aufs Bett und trat zu ihr. Mit meinen fettigen Fingern bekam ich den Reißverschluss nur schwer zu fassen, außerdem landeten Salzkörner auf ihrem Nacken. Bei ihren letzten Rasuren hatte sie jedes Mal eine dünne Haarsträhne vergessen, die wie ein winziges Seelenpflaster grau und drahtig am Ansatz ihres Schädels hing und mich an Dads Haar erinnerte. Ich fragte mich, ob die beiden einander immer ähnlicher ausgesehen hätten, wenn er noch leben würde, so wie es bei alten Paaren oft der Fall war. Ich berührte die Fransen und stellte sie mir als seinen Schnurrbart vor.

»Ach, dieses blöde Ding.« Sie reichte mir eine Nagelschere nach hinten. »Könntest du es für mich abschneiden?«

Mit einem Schnitt war das Haar ab und hinterließ einen dunklen stoppeligen Fleck. Aus unerfindlichem Grund mochte ich die Strähne nicht wegwerfen und steckte sie in meine Jeanstasche.

»Was brauchst du?«, fragte ich und wischte ihr hinten ein paar vereinzelte Hundehaare vom Kleid. Ich war noch nicht zum Reden bereit, obwohl ich wochenlang Zeit gehabt hatte, mir meine Worte zu überlegen. Ich wusste, wenn ich die richtigen fand, müsste ich ihr den Brief meines Vaters nicht zeigen. Etwas tief Empfundenes vielleicht, das ihr klar machen würde, wie schlecht es mir ging. Dann müssten wir uns nicht mit der wie auch immer gearteten Katastrophe auseinandersetzen, zu der es in der Galerie kommen würde. Egal was Donna beschlossen hatte.

Meine Mutter nahm den Deckel von der Dose, in der sich

winzige Tiegel mit öligen bunten Farben befanden: Petrol, Indigoblau, Fuchsia, das leuchtende Orange von Tortillachips. Sie stippte den Pinsel in ein knalliges Rot und wirbelte ihn herum, ehe sie ihn mir wie die Schere zuvor nach hinten reichte.

»Ich möchte, dass du meinen Kopf bemalst.« Etwas Farbe tropfte von der Pinselspitze auf ihr Kleid. Ich benutzte die sauberste Ecke des Küchenpapiers, um den Fleck mit dem Finger zu entfernen und die überschüssige Farbe aufzusaugen. Auf dem schwarzen Stoff blieben winzige weiße Fusseln zurück.

Sie hielt ein aus einer Zeitschrift gerissenes Bild hoch. Eine ganze Seite, die Buntglas zeigte, durch dessen Farben Licht strömte, als fiele es durch einen geometrischen Regenbogen. »So was in der Art stelle ich mir vor.«

Ich stand mit dem Pinsel da und starrte auf die blasse Kopfhaut meiner Mutter. »Mom«, sagte ich, ganz vorsichtig. »Ich finde dein Vorhaben echt unheimlich. Das alles ist wirklich sehr unheimlich, und ich fühle mich dabei nicht wohl. Ich möchte, dass du aufhörst.«

»Es muss nicht perfekt sein. Mir kommt es nur auf die Farben an.« Sie öffnete eine sehr vergilbte alte Tube Lippenbalsam, der nach Menthol roch – ich war mir sicher, dass sie die schon vor Milos Geburt besessen hatte –, und trug den Balsam in konzentrischen Kreisen auf, bis ihr Mund völlig verklebt aussah.

»Du hörst mir nicht zu.« Ich hielt den Pinsel hoch, dessen rotes Ende wieder zu tropfen drohte. »Ich möchte nicht, dass du diese Ausstellung machst. Ich glaube, du schadest damit dir und unserer Familie. Das Ganze ist verstörend, vor allem die Sache mit Dad.«

Meine Mutter stöhnte. »Wenn du nicht willst, gib mir einfach den Pinsel wieder.«

»Na schön.« Ich kam zu dem Schluss, dass ich auch mit ihr reden konnte, während ich ihr den kahlen Kopf mit Clownfarben bemalte. Es war grotesk, aber ich kriegte das hin. Ich setzte den Pinsel an und zog in der Mitte eine knallrote Linie, die ihren Schädel zweiteilte.

»War das wirklich so schwer? Denk an die vielen Male, als ich dir und Milo einen Gefallen getan habe.« Sie beugte sich vor, und ich krümmte mich über die rote Linie, drückte ihr Gesicht fast auf den Schminktisch. »Ich habe euch überallhin gefahren, gekocht, aufgeräumt. Das hier dauert nur ein paar Minuten.«

Meine Mutter hatte alles für uns getan. Der Brief ragte aus meiner Gesäßtasche, und ich konnte mich nur auf das Gefühl konzentrieren, dass er dort war; auf die akribische Handschrift meines Vaters. Mein Name am oberen Rand, eng und entschieden geschrieben. Dass er ihn mit *In Liebe* beendet hatte, Liebe, ein Wort, das er so gut wie nie aussprach, als er noch lebte. Meine Mutter sagte mir ständig, dass sie mich liebte, so oft, dass ich mich immer wieder fragte, ob sie es auch wirklich meinte. *Ich liebe dich,* bitte gib mir die Butter. *Ich liebe dich*, könntest du die Wäsche aus dem Trockner holen? *Ich liebe dich,* auch wenn ich dir wehtun werde, aber *ich liebe dich*. Vergiss das nicht.

Ich stippte den Pinsel in den Tiegel und malte ein rotes Herz auf ihre linke Kopfseite. Die ölige, glitschige Farbe bewegte den Pinsel wie von allein auf ihrer glatten Haut. Ich spürte, wie ich mich entspannte, wie immer, wenn ich in der Werkstatt etwas zusammensetzte: eine Nase modellierte, die winzigen fummeligen Stiche an einem Kaninchenfell verbesserte. Neben jedes Ohr zeichnete ich blaue Kreise, dann vermischte ich Indigo, Violett, Orange und Gelb, um etwas auf die Stelle über ihrer Stirn zu zeichnen, das beinah aussah wie das Dreieck, das vor Radioaktivität warnte. In die Mitte malte ich eine rosa Sternexplosion, als setzte ich einen Haarscheitel. Es machte fast Spaß.

Meine Mutter seufzte und lehnte sich zurück. »Erinnerst du dich, wie wir mal Aquarelle hinten auf der Terrasse gemalt haben? Als ihr noch klein wart?«

»Klar erinnere ich mich.« Es war nicht lustig gewesen. Brynn kippte einen ganzen Becher Wasser auf mein Bild, nachdem ihres in der Ecke der Terrasse in eine Pfütze gefallen war. Wir waren acht Jahre alt; Milo war gerade sieben geworden und hatte Windpocken. Er durfte sein Zimmer nicht verlassen – Brynn und ich schoben die Bilder als Genesungskarten unter seiner Tür durch.

Solche Erinnerungen erfüllten mich nicht mehr mit Freude, stattdessen verspürte ich einen dumpfen, permanenten Schmerz, als wäre ein fauler Zahn abgebrochen, der gezogen werden musste; ein scharfes Bruchstück, das ich ständig mit der Zungenspitze berührte. Jede Berührung mit der Erinnerung hinterließ den Geschmack von Blut.

»Ich bin gespannt, wie du meine Kunst findest«, sagte sie. »Ich habe wirklich hart daran gearbeitet. Ich will meine Familie dabeihaben.«

»Bitte, tu es nicht.« Meine Stimme überschlug sich, und ich hielt mit dem Pinsel inne. »Bei dem Gedanken wird mir ganz übel. Ich ertrage das nicht.«

»Tut mir leid, Jessa. Die Ausstellung findet statt.«

Das war's. Sie ließ mir keine Wahl. Ich zog den Brief aus der Tasche, reichte ihn ihr über die Schulter und beobachtete ihr Spiegelbild.

»Was ist das?«, fragte sie.

»Mach ihn auf.«

Sie entfaltete ihn, während ich wie angewurzelt hinter ihr stand und wünschte, ich wäre diejenige, die tot war. Das schien mir einfacher. Weg zu sein, mich nicht mehr länger mit dem Stress und dem Trauma herumzuschlagen, mich um meine Eltern zu kümmern.

Ich las über ihre Schulter hinweg mit und beobachtete, wie ihre Augen dem Text auf der zerknitterten Seite nach unten folgten. Dieser Brief, der sich eher wie eine Liste von Forderungen anfühlte. Wie ich mich zu verhalten hatte. Was ich tun sollte, um das Wohlergehen der Familie zu sichern.

Als sie das Ende erreichte, blickte sie im Spiegel zu mir hoch. Dann zerriss sie den Brief in zwei Hälften, zerriss ihn wieder, immer wieder. »Das ist Müll.«

Sie nahm mir die letzte Erinnerung an meinen Vater und zerstörte sie. »Warum tust du das? Er gehört nicht dir!«

Die Papierschnipsel lagen auf dem Boden und dem

Schminktisch verstreut. Dieses letzte *In Liebe* am Ende der Seite; ich würde es nie wieder sehen. Es war für immer weg.

»Ich vermisse deinen Vater, aber ich bin auch sehr wütend auf ihn. Er war ein Kontrollfreak. Und so verklemmt, dass er nie loslassen konnte.« Unsere Blicke trafen sich im Spiegel. Das Glas musste geputzt werden. Das Oval war voller Streifen, die uns wie Schemen aussehen ließen. »Manchmal wünschte ich, er wäre noch hier, damit ich die Befriedigung hätte, ihn selbst zu erschießen.«

»Das nennst du vermissen?« Ich hielt nach wie vor den Pinsel in der Hand, an dem ein Klümpchen giftgrüner Farbe hing. »Erinnerungen zerstören? Und alle dazu zwingen, daran teilzunehmen?«

Sie senkte den Kopf, und der Pinsel berührte flüchtig den Rand ihres Ohrs, ein Tropfen Grün landete in der Muschel. Ich wischte ihn mit dem Finger ab und schmierte ihn an meine Jeans.

»Dein Vater war ein Arschloch.« Sie schüttelte den Kopf, ihre Augen füllten sich mit Tränen. »Was er seiner Familie und dir angetan hat, ist unverzeihlich. Dass er sich umbrachte und zuließ, dass seine Tochter ihn so vorfindet. Einen Brief hinterlassen? Die Tochter zwingen, eine solche Last zu tragen? Ungeheuerlich.«

Der Pinsel tropfte auf den Boden zwischen uns. »Ich will nur, dass das alles aufhört. Kein Reden mehr, keine widerliche Kunst mehr.«

Sie schlug so fest auf den Schminktisch, dass ein gerahmtes Bild von Bastien und Lolee ins Wackeln geriet. »Wir müssen uns damit auseinandersetzen.« Sie rückte das Bild wieder an seinen Platz und seufzte. »Wenn man sich nicht damit auseinandersetzt wie unsere Familie, dann leiden nur alle. Sieh dir an, was dein Vater getan hat. Er hat dich geliebt, und sieh dir an, was er getan hat!«

»Dad hatte Krebs.« Ich stieß den Pinsel in Richtung ihres Spiegelbilds. Farbe flog durch die Luft und landete auf dem Spiegel, hinterließ helle Spritzer. »Er hat sich erschossen, weil es ihm zu viel war, er konnte es nicht ertragen. Und du willst jetzt irgendwelchen Fremden eine Kopie von ihm zeigen, die sein ganzes Leben aussehen lässt wie einen Witz. Die Leute werden glauben, das sei mein Vater. Aber das stimmt nicht.«

Ihre Hand griff nach hinten und packte mein Handgelenk so fest, dass ihre Fingernägel die Haut zerkratzten. »Dein Vater war vieles. Euch Kindern war er ein guter Dad, und ich habe ihn geliebt, aber was er getan hat, war beschissen. Und was Brynn Milo angetan hat, war auch beschissen.«

Als ich mich losreißen wollte, drückte sie fester zu. Ich spürte meine Finger nicht mehr. »Hör auf«, sagte ich. »Sei endlich still.« Der Pinsel geriet zwischen uns und hinterließ Farbkleckse auf meiner Hose und ihrem Kleid.

»Das alles geht schon viel zu lange so, und es ist zum Teil meine Schuld, weil ich zugelassen habe, dass ihr euch nicht damit auseinandersetzt. Ich hatte meine eigenen Probleme und hab euch eurem Leid überlassen. Dich und deinen Bruder.«

»Wenn du die Sache nicht stoppst, werde ich es tun«, sagte ich. »Und es wird dir nicht gefallen. Aber das ist mir egal. Scheißegal!«

Ich lehnte mich mit ganzer Kraft zurück und konnte mich schließlich losreißen. Ich landete auf dem Bett und rollte nach unten auf den Boden. Der Pinsel stach in meinen Bauch, spießte mich fast auf. Meine Mutter wollte mir aufhelfen, aber ich schüttelte sie ab und kroch zur Tür, wo ich mich an der Kommode hochzog. An meinen verschwitzten Händen klebten Reste des zerrissenen Briefs.

Sie rief hinter mir her, als ich durch den Flur taumelte, aber ich war zu verwirrt, um auch nur eine Sekunde länger zu bleiben. Milo saß auf einem Hocker an der Theke. Er hatte eine Serviette in den Kragen gesteckt, die seine Krawatte bedeckte.

Wir sahen uns an. Er stand auf und starrte mich weiter an, die Serviette baumelte herunter und fiel auf seinen Teller.

»Was zum Teufel ist da los?«, fragte er. »Kannst du mir sagen, was das sollte? Hast du gerade unserer Mutter gedroht?«

»Fick dich. Ich muss los.« Ich zog mein Hemd wieder über die Schulter. Es hing irgendwie schief am Hals, als hätte mich jemand angegriffen.

»Ich finde, du solltest bleiben«, sagte er. »Lass uns über alles ganz offen sprechen.«

Ich schnappte mir meine Tasche und ging.

*

Es waren noch vier Bier da, dann nur noch drei. Ich trank lustlos, schmeckte noch nicht mal was, wenn ich es auf der Zunge spürte. Bevor ich zum See gefahren war, hatte ich am Minimarkt gehalten und die billigste Sorte gekauft. Brynn hatte beschissenes Bier geliebt. Sie hatte Zuckerplätzchen und süßen Tee geliebt, und diese kleinen roten Erdbeerbonbons, die ältere Frauen immer in ihren Handtaschen aufbewahrten. Beschissene Bonbons, ganz sicher. Meine Eltern waren beschissen. Ich war die Schlimmste von allen, die Beschissenste.

Die Luft war trocken wie seit Monaten nicht mehr. Immer noch feucht, aber erträglich. Die Art von Wetter, wie wir es als Kinder gemocht hatten, wenn draußen sein und draußen bleiben unsere beste Wahl war. Weg von unseren Familien. Milo, Brynn und ich unterwegs mit den Fahrrädern, später Spritztouren in Brynns Auto mit offenen Fenstern.

Ich klemmte mir die Dose zwischen die Beine. Dann schloss ich die Augen und lauschte dem Dröhnen der Zikaden in den Eichen. Trotz der abgeschiedenen Lage des Parks konnte ich das stete Rauschen der nahe gelegenen Autobahn hören. Ich überlegte, wie das Leben wohl ohne Brynn gewesen wäre. Die Entscheidungen, die wir getroffen hatten, waren verheerend: Sie hielten mich auf Dauer hier fest, und ich hing immer noch an ihr, egal wie sehr sie sich bemüht hatte, sich von mir zu lösen.

Die letzten Schlucke waren lauwarm und schmeckten wie Speichel. Ich trank sie trotzdem und öffnete das nächste, lehnte mich auf den Ellenbogen auf dem hölzernen Picknicktisch zurück, dem Tisch neben dem Bootssteg, der wie ein Splitter in einer Fingerspitze über dem See lag.

Die Ausstellung hatte vor einer Stunde begonnen. Mindestens einer Stunde, wahrscheinlich länger. Hoffentlich hatte Donna etwas unternommen. Dem ganzen Einhalt geboten. Aber wer wusste schon, was passiert war? Wahrscheinlich lief alles wie geplant. Ich starrte auf den See und gab mich meiner sentimentalen Stimmung hin, dachte daran, noch mal ganz von vorne anzufangen, mich im Mutterschoß einzurollen und es erneut zu versuchen, mit einer Gnadenfrist für jede schlechte Entscheidung, die ich in meinem Leben getroffen hatte.

Als ich das letzte Bier geleert hatte, ging ich den Steg entlang. Ich stolperte über eine der älteren Planken und schlug mir mehrmals ins Gesicht, um nüchtern zu werden, dachte an meine Mutter, an meinen Bruder, daran, was die Leute nach diesem Abend über meine Familie denken würden. Ich dachte an Lucinda und hoffte, sie würde mir verzeihen. Vielleicht würden sie und Donna sich wieder näherkommen. Ich konnte es mir fast vorstellen: Donna, die mir so ähnlich sah, fing mit Lucinda noch mal von vorne an. Sorgte dafür, dass es funktionierte. Dank ihrer Schreinerfähigkeiten könnte sie ihnen ein riesiges Bett bauen, in dem sie sich aneinanderkuscheln und eine Million schwuler Babys haben könnten. Lucinda würde vergessen, dass sie mir jemals begegnet war.

»Fick dich, Donna Franklin.«

Schweiß sammelte sich unter meinen Armen und am Rücken. Ich blickte in die Rohrkolben und wünschte, ich hätte eine Taschenlampe dabei, um das grüne Leuchten der Alligatorenaugen anzulocken. Wahrscheinlich würde es nicht mehr lange dauern, bis jemand auftauchte, und dann würde ich in die Wirklichkeit zurückkehren müssen. Ich zog meine Schuhe aus, setzte mich an den Rand und ließ die Füße im Wasser baumeln. Unter der Oberfläche sahen sie fischig weiß aus, umgeben von Algen.

Draußen auf dem Wasser blitzten rote und blaue Lichter auf. Ich schaute hoffnungsfroh zum Schilf, doch es blickten keine leuchtenden Augen zurück.

AUFBAU

CANIS LUPUS FAMILIARIS – HAUSHUND

Auf der Mädchentoilette im ersten Stock kotzte Brynn die Hälfte ihres Toaster Strudel mit Erdbeerfüllung aus. Sie lag zusammengesackt über dem Toilettensitz, demselben Sitz, auf dem fast alle Mädchen unserer Highschool mit ihrem bloßen Arsch gesessen hatten.

Sie würgte wieder, ein trockenes, hicksendes Rülpsen, das ihr Körper weniger ausstieß als zu spüren schien. Ihre Rippen drückten gegen den Schüsselrand, als sie den Rücken krümmte. *Ich sterbe. Ich hab die Supergrippe.*

Nein, hast du nicht.

Was soll das sonst sein? Mir ist so scheißübel.

Als sie wieder würgte, lief ihr ein wenig Sabber am Kinn entlang, vermischt mit etwas Füllung von dem Strudel, eine leuchtend rote Spur, die aussah wie Blut.

Hinter uns ging die Tür quietschend auf. Ich drehte mich in der Kabine um, sodass mein Rucksack den Blick auf Brynn versperrte. Zwei Schülerinnen aus der Unterstufe standen vor dem Spiegel und zupften an ihren dunklen, akkuraten Ponys, teilten sich einen pink-orangen Lippenstift und tupften sich mit Papiertüchern aus dem Spender die ölige Stirn ab.

Brynns T-Shirt war hochgerutscht, ich konnte die Unterseite ihres alten grauen Sport-BHs sehen. Normalerweise trug sie Unterwäsche, die sie bei Victoria's Secret im Ausverkauf erstand, mit kratziger Spitze und Bügeln und eingesetztem Netzstoff, in dem die Brustwarzen Guckguck spielten.

Brynn hielt sich zurück, bis die Glocke läutete und die Mädchen in den Flur eilten. Dann würgte sie wieder, ein verzweifeltes, ersticktes Geräusch. Ich rieb ihr den Rücken, strich ihr die verschwitzten Haare aus dem Mund hinter die Ohren. Als sie sich schließlich beruhigte, riss ich einen langen Streifen Klopapier von der Rolle und wischte ihr Speichel und Erbrochenes vom Kinn.

Hast du schon einen Test gemacht?

Während ihres trockenen Würgens war ihr Eyeliner verlaufen und hatte an den Seiten ihrer Nase dunkle Schlieren hinterlassen. Mit einer Ecke trockenen Toilettenpapiers wischte ich ihr die Farbe unterm Auge ab, so gut es ging. Es war billiges, hartes Papier. Als ich unter dem rechten Auge etwas fester drückte, wich sie fauchend zurück und prallte gegen die Toilettenschüssel.

Heute besorgen wir einen. Dann weißt du es sicher. Ich kniete mich hin und strich ihr T-Shirt glatt, das immer noch über ihrem BH hing. Mein Hintern stieß an den Rucksack, und ich kam mir vor wie eine Schildkröte, als ich da auf dem klebrigen Boden kauerte. Ein Stück Klopapier klebte an der Sohle meines Sneakers, und als ich es wegpickte, kippte ich beinahe um.

Ich will es nicht wissen. Sie rieb sich die Augen, die dort, wo ich sie abgewischt hatte, ganz rot waren.

Sei nicht albern. Du weißt es doch schon.

Ich half ihr auf und machte sie wieder vorzeigbar. Sie war wie eine wacklige, schlaffe Puppe. Ich bürstete ihr Haar, trug ihr neuen Lipgloss auf, sprühte ihr Körperspray an den Hals. Die Tropfen liefen ihr in den Ausschnitt und sprenkelten die Vorderseite ihres T-Shirts.

Wir hatten nur noch eine Stunde vor Schulschluss, Trigonometrie, wo ich durchfiel und Brynn sich mithilfe der Hausaufgaben anderer Schüler gerade so durchmogelte. Statt zu spät in den Unterricht zu kommen, gingen wir direkt zum Parkplatz. Ihr ramponiertes Auto stand neben dem Maschendrahtzaun, der die Highschool umgab.

Ich nahm ihre Schlüssel und half ihr auf den Beifahrersitz, nachdem ich ihn von Fast-Food-Tüten freigeräumt hatte. Dann fuhren wir direkt zur nächsten Tankstelle, wo wir manchmal Bier kauften, wenn der richtige Kassierer arbeitete. Im Regal befand sich nur eine Art von Test. Die Schachtel war verstaubt, und es war eine Marke, die wir beide nicht kannten, aber wir kauften ihn zusammen mit zwei Cola und ein paar Twizzlers. Dann legte ich einen ziemlich alt aussehenden Hotdog in die Mikrowelle und füllte ihn mit Käse und Würzsoße. Brynn kaufte eine Schachtel Marlboro rot bei der gelangweilten Kassiererin, einer Frau, deren Haut so ledrig aussah, als wäre sie in unserer Werkstatt gegerbt worden.

Wir kurbelten die Fenster nach unten und ließen die stehende Luft herein. Ich fuhr langsam durch unser Viertel, während Brynn nacheinander alles futterte, was wir gekauft hatten. Sie biss von einem Twizzler an jedem Ende ein Stück ab, steckte ihn in eine der Colas und hielt sie mir hin, damit ich einen Schluck trinken konnte.

Mit einem Twizzler-Strohhalm schmeckt es immer besser.

Ja, schmeckt gut. Wie Cherry-Cola.

Ich legte meine freie Hand auf ihren bloßen Oberschenkel, während sie mich immer wieder trinken ließ und wir an Häusern vorbeifuhren, die alle gleich aussahen. Sich wiederholende Gärten, Carports, pollenbestäubte Briefkästen. Als wir den See erreichten, blieben wir auf dem Parkplatz im Auto sitzen und ließen unsere Füße aus den Fenstern hängen. Es war so heiß, dass die meisten Mütter sich unter Bäume verzogen hatten und ihre schreienden, herumplanschenden Kinder ignorierten.

Ich trank meine Cola, bis der Twizzler durchweicht war und die Flüssigkeit nicht mehr erreichte. Dann gab ich sie Brynn, die ihre schon ausgetrunken hatte und inzwischen den Hotdog mampfte. Sie saugte die Käse-Würzsoßen-Mischung aus den Enden und biss an den Seiten ins Brötchen, als wollte sie das Fleisch nicht, nur den Saft.

Casey wird stinksauer sein. Sie zupfte am Brötchen, rollte die Krümel zu kleinen Kugeln zusammen und warf sie aus dem Fenster.

Casey kann mich mal. Ich schaltete das Radio an und drückte den Zigarettenanzünder. Dann wickelte ich das Zellophan von der Schachtel und zündete eine für Brynn an. *Außerdem weißt du's ja noch nicht. Jedenfalls nicht sicher.* Noch gab es Hoffnung, auch wenn sie klitzeklein war. Vielleicht hatte sie tatsächlich irgendeine komische Grippe.

Sie nickte und stippte die Zigarette so aus dem Fenster, dass die Asche nicht auf ihre Beine fiel. Casey und Brynn hatten in den letzten paar Monaten miteinander rumgemacht, aber sie waren nicht richtig zusammen. Ich konnte mir nicht vorstellen, dass er wegen eines Babys sauer würde. Eigentlich konnte ich mir auch nicht vorstellen, dass er überhaupt auf etwas reagierte. Er war ein mondgesichtiger Typ, der selten mehr als zwei Worte auf einmal sprach und in seiner Freizeit hauptsächlich mit seinen Freunden aus der Fußballmannschaft vor der Spielkonsole hockte.

Casey wäre es so oder so völlig egal, doch da war noch etwas. Die andere Sache. Eine Erinnerung, die sich jedes Mal rührte, wenn ich Brynn und Milo zu nah beieinanderstehen sah. Vor einigen Monaten hatte ich Pfeiffersches Drüsenfieber gehabt. Ich langweilte mich zu Tode, und Brynn kam fast jeden Abend vorbei, um mit mir fernzusehen und mir Gesellschaft zu leisten. Wenn ich einschlief, waren sie und Milo stundenlang zusammen. Sie hatten ihre eigenen Insiderwitze über Filme, die sie ohne mich gesehen hatten. Sie bemalten mein Gesicht mit Filzstiften, während ich weggetreten und nichts ahnend auf der Couch vor mich hin dämmerte. Sie gingen Pizza essen und bestellten beide welche mit Ananas, die ich nicht mochte. Sie tranken das Bier unseres Vaters im Carport und waren so betrunken, dass sie nebenan auf dem Friedhof Fangen spielten. Später hatte ich auf dem Boden in seinem Zimmer etwas entdeckt. Einen babyrosa getupften BH mit Spitzenbesatz, der unter einem Haufen schmutziger T-Shirts vorragte. Unterwäsche, die ich tausendmal gesehen hatte. Brynn liebte Tupfen.

Sie trank den Rest der Cola aus und warf den Hotdog aus dem Fenster. Er traf das Auto neben uns und hinterließ einen fettigen, glänzenden Kreis auf Kopfhöhe des Fahrers.

Ich geh mal pinkeln, sagte sie, nahm die Plastiktüte und verschwand in Richtung der öffentlichen Toilette.

Da es zu heiß war, um im Auto zu bleiben, ging ich mit den übrig gebliebenen Twizzlers ans Wasser. Sogar die kleinen Kinder waren vor der Sonne geflüchtet, lümmelten auf alten Bettlaken neben ihren Müttern, zuzelten an Capri-Suns und machten sich über Orangen her, die Augen stumpf von der Hitze.

Ich streifte meine Sneakers ab, zog die Socken aus, knäuelte sie zusammen und steckte sie in die Schuhe. Zerbrochene Muschelschalen und kleine Stöckchen stachen in meine schwitzigen Fußsohlen. Ich konzentrierte mich auf den Schmerz und versuchte den Gedanken an ein Baby zu verdrängen. Ein Baby, während ich blutete und vielleicht schon den Schritt meiner zu weiten Jeans verfärbte.

Der Bootssteg war alt und brauchte an den meisten Stellen neue Planken. An den Rändern war das Holz morsch und mulchig, man konnte sich leicht Splitter holen. Ich ging zur Bank am anderen Ende und setzte mich mit den Süßigkeiten auf dem Schoß hin. Das Licht spiegelte sich auf der Wasseroberfläche wie kleine Stückchen Alufolie, die in der Sonne blinzelten.

Brynn hatte sich schon fürs College beworben. An vielen verschiedenen. Ich hatte die Formulare im Trailer auf dem Tisch der Kochnische gesehen, sorglos hingeworfen, mit ersten Essensflecken. Auch ich hatte schon Formulare, aber ich befasste mich nicht damit. Milo war von uns beiden derjenige, der sich für solchen Scheiß interessierte, auch wenn er eine Klasse unter uns war. Er dachte über dieselben Colleges nach wie Brynn. Ich stellte mir vor, wie die beiden ihre Sachen packten und in einen anderen Bundesstaat zogen. Mich im Stich ließen, während sie zusammen in eine Wohnung zogen. Neue Freunde fanden, Kurse besuchten. Ich würde bei meinem Vater hinten in der Werkstatt zurückbleiben.

Brynn kam angestapft, die Planken vibrierten bis zum Ende des Stegs. Ich hatte mir ein Loch in die Lippe gebissen und auf der toten Haut herumgekaut, bis sie voller Blut war, das mir am Mund entlanglief. Sie ließ den Schwangerschaftstest fallen. Er landete mit einem dumpfen Schlag auf dem Holz, sodass ein paar Tropfen Urin auf meinen Unterarm spritzten. Ich wischte sie an meiner Jeans ab.

Ich schätze mal, ich werde bald Mutter, sagte sie und lachte.

Der Test hatte zwei kleine rosa Linien, die senkrecht in der Mitte standen. *Sieht so aus.*

Es sei denn, ich lass es irgendwo wegmachen.

In den Bäumen am Ufer zwitscherten Vögel. Die Kinder hinter uns beendeten ihre Snackpause und rannten wieder spritzend ins Wasser. Von irgendwo außer Sichtweite erfüllte das summende Dröhnen eines Bootes die Luft mit weißem Rauschen. Brynn hielt ihre Schuhe in der Hand. Ledersandalen, die auf ihren Füßen hellbraune und weiße Streifen hinterließen. Sie krallte ihre Zehen in den Steg, deren Nägel mit funkelndem Blau lackiert waren. Ich hatte in meinem Leben nie ein Kind gewollt, doch jetzt starrte ich auf Brynns Bauch und dachte über den Preis nach, es zu verlieren.

Du solltest es behalten, sagte ich und schlang meinen Arm um die Banklehne. Auf meiner Haut war immer noch ein Urintropfen, und ich ließ ihn dort von der Sonne in mein Fleisch brennen. *Wir kriegen das schon hin.*

Sie ging zum Ende des Stegs und ließ ihre Schuhe fallen. Einer landete verkehrt herum, an der Sohle klebte hellgrüner Kaugummi.

Ich werde die schlechteste Mutter aller Zeiten sein. Sie machte einen Riesenschritt vorwärts und ließ sich in den See fallen. Das Wasser spritzte auf den Steg und hinterließ dunkle nasse Flecke in sternförmigen Mustern.

10

Der Polizist verhaftete mich nicht, aber er ließ mich sämtliche Alkoholtests mitten auf dem Parkplatz durchführen. Er nahm meinen Führerschein und schickte mich zu den Linien, wollte mich nicht gehen lassen, bevor er nicht meine Personalien überprüft hatte. Nachdem ich das Alphabet zweimal rückwärts aufgesagt hatte, erklärte er mir, mein Wagen werde abgeschleppt, und ich müsse mir eine andere Fahrgelegenheit suchen. Er stand da und leuchtete mir mit der Taschenlampe Migränestrahlen in den Schädel, während ich mich zu erinnern versuchte, wie man ein Handy benutzt. Es dauerte zwanzig Minuten, bis das Taxi kam.

Als ich meine Wohnung erreichte, ging ich hinein und kroch auf die Couch. Mein Kater war so heftig, dass meine Zunge im Mund zu Schmirgelpapier vertrocknet war. Ich wälzte mich auf den Kissen, bis die Sonne durch die Jalousien fiel, und dann gab ich es auf, so zu tun, als würde ich schlafen, und versuchte nicht daran zu denken, was als Nächstes passieren würde.

Fünfzehn Minuten später tauchte Milo auf. Er trug noch den Anzug, der allerdings ziemlich zerknittert war. Sein Bartschatten war so dick, dass er unecht aussah, als hätte er sich eine Requisite angeklebt.

»Willst du Kaffee?« Ich räumte ein paar Sachen von dem einzigen anderen Stuhl im Raum. Milo warf sich auf die Couch, und ich setzte mich auf die Kante des Stuhls. Die Wohnung roch nach altem Essen und Fäulnis. Ich hatte den Müll seit zwei Wochen nicht rausgebracht, und in der Luft hing ein widerlicher, süßlicher Geruch nach verdorbenem Fleisch.

»Ich möchte ein Bier.«

Mit dieser Antwort hatte ich nicht gerechnet. »Wie spät ist es?«, fragte ich. Es konnte nicht später als sieben sein.

»Morgen. Noch nicht ganz.« Er streckte die Beine aus, bis er fast den Couchtisch umstieß. »Und es ist mir egal. Gib mir einfach ein Scheißbier.«

Ich ging in die Küche, rollte die Schultern und versuchte mich zu entspannen. In der Kühlschranktür standen zwei Miller neben einigen uralten Flaschen Salatdressing, einer Zweiliterflasche abgestandener Cola und einem teuren Glas raffinierten Champagnersenfs, ein Überbleibsel von Lucinda. Als ich mir das Bier schnappte, fragte ich mich, ob sie wohl je an den blöden Senf dachte. Ein Glas kostete mehr als fünfzehn Dollar, Senf, der einem im Mund prickelte, wenn man ihn auf Cracker schmierte. Eine schreckliche Geldverschwendung, auch wenn ich es faszinierend fand, dass sie etwas so Sinnloses und Unpraktisches kaufte.

Auf der Suche nach etwas Essbarem – um meinen Magen zu beruhigen – entdeckte ich hinten im Schrank eine Tüte alter Chips und nahm alles mit ins Wohnzimmer. Milo hatte kein Licht angeschaltet. Er lag flach auf dem Sofa, die Beine ausgestreckt über der Lehne. Seine Schuhe hatte er auf einen Haufen meiner schmutzigen Klamotten geworfen.

Ich reichte ihm ein Bier und nahm einen so tiefen Schluck aus meinem, dass ich ein Drittel der Flasche auf einmal leerte. Ein Spannungskopfschmerz braute sich hinter meinen Augen zusammen. Ich stellte mein Bier auf den Rand des Couchtischs und löste langsam meinen Zopf, ein irgendwie schmerzhaftes Vergnügen. Mein Haar roch immer noch nach Shampoo. Ich hielt es vor mein Gesicht und atmete den Duft ein.

»Du willst also nicht mal fragen, wie es war?«

Milo starrte an die Decke, als könnte er durch den billigen gesprenkelten Spritzputz in den stetig blauer werdenden Himmel sehen.

Ich betete inständig, dass Donna es durchgezogen hatte, das Ereignis abzublasen. Milos Auftauchen schien diese Möglichkeit zu bestätigen, auch wenn das vielleicht nur Wunschdenken meinerseits war. Aufs Ganze gesehen bedeutete eine Nachricht auf einer Mailbox gar nichts. Ich stellte mir meine Mutter mit ihrem bemalten Kopf vor, wie sie neben dem Wasserbüffel stand, auf den sie ein Abbild meines Vaters gesetzt hatte. Der Keiler mit den verwundeten Seiten, unsere Weihnachtslichter, die sich wie geronnenes Blut auf den Boden ergossen.

»Schlimmer, als wir dachten?«

Er summte und rieb seine Wange an einem fleckigen Sofakissen. Lucinda hatte ein ganzes Glas Wein darauf verschüttet, und ich hatte es nie gereinigt, sodass der Stoff widerlich stank. Ich musste es wegwerfen.

»Ich war nicht mal drin. Die ganze Galerie ist abgebrannt.«

Ich kippte mir fast das Bier in den Schoß. »Wovon zum Teufel redest du?«

»Yep.« Er schüttelte den Kopf, presste sich die Flasche an die Schläfe. »Krass. Alles hat nach verbranntem Gummi gerochen.«

Vielleicht log er, damit es mir besser ging.

Er zuckte die Schultern und pulte mit dem Daumennagel am Bieretikett. »Weg, alles futsch.«

Nein, unmöglich. Das war zu bequem. Ein massives Feuer, das plötzlich alle meine Probleme löste. Alle meine Familienprobleme. Lucindas Probleme. Und auch Donnas.

»Wie ist das passiert?«

»Wer weiß.« Er biss sich fest auf die Lippe, es sah aus, als würde die Haut gleich platzen. »Es sei denn, du willst es mir vielleicht sagen.«

Ich hatte ihm nichts zu sagen. Schon gar nicht über den Anruf bei Donna und auch nicht, dass Bastien vielleicht einige der Tiere getötet hatte. »Darauf antworte ich noch nicht mal.«

Eine Weile saßen wir schweigend da. Draußen zwitscherten die Vögel wie verrückt und nervten höllisch. Aber ich konnte ihm das nicht durchgehen lassen. Es ärgerte mich. Mein eigener Bruder glaubte, ich würde Brandstiftung begehen. »Glaubst du wirklich, dass ich es war?«

»Ich weiß nicht, was ich glauben soll.«

Er fischte die Fernbedienung zwischen den Sofakissen hervor und schaltete den Fernseher ein, stellte ihn auf stumm, zappte durch die Kanäle und stoppte schließlich bei einem lokalen Nachrichtensender. Ein Reporter war an der Galerie vor Ort. Rauch quoll aus dem Dach und waberte in die Straße. Gelbes Absperrband riegelte den Verkehr ab, die aufgestellten orangefarbenen Kegel ließen nur Übertragungswagen und Feuerwehrautos durch. Auf dem Ticker am unteren Rand stand: FEUER IN GALERIE, VERDACHT AUF ELEKTROBRAND.

»Wurde jemand verletzt?« Alle, die wir kannten, hatten eine Einladung zur Vernissage bekommen. Meine Mutter, die Kinder, Lucinda. Sämtliche Leute aus der Nachbarschaft. Ich mochte mir kaum vorstellen, mit den vielen präparierten Tieren in einem brennenden Raum zu sein. Die ganzen Chemikalien – die Gerbmittel, das Formaldehyd – würden wie eine giftige, erstickende Decke in der Luft schweben.

»Ich weiß nicht.« Milo legte eine Hand auf seine Augen. »Ich glaube nicht. Im Gebäude haben sie niemanden gefunden. Mom steht unter Schock. Vera musste sie nach Hause fahren und ihr eine Xanax geben.«

»Wo sind die Kinder?«

Bastien hatte ich zum letzten Mal beim Zählen der Einnahmen gesehen. Sein Haar war voller Gel, und ich wusste noch, dass ich dachte, wie albern das vorne hochstehende Haar aussah.

»Lolee ist bei Kaitlyn. Bastien habe ich nicht gesehen.«

Mein Magen blubberte, deshalb steckte ich mir eine Handvoll Kartoffelchips in den Mund, um die Säure zu unterdrücken. Neben mir nahm ich einen leichten, beißenden Geruch wahr, er kam vom Rauch und den Chemikalien in den Fasern seiner Jacke.

Wie war es möglich, dass alles so schnell aus der Bahn geraten konnte? Von allem, was mein Vater sich von mir gewünscht hatte, stand unser aller Schutz und Sicherheit immer an erster Stelle. Nicht unser Glück, nicht unsere Wünsche, sondern wieder das Wort, das er gegen sich selbst verwandt hatte. *Brauchen.*

Was brauchte meine Familie von mir? Was sollte ich ihr geben?

Die Nachrichten wechselten zum Wetterbericht. Ich schaltete den Fernseher aus und strich ein paar auf dem Boden liegende Kleider glatt. Dann nahm ich das Bier aus Milos schlaffer Hand und holte eine einigermaßen saubere Decke aus dem Schrank in meinem Schlafzimmer. Er schlief schon, bevor ich ihn richtig zugedeckt hatte. Jede Falte und Ader um seine Augen trat hervor, in seiner Nase war ein Blutgefäß geplatzt.

Ich blickte auf Milo hinab und begriff, dass ich einen Fremden vor mir sah. Ich hatte zugelassen, dass er sich von mir entfremdete, und nie versucht, ihn über unsere Beziehung als Kinder hinaus zu verstehen. Ich hatte von meiner Familie erwartet, mich als Erwachsene zu sehen, aber irgendwie vorausgesetzt, sie würde immer gleich bleiben – eine Familie, eingeschlossen in der Haut, die ich ihnen schlecht sitzend und ungleichmäßig übergestülpt hatte.

Ich rief Bastien an. Er ging gleich nach dem zweiten Läuten ran, und die Erleichterung, die seine Stimme in mir auslöste, glich etwas Lebendigem, das in meiner Brust scharrte. Ich sagte ihm, er solle sofort einige Tiere in die Werkstatt bringen und seine Schwester suchen und ebenfalls mitbringen. Dass alles bis spätestens zwei Uhr nachmittags erledigt sein müsse.

Nachdem ich aufgelegt hatte, duschte ich und steckte ein paar Klamotten in die Wäsche. Ich aß einen Toast, bürstete mir das Haar.

Der Kaffee in meinem Schrank war so alt, dass ich befürchtete, er könnte mich vergiften, doch schon beim ersten Tropfen, der in die schmutzige Maschine fiel, lief mir das Wasser im Mund zusammen. Ich schenkte mir drei Tassen ein und trank, bis ich ganz zittrig wurde. Dann weckte ich meinen Bruder, indem ich ihm eine Tasse vor die Nase auf den Tisch stellte.

Er öffnete ein Lid und spähte zu mir hoch.

»Steh auf und geh an die Arbeit.« Ich schob den Kaffee in seine Richtung, ein wenig schwappte über den Rand. »Um den Rest kümmere ich mich.«

*

Bastien brachte eine Bisamratte, einen Kojoten, zwei rot-gelbe Papageien, eine Beutelratte, zwei Waschbären, die aussahen, als hätte man sie von der Straße gekratzt, Stockenten, Eichhörnchen und noch einen Pfau, dessen schillernde Pracht mir die Sprache verschlug. Als ich seine Schwanzfedern streichelte, fächerten sie sich elegant auf, ein wunderschöner Farbtupfer im düsteren Grau der Werkstatt.

»Was meinst du?« Er kratzte sich am Kinn und pulte einen Pickel auf. Blut spritzte heraus und hinterließ eine Spur, die ihm am Hals hinablief.

»Nicht genug, aber es ist ein Anfang.« Ich stieß eines der Eichhörnchen mit einem behandschuhten Finger an. Die Leichenstarre setzte schnell ein, vermutlich war es unbrauchbar. Er musste noch mal los und mehr besorgen, aber ich zögerte, weil ich ihn nicht nach etwas Lebendigem losschicken wollte. Mir war aufgefallen, dass seine Miene in letzter Zeit immer verkniffener war, wenn er mit etwas Frischem zurückkam. Er mochte es nicht so gern, wie er vorgab; er war einfach sehr gut darin, seine Gefühle zu verbergen. Ein typischer Morton-Zug.

Lolee schnaubte und drehte sich auf der Liege zur Wand um. Bastien hatte sie von der Bowlingbahn abgeholt. Sie hatte mit einem älteren Schüler aus der Highschool an der Snackbar gesessen, einem Jungen mit einem Rattenschwanz und einem flaschenblauen Pick-up mit freihändig aufgemalten Blitzen an den Seiten. Bastien sah aus, als wollte er gleich jemanden erwürgen, am ehesten Lolee, die ihn ständig anknurrte, wenn er ihr dort, wo sie schmollend lag, zu nahe kam.

»Wollen wir die ausweiden? Was zuerst?«

»Wir fahren zur Galerie. Ich will sehen, was wir retten können.«

Bastien lachte. »Das Zeug ist hinüber. Knusprig getoastet. Davon kannst du garantiert nichts mehr verwenden.«

»Aber wir haben nicht genug. Nicht für das, was ich vorhabe. Wir können ein paar Stücke vorne aus dem Laden verwenden, aber wir werden mehr brauchen.«

»Ich geh den Pick-up sauber machen.«

Ich zog eine Schürze aus dem sauberen Stapel hinten in der Werkstatt, überlegte kurz und schnappte mir noch ein paar. Da Lolee immer noch die Wand anstarrte, gab ich ihr einen Klaps auf den Hintern. Sie schrie auf, drehte sich um und funkelte mich böse an.

»Wow, du siehst aus wie deine Mutter, wenn du das machst«, sagte ich. »Hör auf, dich wie ein kleines Baby aufzuführen. Wir gehen jetzt die Sachen deiner Grandma holen.«

Lolee und ich beluden uns mit Putzzeug, nahmen eine extragroße Packung Müllsäcke, meinen Werkzeugkasten, Plastikplanen und einige Küchenpapierrollen mit und warfen alles hinten auf den Pick-up, als Bastien wieder zurück war.

Auf der Fahrt öffneten wir die Fenster und lauschten dem Nachmittagsverkehr. Niemand sagte etwas. Wir saßen einfach da und rochen die Kühle des nahenden Herbsts, alles in der Luft war von Rauch durchdrungen. Ich dachte an meine Mutter, an ihre Ausstellung und konnte mir nur schwer vorstellen, was sie gerade durchmachte. Ich fand ihre Arbeit immer noch abstoßend, aber es war eben doch ihre gewesen – das Einzige, was seit dem Tod meines Vaters ihr allein gehörte. Es zu verlieren musste katastrophal für sie sein. Aber warum war eine Katastrophe nötig, damit ich das einsah? Was hatte ich mir nur dabei gedacht, als ich beschlossen hatte, die Hölle loszutreten?

Gelbes Absperrband flatterte auf dem Gehsteig vor der Galerie, aber Polizei und Feuerwehr waren bereits abgezogen. Wir gingen nach vorne und versuchten es an der Tür, die unverschlossen war.

»Los, kommt«, sagte ich. »Bringen wir's hinter uns.« Wir packten die Putzsachen in Planen und nahmen sie mit in die Galerie.

Ein schwerer Geruch nach Chemikalien und Kohle hing in der Luft. »Vorsicht«, sagte ich, als Lolee über eine beschädigte Fußbodenstelle ging. Die Dielen knarrten, es war eine Stimmung wie in einem Gruselkabinett. In den Ecken stand Wasser, in dem jede Menge Asche schwamm. Lolee strich über die Wand und blickte finster auf die schwarze Schmiere, die an ihrer Hand zurückblieb, wischte sie schließlich an ihren Shorts ab. Ich war froh, dass sie Turnschuhe und nicht die üblichen Flipflops trug. Es gab zu viele Nägel und spitze Bruchstücke, an denen man sich mit bloßen Füßen hätte verletzen können.

Bastien und ich kauerten uns in der Mitte des Raums vor die Skelettreste des Wasserbüffels. Sein Äußeres war weitgehend verkohlt. Die Innereien waren geschmolzen, um die verbliebenen Knochen wand sich schimmernder Draht. Das solide Stützmaterial des Körpers ließ ihn wie ein halb ertrunkenes Ding dastehen, in einer Art schwarzem schmierigem Schlabber, der an prähistorische Überreste in den La Brea Tar Pits erinnerte. Die Nachbildung meines Vaters im Lacklederanzug hatte sich verflüssigt und tropfte an der Seite des Büffels herunter. Eine schwarze Pfütze sammelte sich am Boden.

Bastien steckte einen Finger in das aufgelöste Fell und wischte ihn am T-Shirt ab. »Ob wir aus dem Wrack noch was retten können? Ich meine, alles ist ziemlich nass. Da nützen keine Vorarbeiten. Das Zeug wird schimmeln. Und zwar schnell.«

Die Deckenisolierung war abgefallen und lag verstreut zwischen den Stücken. Es war schwierig, verbrannte Raumteile von den Präparaten zu unterscheiden. Ein Hirsch lag auf dem Rücken neben der Tür, als wäre er bei dem Versuch zu fliehen gestürzt.

»Packt einfach alles ein, was eurer Meinung nach brauchbar ist.« Ich trat über den geschmolzenen Haufen und sah mich um. »Auch kleine Teile. Häute, Trophäenbretter. Vor allem Schädel.«

Auf dem Weg nach hinten umging ich Knochensplitter und Metallabfall. Lolee entdeckte den Kadaver eines Tigers, der unter einer Rigipswand verborgen lag. Die hintere Hälfte war knusprig schwarz verbrannt, die vordere hingegen ein intensives, leuchtendes Orange. Sein Gesicht sah aus, als wollte er die Welt beißen.

»Der riecht schrecklich.« Sie verzog das Gesicht. »Wie ein totes Tier.«

»Er *ist* ein totes Tier. Leg ihn zu den anderen.«

Sie zerrte ihn auf seinen übergroßen Pfoten durch den feuchten Unrat. Ich hob Geweihsprossen auf und packte sie in eine Plastiktüte, bevor ich mich durch die eingestürzte Tür hinten ins Büro schob.

Lucindas gesamter Papierkram war zu schwarzer Asche geschrumpft. Ihre Pin-up-Comics waren verschwunden, doch weder Glas noch Rahmenreste lagen auf dem Boden. Ich legte meine Hand an die Wand und erinnerte mich an unseren ersten Kuss in diesem Büro. Wie ihr ganzer Körper meinen verschlungen hatte. Ein gutes Gefühl. Sicher. Und dieses gute Gefühl hatte ich gehasst, weil meine Vorstellung von einer Romanze anders aussah: anstrengend und irgendwie blutgetränkt, ein ständiger Machtkampf.

Ich rettete einen Hirschschädel, eine Alligatorenhaut und ein Stück, das vermutlich von einem Flamingo stammte. Unter den Resten des Schreibtischs lagen mehrere Schichten einer dicken, durchsichtigen Abdeckplane. Als ich eine Ecke anhob, lief Wasser an meiner Jeans entlang und tropfte oben in meinen Stiefel. Unter der Plane stand eine Metallkiste, die ich vorher noch nie gesehen hatte. Sie war sehr groß und klobig, nahm den gesamten Beinraum unter dem Schreibtisch ein. Als ich den Deckel anhob, sah ich die gebleckten, vergilbten Zähne eines Raubtiers. Ich kniete in dem aschigen Sumpf und ertastete das Fell eines Braunbären.

Ich rief Lolee und Bastien. Als sie kamen, gab ich jedem eine Ecke. »Haltet es hoch über dem Boden«, sagte ich. Das Fell war schwer, sehr gute Qualität. »Ich will nicht, dass es durch den ganzen Dreck schleift.«

»Das riecht.« Lolee hob ihre Ecke hoch, höher als Bastien und ich zusammen. Die Muskeln in ihrem Bizeps traten hervor und zitterten vor Anstrengung.

»Aber besser als du.« Bastien hatte Probleme, sein Ende auf Hüfthöhe zu halten. Der Kopf des Bären hing herab, das Maul landete fast in einem Haufen verkohltem, gummiartigem Papier.

»Verdammt. Konzentrier dich bitte.«

Draußen roch es frisch und sauber. Der Himmel war von Sternen übersät. Erinnerungen brachen über mich herein. Wir zu dritt im Freien. Als wir drei noch zusammen waren und alles gut war.

»Deine Eltern und ich fuhren früher oft los, um Sternschnuppen zu beobachten.« Wir legten das Bärenfell auf die Ladefläche des Pick-ups, zusammen mit den Müllsäcken voller Sachen, die Lolee und Bastien gesammelt hatten. »In der Paynes Prairie, außerhalb von Gainesville.«

»Ihr konntet sie wirklich sehen?« Lolee streichelte den Bärenkopf. Im gelben Schein der Straßenlaterne sah er aus wie ein wütender Teddy.

»Na klar. Sie sind ungeheuer hell, weil es so weit weg von den Lichtern der Stadt ist. Wir lagen stundenlang auf der Motorhaube vom Auto deiner Mutter und haben beobachtet, wie sie vom Himmel fielen. Dort draußen gab es auch

Alligatoren, die aus dem Wasser kamen und uns beim Beobachten des Himmels beobachteten.«

»Krass«, sagte Lolee und stieg in den Pick-up. »Ich hasse Alligatoren. Sie sehen aus wie Dinosaurier.«

»Sie sind gar nicht so schlimm.« Bastien warf einen weiteren vollen Müllsack auf die anderen. »Aber wie groß waren sie? So groß wie die hier?«

»Viel größer.« Ich stellte meinen Werkzeugkasten auf den Boden vor dem Vordersitz und umarmte Lolee. Sie gähnte und schmiegte sich an mich. Ich roch ihr verrauchtes Haar, presste meine Wange darauf. »Meteorschauer. Wenn es draußen klar war, sind sie stundenlang auf uns herabgeregnet.«

Ich erzählte ihr nicht, dass wir Kirsch-Slurpees mit Wodka tranken, erst eiskalt, dann ein Brennen. Oder dass wir auf der Haube Joints rauchten und sie an die Leute in den Autos nebenan weiterreichten. Die Sterne hingen so tief, dass ich oft dachte, wenn ich es wirklich wollte, könnte ich sie vom Himmel pflücken.

Als wir das letzte Mal dort waren, hatte sich alles flauschig und schön angefühlt. Danach war ich auf dem Rücksitz eingeschlafen und auf halber Strecke nach Hause wieder aufgewacht, die Haare im Sicherheitsgurt verheddert. Ich rieb mir den Schlaf aus den Augen. Brynn und Milo hielten Händchen, ihre ineinander verschlungenen Finger ruhten in der Mitte der Konsole. Sie hatte ihren Kopf an seine Schulter gelegt und auf eine merkwürdig sanfte Weise gelächelt, wie ich es noch nie bei ihr gesehen hatte.

»Wir haben noch viel zu tun.« Ich warf eine saubere Plane über den Bären und band ihn mit einem Gummiseil fest. »Wenn wir uns beeilen, können wir noch anhalten und kurz was essen.«

URSUS ARCTOS – BRAUNBÄR

Alle Blumen waren in der Hitze verwelkt, nur die seidenen nicht. Ich betrachtete das Büschel silbergrauer Astern in Brynns Haar und kämpfte gegen den Drang an, die winzigen entlang der künstlichen Blätter aufgeklebten Perlen wegzupicken. In Brynns Schädel steckten so viele Haarklammern, dass die Blumen vermutlich für immer dort bleiben würden.

Du siehst so hübsch aus, wie ein Filmstar aus alten Zeiten.

Meine Mutter drehte sich Locken und beugte sich über den Spiegel. Brynn saß auf dem Polsterhocker vor der Frisierkommode. Der Reißverschluss am Rückenteil ihres Kleids war nicht ganz zugezogen, und die Träger ihres BHs zeichneten sich leuchtend rosa vor dem offenen Dreieck aus gebräunter Haut ab.

Ich seh aus wie ein Schwein. Ein verschwitztes, ekliges Schwein.

Vintage, sagte meine Mutter, zog den Stab aus ihrem Haar und wickelte eine Locke ab, aus der Dampf entwich. Sie hatte den ganzen Wirrwarr schon zweimal mit Haarspray eingesprüht. *Wie Greta Garbo.*

Brynn und ich waren schwer verkatert. Sie schlürfte an einer Flasche Cola herum und griff sofort wieder danach, kaum dass sie sie abgestellt hatte. Der dicke, dunkle Lidstrich rings um ihre trüben Augen hob die schwarzen Ringe noch stärker hervor.

Meine Mutter trug ein Kleid aus Sackleinen, das sie einige Jahre zuvor bei Goodwill gekauft hatte. Es hing lose an ihr herunter und wurde nur in der Mitte von einem grünen Band gehalten. Ich hatte meine dreckigsten Jeans an und nicht vor, in absehbarer Zeit etwas daran zu ändern. Sie konnten von Glück sagen, wenn ich einen BH anzog.

Dumpfes Dröhnen drang von draußen ins Zimmer, die Band war gerade beim Soundcheck. Sie war nichts Besonderes, nur ein paar alte Kumpel von Milo aus der Highschool, die immer noch im Ort lebten und am Wochenende Garagenkonzerte veranstalteten, mit gecoverten klassischen Balladen aus den Achtzigern. Ich meinte, »Total Eclipse of the Heart« auf Dustins Gitarre zu hören, war mir aber nicht sicher. Irgendwo im Haus brüllte Bastien. Er war zwei und hasste Fremde. Unser Haus war voll von Leuten, die niemand kannte.

Kann ich was von deiner Cola haben?

Brynn reichte sie mir über die Schulter. Ich nahm ein paar vorsichtige Schlucke und schaffte es, sie bei mir zu behalten. Sie schmeckte zu süß, als hätte jemand Extrazucker in die Flasche gekippt.

Ich kann mich nicht konzentrieren. Brynn versuchte mit einem Taschentuch etwas vom überschüssigen Lidstrich unter ihrem Auge wegzuwischen. *Kann ihn nicht irgendjemand zum Schweigen bringen?*

Meine Mutter sprühte eine fette Ringellocke ein, bis sie aussah, als wäre sie aus einer Matratze geschnellt. *Darf ich ihm ein bisschen Saft geben?*

Mann, gib ihm meinetwegen den Rest von der Cola, wenn ihn das beruhigt.

Ich suche mal nach den Tierkeksen, die er so gern mag.

Sie öffnete die Tür und ließ uns zurück; im Flur jede Menge Küchengeräusche und das stete Brummen des Staubsaugers.

Er wird sich seinen Anzug mit Zuckerguss vollkleckern, sagte Brynn. Sie rieb sich den Nacken. Ich betrachtete den Ring mit dem lächerlich kleinen Diamanten, den Milo ihr geschenkt hatte. Ich hatte ihm beim Aussuchen im Sears geholfen. Nach dem Heiratsantrag war er nach Hause gekommen und hatte mir erzählt, sie habe vor Glück geweint. Ich konnte das nicht so recht glauben. Mein Bruder war vor Freude so aus dem Häuschen, dass er sein Dauergrinsen nicht mehr loswurde. Sollte ausgerechnet ich ihn darüber aufklären, dass das, was er für wahres Glück hielt, in Wirklichkeit nur der Versuch einer Frau war, für sich ein normales Leben zu organisieren?

Na und? Ich legte mich wieder auf das Bett meiner Eltern, drehte mich zur Seite und stützte den Kopf auf der Hand ab. *Zuckerguss? Ist doch piepegal.*

Sie seufzte; ihre Ponyfransen flatterten ein wenig zur Seite und offenbarten einen großen roten Pickel auf ihrer Stirn. *O Scheiße.*

Man sieht ihn fast nicht. Ich log – das Ding war riesig, oben weiß, es sah böse aus und konnte jeden Moment platzen. *Streich einfach den Pony drüber.*

Ich kann nicht, es fühlt sich jetzt richtig blöd an. Ich muss ihn ausdrücken.

Keine gute Idee, sagte ich, aber sie presste den Pickel schon mit beiden Daumen und biss sich dabei auf die Unterlippe, bis ihre Zähne vom Lippenstift scharlachrot verschmiert waren. Dann schrie sie auf, und ein Klumpen aus Eiter und Blut landete auf dem Spiegel der Frisierkommode, mit wächsernem, verhärtetem Sekret in der Mitte – eine Insel in einem Meer aus Blut.

Machst du Witze? Ich drückte mein Gesicht in ein Kissen und hätte angesichts der absurden Situation am liebsten gelacht. Die Liebe meines Lebens drückte sich vor dem Spiegel der Frisierkommode meiner Mutter einen gigantischen Pickel aus, während sie sich darauf vorbereitete, meinen Bruder zu heiraten. Und wir taten, als wäre alles ganz normal. Normal, dass ich ihr am Abend zuvor einen Shot nach dem anderen eingeflößt und ihr den Schweiß vom Hals geleckt hatte. Vollkommen akzeptabel, zusammen mit ein paar ihrer Arbeitskolleginnen in einem Klub zu tanzen und sich zu den Bässen aneinander zu reiben, bis mein Bein von ihr feucht wurde. Absolut in Ordnung, dass ich sie später auf der Rückbank ihres Wagens vögelte, ich mit Chipskrümeln am Hintern, während wir schwitzten und schrien und immer wieder kamen.

Was war normal? Normal war für Brynn, einen Mann zu heiraten. Genau das wollte sie; und genau das bekam sie.

Hilf mir, sagte sie und winkte mich zu sich. *Sonst hab ich das Blut auf meinem Kleid.*

Ich griff mir das Taschentuch und presste es auf ihre Stirn, um die Blutung zu stillen. *Ich hab dir gesagt, du sollst es lassen.*

Jetzt ist es zu spät.

Wir sahen einander nicht an. Ich hielt den Blick auf meine Hand mit dem Taschentuch gerichtet; ihr dickes Make-up ging ab und offenbarte die kleine Reihe zimtfarbener Sommersprossen, die ihre Haut sprenkelten. Ich hatte an ihnen geleckt, um herauszufinden, ob sie süß schmeckten, und fand, ja, das taten sie.

Was ist, wenn ich mich vor allen übergeben muss?

Wirst du nicht.

Ich seh total scheiße aus. Sie zog die Kappe von einem Lippenstift und setzte sie dann wieder auf.

Du siehst toll aus. Ich nahm das Taschentuch von ihrer Stirn, um zu sehen, ob der Pickel noch blutete, aber es tat sich nichts mehr. *Du siehst immer gut aus, das weißt du doch.*

Du bist die Einzige, die das denkt. Sie packte mich mit zitternden Fingern am Handgelenk. *Ich weiß nicht, ob ich das schaffe.*

Es war leicht genug gewesen, das Ganze in Gang zu setzen. So wie meine Hand in den See zu tauchen und zuzusehen, wie die Kräuselwellen sich immer weiter ausbreiteten, bis ich keine Kontrolle mehr über sie hatte. Brynn hatte ein Kind und brauchte jemanden, der sich um sie kümmerte. Sie wollte einen Ehemann, Stabilität. Milo liebte sie, das wusste ich. Er hätte alles für sie getan. Sie waren erst ein paar Monate zusammen, als er mir eröffnete, er sei bereit, sie zu heiraten. Es tat weh, aber andererseits wollte ich es auch – sie sollte sich sicher fühlen und alles haben, was sie brauchte. Wie konnte ich mich beklagen, wenn ich bekam, was ich mir gewünscht hatte?

Natürlich schaffst du das. Ich betupfte den Pickel, der immer noch rot war, aber nicht mehr so schlimm aussah wie zuvor, mit Gesichtspuder. Sie schloss die Augen, und ich ließ den Pinsel leicht über ihre Wangen und ihre Nase hinunter zum Kinn gleiten. *Spielend.*

Ihre Haut war teigig und feucht vom Alkohol, den sie immer noch ausschwitzte. Sie roch nach ihrem fruchtigen Parfüm und nach sich selbst, so stark, dass mein Herz zu erstarren begann. Alles in mir köchelte auf Sparflamme.

Woher willst du das wissen? Sie lehnte sich zurück, und die stacheligen Blumen in ihrem Haar bohrten sich durch mein T-Shirt. *Sag mir, woher du das weißt.*

Ich versuchte mit goldenem Lidschatten den verschmierten schwarzen Eyeliner und die feinen Äderchen zu überdecken, die gesprossen waren, nachdem Brynn zum dritten Mal bei mir im Bad ins Waschbecken gespuckt hatte. *Was soll daran so schwer sein? Du stehst einfach da und wiederholst die Sätze. Wenn Milo das schafft, schaffst du es ganz bestimmt.*

Brynn lächelte zu mir hoch, sodass ihre Grübchen zu Halbmonden wurden, und in dem Moment liebte ich sie, ich wusste, ich liebte sie mehr, als ich mich selbst je lieben würde. Ich schraubte den Mascara auf und fuhr zügig mit dem Bürstchen über ihre Wimpern, die schon so lang und geschwungen und golden waren, dass das kleinste bisschen mehr sie wie eine zwinkernde Puppe aussehen ließe.

Was ist, wenn er mich am Ende hasst?

Ich lachte und pustete auf ihre Lider, um die Wimperntusche zu trocknen. *Sei nicht albern. Er liebt dich.*

Ja, jetzt. Jetzt liebt er mich.

Ihr Rouge war zu dunkel. Ich tupfte behutsam mit einem Taschentuch, bis die Apfelwangen in einem sanften Rosé schimmerten. Ich sagte nicht, was ich dachte – dass wir alle sie ein wenig zu sehr liebten. Dass Milo eine kluge Wahl war, weil er einen Job im Autohaus an Land gezogen hatte und dass er lieb war und selbstlos und sie immer so nehmen würde, wie sie war. Er war etwas, was ich nie für sie sein könnte, nämlich ein Ehemann, um den ihre Mutter sie beneiden würde. Wenn sie mit Milo zusammenblieb, würde sie immer in der Nähe sein, würde ich sie nie verlieren, auch wenn ich sie nicht so haben konnte, wie ich es mir wünschte. Das war das Entscheidende für mich. Sie niemals zu verlieren. Nie das zu verlieren, was ich mir wünschte.

Die einzige Frau, die ich je geliebt hatte. Die Person, der ich mich am verletzlichsten gezeigt hatte, die Einzige, die mich von meiner schlimmsten Seite kannte und mich trotzdem weiter um sich haben wollte. Die ich schön fand, auch wenn sie grauenhaft aussah. Ich betrachtete sie, nahm sie in Augenschein, und sie erwiderte den Blick, und ich wusste Bescheid. Ich sollte es nicht aussprechen. Brynn wollte etwas anderes.

So. Ich klappte die Puderdose zu, lehnte mich zurück und musterte ihr Gesicht. *Geschafft*.

Ich zog die Seitenteile ihres Kleids zusammen und schloss den Reißverschluss ganz. Wir teilten uns die restliche Cola, ich bekam die letzten Schlucke. Sie küsste mich, ihr Lippenstift auf meiner Zunge schmeckte nach Wachsmalstiften. Ich ließ sie dort, im Schlafzimmer meiner Eltern, mit ihrem Kleid aus dem Einkaufszentrum und den perlenbesetzten Blumen im Haar, die aussahen, als hätte sie jemand beim Ehemaligentreffen als Anstecksträußchen getragen.

Beim Einmarsch warf Bastien die Ringe zu Boden. Sein kleiner blauer Anzug war mit Zuckerguss von den Keksen verschmiert – weiße Flecken auf der goldgestreiften Weste. Die nicht unmittelbar an der Hochzeit Beteiligten saßen im Garten auf Klappstühlen. Alles war grün, als hätten die Pflanzen die Feuchtigkeit in sich aufgesogen, sodass man sie wie Waschlappen hätte auswringen können, wenn man wollte. Aus gegebenem Anlass war der Wildwuchs ein wenig eingedämmt worden, aber es krochen immer noch jede Menge Kletterpflanzen am hinteren Zaun empor. Unser Garten bestand überwiegend aus unterschiedlichem Unkraut, das gemäht wurde, damit es nach Rasen aussah. Übrig gebliebene Paletten säumten den Garten zur Linken. Das Vogelbad rechts war ausgespritzt worden, und ein paar

Häher krächzten in der Schale mit dem sonnenwarmen Wasser. Die Pflanzen leuchteten neonfarben im Licht. Ich wollte mir alles genau so einprägen, wie es in diesem Augenblick war. Es niemals vergessen.

Wir waren nicht allzu viele: meine Eltern, Brynns Mutter und ihr Bruder, der auf seinen Händen saß und versuchte, nicht an den Fingernägeln zu kauen, Vera Leasey und ihr Mann, der an seinem Kautabak herummampfte und alle paar Minuten verstohlen in einen roten Partybecher spuckte, die Jungs von der Coverband, ein paar Typen, mit denen wir zur Schule gegangen waren, und der Pastor aus Veras Kirche, der die Trauung vollzog. Mit seinem weißen flaumigen Haar sah er aus wie eine stressgeplagte Bruthenne.

Die Blumen, die wir in den Händen hielten, lockten Insekten an. Wir umklammerten die Sträuße und schlugen um uns, bis die Blütenblätter in welken Büscheln ins Gras fielen. Es bewölkte sich, und mehr als eine Stunde lang drohte es zu regnen, doch der Himmel wollte nicht aufbrechen.

Ich hätte mir Regen gewünscht. Eingeölt, fettglänzend, verkatert, mit schmerzender, hohler Brust, fürchtete ich in Ohnmacht zu fallen. Mein Bruder, groß und gut aussehend in seinem Anzug, wirkte plötzlich sehr kompetent – wie jemand, der heiraten sollte, der mit einem Job und Rechnungen und Verantwortlichkeiten fertigwurde, und das, obwohl er sich in der Vergangenheit in all diesen Punkten als ziemlich glanzlos erwiesen hatte. Dank der dicken Puderschicht sah Brynn in der Gluthitze erstaunlich trocken aus – lieblich, rosig und hübsch. Beide sprachen die Gelübde nach und hielten Händchen, als täten sie das schon seit Jahren, als würden sie nicht mit Bastien im Schlepptau ständig ausgehen wie eine kleine vorgefertigte Familie.

Ihre Gesichter begegneten sich züchtig über dem welkenden Brautstrauß. Brynns Mund hinterließ einen rosa Abdruck auf den Lippen meines Bruders, der dort den restlichen Abend lang zu sehen war. Sie himmelten sich ständig an, immer wieder. Sie küssten sich, während wir Brathähnchen aßen, die Finger voller Fett, und die Plastikgabeln sich unter dem Nudelkäseauflauf mit selbst gemachten Croûtons bogen. Sie küssten sich auf der improvisierten Tanzfläche, die mein Vater mitten im Garten aus Sperrholz zusammengezimmert hatte, wiegten sich langsam im Takt zu der schaurigen Musik. Alle tranken rosa Champagner aus Plastikflöten vom Dollar General. Mein Vater hielt eine Rede, gefolgt von Brynns Mutter, die schwer beschickert auf ihren Stöckelschuhen schwankte und in Tränen ausbrach, bis jemand sie ins Haus führte.

Ich hatte gedacht, ich würde mich an Brynns Seite sehen können, aber so war es nicht. Mein Bruder wirkte plötzlich wie jemand, dem ich noch nie begegnet war. Stärker. Er war so weit von mir entfernt wie sie, als die beiden sich umschlungen hielten und etwas schufen, in dem kein Platz für mich war.

Milos Arm lag um Brynns Taille. Sie lachten miteinander, steckten die Köpfe zusammen und flüsterten sich etwas ins Ohr. Ihren Abgang machten sie still und heimlich, schlichen durch die Seitentür zu seinem Wagen hinaus. Im

Orange und Lila des Abendhimmels fuhren sie davon, zum Marriot im Stadtzentrum, wo sie zwei Tage und drei Nächte verbrachten, in denen meine Eltern auf Bastien aufpassten und sie im Hotelpool schwammen.

Ich blieb auf meinem Klappstuhl sitzen und trank schwitziges Bier aus der Flasche, riss die Etiketten ab und klebte sie auf den Spieltisch. Durchgeschüttelt von den Gefühlen, gegen die ich mich wehrte, und immer noch in den Klauen meines Katers gefangen, zog ich mich in mich selbst zurück. Niemand machte Anstalten, mit mir zu reden. Die Leute tanzten weiter auf der Terrasse, hielten einander im flackernden Licht der Petroleumfackeln fest. Es war eine warme Nacht. Alles roch nach Öl und den mückenverscheuchenden Citronellakerzen.

Meine Mutter, verschwitzt vom Servieren und Tanzen mit meinem Vater, legte eine Hand um meinen Nacken und gab mir ein Stück Torte, Schokolade marmoriert mit Vanille, aus der Publix-Bäckerei. Der Figurenaufsatz, Braut und Bräutigam, war schon vor dem Anschneiden eingesunken, sodass die beiden aussahen wie Treibsandopfer. Bastien trug das Plastikpärchen wie eine Trophäe umher und lutschte an den Füßen der Braut.

Ich stach mit der Gabel in die Torte, die noch halb gefroren war. Die Plastikzinken bogen sich und wären um ein Haar abgebrochen. Ich nahm einen Happen von der Glasur, die auf der Zunge glitschte wie ungesalzene Butter.

11

Ich übertrug Bastien die Verantwortung für den Laden und sichtete eine Woche lang die Überreste der Kunstwerke meiner Mutter. Wir legten alles auf Zeitungspapier, zarte Flügelteile und dünne, verrußte Beine, staksig und verdreht von der Hitze. Um die Feuchtigkeit aufzusaugen, deckten wir jede Arbeitsfläche mit dünnem Papier ab, das wir ständig durch frische Bögen ersetzten.

Ich kam mir vor wie eine Pflegerin auf einer Intensivstation für Verbrennungsopfer. Ich drehte Rümpfe um, wechselte Verbände, tupfte nässende Wunden in gegerbten Häuten ab, aus denen gelblich schwarze Flüssigkeit drang. Die Nachbeben des Dramas standen aufgereiht in Schalen auf den Tischen. Viele der Arbeiten waren zerstört, aber ich nahm mir die Teile vor, die ich erfolgversprechend fand. Den Hals und die Schnauze des Keilers verarztete ich mit Appretur, und von den verkohlten Knochen bleichte ich die dunkle Kruste herunter. Die unbrauchbaren Reste verbannte ich gesammelt in die Mülltonne: verbrannte Kupferdrähte, aufgeweichte Wattefüllungen, Formstücke aus Schaumstoff, die sich zu spröden Klumpen zusammengezogen hatten und wie Kleber am Knochen hafteten.

Der Gestank war überwältigend. Ich ließ Lolee eine Maske tragen, ein weißes medizinisches Ding, das ihre Nase bedeckte und ihr ständig unters Kinn rutschte. Wie die Assistentin eines Chirurgen half sie mir bei den grausigsten Arbeiten – reichte mir Wattetupfer oder wechselte Tücher, drehte Häute und Schädel auf dem feuchten Boden um.

Wir besorgten uns Ventilatoren, die das Papier aufwirbelten und einen Luftzug erzeugten, der schwer nach toten Dingen und Rauch roch. Ich war mir nicht sicher, ob ich den Geruch je aus meinem Haar oder meiner Nase bekommen würde. Wenn ich nach Hause kam, steckte ich meine Sachen in Müllsäcke und hoffte, dass sie nach ein paar Waschgängen wieder normal riechen würden, aber eine Wette hätte ich darauf nicht abgeschlossen. Unter der Dusche versuchte ich mich auf den frischen Duft der Seife zu konzentrieren. Ich putzte mir oft die Nase, weil meine Stirnhöhlen so verstopft waren, dass ich das Gefühl hatte zu ersticken.

Bastien hielt, was er versprach. Er beschaffte neue Tiere, manchmal noch frisch von der Straße, wo sie überfahren worden waren, andere schon so steif, dass ich Zweifel hatte, ob ich ihre starren Gliedmaßen würde retten können. Wir bewahrten sie im Tiefkühler auf, während ich pausenlos an den verbrannten Stücken arbeitete und versuchte, einiges für meine Mutter zu retten, die das Haus nicht mehr verließ.

Sie wollte mit niemandem sprechen. Nicht mal mit Vera, die mit ihrem Kartoffelauflauf im Arm fassungslos in der Einfahrt stand, nachdem meine Mutter ihr die Tür nicht geöffnet hatte. Auch ich hatte sie nicht gesehen, allerdings auch keine Anstalten gemacht, sie zu besuchen. Ich wusste nicht so recht, wie ich das, was ich über ihre Arbeit dachte und fühlte, in Worte fassen sollte. Es schien mir klüger zu warten. Ich wollte wissen, was ich ihr sagen würde, bevor ich zu ihr ging. Ich wollte keine Wiederholung meines letzten Besuchs. Ich wollte sie nicht noch mehr verletzen.

Es fiel mir schwer, die Werkstatt zu verlassen. Ich war vor Sonnenaufgang dort und blieb noch lange, nachdem sie untergegangen war. Ich ernährte mich von Fast Food, das Bastien mir hinstellte. Im mondhellen Schein des vorderen Fensters saß ich hinter der Theke und aß die kalten Burger mit Pommes, während ich Kassensturz machte und ausrechnete, was wir eingenommen hatten und noch bezahlen mussten.

Zum ersten Mal in meinem Leben dachte ich darüber nach, wie es wohl wäre, das Geschäft zu verkaufen. Überlegte, wie es wäre, Zeit für mich zu haben. Ich hatte noch nie woanders gelebt. Ich kannte nur ein Viertel, einen Supermarkt. Dasselbe Tankstellenbier. Brynn hatte den Schritt gewagt und war einfach abgehauen, ohne zurückzublicken. Wenn sie das geschafft hatte, konnte ich es auch. Allerdings gab es einiges, was mich zurückhielt: die Familie und meine Erinnerungen. Ich war bis ins Mark nostalgisch. Ich war in der Zeit erstarrt und weigerte mich zu leben.

Lolee brachte einen Lebensmitteldehydrator mit, in den wir Fellstücke, winzige Kaninchenpfoten und Vogelflügel steckten. Wir trockneten abwechselnd Felle mit einem Haarfön und gingen dabei so nah ran, dass es auf eine andere Art verbrannt roch. Ich brachte den Bärenfellvorleger in die Reinigung ein paar Häuser weiter, in der schon die Hemden meines Vaters gebügelt worden waren. Mit dem in einer Plane eingewickelten Fell wartete ich, bis der Besitzer von hinten in den Laden kam; Mr. Gennaro mit seinem allzu weißen Gebiss, noch kleiner als ich, ledrige Haut und windgestählt.

»Ich habe eine besondere Bitte, vielleicht können Sie mir helfen.«

Er nickte. »Was ist das? Ein Schlafsack?« Er zog ein Taschentuch aus seiner Gesäßtasche und schnäuzte sich so heftig, dass ich fürchtete, seine Nase finge gleich an zu bluten. »Riecht nach Lagerfeuer.«

»So was Ähnliches.« Ich schlug die Plane zurück und legte den Kopf auf den Glastresen. Mr. Gennaro stand da und starrte den Bären an, bis ich mich räusperte und ihm das Plastik wieder über die Augen zog.

»So was kann ich nicht reinigen.«

»Könnten Sie es versuchen?« Als er nicht antwortete, stupste ich den Bärenkopf wieder aus dem Plastik, bis die Schnauze vorlugte wie eine dunkle, zitternde Hundenase, die nach Futter schnüffelt.

Mr. Gennaro streckte die Hand aus und berührte die Wange. Dann fuhr er mit der Fingerspitze über das borstige

Fell und zupfte am Haar hinter den Ohren, als wollte er es bändigen.

»Vielleicht. Ist teuer.«

»Schauen Sie einfach, was Sie machen können.«

»Keine Garantie.« Doch seine Augen hatten den Blick, den mein Vater immer bekam, wenn er ein besonders schönes Stück taxierte. Ich ließ das Fell auf der Theke liegen. Mr. Gennaro streichelte es und prüfte die Zähne wie ein Zahnhygieniker, der eine Reinigung durchführte.

*

Ich saß mit einem versengten Eichhörnchenschwanz in den Händen da, betrachtete das kaputte Fell und verstand selbst nicht, was ich da machte. Was wollte ich eigentlich retten? Das Verhalten meiner Mutter war mir nach wie vor ein Rätsel. Und was mich selbst und meine Gefühle betraf, war mir auch vieles nicht klar.

Die Tiere, bei denen nichts mehr zu retten war, warf ich weg.

»Mach's gut«, sagte ich zu dem Streifenhörnchen, das mein Vater hinter das Lenkrad eines kleinen Autos gesetzt hatte. Es saß da und sah aus dem Müllhaufen zu mir hoch, der Blick vorwurfsvoll, die Beine zu schwarzen Klumpen verkohlt. »Tut mir leid, dass ich nicht mehr tun konnte.«

Ich hatte vor, meiner Mutter eine Auswahl der geretteten Stücke zu bringen. Mehrere in Möbeldecken eingeschlagene Musterkisten standen auf der Ladefläche meines Pick-ups. Der Himmel war ziemlich klar – nur ein paar Wolkenfetzen hingen über der Baumgrenze in der Nähe des Horizonts –, aber ich wollte vorsichtig sein und deckte alles zusätzlich mit Plastikplanen ab, die ich am Rand mit Backsteinen beschwerte und anschließend mit einer weiteren Decke sicherte.

Bastien fand, ich hätte den Verstand verloren, und sagte es mir auch mehrmals.

»Ist wirklich alles in Ordnung mit dir?« Er zog noch einen Stein aus der Gartendekoration neben dem Fußweg und wischte unten den Schmutz ab, bevor er ihn behutsam neben die anderen legte. »Soll ich vielleicht mitkommen?«

»Nein. Ich schaff das schon.«

»Wenn das stimmt, warum sicherst du dann die Ladefläche wie ein verdammtes Vogelnest?«

Ich schnappte mir noch einen Stein und packte ihn neben den, den er eben hingelegt hatte. »Sei einfach still und hilf mir.«

Als wir fertig waren, gab Bastien mir die Schlüssel. »Ich hole eine Lieferung ab. Ein paar Frettchen und Meerschweinchen und weiße Mäuse.«

»Sag mir bitte, dass wir jetzt nicht die toten Tiere aus Zoohandlungen klauen.«

»Natürlich nicht.« Mit seinem Stiefelabsatz glättete er die Erde, wo vorher die Steine gelegen hatten, nebeneinander aufgereihte Löcher, die an fehlende Grabsteine auf dem Friedhof erinnerten. »Vielleicht schaue ich mir heute ein paar Pinguine an. Wäre das nicht was für dich?«

Er fing meinen Blick auf, und ich sah schnell weg, weil ich mich schämte zuzugeben, wie sehr ich sie wollte. »Vielleicht. Hängt vom Zustand ab.«

»Oh, wahrscheinlich ziemlich frisch.« Er grinste. Inzwischen hatte ich begriffen, dass es ihn glücklich machte, Dinge für unsere Familie zu besorgen. Er wollte für uns da sein. Ich fand das lieb, wenn auch etwas morbide.

So sah die neue Normalität aus. Mein Neffe und ich unterhielten uns über Tiermord, damit wir das Geschäft am Laufen halten konnten. Aber mir gefiel die Vorstellung, mit Pinguinen zu arbeiten. Mein inneres Kind erinnerte sich an all die Schulausflüge in den Meeresthemenpark und konnte es kaum erwarten, die Pinguine zu betrachten. Meine eigenen Dioramen zu gestalten. Ich hätte wetten können, dass sie besser wären als die im Themenpark. Ich brauchte nur etwas Styropor für Schneewehen.

Bastien schlug auf die Ladeklappe, als ich losfuhr. Es war Oktober, die kitschig dekorierten Halloweenläden öffneten wieder; einer hatte sich im alten TJ Maxx niedergelassen, wo meine Mutter alle Osterkleider gekauft hatte, die sie nicht selbst nähte.

Sämtliche Lichter waren aus, als ich in die Einfahrt meiner Eltern bog. Es war dunkel, floridadunkel, und das hieß jede Menge Insekten. Die Dämmerung kam schnell, und ich wollte die Musterkisten nicht draußen auf dem Pickup lassen, wo weiß Gott wer anfangen würde, an ihnen zu knabbern.

Mein Klopfen an der Haustür zeitigte keine Reaktion,

ebenso wenig mein Läuten, die Klingel spielte noch immer die Melodie, die meine Mutter zum letzten Geburtstag meines Vaters eingestellt hatte. Ich klopfte lauter und rief ihren Namen, in der Hoffnung, sie würde wenigstens das Licht anschalten, doch es geschah nichts. Als ich um das Haus herumging, kam ich an den Blumenkästen vor den Fenstern vorbei, und als ich hinten in den Garten gelangte, klebten Kletten an den Aufschlägen meiner Jeans.

Das Gras reichte mir bis zu den Waden, stellenweise bis zu den Knien. Mit dem Handrasenmäher würde Bastien nichts mehr ausrichten können. Wir brauchten etwas Gewerbliches. Vielleicht einen Rasenservice. Und wenn meine Mutter nicht mehr alleine für sich sorgen konnte? Würde sie bei mir oder Milo leben? Wer würde sich um das Haus und ihre Grundbedürfnisse kümmern?

Ich probierte es an der Glasschiebetür, doch sie war abgeschlossen. Ich presste mein Gesicht an die Scheibe und spähte hinein, sah jedoch nur die blau leuchtende Zwölf-Uhr-Anzeige der DVD/VCR-Anlage. Mein heißer Atem beschlug die Scheibe um meinen Mund und verpasste mir einen Weihnachtsmannbart. Ich schrieb meine Initialen in den Dampf.

Es gab noch eine Stelle, wo ich es versuchen konnte: das Fenster von meinem Zimmer. Das Unkraut wucherte dort am höchsten, es war feucht und voller Stechmücken. Ich tastete am Sims entlang, auf der Suche nach dem Bambusstück, das ich benutzt hatte, um mich mit Brynn davonzustehlen, als wir noch in der Highschool waren. Die kalte

Luft der Klimaanlage drang durch den winzigen Fensterspalt und kühlte meine warme Wange. Es gelang mir, das Fenster Stück für Stück hochzuschieben, bis ich schließlich den Kopf durchstecken konnte.

Der Raum war muffig, niemand hatte ihn benutzt, seit Milo mit Brynn und den Kindern dort gelebt hatte. Mein altes Zimmer war schon immer unangenehm feucht gewesen, die Teppiche von Fäulnis durchdrungen. Wenn ich zum Abendessen vorbeikam, mied ich es, als könnte mich sein Verfall mit den schlimmsten Erinnerungen infizieren, die ich zurückgelassen hatte.

Ich schob das Fenster ganz auf, stolperte zurück durch das nasse Chaos von aufgehäuften Blättern, nahm dann unbeholfen Anlauf in Richtung Haus und sprang auf das Sims. Das Holz bohrte sich mir in den Bauch, als ich mich durchzwängte. Mit den Armen voran ließ ich mich durch die Öffnung fallen. Als ich im Zimmer landete, wollte ich mich an einem alten Bücherbord abstützen, das prompt unter meinem Gewicht zerbrach, sodass ich auf grob zusammengeschusterten Brettern und Büchern, die ich seit der Grundschule nicht mehr gelesen hatte, vorwärtsschlitterte.

Ich trat ein paar der Bücher unter die Bettumrandung und öffnete die Tür zum Flur.

»Mom?« Meine Stimme hallte vom Terrazzofußboden zu mir zurück. »Ist alles in Ordnung?«

Es dauerte eine Weile, bis ich sie fand. Sie hatte sich im Bad verkrochen und saß in der Dusche. Als ich das Licht einschaltete, zuckte sie zusammen und zog den Kopf ein.

Ich kauerte mich zu ihr und stöhnte vor Anstrengung, weil mein Rücken wehtat. »Ist das jetzt unsere neue Beschäftigung? Auf schmutzigen Badezimmerböden sitzen?«

Ein strenger Körpergeruch ging von ihren Achselhöhlen aus, pudriges Mutteraroma, verstärkt durch den Mief von alter Unterwäsche und getragenen Socken. Ihr Lieblingsnachthemd bedeckte nur knapp ihre Schultern und offenbarte fast ihre Brüste.

Sir Charles saß neben der Toilette. Auch er hatte schon bessere Zeiten gesehen. Eine der Präparierarbeiten meines Vaters, in großer Eile fertiggestellt, nachdem der Hund an einer Darmverstopfung gestorben war. Sein Gesicht wirkte verkniffen und böse, obwohl ich wusste, dass mein Vater ihn nett modellieren wollte. Haustieren ein freundliches, waches Aussehen zu verleihen war ziemlich schwer; am besten stellte man sie schlafend dar, eingerollt in einem kleinen kitschigen Bett. Aber meine Mutter hatte sich den Hund so gewünscht, und mein Vater hatte ihn für sie präpariert, um ihr eine Freude zu machen. Es fiel ihm zwar schwer, es auszusprechen, doch er tat sein Bestes, um seine Liebe zu zeigen. Diese Erinnerung versuchte ich in mir wachzurufen, wann immer ich ihn lieber gehasst hätte.

»Ich habe ein paar Sachen für dich.« Ich strich ihr über den Kopf. Ihr Haar wuchs wieder nach: ein spärliches, schimmerndes Silber, das ihre Kopfhaut erhellte wie Lametta. Ich überlegte, ob ihr wohl kalt war. Als ich ihr Gesicht zu mir neigte, sah ich das vertrocknete Make-up um ihre Augen. In ihren Halsfalten war Schmutz oder vielleicht Ruß.

»Jetzt gehst du erst mal unter die Dusche«, sagte ich. »Dann reden wir weiter.«

Es war nicht leicht, sie hoch zu bekommen. Ich setzte sie auf den geschlossenen Klodeckel und drehte das Wasser auf. Ein eisiger Strahl traf mich an den Armen und spritzte mir ins Gesicht, bevor es sich langsam erwärmte. Den Vorhang ließ ich halb offen, um den Raum zu bedampfen.

Als ich ihr das Nachthemd über den Kopf zog, lehnte sie sich mit ihrem weichen, kleinen Körper an mich. Ihre Brüste pressten sich an meinen Oberkörper. Die Haut auf ihrem Rücken war welk und so dünn, dass ich befürchtete, ich könnte sie mit den Fingerspitzen durchstoßen. Wie seltsam, die Frau, die mich aufgezogen hatte, hilflos wie ein Baby zu sehen.

Unter dem Wasserstrahl schrumpfte sie noch mehr, bis ihr Kinn fast die Brust berührte. Ich seifte einen Waschlappen ein, den ich unter dem Waschbecken fand, eines der geblümten Relikte aus meiner Kindheit, vom wiederholten Waschen zu einem hellen Grau verblasst. Ich rieb vorsichtig ihren Kopf und ihr Gesicht ab und passte besonders an der Nase auf, die um die Nasenlöcher wund und rot war. Dann wusch ich sie unter den Armen, nur den Intimbereich überließ ich ihr und drehte mich weg, um ihre Privatsphäre zu wahren.

Sie weinte still vor sich hin, Tränen und Rotz vermischten sich mit dem Wasser, das wegen der Kalkablagerungen am Duschkopf in sämtliche Richtungen spritzte. Schließlich nahm ich ihr den Lappen wieder ab und ließ sie dastehen, während ihr das Wasser über Gesicht und Brust lief und der Seifenschaum sich in den struppigen Haaren zwischen ihren Beinen sammelte.

Was sollte ich sagen? Keine Lüge wäre glaubhaft. »Es ist schrecklich, ich weiß«, sagte ich und drückte ihren Nacken. »Aber es wird nicht ewig so sein.« Sie drehte sich um und sank mir entgegen, ihr Körper glitschig und immer noch seifig.

»Das weiß man nie.« Sie schniefte in meinen Hals. Ihr Kopf fühlte sich schwer und fest wie eine Bowlingkugel an. »Ich habe alles von mir in diese Arbeit gesteckt. Sie war das Einzige, was mir ein gutes Gefühl gab.«

Es tut mir leid war alles, das angebracht schien, aber ich brachte es nicht über die Lippen. Mit *Es tut mir leid* ließ sich nichts beheben. Es war nur eine Floskel, die kein Handeln nach sich zog, um das Leben zu erleichtern. Der Brief meines Vaters war gespickt mit Entschuldigungen: *Es tut mir leid, dass ich versagt habe, es tut mir leid, dass ich diesen Schritt gehe, es tut mir leid, dass ich nicht der richtige Mann sein konnte.* Was war der richtige Mann? Ein Mensch, der seinen Verpflichtungen gerecht wurde? Wenn es ihm wirklich leidgetan hatte, hätte er dann nicht sehen müssen, dass er im Begriff war, seine Familie zu zerstören, und innegehalten?

In den Augenwinkeln meiner Mutter hingen Reste von Wimperntusche wie kleine, schleimige Mücken. »Dein Vater hat mich im Stich gelassen.« Ihr Mund wanderte auf mein Hemd, der Stoff dämpfte ihre Stimme. »Er war kontrollsüchtig und unterdrückend, aber er war mein Mann, und ich habe ihn geliebt. Wir haben uns zusammen ein Leben aufgebaut, und jetzt ist er weg. Ich habe nichts Eigenes.«

Ihr Atem war scharf und bitter. Ich ließ mich von dem Geruch einhüllen, nahm ihn in mich auf, ohne zu zucken. Ich verstand den Schmutz als meinen Anteil, so wie sie ihn einst von ihrem Mann genommen hatte. Sie war klein und litt, und ich liebte sie. Ich holte ein sauberes weißes Handtuch aus dem Schrank und wickelte sie darin ein. Sir Charles saß auf dem Boden neben der Toilette, zerzaust und feucht, umringt von Wassertropfen, die aus dem Duschvorhang fielen. Ich hob ihn auf und reichte ihn meiner Mutter, die ihn sich wie einen Teddybären unter den Arm klemmte.

Wir gingen ins Wohnzimmer. Zum ersten Mal seit Langem lief der Fernseher nicht. Die Tiere saßen auf den Regalen, düster und still, als schliefen alle außer uns. Ich schaltete die Lampe neben dem Lehnstuhl meines Vaters ein, die Lampe mit dem leuchtend grünen Schirm, den er Schildkröte genannt hatte.

Schalte die Schildkröte an, sagte er oft und blätterte die Zeitung durch, auf der Suche nach Anzeigen für alte Präparate, die er überarbeiten und neu aufsetzen konnte. *In diesem Haus ist es stockfinster.*

Ich setzte meine Mutter auf die Kante des Stuhls, zog das Handtuch fester um ihre Schultern und trocknete ihr mit einer Ecke das Gesicht ab. Sir Charles saß unter dem grünen Schein der Schildkröte und starrte uns beide mit großen glänzenden Augen an. Auf dem Holz unter ihm sammelte sich Wasser und durchweichte die Papieruntersetzer, die mein Vater immer gern aus Restaurants mitnahm.

Ich hielt ihre Hände und kauerte vor ihr. Sie waren kleiner als meine und viel, viel weicher. »Worüber willst du noch reden?«

»Du hast deinen Vater nicht gekannt.«

»Nein«, erwiderte ich und drückte ihre Hände rhythmisch, damit ich mich auf das Gefühl konzentrieren konnte und nicht auf meinen Magen, der auf den Boden zwischen meinen Füßen zu fallen schien. Mein Körper, in Stücken. »Nein, wahrscheinlich kannte ich ihn nicht.«

»Und mich kennst du auch nicht richtig.«

Unsere Gesichter waren sich nah. Ich sah die winzigen schwarzen Poren an ihrer Nase. Ihre Nasenlöcher waren an den Rändern verkrustet und fingen an, sich zu schuppen. An ihren Mundwinkeln wuchsen borstige, dunkle Haare. Als sie seufzte, entdeckte ich oben an einem ihrer Schneidezähne einen weißen Fleck. Es war seltsam, dass mir solche Einzelheiten am Körper der Frau, die ich schon mein Leben lang kannte, erst jetzt auffielen.

»Kennst du mich denn?«, fragte ich und listete die kleinen Mängel in der Haut meiner Mutter auf. Die Fleischfalten an ihrem rechten Auge, das irgendwie tiefer saß als das linke. An ihrem Schlüsselbein prangte ein dunkler Fleck, vielleicht ein Bluterguss oder ein Muttermal. Auf ihrer Wange hatte sie einen Leberfleck, der in dem grünen Licht fast lila wirkte.

»Nicht jetzt.« Nun drückte sie meine Hände, rieb mit dem Daumen meine Handfläche. »Ich kannte dich, als du klein warst.«

»Niemand kann einen anderen Menschen kennen.«

Es gab Zeiten, da bildete ich mir ein, andere Menschen zu kennen. Brynn, die ich über alles geliebt hatte. Meine andere Hälfte. Meinen Vater, einen Mann, den ich verehrt hatte, jemand, den ich für den stärksten Menschen auf dem Planeten gehalten hatte. Wir verbrachten so viel Zeit damit, Kleinigkeiten von uns in anderen Menschen zu suchen, dass wir nicht merkten, dass sie in uns dasselbe suchten.

Sie strich mir sanft über die Augenbraue, die dick und wuchernd war, ein Erbe von meinem Vater. »Ich würde gern mehr über dich wissen, wenn du mich lässt. Ich weiß, es fällt dir schwer, dich zu öffnen. Über Dinge zu reden.«

Ihr Handtuch verrutschte und hing nahe einer dunklen Brustwarze. Ich zog es für sie hoch und steckte es unter ihre Achselhöhle.

»Niemand kennt mich. Ich kenne mich ja selbst nicht, Mom.«

»Ich kenne mich auch nicht. Niemand kannte mich, nur dein Vater, und der ist fort.« Das Weiße ihrer Augen war so rot, dass ich befürchtete, sie hätte vielleicht Seife hineinbekommen. »Ich weiß nicht, ob ich noch mal von vorne anfangen kann.«

»Mich kannte niemand außer Brynn. Manchmal frage ich mich, ob ich mich vielleicht getäuscht und es mir eingeredet habe, damit ich mich weniger einsam fühle.«

Meine Mutter lächelte. Ihre Zähne waren dunkel vom jahrelangen Kaffeegenuss, abgeplatzt, an den Ecken schartig. Die Eckzähne flach, nicht mehr raubtierhaft. »Dein Bruder kennt dich.«

»Das ist nicht dasselbe.«

Sie zuckte die Schultern und wischte sich über die Nase, die wieder tropfte. »Es geht nur um Nähe. Und es gibt verschiedene Arten von Nähe.«

Ich wusste, wer Milo früher war. Aber inzwischen kannte ich nicht mal seinen Lieblingsfilm. Wann hatte er mir das letzte Mal von einer Verabredung erzählt oder ob er lieber Hunde oder Katzen mochte? Wo ging er mittags gerne essen? Liebe war etwas, was ständiger Pflege bedurfte. Unsere Nähe war eine entwurzelte Pflanze, verschrumpelt und welk.

Meine Beine waren verkrampft, während ich vor ihr hockte. Ich setzte mich auf den Teppich und zupfte an den Fasern; er war voller Krümel und musste gesaugt werden. Alles musste gesäubert werden. Ich wollte mit einer Mülltüte umherlaufen und anfangen, Sachen wegzuwerfen. All das verstaubte, nutzlose Zeug, das niemand mehr brauchte.

»Nähe verlangt, dass man einiges von sich für den anderen aufgibt, auch wenn das heißt, dass man sehr verletzlich wird. Aber manchmal lassen wir das zu, weil Schmerz sich auch gut anfühlen kann.« Sie legte ihre Hand auf meine Wange.

Ich gähnte, bis mein Kiefer knackte. »Ich will mich nicht ständig bemühen müssen. Ich bin einfach müde.«

»Das ist in Ordnung.« Sie streichelte meinen Nacken,

strich mein Haar zurück. »Es ist nicht leicht, über die hässlichen Dinge zu reden. Darüber, wie schrecklich wir sein können und es trotzdem wert sind, geliebt zu werden.«

»Ich will nichts mehr fühlen.« Ich lehnte mich an sie, und sie schaukelte meinen Kopf an ihrer Brust. Es war peinlich und unbequem. Ich zwang mich, nichts zu fühlen, mich mit weißem Rauschen zu füllen.

»Andere zu brauchen macht Angst.«

Ich vergrub mein Gesicht an ihrem Hals und spürte, wie meine Zähne in ihre Hautfalten drückten. Es war nicht einfach, in dieser Stellung zu sprechen. »Aber ich mag es, Schmerz zu fühlen, mich wegen Brynn verletzt zu fühlen«, gab ich zu und hasste mich dafür. »Ich mag dieses Gefühl, weil es mir gehört und das Einzige ist, was mir von ihr geblieben ist. Wenn ich nicht mehr leide, dann ist sie wirklich fort.«

Meine Mutter steckte ihre Finger in meinen Zopf. Und dann ließ auch ich meinen Tränen freien Lauf. Wir klammerten uns beide aneinander, das Handtuch rutschte auf ihre Taille. Sir Charles, dessen kleine, tropfnasse Pfoten den Holzboden ruinierten, starrte uns mit großen Augen an.

GOPHERUS AGASSIZII – WÜSTENSCHILDKRÖTE

Wir fanden die Kondome auf dem Parkplatz hinter Brynns Trailer. Eine ganze Packung, ungeöffnet, als wäre sie jemandem aus der Einkaufstüte gefallen. Ich kannte Kondome nur aus dem Fernsehen. Brynn erzählte mir, ihre Mutter würde welche benutzen, aber sie wusste nicht, wo sie sie aufbewahrte. Sie glaubte, dass ihre Mutter vielleicht von den Männern, mit denen sie gerade ging, erwartete, dass sie sie mitbrachten. Ich hatte keine Ahnung, ob meine Eltern welche benutzten, aber ich hätte sie nie danach gefragt.

Die blasen wir auf wie Ballons. Sie schüttelte die Packung, hielt sie über den Kopf und schüttelte sie wieder, klatschte sie an ihren Hintern wie ein Tambourin. *Scheißkondome!*

Es war zu heiß, um draußen zu sein. Es war Anfang August, wir schmorten. Ich hatte einen schlimmen Ausschlag auf dem Rücken und trug ein Flanellhemd, um ihn zu verbergen, ein Gefühl, als würde ich lebendig geröstet. Milo hatte ich am 7-Eleven abserviert, weil er sein Slurpee nicht mit mir teilen wollte. Irgendwann würde er uns finden, aber fürs Erste waren wir nur zu zweit, und das war besser. Brynn hing ständig an ihm und berührte ihn zu oft. Sie schlang ihren Arm um seinen Hals und riss an seiner Unterhose, wenn der Bund aus seinen Shorts vorlugte. Er wurde dann rot, und sie neigte sich zu ihm und kicherte ihm ins Ohr.

Brynn hielt mir die Kondome hin. *Los, das machen wir. Wird bestimmt lustig.*

Und wenn uns jemand sieht?, sagte ich und verschränkte die Arme. *Dann stehen wir blöd da.*

Wir sollten deinen Bruder suchen. Dem würde das gefallen.

Bei dem Gedanken, die beiden zusammen zu sehen, bekam ich richtig schlechte Laune. Ich war ohnehin völlig unzufrieden: der schlimme Hautausschlag, meine von den Hormonen fettigen Haare. Brynn fühlte sich wohl in ihren abgeschnittenen Jeansshorts und dem weißen kurzen Top. Ich konnte ihre Brustwarzen durch den dünnen Stoff sehen und sagte es ihr, aber sie zuckte nur die Achseln und wackelte mit ihrer Brust vor mir herum. Wenn Milo sie sehen würde, das wusste ich, würde er ausflippen und diesen gewissen Gesichtsausdruck kriegen, der besagte, dass er an Sex dachte. Mich ärgerte das aus vielen Gründen, die ich nicht unter einen Hut bringen konnte. Brynn gehörte mir, aber Milo gehörte mir auch. Ich hasste die Vorstellung, dass die beiden ohne mich zusammen waren.

Nein, wir machen es jetzt. Du und ich.

Juhu! Sie hüpfte im Gras herum, wirbelte Staub mit ihren Flipflops auf.

Wir tranken Wasser aus dem Schlauch, den wir hinter

den Trailer gezogen hatten, wo wir vor neugierigen Blicken geschützt waren. Brynns Mutter war nicht zu Hause, aber das war sie ohnehin nur selten. Sie hatte einen neuen Typen kennengelernt, der schon bei ihr im Trailer lebte. Brynn zufolge war er arbeitslos und saß die ganze Zeit in Boxershorts vor dem Fernseher. Ich fand das eklig, aber Brynn meinte, alle Männer, die ihre Mutter einziehen ließ, seien so. Typen, bei denen sie die Tür abschließen wollte, wenn sie duschte.

Füll sie mit Wasser. Sie hielt eines der Kondome hoch, aufgebläht und glitschig vom Gleitmittel. Denn so hieß das Zeug, wie Brynn mir erklärte, als wäre ich eine Idiotin.

Das wundersame Geheimnis der Wichse. Brynn schüttelte das volle Ding, dass es wackelte und jeden Moment zu platzen drohte.

Das ist eklig. Ich will das gar nicht sehen.

Gewöhn dich lieber dran. Wie willst du sonst ein Baby kriegen? Dazu brauchst du Spermiensaft, Dummerchen.

Sie warf es von einer Hand in die andere, und es war so glitschig, dass es ihr fast entglitt. Der Schlauch hatte ihr Top durchnässt, es war jetzt völlig durchsichtig, ihre winzigen Brustwarzen hart wie Radierstifte.

Ich will aber kein Baby.

Brynn schnaubte. *Natürlich willst du. Jeder will ein Baby.*

Tja, ich nicht.

Die meisten Kinder widerten mich an. Und besonders eklig fand ich, wie Babys gemacht wurden. Ich mochte mir gar nicht vorstellen, mit einem Jungen je so etwas tun zu müssen, ihn auf mir liegen zu haben und mir sein klebriges

Zeug in den Körper spritzen zu lassen. Für mich klang das nach einem Horrorfilm. Schon bei dem Gedanken daran wurde mir ganz schlecht.

Ich roch den Gestank von meinem eigenen Schritt und meinen Achselhöhlen, und manchmal traf mich ein Hauch meiner fettigen unordentlichen Haare, wie Pommes frites. Ich wollte keine Kondome herumwerfen. Ich wollte schwimmen gehen und chloriertes Wasser aus der Lücke zwischen meinen Schneidezähnen spritzen. Im Schwimmbad fühlte ich mich leicht und schwerelos wie jeder andere.

Ich hielt mir den Schlauch in den Mund, trank einen großen Schluck Wasser und wünschte, es würde nicht so sehr nach geschmolzenem Gummi schmecken. Es war die Endphase des Sommers, nichts fühlte sich mehr gut an. Meine Mutter hatte bereits den Herbstschmuck herausgeholt und den Kranz auf den Tisch gelegt, der die dicken weißen Kerzenstumpen umringte, die wir nie anzünden durften.

Inzwischen befanden sich vier, fünf, sechs mit Wasser gefüllte pralle Kondome in einem alten Osterkorb aus Plastik, den Brynn unter dem Trailer ausgegraben hatte. Ihr Stellplatz war eine Müllhalde, immer von Unrat übersät. Sie warfen nie was weg, und es roch immer nach morschem, vergammeltem Holz. Meistens störte mich das nicht. Es war so anders als bei uns zu Hause. Außerdem erinnerte es mich daran, wie sehr Brynn an Sachen hing und es nicht über sich brachte, sich von ihnen zu trennen. Aber ich dachte auch an Milo, der uns bald finden würde, und dann würde Brynn mich ignorieren und mit ihm kichern, und im selben Moment wollte ich etwas beißen. Es war zu heiß. Ich wollte nur allein sein.

Okay, wir sind fertig. Los, komm.

Ich folgte ihr nach hinten zum leeren Parkplatz, wo wir die Packung gefunden hatten, und sie setzte sich mit den improvisierten Wasserballons im Korb hin. Sie wackelten obszön. Ich rechnete damit, dass sie platzten, weil sie eingezwängt neben spitzen Plastikranken lagen, doch sie blieben heil und glänzten.

Ich hätte jetzt gern eine Cola. Ich ließ mich auf einer grasigen Stelle nieder und zupfte an den v-förmigen Gräsern, zog sie auseinander und warf die Reste zur Seite. *Oder ein Snickers-Eis.*

Nein, hättest du nicht. Erinnerst du dich noch an letztes Mal?

Ich erinnerte mich. Brynn, ich und ein paar unserer Freundinnen vertrieben uns die Zeit, während wir auf das Ende des Leichtathletiktrainings der Jungs warteten. Die Schokolade von meinem Eis war geschmolzen, klebte auf meinen Händen und meinem Gesicht, aber Brynn hatte mir nichts gesagt. Sie hatte nur an ihrem Erdbeereis am Stiel weitergeleckt und die tropfende Masse von ihrem weißen Overall weggehalten. Dann stieß Milo zu uns und fragte, ob ich Scheiße am Mund hätte. Brynn musste so lachen, dass ich dachte, sie macht sich in die Hose. Sie hatte Milo den Rest ihres Eises gegeben, und er zermalmte es zwischen seinen Schneidezähnen. Die beiden gaben ein so vertrautes Bild ab, als wüssten sie alles voneinander – jedes alberne

Geheimnis, jeden bösen Gedanken. Meine Haut fühlte sich zart und porös an, ich fühlte mich durch und durch verletzt.

Das war vielleicht lustig, sagte Brynn jetzt und lachte. *Ich würde das wirklich gern noch mal sehen.*

Allein die Erwähnung des Ganzen weckte in mir den Wunsch, ein Loch in die Erde zu graben und mich darin zu verstecken. Ich ließ die Grasreste fallen und packte ein vergammeltes Stück Eichenholz, zupfte daran herum, bis es in meinen Händen zu Staub zerfiel, der sich unter meinen Fingernägeln festsetzte und meine Haut weiß färbte.

Was wollen wir mit den Dingern machen? Sie auf vorbeifahrende Autos werfen?

Eigentlich ist hier ja keiner, sagte ich und wischte mir den Staub von den Händen.

Brynn nahm ein Kondom, warf es dreißig, dann sechzig Zentimeter hoch, dann noch höher und fing es jedes Mal wieder auf. Schließlich legte sie eine Pause ein, hielt es am verknoteten Ende und starrte in den Mikrokosmos aus Wasser und Gleitmittel.

Da drin ist es ganz ölig. Sie warf es wieder in die Luft, nicht ganz so hoch. *Fang auf!*

Es traf mich, bevor ich die Hände ausstrecken konnte. Das Kondom platzte nicht, prallte aber von meinem Gesicht ab, und zwar mit solcher Wucht, dass sich mein Kopf drehte. Ich saß benommen da und presste mir die Hände auf die Nase, die so wehtat, dass ich kaum atmen konnte, ohne zu schreien.

Was herauskam, war ein froschartiges Quaken. Brynn

lachte hysterisch und rannte los, um den Ballon aufzuheben, der ein Stück weggerollt war. Er lag im Gras, leicht mit Sand bestäubt.

Sie warf ihn hoch und fing ihn wieder, kleine Grasstücke flogen weg. Sie hatte Dreck an den Händen und verzog angewidert das Gesicht. Dann ließ sie ihn fallen und wischte sich die Finger am Gesäß ihrer knappen Shorts ab.

Das hat wehgetan, blöde Kuh.

Mann, krieg dich wieder ein.

Meine Nase fühlte sich geschwollen an, als wäre sie dreimal so groß wie normal. Ich befingerte vorsichtig die Nasenlöcher und suchte nach Blut, denn ich war sicher, es würde mir übers Gesicht laufen. Doch da war nur ein wenig klare Flüssigkeit.

Du hättest mir die Nase brechen können. Vielleicht ist sie sogar gebrochen.

Nein, ist sie nicht. Das sähe viel schlimmer aus.

Brynn nahm einen Ballon aus dem Osterkorb, warf ihn hoch und immer höher. Ich verfolgte seine Flugkurve, als ein Flugzeug dröhnend laut über uns hinwegflog. Meine Nase pulsierte. Ich wünschte mir, dass mein Körper an allen anderen Stellen wehtat, um meinem Gesicht ein wenig Erleichterung zu verschaffen.

Es tut richtig, richtig weh.

Du stellst dich immer an wie ein Baby. Sie verdrehte die Augen und ging in die Hocke. Dann stieß sie sich ächzend ab und warf den Ballon hoch, viel höher als die Male zuvor. Er vollführte verrückte, zuckende Figuren in der Luft.

Brynn rannte ihm hinterher, stolperte über meine Beine und landete ausgestreckt auf dem Boden. Der Ballon schlug neben ihr auf, platzte mit voller Wucht, bespritzte ihre Beine und ihr Top, durchnässte meine Jeans.

Igitt, verdammte Scheiße. Sie trat nach mir, stieß mir ihre Zehen ins Bein. *Das wollte ich morgen anziehen.*

Als sie mich wieder trat, spannten sich die Muskeln in meiner Wade an, verkrampften fast, und ich drehte durch. Ich trat zurück, ganz fest. So was hatte ich noch nie mit Brynn gemacht. Es war ein körperlicher Kampf, wie ich ihn mit meinem Bruder ausfocht – wir holten aus und schlugen zu, zwickten und traten. Brynn hatte noch nie etwas von mir einstecken müssen. Ich trug Turnschuhe, und der Absatz traf sie mitten in die Kniescheibe.

Au!, schrie sie, die Augen groß vor Schock. Dann trat sie mich wieder, und ich trat zurück, diesmal voll auf den Oberschenkel.

Unsere Beine waren ein verschwommenes Knäuel. Brynns Flipflops waren weggeflogen, und ihr bloßer Fuß traf mich immer wieder, zielte auf meine verschwitzte Jeans. Wir kämpften und keuchten, bis mein letzter Tritt sie in den Bauch traf.

Dann krochen wir beide voneinander weg. Mein Haar war durcheinander, einzelne Strähnen hatten sich aus dem Zopf gelöst. Brynn sah verrückt aus. Ihr roter Lipgloss war über Wangen und Kinn verschmiert.

Du blöde Scheißfotze. Mit zitternden Händen fuhr sie sich übers Gesicht.

Ich hatte das Wort schon von anderen Kindern gehört, aber noch nie von Brynn. Ich saß da und starrte sie an, während sie schwer atmend ihre Flipflops einsammelte, die fünf Meter auseinander lagen.

Tut mir leid, sagte ich und wischte meine schmutzigen Hände an der Jeans ab. Es tat weh. Überall auf den Handflächen hatte ich winzige Schnittwunden und Kratzer. Ich hatte gar nicht gemerkt, dass ich mich verletzt hatte. *Ich wollte das nicht. Tut mir leid.*

Ach ja? Es tut dir leid?

Ich weinte, und auch das tat weh. Meine Nase war so geschwollen, dass ich den Rotz nicht rauslassen wollte, der sich in den Nebenhöhlen bildete. Schweiß tropfte mir vom Haaransatz und vermischte sich mit meinen Tränen. Als ich ihn wegwischen wollte, spürte ich Schotter und Dreck auf meinen Lidern.

Hör auf zu heulen! Halt die Klappe!

Ich hörte sie kaum, weil mir das Blut in den Ohren rauschte und meine Nase pfiff. Ich wiederholte immer wieder, dass es mir leidtat, und fragte mich, wie oft ich es noch sagen musste, bis sie sich beruhigte. Doch dann rannte sie von mir weg, stolperte über Stöcke und Mooshaufen. Als sie den Rand des Parkplatzes erreichte, bückte sie sich und hob etwas auf. Dann schrie sie wieder und warf es in meine Richtung. Eine Schildkröte.

Da hast du noch was Totes, du blöde Missgeburt!

Brynn drehte sich um und rannte zum Trailer. Der Freund ihrer Mutter öffnete die Tür – beugte sich in seinem weißen

T-Shirt und den Boxershorts heraus. Sie wich ein wenig zurück, und er neigte sich ihrem Gesicht zu. Ich verstand nicht, was er sagte, aber ich sah ihre Reaktion. Es schien, als würde sie immer noch schreien. Er packte sie am Arm, ganz oben, nahe ihrer Schulter, und zerrte sie hinter sich in den Trailer. Sie schaute nicht zurück.

12

Meine Mutter half mir, die Musterkisten ins Wohnzimmer zu tragen. Sie waren nicht schwer, aber unhandlich, bei einigen mussten wir beide anfassen. Nach mehreren Gängen sank ihr Kopf nach vorne, und sie lehnte sich zum Verschnaufen an die Wand. Ich führte sie zur Couch, setzte Kaffee auf und lud den Pick-up fertig ab. Es war die ganze Nacht klar geblieben, aber ich war mir nicht sicher, wie lange das anhalten würde oder ob der Tau den Stücken schaden würde, die wir so mühsam getrocknet hatten.

Mit dem Kaffeebecher in der Hand sah sie wieder menschlicher aus. Sie hatte ihre Lesebrille aufgesetzt, und bei jedem Schluck beschlugen die Gläser, kleine, undurchsichtige Halbmonde, die sich schnell wieder auflösten.

»O Mann«, sagte sie, legte den Kopf in den Nacken und ließ sich in das dick gepolsterte Sofakissen sinken. »Ja. Mann. Das tut wirklich gut.«

»Wann hast du das letzte Mal welchen getrunken?«

»Keine Ahnung.«

Es war seltsam, sich meine Mutter ohne Kaffee vorzustellen, eine Frau, die Migräne bekam, wenn sie auch nur sechs Stunden keinen trank. Sie massierte sich den Nacken. Jetzt, da sie sauber war, verströmte sie einen seifigen, angenehmen Duft. Ihr Bademantel roch nach zu viel Waschmittel.

Ich zeigte ihr jedes einzelne Stück, das ich hatte retten können. Fledermausflügel, einen Gürteltierpanzer, Vogelrümpfe, einen lachsfarbenen Flamingohals, an dem noch ein Stück Schnabel hing. Wir hatten Fellstücke und Geweihsprossen. Beine von verschiedenen Tieren – zwei Schweineklauen, ein Stück Elchoberschenkelknochen. Ich hatte alles noch mal präpariert und gebleicht, so gut es ging. Es war nicht einfach, in den Resten noch die Hand meines Vaters zu erkennen. Er hätte das Ganze nicht gutgeheißen oder verstanden. Ich kapierte immer noch nicht, was sie eigentlich bezweckt hatte, war aber bereit, es herauszufinden. Ich wollte eine Tochter sein, die zuhörte – im Gegensatz zu der Tochter, die keine Mühe scheute, etwas zu ruinieren, die anonyme Drohanrufe machte, weil sie zu feige war, sich direkt mit etwas auseinanderzusetzen.

Als meine Mutter nach dem Sexspielzeug fragte, zeigte ich ihr ein einzelnes Paar Handschellen. Der Pelzbesatz war verbrannt, der Stahl aber tadellos. Sie nahm sie mir mit zitternden Fingern ab und steckte sie in die Tasche ihres Bademantels.

»Dein Vater hat die sehr geliebt.«

»Okay«, erwiderte ich und bemühte mich, mein Gesicht nicht zu verziehen. »Toll.«

»Vor anderen hat er immer den Prüden gespielt, aber eigentlich hatten wir ein sehr gesundes Sexleben.« Sie lächelte. »Wir hatten schöne Zeiten mit den Dingern.«

»Ich hol uns noch etwas Kaffee«, verkündete ich und ging mit unseren vollen Bechern in die Küche.

Das Bärenfell war noch in der Werkstatt. Mr. Gennaro hatte es makellos gereinigt, auch wenn er mir gedroht hatte, dass Doppelte zu berechnen, sollte ich jemals wieder mit einem Tier kommen. Der Kopf war flauschig und das Fell so glänzend, dass es fast schon unecht aussah. Sogar die Zähne wirkten heller.

Bleichzahnpasta. Er hatte sich geräuspert und sich einigen Quittungen gewidmet, die auf der Theke lagen. *Grüßen Sie Ihre Mutter.*

Ich erwähnte ihn, als ich ihr die Sache mit dem Bärenfell erzählte, und auch sie wandte den Blick ab und streichelte ein weiches Kaninchenohr.

»Was sollen wir mit dem ganzen Zeug machen?«, fragte sie. Wir waren umgeben von geöffneten Kisten, auf dem Boden und auf dem Couchtisch neben unseren Bechern lagen verschiedene Tierstücke.

»Im Ernst? Ich weiß es nicht.« Es waren nur Einzelteile, ein vor uns liegendes Puzzle, das gelöst werden wollte. »Ich wollte dir … einfach einiges zurückgeben. Dir zeigen, dass ich dich glücklich sehen will, auch wenn ich nicht verstehe, was du eigentlich machst.«

Sie nahm meine Hand. Ich schaute weg, in eine offene Kiste, auf den Körper eines Schnabeltiers, die Beine verdreht und verkokelt, das Gesicht jedoch immer noch lieb und ernst. »Ich weiß das zu schätzen. Wirklich.«

»Keine Ahnung, was das alles bedeutet. Ich weiß nicht, wobei ich eigentlich helfen will. Aber ich will es versuchen.« Ich hob die kleinste Kiste auf und stellte sie auf meinen Schoß. Sie enthielt Teile von Tierbabys: Waschbärenpfoten, versengte Federn und kleine, stachelige Schwänze.

»Was versuchen?«

Ich tätschelte Entenschnäbel und Kuhklauen, streichelte ein Stück Pferdemähne. »Irgendetwas, ganz egal was.«

Meine Mutter strich mir das Haar aus der Stirn und steckte es hinter mein Ohr. »Ich finde, das klingt nett.«

*

Milo und ich gingen uns das leere Gebäude neben der Werkstatt ansehen. Es war für alles Mögliche genutzt worden, in seinem letzten Leben jedoch ein Restaurant gewesen. So roch es auch noch, als wir eintraten. In der Luft hing ein süßlicher, gammeliger Geruch nach sauer gewordener Milch.

An der rechten Wand befand sich eine Bar, auf deren Theke Alkoholflaschen verstreut lagen. Milo hob eine auf und schüttelte sie.

»Nada.« Er hob noch eine auf, dann eine dritte. »Mist. Wenigstens ein Drink hätte dabei rausspringen können.«

Der vordere Bereich war mit Sitznischen ausgestattet, auf den Tischsets lagen noch pappige Speisekarten, und

Ketchupflaschen, an denen sich unten eklige rote Ränder gesammelt hatten, standen neben Gläsern mit eingelegten gelben Paprika.

»Sehen wir hinten nach«, sagte ich. »Wegen diesem Zeug sind wir nicht hier.«

Wir entdeckten eine Reihe Kühlschränke, Herde, Fritteusen. Der schwere Geruch von ranzigem Fett hing dick in der Luft. An der hinteren Wand führte eine Wendeltreppe in den ersten Stock. »Komm schon«, sagte ich und zog Milo von den Kühlschränken weg. Er hatte eine der Türen geöffnet, aus der ein widerlicher Gestank drang, der mich an den Mülltonnengeruch in einem Freizeitpark erinnerte.

Er hielt sich eine Hand vor die Nase und würgte. »Heilige Scheiße. Ich glaube, da drin könnte irgendwas Totes liegen.«

Langsam stiegen wir hintereinander nach oben. Die Stufen waren verrostet und quietschten unter unserem Gewicht. Je höher wir kamen, umso erdrückender wurde die Hitze. Oben angelangt, stellte ich erfreut fest, dass alles noch da war.

»Was zum Teufel ist das?« Milo ging voraus, seine Stiefel hinterließen Spuren auf dem staubigen Linoleum.

Es war ein Ausstellungsraum. Dutzende von Glasvitrinen bildeten Pfade durch das Chaos. In einigen standen verblichene, uralte Kleiderpuppen, die keine Kleider trugen, mit Ausnahme einer einsamen Gestalt in der ersten. Diese trug einen blattgrünen Lendenschurz und hielt eine Holzkeule aus Pappmaché in der Hand.

»Hier war ein christliches Museum drin«, sagte ich und bückte mich, um mir eine Auslage mit alten Bibeln anzusehen. »Vielleicht erinnerst du dich. Die Kreationisten?« Wir gingen um einen anderen Schaukasten herum, der einen überdimensionalen Plastikdinosaurier und einen verstaubten Baum voller glänzender, unechter Äpfel enthielt. »Wir mussten einen Schulausflug hierher machen.«

Milo hielt vor einer Vitrine inne, in der sich Reste von Palmen befanden. Daneben standen Tierfiguren aus Wachs, halb geschmolzen von der Hitze. »Ich war nie hier. Wahrscheinlich nur du und Brynn.«

Eine der Vitrinen war offen. Ich griff hinein und holte einen Blumenkranz heraus. Als ich ihn schüttelte, fielen ganze Staubklumpen von den Blütenblättern. »Das war nur in diesem einen Jahr. Die haben deswegen eine Menge Ärger gekriegt.«

Milo klopfte an einen leeren Schaukasten. Ein hohles Geräusch hallte von den Wänden wider. »Was machen wir hier, Jessa?«

»Uns umsehen, ob wir interessiert sind.«

Er drehte sich im Kreis und betrachtete die seltsame Menagerie von unheimlichen Gliederpuppen und unechtem Grün. »Interessiert woran?«

Der ganze Laden müsste gesäubert und desinfiziert, der untere Raum völlig entkernt werden. Wir könnten die Wände der Werkstatt durchbrechen und uns ins Erdgeschoss ausbreiten, was allerdings viel mehr Zeit und Geld erfordern würde. »Wir werden diesen Raum mieten. Für Mom.«

Milo seufzte lang und schwer. Seine typische *Jessa macht mich fertig*-Reaktion. »Warum?«

»Er ist gleich nebenan, er ist billig, und sie wird sich freuen.«

»Könnten wir ihr nicht einfach die Schaufenstergestaltung in unserem Laden überlassen?«

Ich hätte anführen können, dass er früher auf diesen Vorschlag gepfiffen hatte, doch ich unterdrückte den Impuls und ließ mir Zeit mit meiner Antwort. Ich legte den Kranz wie eine Krone auf den Kopf der Puppe. »Die Location ist gut. Das ist eine kluge Investition.«

»Du meinst finanziell?«

»Ja. Vielleicht.« Ich hielt inne und dachte kurz nach. »Und auch … künstlerisch. Ich könnte meine Arbeit ausstellen. Ich bin kreativ.«

Ich nahm den Kranz wieder ab und berührte jede einzelne Blume, zählte sie. Beruhigte mich. »Du könntest auch Raum für dich haben.«

»Ich bin kein Künstler, und ich präpariere keine Tiere.« Seine Körpersprache sagte mir, dass er Streit suchte: vorgereckte Brust, zu Fäusten geballte Hände. Sein Kiefer bewegte sich rhythmisch, etwas, was ich bei ihm noch nie gesehen hatte. Es erinnerte mich an unseren Vater. »Was zum Teufel sollte ich ausstellen?«

»Keine Ahnung. Irgendwas. Es könnte bedeutungsvoll sein.«

Er wirkte verwirrt, als hätte ich in einer fremden Sprache zu ihm gesprochen. »*Bedeutungsvoll?* Wovon verdammt redest du?«

»Damit will ich sagen, wir könnten einen Schlussstrich ziehen.«

Der Fußboden war so sandig, dass ich bei jedem Schritt leicht rutschte. Der Raum sah schlimm aus, wir müssten eine Menge Arbeit reinstecken, aber ich sah es schon vor mir. Neue Schaukästen und gutes Licht. Wir würden zusammenarbeiten, Hintergründe bauen, Landschaften gestalten. Bereiche für mich und für Mom. Neue Arbeiten von Lolee und Bastien.

»Ich brauche keinen Schlussstrich. Ich habe schon abgeschlossen!« Milo schlug mit der Hand auf eine Vitrine, ein scharfes, klirrendes Geräusch.

»Meine Güte, zerbrich sie nicht. Noch gehören sie uns nicht.«

»Du hörst mir nicht zu!« Er knurrte und warf die Hände hoch. »Aber du hörst ja nie zu. Es geht immer nur darum, was *du* willst. Was am besten für Jessa ist.«

Es musste ihn reichlich Mut gekostet haben, so etwas zu sagen. Ich war fast beeindruckt. »Stimmt überhaupt nicht«, erwiderte ich und betonte die Worte so, dass fast jedes ein eigener Satz war. Mein Gesicht und mein Hals glühten. »Alles, was ich mache, ist für die Familie.«

»Du bist total egoistisch, und das Schlimmste ist, dass du einen Retterkomplex hast! Du glaubst, du müsstest uns retten? Du bist nicht Gott, Jessa. Du hast nicht das Sagen.«

Ich senkte meine Stimme und versuchte ihn zu beruhigen. *Mich* zu beruhigen. »Das weiß ich doch. Ich will nur, dass alle glücklich sind.«

Er lachte. »Klar. Glücklich. In dieser Familie sind ja alle so glücklich. Wir sind das reinste Disneyland.« Sein Gesicht verzerrte sich, bis ich nicht mehr wusste, ob er mich gleich anschreien oder weinen würde. »Das ist Unsinn. Kompletter Unsinn.« Er drehte sich weg, beugte sich vor und stützte sich an der Vitrine ab. Sein Rücken hob und senkte sich, er atmete angestrengt. »Wir hätten Mom zwingen sollen, zu einem Therapeuten zu gehen, du hattest recht. Und vielleicht solltest du auch zu einem gehen.«

»Vielleicht. Aber das hier werde ich auch in Angriff nehmen.« Ich trat auf ihn zu, und er zuckte zurück. »Und ich glaube, das wird gut. Warum nicht etwas Neues ausprobieren und den alten Mist, unter dem wir unser Leben lang gelitten haben, hinter uns lassen?«

»Ich habe nicht mein Leben lang gelitten!«

»Nein? Ich schon.« Seine Schultern waren angespannt, fast bis zu den Ohren hochgezogen. »Keiner von uns kann mit etwas abschließen, weil wir nicht loslassen können. Das haben wir von Dad gelernt. Und schau ihn dir an, er hat sich lieber umgebracht, als in sich zu gehen. So sollte es nicht sein.«

Ein fester Schlag, und er brach das Glas durch. Es fiel auf die Tiere in der Vitrine und sammelte sich auf dem kleinen Jesusgesicht aus Plastik. Als Milo die Hände hob, waren sie voller Blut. »Schau dir an, wozu du mich gebracht hast«, sagte er mit Tränen in den Augen. »Jetzt krieg ich Tetanus.«

»Tetanus kriegt man von verrostetem Metall, Dumpfbacke. Nicht von Glas.« Ich packte sein Handgelenk und begutachtete die Schnittwunden. Wir zitterten beide. »Ich weiß, du willst nicht darüber reden, aber wir wissen beide, dass wir es müssen.«

Blut lief von seiner Hand über den Unterarm und auf meinen Daumen, von dem es auf das staubige Linoleum tropfte und leuchtend rote Muster hinterließ. »Ich hasse es, über Brynn zu reden«, flüsterte er. »Das macht mich jedes Mal fertig.«

»Ich weiß, mich auch.« Ich holte ein paar Glassplitter aus seiner Haut. Sie waren klein, schwer zu fassen. »Aber findest du es nicht seltsam, dass wir sie beide geliebt haben und keiner von uns darüber sprechen kann? Sie hat mir gehört, sie hat dir gehört. Daran wird sich nichts ändern. Auch wenn sie fort ist, es ist trotzdem passiert.«

Die Schnittwunden bluteten immer noch, sodass ich nicht so recht sah, was ich tat. Eine Scherbe steckte in meinem Daumen, nahe dem Fingernagel. Ich sog die Luft ein und schüttelte die Hand. Blutstropfen flogen durch die Luft und landeten auf der Vitrine.

Er löste sich und steckte die Fäuste in seinen Hemdsaum. Auch auf seinen Turnschuhen waren Blutspritzer, ebenso auf meiner Hose.

Ich wusste nicht, was ich mit meinen Händen anstellen sollte, und hob den Kranz vom Boden auf, zupfte Blütenblätter von den grünen Plastikstängeln. »Wir haben Brynn beide geliebt, und sie ist fort. Sie hat uns für jemanden verlassen, den sie erst einen Monat kannte. Das ist jetzt schon Jahre her, und wir sind immer noch nicht drüber weg.«

»Okay, ich hab's kapiert.« Er versuchte zu lachen, aber heraus kam nur ein raues Krächzen. »Wir sind nicht liebenswert.«

Und dann, als ich erst mal angefangen hatte, sprudelte alles aus mir hervor: stinkend und stockend, ein Rückstau von Jauche. »Dad hat sich umgebracht, weil er nicht damit fertigwurde, dass sein Körper versagte. Er ertrug es nicht, schwach zu sein. Also machte er etwas Schreckliches.« Ich zupfte weiter Blütenblätter ab und ließ sie auf den Boden fallen. Kornblumenblau, Rosarot. Die krausen kleinen Köpfchen von Schleierkraut. »Anstatt mit jemandem zu sprechen, was wirklich Mut erfordert hätte, hat er sich erschossen.«

Mit seinen beiden im Hemdsaum vergrabenen Händen sah mein Bruder aus wie ein beschämtes kleines Kind. »Du weißt nicht, ob das der Grund war.«

»Doch, ich weiß es.« Ich seufzte und legte den Kranz wieder ab, diesmal auf die zerbrochene Glasplatte. »Er hat mir einen Brief hinterlassen.«

Vielleicht kannte ich Milo letztlich doch besser, als ich dachte. Mir war klar, dass er ihn lesen wollte. An der Art, wie sein Blick unruhig von meinem Gesicht zum Boden wanderte, sah ich, dass er sich fragte, ob in diesem Brief etwas über ihn stand. Und ich konnte zweierlei tun: ihm die Wahrheit sagen, dass er mit keinem Wort erwähnt wurde, oder die andere Lösung. Ich konnte ihm sagen, was er hören musste.

»Er hat geschrieben, dass es ihm leidtut. Er hätte sich gewünscht, dass er ein besserer Vater gewesen wäre. Dass er dich sehr liebt. Dass er stolz auf dich und auf die Kinder ist, die du großgezogen hast.«

»Ja, klar«, erwiderte Milo und betrachtete seine blutigen Hände. »Dann zeig ihn mir.«

»Ich hab ihn nicht mehr. Und wir brauchen keinen blöden Brief, der uns das bestätigt.«

Milo sackte so langsam zusammen, dass es aussah, als würde Luft aus ihm entweichen. Dann saßen wir beide auf dem Boden. Ich zog die Beine ans Kinn. Milo spielte mit den Händen an seinem Hemd herum.

»Brynn wird nicht mehr zurückkommen«, sagte ich und ließ mir die Worte im Mund zergehen wie fremde Objekte. »Sie ist weg. Wir tun so, als müssten wir nur lange genug auf sie warten, dann käme sie zurück, und alles wäre wie früher.« Ich rieb mein Kinn am Knie, bis der Stoff an meiner Haut scheuerte. »Aber das ist dumm. So wird es nicht kommen. Sie ist weggegangen, weil sie andere Vorstellungen hatte als wir. Sie wollte uns nicht.«

Sich daran zu erinnern war schon schlimm genug; aber auch noch darüber zu sprechen fühlte sich an wie das Kauen auf Alufolie. Milo verschränkte die Hände in seinem Hemd, und die Blutstropfen breiteten sich aus.

»Was sagt es über mich aus, dass der einzige Mensch, den ich je geliebt habe, mich nie geliebt hat?«, fragte er. Seine Stimme klang sehr jung. Wenn ich die Augen geschlossen hätte, hätten wir wieder Teenager sein können.

»Das stimmt nicht.«

»Sie hat immer nur dich geliebt.« An seinem Haaransatz

standen Schweißperlen, die auf beiden Seiten des Gesichts herunterliefen. »Sie hat mich nicht geliebt, obwohl wir zusammen ein Kind hatten.«

Eigentlich hätte das Sitzen auf dem Boden unbequem sein müssen, aber es war gemütlich. Ich zupfte Fussel von den Sockelleisten, malte auf dem staubigen Linoleum, schrieb schwungvoll meinen Namen. Ich zeichnete ein Herz, dann einen Stern.

»Warum mussten wir beide dieselbe Person lieben?«, flüsterte Milo.

»Ich weiß nicht. Es war einfach so.« Ich zog seine Hände aus dem Hemd. Das Blut war geronnen. Im schwachen Licht untersuchte ich die Schnittwunden. Es steckte immer noch Glas darin, kleine Splitter, die wie Eis schimmerten. »Die bessere Frage wäre wahrscheinlich, warum wir diese Person immer noch so lieben, dass wir niemand anderen lieben können. Sie ist fort. Es ist vorbei.«

Er ließ mich seine Hände halten und wieder Glas herauszupfen. »Hattest du Sex mit Brynn, als ich mit ihr verheiratet war?«

Lügen war sinnlos. »Ja.«

Die winzigen Splitter wanderten von seiner Hand in meine Finger und stachen mich. Durch die Berührung vermischte sich unser Blut.

»Ich wusste es. Ich meine, ich wusste, dass ihr Sex hattet.« Er lachte. »Brynn und ich haben nicht sehr oft miteinander geschlafen.«

»Du musst mir das nicht erzählen.«

»Ich wusste, dass ihr zusammen wart, schon in der Highschool. Es war mir egal. Ich wollte sie einfach.« Unser trocknendes Blut wurde dunkel. Es sah aus wie Menstruationsblut, kleine Gerinnsel bildeten sich zwischen unseren Fingern. Milo blickte auf. »Ich habe euch zusammen gesehen. Ziemlich oft.«

»Wann?« Es fiel mir schwer, mich an all die Orte zu erinnern, wo Brynn und ich zusammen gewesen waren. In meinem Zimmer, in ihrem Auto. Auf der Couch bei meinen Eltern. Draußen, am Baum hinten im Garten.

»Ziemlich oft. Ihr wart nicht sehr vorsichtig. Sogar Dad hat euch mal gesehen, in der Werkstatt.«

»Das ist peinlich.« Ich fragte mich, was mein Vater wohl in dem Moment gedacht hatte. Er hatte mich nicht ein einziges Mal nach Brynn gefragt. Ob sie meine Freundin war. »Ich dachte immer, dass es niemand weiß.«

»Alle haben es gewusst, Jessa.«

Im Raum war es stickig. Jeder Atemzug schien einen Liter Staub zu enthalten. Ich hustete einmal, zweimal. Meine Augen brannten von der trockenen Luft.

Unter einer der Vitrinen lag etwas. Ich beugte mich nach unten, streckte die Hand so weit ich konnte aus und versuchte es zu erwischen. Meine Finger streiften etwas Klimperndes. Ich packte es und zog es hervor. Als ich es hochhielt, fiel Staub aus dem verfilzten Fell eines Stofftiers. Die glänzende Glocke bimmelte, als ich es schüttelte, um die Fusseln zu entfernen.

»Katzenspielzeug.«

Milo verzog das Gesicht. »Glaubst du, hier oben ist noch eine Katze?«

»Wahrscheinlich keine lebendige.«

Er schleifte das Spielzeug über den Boden zwischen uns und zeichnete Muster in den Staub. »Du bist eine Lesbe. Wie kommt es, dass du nie Katzen hattest?«

Ich schnappte mir das Spielzeug und schlug ihn damit auf den Kopf, bis die Luft voller Staub war. »Das ist das Blödeste, was du je gesagt hast.«

Er wedelte hustend mit einer Hand vor seinem Gesicht, um die Wolke zu vertreiben. »Fällt mir schwer, das zu glauben.«

»Stimmt. Du hast schon Blöderes gesagt.« Ich legte mich erschöpft auf den Boden zurück. »Ich glaube, das hier wird funktionieren.«

»Wir müssen das Ganze entkernen.«

Ich streckte Arme und Beine aus, stieß Milo an. »Lolee muss uns helfen. Kinderarbeit, stimmt's?«

»Dad hätte das auch gemacht.«

Ich wischte mit den Armen über das dreckige Holz und tat so, als wäre ich ein Staubengel. Ich hatte in meinem ganzen Leben noch keinen Schnee erlebt. Was ich sehr traurig fand. Ich war nie verreist, hatte nichts gesehen, nie die Vereinigten Staaten verlassen. Ich besaß nicht mal einen Reisepass. Ich überlegte, wo man am besten Schnee sehen könnte. Vielleicht würde ich Lolee mitnehmen. »Bei Dad mussten wir immer arbeiten«, sagte ich. »Er dachte, das ist gut für uns. Formt den Charakter.«

»*Du* musstest immer arbeiten.« Milo griff nach meinem Bein, und ich trat ihn, bis er aufhörte. »Ich musste nicht halb so viel machen wie du. Aber es hat dir gefallen. Du wolltest immer in der Werkstatt sein.«

»Es gefällt mir immer noch. Was anderes kann ich nicht. Es ist bequem.«

»Hörst du dir eigentlich zu?« Er klopfte an meine Stiefelsohle, worauf ich ihn wieder trat. »Du klingst, als wärst du fünfundsechzig. Als würdest du das Leben in einem Seniorendorf beschreiben.«

»Was ist daran schlimm?« Ich rollte mich auf die Seite. Unter der Vitrine lag noch etwas. Ich presste mein Gesicht näher an die Öffnung zwischen Vitrine und Boden, spürte, wie sich mir Sand in die Wange bohrte. Ich konnte nicht recht erkennen, was es war. Etwas Dunkles, Verschnürtes. Eine mysteriöse Gestalt. »Ich hab es gern bequem.«

»Vielleicht solltest du die Bequemlichkeit aufgeben und dir jemanden suchen.«

»Ich will niemanden, für den ich meine Bequemlichkeit aufgeben muss.« Ich griff wieder unter die Vitrine, aber mein Arm war zu kurz, um was immer es war zu fassen. Verärgert drehte ich mich wieder auf den Rücken. Die Neonlichter waren fleckig und flackerten schwach, leuchteten ungleichmäßig.

»Stehst du deswegen auf Lucinda? Weil es bequem ist?« Milo warf das Katzenspielzeug in die Luft, und jedes Mal, wenn er es auffing, stoben kleine Staubwolken heraus.

»Was ist mit Lucinda?«

»Ihr zwei vögelt miteinander, stimmt's?«

»Sei nicht eklig.«

»Bin ich nicht.« Er warf mir das Spielzeug zu, und es landete auf meiner Brust, rollte mir bis zum Hals, wo es sich wie ein verängstigtes Lebewesen ankuschelte. Ich warf es zurück.

»Wir sind miteinander ausgegangen. Und jetzt tun wir es nicht mehr.«

»Warum?«

Erstens war sie verheiratet. Und zweitens hatte ich anonym ihre Frau angerufen und ihr von Lucindas Betrug erzählt. Brauchte ich noch einen Grund? Wenn ja, hatte ich einen: Sie hatte meinetwegen ihr Geschäft verloren. Ich musste annehmen, dass sie stinksauer war. Ich warf das Katzenspielzeug in hohem Bogen so nah wie möglich an die Neonröhre, ohne sie wirklich zu treffen. »Ich weiß nicht. Wahrscheinlich mag ich Frauen, die emotional unzugänglich sind.«

Milo warf es ebenfalls in hohem Bogen hoch, kam noch näher ans Licht. »Du bist emotional unzugänglich, Jessa.«

»Glaubst du, ich weiß das nicht?«

»Die Menschen sind emotional zugänglicher, als du denkst.«

Beim nächsten Wurf zielte ich auf seinen Kopf. Er warf genauso fest zurück. »Das weiß ich«, erwiderte ich. »Ich bin nur nicht sicher, was ich will.«

»Vielleicht denkst du mal drüber nach.«

»Klar. Wann warst du das letzte Mal mit einer Frau aus?«

Mein nächster Wurf traf das Licht. Kleine zerplatzte Plastikteile regneten auf uns herab. Ich setzte mich auf und versuchte den Teilchen auszuweichen, die mir in die Augen fielen. Ich zupfte Stücke aus meinem Zopf und merkte zu spät, dass meine Finger vom Entfernen der Glassplitter aus Milos Hand kleine Risse hatten. Einzelne Haare gerieten in die Risse, es tat weh.

»Mist. Wir müssen hier aufräumen.«

Er stand auf und half mir auf die Füße, wir achteten beide auf unsere Hände. »Jede Wette, dass wir diesen Laden auf Vordermann bringen«, sagte er.

Ich kickte das Katzenspielzeug den Gang entlang. Dann versuchte ich die Vitrine von der Wand zu rücken, um zu sehen, wonach ich gegriffen hatte. Aber sie war zu schwer für mich allein.

»Hilf mir mal.«

Milo packte die andere Seite, und wir zogen beide. Die Vitrine kratzte über den Boden und bewegte sich ein Stück. Milo warf einen Blick nach hinten.

»Katze gefunden«, sagte er. »Willst du sie?«

»Ich sag Bastien, er soll einen Müllsack mitbringen.«

CATHARTES AURA – TRUTHAHNGEIER

Wir waren nie eine Familie, die in die Ferien fuhr. Wenn unser Vater sich einen Tag freinahm, war das für ihn wie Urlaub; doch auch dann blieb er der Werkstatt nicht freiwillig fern. Jedenfalls erinnere ich mich nicht an ein einziges Mal.

Ich bin am glücklichsten, wenn ich beschäftigt bin, sagte er zu unserer Mutter, als sie ihm eines Samstagmorgens eine Kreuzfahrtbroschüre zuschob. Er nähte gerade eine Waschbärkappe in der Frühstücksnische, obwohl meine Mutter ihn böse angesehen und gewarnt hatte, seine präparierten Stücke von der Margarine fernzuhalten. *Ich kann mir nicht vorstellen, mit allen möglichen schrecklichen Leuten auf einem Schiff festzusitzen. Da bleibe ich lieber hier, in meinem eigenen Haus, mit Leuten, die ich einigermaßen mag.*

Und so verbrachten wir unsere Sommerferien im Viertel und machten den See zu unserem Urlaubsort. Wir fuhren auf dem Fahrrad über den Friedhof und campten im Baumhaus, wenn es kühl wurde und die Kakerlaken schließlich die Flucht ergriffen. Und als ich vierzehn wurde, nahm unser Vater mich einmal in der Woche mit auf seine Tour entlang der Straßen außerhalb der Stadt. Dort suchten wir nach kostenlosen Schätzen zum Präparieren. Hielten Ausschau nach totgefahrenen Tieren.

Wir suchten nach Kadavern, die halb verborgen im vertrockneten Gras, halb auf der Straße lagen. Wir nahmen Eichhörnchen und Wasservögel mit, Beutelratten, Gürteltiere und Schlangen. Einige hatten schon zu lange dagelegen und waren ranzig geworden; die mussten wir zurücklassen, es sei denn, mein Vater befand, dass einzelne Teile noch brauchbar waren: Flügel oder Schnäbel, Beine oder Ohren, vielleicht ein Schwanz, wenn er noch in gutem Zustand und nicht von Maden zerfressen war.

Am frühen Morgen ist es am besten. Bevor die Sonne aufgeht und das Fleisch kocht.

Das hieß vor Tagesanbruch an einem Samstag. Mein Vater kauerte an der Küchentheke und stürzte starken schwarzen Kaffee hinunter, während ich mich mit einer Schale Müsli plagte, das mir im Hals stecken blieb.

Ich fand es schön, wie leer die Straßen so früh am Morgen waren. Der Pick-up roch nach Benzin und heißem Vinyl. Wenn wir um eine Kurve fuhren oder die Spur wechselten, wischten Quittungen über das Armaturenbrett. Meistens war es still, nur manchmal schaltete er das Radio ein, oder wir redeten über etwas, was ihm gerade durch den Kopf ging, gewöhnlich die Werkstatt und welche Tiere er zu finden hoffte.

Wenn die Sonne aufging und es heller wurde, beobachtete ich meinen Vater aus dem Augenwinkel beim Fahren. Die Fältchen um seinen Mund, die Pockennarbe zwischen den Augenbrauen. Seine Haut war fahl wie meine und fettig, mit einem dunklen Stoppelbart an Kinn und Wangen. Sein Haar, noch nass vom Duschen, trocknete zu Stacheln, die vogelartig abstanden.

Wir fuhren auf leeren Straßen, vorbei an all den Stellen, die ich so gut kannte. In der Dunkelheit am frühen Morgen sahen sie anders aus, wie Menschen, die mir noch nie begegnet waren. Sogar unsere Werkstatt kam mir fremd vor, wenn wir an ihr vorbeifuhren, sämtliche Lichter ausgeschaltet und die bepflanzte Veranda mit ihren Schaukelstühlen einsam in gedämpften Schatten. Es war immer gut zu wissen, dass es nicht lange so blieb, dass wir schon bald wieder an denselben Stellen vorbeifahren und alles wieder freundlich und vertraut war.

Meistens blieben wir auf den Schnellstraßen nahe der Stadt, aber ich fand es immer toll, wenn nichts in der Nähe war und mein Vater die lange Strecke nach Ocala nahm. Dann rauschten die Felder in grünen Streifen vorbei, und die aufgerollten Heuballen wirkten wie Nussschnecken neben den schwarzen Kühen, die im Dunst aufblickten.

Ich hätte gern eine Kuh. Ich zeigte auf eine, die so nah war, dass ich ihr kauendes Maul sah und mir das wiedergekäute Gras in ihren Backen vorstellte.

Um sie zu essen? Er lachte, als hätte er den Witz nicht schon tausendmal gemacht.

Wenn wir an den Kühen vorbeifuhren, die zusammengedrängt sicher hinter ihren Zäunen standen, malte ich mir aus, wie schön das wäre. Es war eine angenehme Vorstellung, dass es lebendige Tiere in Pferchen gab, nicht nur tote, mit denen wir immer zu tun hatten. Mein Vater erinnerte mich dann daran, dass auch die Kühe nicht für einen langen Verbleib auf dieser Welt bestimmt waren.

Du willst keine Cheeseburger mehr essen? Kein McDonald's für Jessa-Lynn? Kein Steak, so roh, dass das Blut auf den Teller läuft?

Ich drehte mich weg und spielte die Beleidigte, musste aber lächeln. Ich war glücklich, meinen Vater nur für mich zu haben – die Gewissheit, dass nur wir beide diese Witze am frühen Morgen miteinander teilten. Sie würden immer nur uns gehören.

Dann entdeckte einer von uns eine dunkle Gestalt auf der Straße. Mein Vater bremste, und wir rieten beide, welches Tier wir wohl gefunden hatten. Er lag fast immer richtig. Mein Vater konnte aus fünfzig Metern Entfernung sagen, ob es etwas Größeres wie ein Hirsch oder ein Truthahn war, konnte sogar die kleineren eingrenzen und eine Beutelratte von einem Waschbären unterscheiden.

Siehst du da vorne? Er zeigte durch die Windschutzscheibe auf die in der Luft kreisenden Geier. *Wie viele sind das?*

Wenn ich zählte, nickte er mit. Je mehr Vögel, desto größer der Kadaver. Die Ladefläche des Pick-ups war bereits mit Planen ausgelegt, blaue, die er umsonst von einem der besser zahlenden Kunden, einem Bauunternehmer, bekommen hatte.

Mein Vater bestimmte unsere Vorgehensweise, die bei jedem Tier anders war. Er hatte Müllsäcke und Nylonschnur eingepackt, eine Schaufel aus der Garage, die wir sonst dafür benutzten, Hundekacke aus dem Garten zu entfernen, und die meistens noch damit verschmiert war. Auch eine kleine Handsäge und ein sehr scharfes Universalmesser hatte er immer dabei, um die knorpeligsten Teile zu zertrennen.

Am besten war es, wenn die Tiere klein und noch heil waren. Dann hielt ich eine der schwarzen Mülltüten auf, und er schaufelte sie hinein. Schlimmer war es mit den Tieren, die mein Vater direkt an der Straße zerlegen musste, denn sie verströmten einen fauligen Gestank, der selbst dann nicht weggehen wollte, wenn wir weiterfuhren. Ich spürte ihn auf meiner Haut, roch ihn in meinen Haaren und an meinen Kleidern. Mein Vater nahm es kaum wahr, wenn sie so vergammelt waren; offenbar störte er sich nicht an den zerschmetterten Gesichtern, den ausgebreiteten Innereien und Organen, auf denen die Reifen surrealistische Kunst hinterlassen hatten.

Ganze Tiere, in Säcke geschaufelt. Beutelratten und Eichhörnchen ließen wir oft einfach zurück, auch wenn mein Vater sie immer von der Straße räumte. Er fand es schrecklich, dass ständig Autos über sie hinwegfuhren, als sähen die Menschen nicht, dass dort ein Wesen lag, das einst lebendig gewesen war.

Manchmal reichte er mir das Messer oder die Säge und zeigte auf die Stücke, die wir brauchen konnten. Schwänze von Füchsen, Hirschgeweihe, Falkenflügel. Wenn wir Alligatoren fanden, was selten vorkam, nahm mein Vater nur den Kopf – Touristen liebten Alligatorenschädel und zahlten viel Geld dafür, deshalb nahmen wir sie selbst dann mit, wenn das Fleisch in mehligen Klumpen von den Schädeln fiel. Sie waren die Zeit immer wert, ungeachtet des Verwesungsstadiums.

Alligatoren zu häuten ist sinnlose Arbeit. Mein Vater stand mit dem Stiefel auf einem Alligatorenrücken da, um den Körper zu stabilisieren, und senkte die Klinge in die Halsrollen. Der Kopf bewegte sich auf und ab, während er durch Knorpel und Knochen sägte, als nickte er zu den Worten meines Vaters.

Könnte man die Haut nicht verkaufen?

Ich konnte einfach nicht verstehen, warum er nicht den ganzen Alligator haben wollte. Vor meinem geistigen Auge sah ich, wie wir das zweieinhalb Meter lange Monster, das jemand überfahren hatte und das jetzt ausgestreckt im Gras lag, ordentlich auspolsterten und aufsetzten. Sein Gesicht zeigte einen überraschten Ausdruck, den eines Raubtiers, das nicht begriffen hatte, dass es größere Objekte gab, die sein Leben ohne das geringste Stottern des Motors auslöschen konnten.

Zu viel Arbeit. Wegen der harten Schuppen kriegt man die Haut nicht in einem Stück runter. Mein Vater beugte sich über den Kadaver und fuhr mit einem Finger über die gefurchte Wirbelsäule. Der Alligator erinnerte mich an die Dinosaurier in unseren Schulbüchern, auf der Wanderschaft seit Anbeginn der Zeit, lange bevor wir Menschen mit Autos kamen, die ihnen das Leben zerquetschten.

Könntest du ihn nicht für einen richtig hohen Preis anbieten?

Ich säge jetzt den Kopf ab. Er nickte in Richtung Pick-up. *Hol mein Messer aus dem Handschuhfach. Du wirst ihn häuten, während ich das zu Ende bringe. Dann sprechen wir weiter.*

Es war ein schwerer Fleischbrocken, der aber noch keinen faulen Gestank verströmte. Ich fand das Messer unter den gefalteten Landkarten von Florida und Servietten aus Fast-Food-Ketten. Dann lehnte ich mich an den warmen Kühlergrill und stieß das scharfe, flache Messer ins Fleisch, während mein Vater weiter den Kopf absägte.

Es war harte Arbeit. Ziemlich gruselig, das Fleisch ganz anders als das der Säugetiere, die wir sonst abzogen – Rotwild mit seinem rauen Haar, wilde Schweine, Waschbären mit dicken Fettpolstern im Magen. Die Haut des Alligators war fast verschmolzen mit dem hellroten festen Muskel darunter, dessen leuchtender Farbton fast an frischen Thunfisch erinnerte. Jedes Mal, wenn ich das Messer darunterschob, stieß es durch die Haut, die ich eigentlich erhalten wollte. Als mein Vater den Alligatorenkopf in den schwarzen Müllsack gepackt hatte, war ich noch immer mit der Schwanzspitze zugange.

Lass es sein, sagte er, stieg in den Pick-up und startete den Motor. *Uns bleibt noch eine halbe Stunde, dann setzt der Verkehr ein, und die Sonne wird richtig heiß.*

Ich legte den Schwanz auf den Rumpf des Alligators. Er sah immer noch bedrohlich aus, auch ohne Kopf. Ich war nicht sicher, warum mir so mulmig zumute war. Als wir jedoch im Pick-up saßen und daran vorbeifuhren, fiel mir auf, dass keine Geier mehr über dem Kadaver kreisten.

Mit den meisten totgefahrenen Tieren hatte ich keine Probleme, aber es gab ein paar Dinge, die ich schwer erträglich fand. Da waren immer zu viele Hunde. Kleine wie große, unglückliche Köter mit meliertem Fell, zu dünn, man konnte fast die Rippen zählen. Solche Hunde konnte ich nicht ansehen, der Anblick machte mich todtraurig.

Für Hunde hielt mein Vater immer an. Bei toten Hunden lauerten immer Geier, die mein Vater verscheuchte, damit er den Kadaver von der Straße schaffen konnte. Er legte ihn dann sanft auf die weichste Stelle im Gras. Wenn wir weiterfuhren, kehrten die Vögel zurück und rangelten wild mit den Flügeln schlagend um einen Platz auf ihrem Opfer.

Nur einmal nahmen wir einen mit. Es war ein Sonntagmorgen, niemand war in der Nähe. Die Luft war so dick vor Feuchtigkeit, dass es fast wehtat zu atmen. Mein Vater erzählte von einem Kunden, der völlig betrunken seinen Barsch gekocht hatte, einen Fisch, den er im Tiefkühler aufbewahrt hatte, um ihn präparieren zu lassen. Er lächelte, die Sonne spitzte gerade wie ein leuchtender Fruchtschnitz über den Horizont und verlieh seinem Gesicht eine frische Farbe. Er lachte und öffnete dabei den Mund so weit, dass ich die Rückseiten seiner Zähne sehen konnte. Es ließ ihn jung aussehen. Ich wollte auch lachen.

Am Himmel kreisten Geier, eine beeindruckende Zahl, so viele hatte ich lange nicht mehr gesehen. Ich wusste, meinem Vater fiel es ebenfalls auf, denn sein Mund klappte zu. Er drehte das Radio leiser, in dem gerade eine laute Morgensendung lief.

Das muss was Großes sein, sagte ich und versuchte die Form zu erkennen. Es war schwer zu sehen, weil die Sonne in einem glühenden Rotorange aufging, ein blutiger Fleck über dem Rand der Erde.

Im Schneckentempo näherten wir uns dem Tier. Es war fast komplett verdeckt von flatternden, wuselnden Geiern. So viele, dass wir die Gestalt darunter nicht ausmachen konnten. Mein Vater stieg aus und holte die Schaufel von hinten, bevor er sich der Vogelmasse näherte. Das Blatt nach vorn haltend, schwenkte er sie wie eine Klinge. Die Geier flatterten hoch und landeten wieder, zu gierig, sich um etwas anderes zu scheren als Aas.

Mein Vater schlug mit der Schaufel auf einen ein. Er gab ein tiefes, kehliges Krächzen von sich und taumelte unbeholfen zur Seite. Die restlichen Vögel zerstreuten sich und ließen sich eineinhalb Meter von meinem Vater im Unkraut nieder.

Er hob den Arm, winkte mich zu sich.

Bring mir eine der Decken. Als ich mich nicht sofort rührte, fuhr sein Kopf herum, und er rief meinen Namen.

Ich stolperte über meine eigenen Füße, als ich aus der Fahrerkabine sprang. Draußen roch es ganz feucht, nach zertrampeltem Gras und dem muffigen Geruch von Vögeln.

Einige kreisten immer noch in der Luft, andere hockten am Straßenrand. Sie erinnerten mich an die Geier aus einem Disney-Film, den ich mal gesehen hatte. Allerdings waren sie lustig gewesen; die hier sahen bedrohlich aus. Ihre Hälse und Gesichter waren hässlich und verschrumpelt. Sie bewegten sich ruckartig, als wüssten sie nicht, wie ihre Körper funktionierten.

Mein Vater bewahrte einen kleinen Stapel Möbeldecken im Werkzeugfach auf, die stark nach Metall und Öl rochen. Ich brachte ihm rasch eine. Er redete mit dem Tier, gab beruhigende Laute von sich, leise Worte, die ich nicht ganz verstand.

Es war ein schwarzer Hund, vielleicht ein Labrador. Eine tiefe, klaffende Wunde zog sich über seinen Hals, und ein Halsband, ursprünglich leuchtend rot, hing schmutzig in seinem verfilzten Fell. Ich kniete mich neben meinen Vater und streckte die Hand aus, um ihn zu berühren.

Nicht, sagte mein Vater streng. *Du könntest ihm wehtun.*

Er lebt noch? Für mich sah der Hund tot aus. Er lag verrenkt da, der Körper auf eine Weise verdreht, wie ich es von den Tieren kannte, die wir in Säcken in unsere Werkstatt karrten. Der Rumpf war von unzähligen Wunden übersät. Blut tropfte auf den Asphalt.

Mein Vater schüttelte den Kopf, breitete die Decke aus. *Er ist so gut wie tot, Jessa. Aber noch nicht ganz.*

Der Hund stieß ein hohes Winseln aus, so schmerzvoll, dass ich mir die Ohren zuhalten wollte. Mein Vater hob ihn vorsichtig auf die Decke, aber er winselte weiter.

Mein Knie brannte entsetzlich. Als ich den Blick senkte, entdeckte ich eine breite Spur Feuerameisen, die über einen riesigen Haufen neben dem Zaun herüberführte und an meinen Beinen hochkrabbelten. Ich sprang auf und schlug sie weg, wischte sie von meiner Hose und den Schuhen. *Ameisen!*, schrie ich sinnloserweise.

An mir sind sie auch. Und an dem armen Hund sind sie überall.

Er hatte recht. Überall, wo feuchtes Blut war, wimmelte es von Ameisen. Vielen Ameisen. Ich wollte sie vom Bein des Hundes fegen, doch es war so verdreht, dass ich sie noch tiefer ins Fell wischte.

Geh mal aus dem Weg, ich lege ihn auf den Beifahrersitz. Du hältst seinen Kopf, okay?

Mein Vater hob die Decke hoch und trug den Hund wie ein kleines Kind. Inzwischen gab er keinen Laut mehr von sich, aber vielleicht hörte ich es auch nicht durch den Lärm, den die Geier verursachten. Sie flatterten jetzt kreischend über der Stelle, wo der Hund gelegen hatte. Wütend über den Verlust, knallten sie ineinander und pickten in der Erde.

Ich wollte etwas nach ihnen werfen und sah mich nach einem Stein um, irgendetwas, was sie für den schrecklichen Gesichtsausdruck meines Vaters büßen ließ, aber ich fand nichts. Abgesehen von den Vögeln, war der Boden so gut wie blank gefegt.

Mein Vater rief wieder nach mir, und ich eilte zum Pick-up zurück. In der geschlossenen Fahrerkabine roch es streng, irgendwie nach Eisen, wie im Werkzeugschuppen meines Vaters.

Mein Vater machte eine schnelle Kehrtwende, so präzise, dass wir kaum das Gras am Rand berührten. Die Geier stoben auseinander und zerstreuten sich. Von dem Hund konnte ich nicht viel sehen, nur seine Nasenspitze ragte aus der Decke. Sie war sehr trocken und rissig. Ich fragte mich, wem er wohl gehörte. Wer ihn ausgesetzt und verlassen hatte, als er dringend jemanden gebraucht hatte.

Ich wölbte meine Finger über die Hundenase, um festzustellen, ob er noch atmete. Die schwachen Luftstöße an meiner Handfläche sagten mir, dass er noch bei uns weilte. Mein Vater streckte die Hand über den reglosen Hundekörper und drückte meine Schulter. Er ließ sie für den Rest der Rückfahrt nicht los, auch dann nicht, als wir auf die Straße bogen, die zurück in die Stadt führte.

13

Die meisten Tage verbrachte ich in der Ruine des Restaurants nebenan, das wir bis auf seine Grundfesten zerlegten. Es stand schon länger leer, deshalb gelang es uns, den Makler zu überreden, uns die Ausstattung zu überlassen; als Gegenleistung sollten wir uns selbst um die Entsorgung kümmern. Einiges stellten wir auf Craigslist. Sitznischen, Tische, Arbeitsflächen, Hocker – alles älter, aber in ziemlich gutem Zustand. Andere Sachen verkauften wir an Winnie's: die großen Kühlschränke, die gläserne Kuchentheke. Eine der neuen Craftbars im Zentrum nahm die Zapfstelle und den alten Barschrank. Das *Bier*-Neonschild an der hinteren Wand überließ ich Bastien unter der Bedingung, es nicht in der Werkstatt aufzuhängen.

»Das kommt auf Grandmas Veranda«, sagte Bastien, der die klaren, strahlend blauen Lichter betrachtete. »Dort steht fast alles, was mir gehört.«

»Wenigstens ist es jetzt draußen kühler. Im Sommer ist es da zu heiß.«

»Halb so wild. Ich hab einen Bierkühlschrank.« Er stellte das Schild vorsichtig vor den Beifahrersitz. »Grandma lässt mich hinten einen neuen Schuppen bauen, dort kann ich meine Sachen verstauen.«

Ich dachte an den alten Schuppen, der jahrelang wackelig dagestanden hatte, bis er schließlich zu einem rostigen Haufen in sich selbst zusammenfiel. Wir hatten Mühe gehabt, den Rasenmäher daraus zu retten.

»Vielleicht besorgst du diesmal einen aus Plastik. Irgendwas, in dem keine Eichhörnchen nisten.«

Meine Mutter arbeitete daran, ihre Kunstwerke wiederherzustellen, diesmal allerdings bei mir in der Werkstatt. Bastien besorgte keine lebendigen Tiere mehr, nachdem ich ihm gedroht hatte, wenn er nicht damit aufhöre, würde ich künftig sämtliche Überreste in sein Bett kippen. Ich merkte, wie erleichtert er war, was ihn allerdings nicht davon abhielt, die Arbeit einem seiner zwielichtigeren Kumpel zu übertragen. Im Tiefkühler befanden sich jede Menge neuer Tiere: ein Ozelot, zwei weitere Pfauen, zwei Marder und ein Wasserschwein mit einem Gesicht, das so sehr an einen riesigen Hamster erinnerte, dass Lolee Zeter und Mordio schrie, als wir es aus der Plane auspackten. Sie kletterte kreischend auf den Metalltisch, um dem Tier zu entkommen.

»Was denn, du kannst einen Hirsch entfleischen, aber nicht mit einem übergroßen toten Nager umgehen?« Bastien ging in die Hocke und schaukelte den monströsen Kopf des Tiers hin und her, während Lolee weiterschrie. Ich musste unwillkürlich lächeln. Sie machte ein böses Gesicht und streckte die Arme aus, wie sie es immer als kleines Kind getan hatte.

Da ich sie nicht mehr tragen konnte, löste ich die Tischbremsen und rollte sie auf die andere Seite des Raums, wo sie herunterhüpfte und mit hochgereckten Mittelfingern durch die Tür rannte.

»Ich geh zu Kaitlyn. Meldet euch, wenn das Ding verschwunden ist.«

Mit ihrer Handtasche vor der Brust marschierte sie zur Vordertür. Ich fand, dass sie mit ihrer neuen Frisur älter wirkte. Sie hatte die Unterseite abrasiert und die Haare oben keilförmig geschnitten. Meine Mutter hatte das gemacht, und danach hatte Lolee meiner Mutter den Kopf geschoren. Mir war nie aufgefallen, wie ähnlich sich die beiden sahen. Lolee anzuschauen war, als starrte man auf ein unscharfes Bild, das mit einem hauchdünnen Rest von Brynn überzogen war: der ähnliche Gang, die schwingenden Hüften, ihre schlanken Arme, die fast unproportional lang zu ihrem Körper waren.

»Soll ich dich fahren?«, fragte ich. »Wie willst du nach Hause kommen?«

»Dad holt mich ab.«

Milo war mit Lolee wieder ins Haus meiner Mutter gezogen. Er reparierte elektrische Leitungen und alles Mögliche, was seit dem Tod meines Vaters nicht mehr funktionierte. Die kleinen Teppiche wurden gereinigt, die Laken gewaschen, und irgendwie hatte er sogar den verwilderten Garten hinter dem Haus mit einem geliehenen Rasenmäher gezähmt. Als Nächstes wollte er das leckende Dach über der hinteren Veranda in Angriff nehmen.

Meine Mutter blieb vormittags bei Milo, um die Putzaktion zu überwachen, und kam gegen Mittag zu mir in die Werkstatt. Wir saßen vorne und aßen ihre mitgebrachten Sandwiches – ich kaute auf den Spalten von eingelegten Gurken, die sie in Wachspapier neben dem Roggenbrot mit Schinken eingepackt hatte, und sie fummelte die Tomaten heraus, mit denen sie beide Sandwiches belegt hatte, obwohl sie Tomaten nicht ausstehen konnte.

Anschließend gingen wir nach hinten in die Werkstatt.

Es war merkwürdig, anders lässt es sich nicht beschreiben. Ich durchschaute immer noch nicht, worauf die Kunst meiner Mutter hinauslief. Ihre Arbeiten sagten mir aus vielerlei Gründen nichts, vor allem aber, weil sie sich so akribisch mit meinem Vater und seiner Sexualität befassten. Das verunsicherte mich, und das wiederum führte dazu, dass ich über Verunsicherung im Allgemeinen nachdachte. Warum konnte ich Sex nicht mit Gefühl verbinden? Wieso zuckte ich bei dem Gedanken daran zusammen? Ich stellte meiner Mutter Fragen über ihre Arbeit, und wenn mir alles zu viel wurde, trank ich ein Bier oder fuhr zum See und versuchte dahinterzukommen, warum ich bei diesem Thema dichtmachte.

So viele Jahre hatte es in der Werkstatt nur meinen Vater gegeben, mit seiner starken, stillen Ausstrahlung. Und jetzt war da plötzlich meine Mutter. Wir teilten uns die Werkzeuge und die Arbeitsflächen. Manchmal legten wir Musik auf.

Ich entfleischte und nahm aus, bereitete vor und nähte. Sie ging die Behälter mit den Tierteilen durch und schleppte Körbe voller Bastelmaterialien an: Plastikperlen und bunte Lichterketten, Pailletten, Alufolie, alte CDs. Außerdem Schachteln mit Sachen, die wir im Kunstunterricht in der Grundschule gemacht hatten: Geburtstagskarten, die sie aufbewahrt hatte, Fotoalben und Bilder von meinem Vater, als er noch jünger war als Bastien. Es war seltsam, ihn auf diesen Aufnahmen zu sehen, wo er Milo so ähnlich sah. Ein Lieblingsfoto meiner Mutter zeigte ihn mit vollem dunklem Haarschopf auf einem Motorrad im Garten meiner Eltern.

Wenn unsere Hände verkrampften und wir von den Dämpfen der Gerblösung ganz benommen waren, legten wir eine Pause ein. Manchmal schlenderten wir nach vorne, setzten uns auf Metallklappstühle und saugten die Sonne auf, während wir uns eine Zigarette teilten. Wir saßen da und betrachteten die neue Auslage, die meine Mutter sich für diese Woche ausgedacht hatte. Ich hatte sie dazu ermuntert, sich um das Schaufenster zu kümmern; als Probelauf sozusagen.

»Bist du sicher, dass es dir nichts ausmacht?«, fragte sie manchmal und blickte von dem kleinen, kahlen Platz vorne im Fenster zu mir, immer wieder, als versuchte sie zu entscheiden, ob ich es auch wirklich so meinte. »Es stört dich nicht, was ich aufstelle?«

»Es ist auch dein Geschäft. Du hast ein Mitspracherecht.«

»Stimmt.« Ihre Augen wirkten müde, wie immer, wenn sie sich auf das konzentrierte, was ihr durch den Kopf ging:

die Gestaltung des Aufbaus, die Platzierung der Tiere, die Auswahl der Hintergründe und Möbel. Ein Thema, sagte sie, sei das Wichtigste. Alles andere kam an zweiter Stelle. Ich fragte mich, warum mein Vater sie nicht stärker im Laden eingesetzt hatte. Sie war kreativ und verstand es gut, Atmosphäre zu schaffen. Selbst über die Sachen, die ein Unwohlsein in mir auslösten, dachte ich länger nach.

»Es ist gut, wenn dich etwas gedanklich beschäftigt«, sagte sie. »Dann weißt du, es hat seinen Zweck erfüllt. Wenn du es hinterher nicht mehr aus dem Kopf kriegst.«

Für mich klang das stimmig.

*

Das Bärenfell behielt ich. Es sah so lebendig aus, auch ohne Körper. Vermutlich hätte es einen guten Preis erzielt, aber ich brachte es nicht über mich, es zu verkaufen. Um festzustellen, wie es am besten aussah, breitete ich es über zwei Sägeböcke aus. Meine Mutter war der Ansicht, auf das Thema käme es an, aber meinem Vater war die Darstellung wichtig gewesen. Die Darstellung, sagte er, sei das Wichtigste an dem ganzen Prozess. Sie war das i-Tüpfelchen auf der wochenlangen Arbeit an einem Tier. Wenn die Montage nicht stimmte, nützte es auch nichts, dass die Haut perfekt genäht war oder die Augen richtig saßen. Wenn die Darstellung falsch war, sah auch alles andere künstlich aus und nahm den Zauber. Wenn der Aufbau stimmt, sagte mein Vater, gibst du dem Betrachter etwas, woran er glauben kann.

Das Gesicht des Bären war wohlgeformt. Ich schaute gern in seinen schimmernden roten Rachen, auf die scharfen Eckzähne, die so perfekt unter der hochgezogenen Lippe saßen. Die schönen Pfoten glänzten und endeten in gelben Krallen. Ich betrachtete ihn aus jedem denkbaren Winkel – stellte ihn mir aufrecht sitzend vor wie ein schlaffes Stofftier, an der Wand befestigt und auf mich herabblickend, mit ausgestreckten Gliedern auf dem Boden, als griffe er gleichzeitig nach jeder Ecke des Raums. Es gab keine Pose, in der er mir nicht gefiel; der Bär war ein Gefährte und ein Kumpel. Wenn er mich mit seinen leuchtenden schwarzen Augen ansah, wirkte er so lebendig, dass ich ihn fast schnuppern und atmen hörte.

Ich nahm ihn mit in meine Wohnung und breitete ihn auf der Couch aus, brachte ihn dann ins Schlafzimmer. Das Fell bedeckte die gesamte Matratze. Dort sah es am besten aus und hieß mich jeden Abend willkommen. Nachdem ich stundenlang mit Nadel und Faden über dem Tisch gebeugt gestanden oder die Innereien von Tieren abgeschabt hatte, erwartete mich immer ein Freund, der sich auf mich freute.

Lucinda Rex, deren Name inzwischen überlebensgroß war, ging mir nicht aus dem Sinn. Ich rief sie nicht an, dachte aber ständig an sie. Ich sah ihre Karte auf der Theke neben der Kasse oder fand unten in meiner Tasche Zettel mit ihrer schwer lesbaren Handschrift, vollgekritzelt mit Sachen, die eingekauft werden mussten: Eier, Speck, scharfer Cheddarkäse. Im Haus meiner Mutter wanderten die Einladungen für die Ausstellung von der Vorderseite des Kühlschranks auf die Küchentheke und sogar in mein früheres Kinderzimmer.

Wenn ich ausging, fuhr ich an Orten vorbei, wo Lucinda vielleicht sein könnte: die Bar, in der wir oft unsere Abende verbracht hatten, das Fischrestaurant in der Nähe des Sees, wo es ihr zufolge die besten gebratenen Shrimps gab. Ich dachte an ihren Körper, auf vage, geisterhafte Weise, und danach war ich traurig und zugleich erregt. Ich konnte jederzeit die glatte Haut ihrer Unterarme und ihr spitzes, energisches Kinn in meiner Erinnerung heraufbeschwören. Ihre Locken, die sie nach dem Sex zu einem Pferdeschwanz zusammenband, den Geruch ihres Nackens, wenn sie schwitzte. Wenn sie kam, biss sie die Zähne so fest zusammen, dass ihre Lippe blutete und nach Eisen schmeckte, wenn ich sie küsste. An ihrer rechten Schläfe befanden sich zwei Muttermale; und drei am Ende ihrer Wirbelsäule unmittelbar über dem Hintern. Sie schwebte in meinem Hinterkopf und stahl sich manchmal in meine Formulierungen oder in eine Handbewegung. Ich dachte an sie, wenn ich mich abends im Bett selbst berührte. Danach schaute ich den Bären an und wünschte, sie wäre bei mir.

Als ich es nicht mehr aushielt, setzte ich mich zu meiner Mutter in die Küche, die gerade ein Hähnchen fürs Essen vorbereitete. Ich klopfte auf eine weitere Kopie der überholten Einladung, die irgendwie im Brotkorb gelandet war und zwischen den Brötchen vorlugte.

»Glaubst du, wir haben alles?«, fragte ich und stieß den

Korb an, bis er über die Theke rutschte. »Fehlt irgendwas? Müssen wir noch was einkaufen?«

Meine Mutter öffnete den Kühlschrank und holte ein Stück Butter, einen Becher Sauerrahm und ein paar Speckreste in einem kleinen Plastikbeutel heraus und klatschte alles neben das rohe Hähnchen. »Es ist alles da, was ich brauche.«

»Gut.« Ich schob die Karte auf der Theke hin und her. Lucindas Name schimmerte golden im Licht und zwinkerte mir zu.

»Warum fragst du?« Sie reckte den Kopf hinter der Kühlschranktür vor. Ihre Lesebrille saß auf dem Kopf, und sie spähte zu mir herüber, als könnte sie dann besser sehen. »Habe ich was vergessen?«

»Ich habe nie den Überblick. Woher soll ich wissen, was fehlt?«

»Ich dachte ja nur.«

Sie nahm das Sägemesser von der Theke und machte einen Schnitt ins hintere Ende des Vogels. »Kannst du mir den Spinat aus dem Gemüsefach bringen?«

»Was zum Teufel machst du da?«

»Hähnchen-Ballotine. Oder eine Variation davon.« Sie zeichnete mit dem Messer ein Herz in die Luft. »Das ist französisch. Das Rezept stand auf einer Crackerschachtel.«

»Wenn Speck drin ist, esse ich es.« Als ich den Spinat aus dem Kühlschrank holte, fielen mir die vielen verschrumpelten Äpfel unten im Fach auf; sie mussten weggeworfen werden. »Warum kaufst du immer noch rote Delicious, wenn Dad der Einzige war, der sie mochte?«

»Isst du denn keine?«

»Das weißt du genau. Die Haut ist zu zäh. Als würde man auf Plastik kauen.«

Meine Mutter drehte das Hähnchen um und fing an, es mit dem Nudelholz zu klopfen. »Lolee mag sie.«

Ich stibitzte ein Stück Speck. »Nein, tut sie nicht. Als du ihr das letzte Mal einen gegeben hast, hat sie die Erdnussbutter abgeleckt und ihn unter die Sofakissen gesteckt.«

»Willst du einen Schluck Rotwein? Ich glaube, im Schrank ist noch eine Flasche.« Sie zeigte mit dem Nudelholz in die Richtung. Ein Stück rohes Hähnchenfleisch haftete am Ende und flog auf den Boden.

»Ich werfe die Äpfel weg.«

»Nein, lass das. Lolee mag sie wirklich.«

Die Erinnerung an Lolees Apfel weckte ein seltsames Gefühl in mir, als würde die Zeit in einem öligen Schlamm vorbeigleiten. Ich versuchte mich zu entsinnen, was ich damals empfunden hatte; ich war wütend gewesen, weil ich auf der Couch saß und die Apfelstücke an meiner Hose klebten. Ich hatte Lolee angeschrien, bis sie weinte. Dann hatte sie die Stücke in der Küchenspüle gewaschen, in Apfelform zusammengesetzt und wieder in den Kühlschrank gelegt. Danach hatte sie uns allen Entschuldigungsbriefchen geschrieben und unsere Familie als Strichmännchen gezeichnet, alle mit einem breiten Lächeln, das größer war als unsere runden Gesichter. Sogar Sir Charles war auf den Bildern. Brynn war schon seit einem Jahr fort, und Lolee nahm sie nicht mehr in ihre Familienkunstwerke auf. Ich hatte mir den Entschuldigungsbrief angesehen und wurde plötzlich von einer Traurigkeit überwältigt, die mir die Brust zuschnürte. Es schien, als wäre ich die Einzige, die noch an Brynn dachte.

Ich fand eine Flasche Merlot, ein Überbleibsel von der unglückseligen Party. Ich entkorkte sie, schnupperte daran und verzog das Gesicht wegen des essigartigen Geruchs. Meine Mutter beugte sich immer noch über den Vogel, entfernte Knochen und riss an einem Schenkel.

Ihr Rücken war mir zugewandt, als sie den Brustkorb herausschälte. Ich stellte die Flasche neben die Einladung, betrachtete das Logo der Galerie und daneben Lucindas Namen. Ich drehte sie im Kreis, bis die Schrift auf dem Kopf stand, dann richtig herum, dann wieder auf dem Kopf. Lucindas Name in Endlosschleife, bis die Buchstaben verschwammen.

»Weißt du eigentlich, wie das Feuer ausbrach?«, fragte ich, die Karte auf der Theke hin und her schiebend, sodass sie ein wischendes Geräusch auf dem Resopal machte.

»Ich glaube, du weißt, wer es war.«

»O Gott«, sagte ich und nahm die Weinflasche. »Willst du einen Schluck?«

»Ja, bitte.« Sie riss die Flügel aus und drehte den Vogel wieder um. Ich sah zu, wie sie das Fleisch mit dem Nudelholz flach klopfte und sich ihre Muskeln und Sehnen auf den Unterarmen abzeichneten.

Ich trank einen Schluck aus der Flasche. Die Öffnung war

verschmiert und hinterließ Korkenreste auf meiner Zunge. »Dann war es also Lucinda? Ihre eigene Galerie?«

»Denke schon.«

»Sie und ihre Donna. Wahrscheinlich.«

Ich trank noch einen Schluck, wischte den Rand ab, holte zwei saubere Kaffeebecher vom Abtropfgestell neben der Spüle und verteilte die halbe Flasche auf einmal. Dann reichte ich meiner Mutter einen Becher, die sofort zwei tiefe Schlucke trank.

»Sie hat dir davon erzählt?«, fragte ich. »Von ihr und ihrer Frau? Dass sie Geld brauchen?«

»Ich musste gar nicht fragen.« Meine Mutter nahm noch einen Schluck und hielt mir den Becher mit ihren vom Fleisch glitschigen Fingern hin. Ich schenkte ihr nach und trank auch noch einen Schluck. »Ich glaube nicht, dass sie noch verheiratet ist. Zumindest wollte sie es nicht mehr sein.«

Sie füllte das Hähnchen mit den Spinatblättern und kleinen Prisen Salz und Pfeffer. Den Käse hatte sie schon zu einem Haufen neben der großen Schüssel mit Brotkrumen gerieben.

»Sie hat mir etwas Geld geschickt. Hinterher.«

»Geld wovon?« Die Untersuchung der Brandursache lief noch, das wusste ich, aber ich war mir nicht sicher, was passieren, ob jemand belangt werden würde. »Der Versicherung? So schnell würde die doch nie zahlen.«

»Vorschuss auf eine Forderung. Dein Vater hat das mal für unser Geschäft geprüft. Nur für den Fall, dass etwas ... passiert.«

Das war mir neu. Aber hey, ich lernte ständig Neues über meine Familie. Ich wurde jeden Tag daran erinnert, dass keiner von uns war, wofür wir uns hielten. Nur Gott wusste, was ich im nächsten Monat – oder nächstem Jahr – aufgedeckt haben würde.

»Bist du denn nicht sauer? Sie hat dein ganzes Werk zerstört.«

»War ich. Zuerst.« Sie saugte kurz an ihrer Lippe, stieß dann die Luft aus. »Andererseits ging es gar nicht darum, meine Sachen zu bewahren. Wichtig war in erster Linie, sie zu machen.«

»Trotzdem.«

»Sie hat auch ihre Sachen zerstört.«

Wir schwiegen beide eine Weile. Meine Mutter stopfte die fettigen Speckreste in das Hähnchen, rollte es auf und presste es aufs Backblech, das älter war als ich. »Komm, hilf mir, die Teile zuzubinden, dann stellen wir sie in den Ofen.«

Sie drückte auf das rohe Fleisch und wickelte den Faden zweimal um die flachen Rollen, verknotete ihn mit langen Schleifen über meinen Fingern. Es erinnerte mich ans Zubinden meiner Schuhe, daran, wie mein Vater es erst mir und dann Bastien beigebracht hatte. Wer es Lolee beigebracht hatte, wusste ich nicht. Vielleicht sie selbst.

Meine Mutter machte die Schleifen, während ich ihr beim Verknoten half. Es gab zwei Rollen für jeden von uns: Lolee, Bastien, meine Mutter, Milo und mich. Dazu würde es einen großen Krug Tee geben, Brot und einen Salat, den nur meine Mutter aß. Das Gleiche, immer das Gleiche. Selbst wenn sich die Dinge veränderten, kehrte alles wieder ins Gleichgewicht zurück.

»Du hast dich mit ihr getroffen, stimmt's?«

Ich zog meinen Finger zu schnell von der letzten Rolle, und die Füllung quoll auf das Backblech. Käsekrümel und Speckwürfel bedeckten ein kleines Spinatblatt. Sie rollte alles wieder ordentlich auf, nahm meine Hand und drückte sie auf die Rolle.

»Wissen in dieser Familie eigentlich alle über meine Privatangelegenheiten Bescheid?«

Zubinden, Schleife. Die verschnürten Rollen sahen aus wie ein leckeres Geschenk. »Dachtest du, wir kriegen nichts mit? Du bist nicht gut darin, etwas zu verbergen, Jessa.«

Sie schob das Backblech in den Ofen, und wir wuschen uns beide die Hähnchenreste von den Händen, säuberten die Außenseite unserer Becher. Ich teilte den Rest des Weins gleichmäßig zwischen uns auf. Die Lippen meiner Mutter waren schon rot vom Wein.

Sie rief Lolee und Bastien, um den Tisch zu decken. Die beiden kamen von der Veranda herein und holten Tupperware aus dem Schrank, Becher, die wir seit meiner Kindheit benutzten. Sie schenkten Tee aus dem Krug ein, das Eis knackte in der noch warmen Flüssigkeit, schnappten sich Schüsseln, Teller und Besteck. Milo kam aus dem Wohnzimmer und öffnete den Kühlschrank, auf der Suche nach Resten, obwohl wir gleich aßen.

»Den Wein habt ihr ausgetrunken?«

»Na klar.« Ich griff hinter ihm in den Kühlschrank und holte die Plastiktüte mit den verschrumpelten Äpfeln, wartete, bis meine Mutter aus der Küche war, und warf sie in den Müll.

»Die wären wir los«, sagte Milo, der an einem Stück Käse knabberte. »Sie schmecken schrecklich.«

STRIX VARIA – STREIFENKAUZ

Eine letzte gute Erinnerung:

Wir fingen eine junge Eule, die ständig aus ihrem Nest hüpfte. Die Mutter hatte es in die Dachbalken hinten an unserem Haus gebaut, ein kleiner, beengter Raum, vollgestopft mit Kiefernnadeln und Rindenstückchen.

Man nennt sie Nestflüchter, wenn sie ständig herumhüpfen. Mein Vater schaukelte den flauschigen Klumpen an seiner Brust. *Das kleine Ding hat zu viel Energie. Es weiß nicht, dass es nachtaktiv ist.*

Nachdem wir die Vogelauffangstation angerufen hatten, saßen wir zu zweit hinten im Garten und tranken Arnold Palmer mit zu viel Limonade. Die kleine Eule stand in einer Kühlbox zwischen uns. Ich fütterte sie häppchenweise mit Grashüpfern, die ich gekillt hatte, seit Kurzem eine Plage auf den rosa und weißen Azaleenbüschen. Sie verschlang Beine, einen Kopf, fleischige Stückchen eines fettigen Rumpfs.

Taufen wir sie Oscar. Das ist ein guter Name für eine Eule.

Mit einer Fingerspitze streichelte ich ihren runden Kopf. Er war so groß wie ein Golfball und ganz weich.

Wilden Tieren sollte man keine Namen geben. Es sind keine Haustiere. Mein Vater legte stirnrunzelnd den Deckel auf die Kühlbox und ließ einen gerade so großen Spalt, dass der kleine Vogel atmen konnte.

Kaum hatten die Leute von der Vogelauffangstation das Eulenbaby abgeholt, erschienen Milben auf dem Plan. Alles juckte: winzige, kaum sichtbare Punkte, die mir in die Augen und ins Haar krochen und in den Ohren kitzelten, bis ich dachte, ich werde verrückt, wenn ich mich nicht gleich kratze.

Meine Mutter musste alles sauber machen. Wir mussten uns auf der Veranda ausziehen, bevor sie uns wieder ins Haus ließ. Sie kochte unsere Kleider in einem Bottich auf dem Ofen und dachte gar nicht daran, sie in die Waschmaschine zu stecken. Ich stand im Garten und zitterte in meiner Unterhose.

Milo beobachtete das Ganze aus dem sicheren Haus. Er presste den Mund an die Glasschiebetür. Seine Zunge ließ herzförmige Flecken zurück. Als er nicht hinsah, schlug unser Vater mit der Hand gegen das Glas. Milo erschrak so sehr, dass er nach hinten fiel und auf dem Hintern landete.

Es war so lustig, dass ich mich vor Lachen gar nicht mehr einkriegte.

14

Ich ging ins Einkaufszentrum, um mir ein neues Hemd zu kaufen, denn ich wollte nicht wie ich aussehen, wenn ich Lucinda traf.

Ich drückte mich in dem ersten mir bekannten Geschäft herum und beobachtete, wie erfahrenere Käuferinnen durch die Gänge navigierten, Kleiderbügel an den Fingern baumelnd, Handtasche unter den Arm geklemmt oder auf die Schulter geschoben. Zwei Mädchen am hinteren Ende probierten Oberteile über ihren Kleidern an. Eine steckte einen silbernen Nagellack in die Tasche. Sie hatte blondierte Haare mit dunklem Ansatz und einen *Du kannst mich mal*-Ausdruck im Gesicht, der mich sehr an Brynn erinnerte. Sie fing meinen Blick auf und starrte mich böse an, bis ich mich verlegen abwandte. Das Hemd, für das ich mich entschied, war blau und langärmelig. Es war nicht reduziert, und ich hatte keine Lust, es in der Umkleidekabine anzuprobieren. Ich ging nach Hause und stellte es in der Tüte auf den Boden.

Die Ladenfront war umgebaut worden, die Galerie bezugsfertig. Am Morgen war meine Mutter mit ihren Kunstwerken aus der Werkstatt ausgezogen und hatte die Umzugshelfer nach oben in den Ausstellungsraum dirigiert. Neue Lichter waren installiert worden. Die Vitrinen waren gesäubert, die tote Katze entfernt und hinten auf dem Parkplatz unter einer grasigen Stelle begraben worden. Das Stück, an dem ich arbeitete, war fast fertig. Ich legte letzte Hand an, drehte die Vögel in verschiedene Richtungen und entdeckte immer wieder winzige Fehler, an denen ich herumzupfte, bis irgendwo ein anderer auftauchte wie winziger Schorf.

»Du musst mit Lucinda reden«, hatte meine Mutter gesagt, während sie ihre letzten Sachen in eine Schachtel packte. Sie erinnerte mich an ein Kind, das endlich aufs College ging. Keines ihrer Kinder war ausgezogen, um zu studieren.

»Ich weiß. Ich mach das schon.«

»Wann? Heute?«

»Morgen.«

»Heute«, hatte sie gesagt und war aus dem Raum gehuscht. Der Zipfel ihres Kleids hatte eine Staubflocke in der Ecke aufgewirbelt. Ich hatte sie aufgehoben und in den Müll gesteckt.

Und dann war ich nach Hause gegangen und stellte fest, dass ich nichts Schönes zum Anziehen hatte. Deshalb das neue Hemd. Ich hatte es gekauft und kam mir danach wie eine Vollidiotin vor. Seit Monaten hatte ich Lucinda nicht gesehen, nichts von ihr gehört. Es gab keinen Grund, mir einzubilden, es würde sich alles zum Guten wenden; aber die Vorstellung, sie in etwas Altem, Hässlichem zu sehen, war mir unerträglich. Also zog ich das Hemd an, kämmte meinen Zopf aus und ließ mein Haar wie einen Vorhang lose um mein Gesicht fallen. Ein Stück von mir, um mich vor der Welt zu schützen.

Die Straße, in der sie wohnte, war vom Haus meiner Eltern nicht weit entfernt. Meine Mutter gab mir die Adresse. Es war eine ruhige Wohngegend, an einem Waldstück in der Nähe des Sees gelegen. Ein Komplex mit Eigentumswohnungen, den ich seit der Highschoolzeit kannte. Einmal waren wir dort zu einer Party gewesen, und Brynn war im Bad ohnmächtig geworden, nachdem sie zu viel Gin getrunken hatte. Milo hatte sie zum Auto tragen müssen.

Lucindas Wohnung war die Nummer vier. Ich klopfte und betrachtete die saubere Backsteinfassade, die nur ein paar Spinnweben in den Ecken der Tür verunzierten. Ich wusste nicht, ob sie zu Hause war. Ich hatte sie vorher nicht anrufen wollen, aus Angst, ich würde kneifen und nicht zu ihr fahren, wenn ich ihre Stimme hörte. Also wartete ich. Einen kurzen Moment lang hoffte ich, sie wäre nicht da, bis mir klar wurde, dass ich dann nur wieder zurückkommen müsste, was mir noch schlimmer erschien.

Die Tür wurde schneller geöffnet, als ich mir wünschte. Lucinda trug einen Bademantel, ein rosa Ding, das aussah wie von Victoria's Secret. Ich hatte eine Supermarkttüte bei mir.

»Hey«, sagte ich dümmlich, nachdem wir uns ein paar lange, peinliche Sekunden lang angestarrt hatten. »Kann ich mit dir sprechen?«

»Gib mir eine Minute.« Sie schloss die Tür vor meiner Nase.

Aus der Minute wurden fünfzehn. Ich überlegte, ob ich noch mal klopfen oder mich auf den Bordstein setzen sollte, befürchtete aber, einer ihrer Nachbarn könnte mich für eine Zeugin Jehovas oder eine Zeitungsverkäuferin halten. Und so blieb ich mit den Händen in den Gesäßtaschen wie eine Idiotin stehen.

Irgendwas krabbelte an meinem Hals. Kreischend beugte ich mich vor und fuhr mir durchs Haar. Mein Ellenbogen stieß an die Tür und schob sie einen Spalt auf. Als ich sicher war, dass mir keine Spinne in den Ausschnitt krabbelte, ging ich hinein.

Lucinda saß an der Küchentheke. Ihr Haar war auf dem Kopf zusammengebunden, und ein bloßes Bein spitzte durch den Schlitz in ihrem Bademantel. Ich setzte mich auf einen der hohen Stühle neben sie. Meine Beine hingen ungraziös herab und stießen gegen die Theke vor mir. Es waren Hocker für große Menschen.

»Du siehst aus wie ein verängstigtes Kind«, sagte sie. Sie trank Whiskey aus einem Tumbler, in dessen Mitte ein riesiger Eiswürfel lag wie eine gefrorene Insel.

»Hast du eine Gussform, um die zu machen?«

»Bist du gekommen, um über meine Eiswürfel zu reden?«

Eine Uhr über dem Kaminsims tickte laut. Ihre goldenen Pendel schwangen hin und her. An der hinteren Wand war ein Regal mit vielen Skulpturen. Die Plakate aus ihrem Büro hingen auf beiden Seiten des Wohnzimmers.

»Ich weiß nicht, wo ich anfangen soll«, sagte ich. »Ich kann das nicht gut.«

»Das ist schon mal ein Anfang.« Sie leerte ihren Drink und stand auf, um sich noch einen zu machen. »Willst du auch einen?«

»Nein, schon gut.«

»Du solltest was trinken.« Sie schenkte sich einen Schluck in ihr Glas und schob es mir zu. Ich betrachtete die Flüssigkeit, die über dem riesigen Eiswürfel wirbelte.

»Sieht aus wie ein Eisberg.« Ich trank einen kleinen Schluck und ließ ihn eine Weile in meiner Kehle. »Schmeckt der Whiskey so besser? Mit dem besonderen Eis?«

Sie holte sich das Glas zurück und legte ihre Lippen an die Stelle, an der meine gewesen waren. »Jetzt schmeckt er besser«, sagte sie. Wir nippten abwechselnd am Whiskey, bis das Glas leer war. Meine Nerven beruhigten sich etwas, aber ich war noch immer wie elektrisiert, als hätte ich meine Schuhe an einem Teppich gerieben und könnte jeden Moment ein Stück Metall berühren, das uns beiden einen Schlag versetzte.

»Was ist das?« Sie zeigte auf die Plastiktüte, die neben meinem Hocker auf dem Boden stand. Ich beugte mich vor, bekam aber den Griff nicht zu fassen. Lucinda erwischte ihn mit dem großen Zeh und reichte mir die Tüte mit ausgestrecktem Bein, die Haut glatt und schön. Ich nahm ihr die Tüte ab, und sie ließ ihren Fuß auf der Kante meines Hockers liegen. Ich schluckte, holte die beiden Sachen heraus und legte sie auf die Theke vor sie hin.

Lucinda zog die Einladung zu sich heran. Im Gegensatz zu denen, die sie für die Galerieausstellung bestellt hatte, waren diese schlicht und billig. Gedruckt auf Fotokarton, kühne Schrift, mit dem Logo unseres Präparierstudios vorne drauf. »Du willst, dass ich komme?«

»Ich will, dass du die Arbeiten siehst.«

»Ich dachte, dir gefällt diese Art von Kunst nicht.«

Ich zuckte die Achseln, berührte mit einer Fingerspitze ihren glänzend rot lackierten Zehennagel. »Ich wusste ziemlich lange nicht, was mir gefällt, und bin dabei, es herauszufinden.«

»Und warum sollte ich kommen?«

»Ich weiß, was passiert ist.« Ich streichelte ihr Bein. Die Haut war glatt, wie Satin. Es war merkwürdig, so weiche Haut zu spüren, nachdem ich ständig mit pelzigen Häuten zu tun hatte, von denen meine Hände rau und rissig waren. »Was du getan hast. Oder Donna, schätze ich. Die Galerie.«

Sie zuckte die Achseln. »Es ist, wie es ist.«

»Wirst du Ärger bekommen?«

»Wer weiß. Die Brandursache wird immer noch untersucht. Aber das ist mir egal.«

Sie legte die Einladung beiseite und nahm den anderen Gegenstand, eine mit Seidenpapier eingeschlagene und zugeklebte Kugel. »Und was ist das?«

Ich ließ sie das Päckchen öffnen und wartete, bis sie es sah und selbst darüber befand. Sie wickelte es auf der Theke aus und hielt es hoch. Ich hatte ihr die perfekt erhaltene Zikadenhülle mitgebracht.

»Noch etwas über Zikaden. Sie verbringen die meiste Zeit ihres Lebens unter der Erde.«

»Tatsächlich.«

»Ja. Dort häuten sie sich mehrmals, und wenn sie erwachsen sind, krabbeln sie zur Oberfläche, schlüpfen aus dem Boden und werfen zum letzten Mal ihre Hülle ab. Es dauert allerdings ziemlich lange, dieses Warten auf das letzte Schlüpfen.«

Sie legte die Hülle in ihre Hand und rollte sie hin und her, neigte sie zur Seite, um sie im Licht besser sehen zu können. Dann schloss sie die Finger und drückte fest zu, noch fester, bis ich das Knirschen hörte. Als sie die Hand wieder öffnete, lag die kaputte Hülle da, wie Scherben aus zerbrochenem Plastik.

»Wo ist Donna?«, fragte ich.

»Ausgezogen.« Sie wischte ihre Hand ab, und die Scherben fielen auf den Teppich, staubig und bedeutungslos. »Mit dem Vorschuss konnte ich sie ausbezahlen. Wir haben alles geteilt, wie wir es wollten.«

Ich nahm ihre Hand und leckte die Reste der Hülle ab. Ich spürte, wie ihre Muskeln nachgaben und sie zu einer Umarmung ansetzte. Ich ließ mich von ihr ins Schlafzimmer führen, und diesmal blieb ich die ganze Nacht bei ihr. Ich wollte es. Sie musste mich gar nicht bitten.

Als sie im Morgenlicht über mir schwebte, sah ich zu, wie ihr Finger eine Linie von meinem Gesicht bis zu meiner nackten Körpermitte zeichnete. »Wo ist deine Naht?« Ihr Finger kitzelte, suchte. »Wo krabbelst du heraus?«

Ich legte ihre Hand dorthin, wo ich sie haben wollte. Wir küssten uns, und sie suchte die Stelle, wo ich mich öffnen würde. Als sie sie schließlich fand, bebte ich innerlich und hatte das Gefühl, meine Haut würde durch etwas Neues ersetzt. Lucinda blieb bei mir, und ihre Hand streichelte mich und erlöste mich aus meinem Elend.

*

Wir luden unsere engeren Freunde und Nachbarn ein und stellten ein Schild ins Schaufenster: Eintritt frei am Eröffnungstag. Meine Mutter verdonnerte Lolee dazu, die Gäste zu begrüßen. Sie war draußen am Kartentisch stationiert, in einem kleinen Paillettenkleid, das meine Mutter für sie genäht hatte.

Während die Leute sich vor dem Laden tummelten, machten wir in dem riesigen Plastikkrug Limonade und stellten einen Stapel Plastikbecher daneben. Es gab eine Kühlbox mit Bier und zwei Erdbeerkuchen, einen mit Zitronenbaiser und einen mit Erdnussbutter, für Milo, der Erdnussbutter mehr liebte als jeder, den ich kannte.

Lolee schnitt die Kuchen auf, verteilte sie auf Teller und steckte Plastikgabeln oben rein. Die Leute parkten am Dollar General und schlenderten herüber, um zu plaudern und zu essen. Alle standen mit ihren Kuchentellern neben dem Schaufenster, wo meine Mutter ihre neueste Kunst ausgestellt hatte.

Obwohl es draußen um die dreißig Grad hatte, war es

drinnen frostig – auf jeder Fläche befanden sich Schnee aus der Dose und Wattebäusche. Über allem lag Glitter, kleine Scheibchen aus eisigem Plastik, die aussahen wie schimmernde Diamantsplitter. In diesem Winterwunderland saßen Santa und Mrs. Claus. Zwei Füchse, arktisch und flauschig weiß. Nur trug Mrs. Claus einen Body und lehnte anzüglich an einer weichen Schneewehe. Santa stand mit dem Rücken zum Fenster, sein Mantel weit geöffnet.

Es war unser einziger gemeinsamer Versuch. Ich hatte meine Mutter um genaue Angaben zu den Tieren gebeten – welche Pose sie einnehmen sollten, stehend oder lehnend, die Haltung der Gliedmaßen. Nachdem diese Arbeit erledigt war, übergab ich sie ihr und überließ ihr die Zügel. Es war seltsam zu sehen, wie meine Mutter die Tiere vermenschlicht hatte, doch allmählich verstand ich sie. Zumindest ein bisschen. So vieles von dem, was meine Mutter war und wer sie wurde, war in der Vergangenheit angesiedelt. Die Arbeit an diesen Stücken machte sie glücklich, weil sie einer wilden Freiheit nachgehen konnte, zu der sie früher keinen Zugang gehabt hatte.

Vera Leasey, gerade mit ihrem Mann von einer zweiwöchigen Norwegenkreuzfahrt zurück, beugte sich vor und schnappte sich eine Erdbeere vom Teller meiner Mutter. »Der Aufbau hier sieht wirklich sehr künstlerisch aus. Als wir von Bord gingen, haben wir ganz ähnliche Sachen gesehen. Die Europäer sind sehr eigen, was ihre Kunst angeht.«

»Vielleicht sollte ich mal eine Kreuzfahrt machen«, sagte meine Mutter.

»Das solltest du unbedingt! Es gibt jede Menge Kreuzfahrten für Singles.«

Lolee nahm den leeren Teller meiner Mutter, und ich folgte ihr in den Laden. Es war eine Erleichterung, der Sonne und den vielen Menschen zu entkommen. Mir war leicht übel, aber mir war immer übel, wenn ich etwas Neues machte. In letzter Zeit hatte ich jeden Tag das Gefühl, als müsste ich mich übergeben, aber irgendwie war das besser als zuvor. Als würde ich jetzt tatsächlich richtig leben.

Ich strich Lolees Haar zurück. Der Schnitt stand ihr sehr gut, auch wenn ich fand, dass er sie zu alt aussehen ließ. Er betonte ihre Wangenknochen. Sie sah ihrer Mutter sehr ähnlich.

Milo kam herein und klopfte auf seine Uhr. »Los, kommt. Wir fangen an.«

Der neue Raum war mit schwarzen Bettlaken geschmückt, die die Fenster verhüllten und für eine intimere Atmosphäre sorgten. Den Weg nach hinten erhellte eine Vielzahl von Lichtern, die wir aus den Weihnachtsvorräten aller möglichen Leute gesammelt hatten. An der Decke blinkten weiße, rote und grüne Lämpchen. Die verrostete Treppe hinten hatten wir durch eine neue ersetzt. Ich folgte den Gästen, während meine Mutter voranging.

Es tat gut, die begeisterten Ausrufe der Gäste zu hören. Meine Mutter genoss die Aufmerksamkeit. Sie stand an der Seite und beobachtete, wie ihre Werke bestaunt wurden. Es gab viel zu sehen.

»Ach, Libby …« Vera beugte sich über die erste Box, ein

Diorama mit zwei Beutelratten, gekleidet wie Höhlenmenschen, die sich neben einem Mammut aus wolligem Papiermaché paarten. »Das ist umwerfend.«

Fast alle Arbeiten stammten von meiner Mutter, nur die im Schaukasten ganz hinten nicht, ein Raum, den sie mir überlassen hatte. Schweigend schlenderte die Gruppe weiter und spähte alle paar Schritte in die Vitrinen – zeigte auf die Szenerie, die Hintergründe, das Licht. Die Tiere in ihren provokativen Posen.

Eine Hand legte sich auf meine Taille. Ich schlang meine Finger zwischen Lucindas, und wir folgten der Gruppe, genossen die Reaktionen der Leute, die wir kannten und auch die der wenigen Versprengten, die das Schild gesehen hatten und von der Straße hereingekommen waren.

»Willst du den Laden das ganze Jahr über geöffnet halten?« Lucindas Mund war ganz nah an meinem Ohr. Mir sträubten sich die Haare im Nacken.

»Weitgehend«, erwiderte ich. »Komm, sieh dir meine Arbeit an.«

In der hinteren Ecke stand ein Schaukasten abseits von den anderen. Ein großer, einen Meter achtzig hoher Kuriositätenschrank, den ich mit einer Glasfront versehen hatte. Im Inneren standen meine Pfauen, alle drei so schön wie am ersten Tag, als ich sie präpariert hatte, immer noch auf ihrem Ast. Hinter den Pfauen befand sich eine Nachbildung meines Elternhauses, gerahmt von einer Darstellung des Sees und Sandkiefern aus Filz und Samt. Lucinda und ich schauten uns an, und ich ließ den Kopf an ihre Schulter sinken. Ich betrachtete die Vögel und konnte den Blick nicht abwenden vom größten, dem schönsten. Dem Star in der Mitte.

Schließlich gingen wir mit den anderen wieder nach unten und aßen noch mehr Kuchen. Ich gab Lucinda das letzte Stück Erdbeere, und wir sahen zu, wie die Autos auf der Straße vorbeifuhren, bis es Zeit wurde, den Laden zu schließen.

*

»Glaubst du, es schwimmt?«

Milo blickte auf den Styroporkeil hinab, den wir aus der Kühlschrankbox herausgelöst hatten. Drei Vögel saßen darauf. Es war noch nicht dunkel, doch der Himmel begann sich mit der hereinbrechenden Dämmerung zu verfärben. Wir waren draußen am Rand des Anlegers. Ich wusste, es war riskant, abends hierherzukommen, nachdem ich deswegen schon zweimal Ärger bekommen hatte, aber es schien mir der richtige Ort, um eine Wikingerbestattung durchzuführen.

»Es muss nur ganz kurz schwimmen«, sagte ich. »Wir müssen das Ding zum Leuchten bringen, darauf kommt es an.«

»Gut.«

Wir hatten schon ein Sixpack intus und arbeiteten am zweiten. Die Vögel hatten wir aus ihrer Vitrine mit zum See genommen und sie zusammen den Anleger runtergetragen, jeder von uns an einem Ende des Asts.

»Bist du sicher, dass du das machen willst?« Milo fuhr mit der Hand am Saum der Federn entlang, die sich am Rücken des größten Vogels aufbauschten. »Vielleicht solltest du ihn behalten. Ihn in deine Wohnung stellen oder so.«

Ich nahm den Brennspiritus, den ich an der Tankstelle gekauft hatte, und goss eine ordentliche Menge über die Vögel. »Nö. Wir rösten die Dinger.«

»Wie du willst.«

Ich spritzte noch ein bisschen was über die Vögel und achtete darauf, dass ich die Schwanzfedern und die Brust traf. Von der Feuchtigkeit wurden sie dunkel und schlaff. Beim rechten Vogel hingen die Federn über dem Kopf, als trüge er einen Hut.

»Sieht tatsächlich so aus, als würdest du auf alle pissen.«

»Halt die Klappe.«

Nachdem die Vögel ausreichend besprüht waren, drehte ich mich zu Milo und streckte die Hand aus. »Feuerzeug?«

Er wühlte in seiner Tasche und holte ein metallgraues mit seinem Namen drauf hervor – ein Weihnachtsgeschenk von Brynn, ein Jahr nachdem sie geheiratet hatten. Mein Bruder rauchte überhaupt nicht. Es zündete beim ersten Versuch, leuchtete orangerot und wärmte meine Finger.

»Stell sie rein.«

Milo hob das Ende des Styropors vorsichtig an und schob es vom Rand des Anlegers. Es schwankte eine Weile im Wasser und wirbelte eine kleine Welle auf, bevor es sich beruhigte. »Huch. Ich war mir fast sicher, dass es umkippt.«

Wir sahen zu, wie es neben uns schaukelte. Dann nahm ich das Feuerzeug, beugte mich vor und hielt die kleine Flamme an den Hals des mittleren Vogels. Die Federn brannten sofort lichterloh; es war, als würde ein Weihnachtsbaum Feuer fangen. Milo und ich traten zurück und beobachteten, wie sie Licht in den dämmrigen Himmel und über den See sprühten. Einige Teile verkohlten bereits, brachen ab und flogen ins Wasser oder schwebten daunengleich über uns.

Milo hob sein Bier. Ich hob meines ebenfalls. Dann tranken wir den Rest aus. Hinter uns hörte ich das Knirschen von Reifen auf Kies, sah rotes und blaues Licht zu Violett verschmelzen. Wir drehten uns nicht um, betrachteten weiter die Auflösung der Vögel. Es war wunderschön. Ich hätte die ganze Nacht zusehen können.

»Könntest du dich um den Typen kümmern? Ist ein ziemlicher Trottel.« Ich stellte meine leere Flasche auf die Bank neben die anderen.

Milo machte sich auf den Weg, um den Polizisten abzufangen. Ich blieb am Anleger, saß da und sah zu, wie der letzte Pfau mit einem hellroten Schimmer im Wasser verglomm. Der Himmel war violett und voller Wolken. Die untergehende Sonne sah aus wie ein Ausschnitt von einem Herz, das weit draußen in der Dunkelheit trieb. Ich behielt es im Auge, bis es verschwand.

DANK

Ich danke allen, die dabei halfen, dieses Buch in die Welt zu bringen. Dem wunderbaren Team bei Tin House, das an meine Arbeit (und an mich) glaubte. Ich wusste von Anfang an, dass ihr meine Familie werdet. Dank an Tony Perez für sein tolles Lektorat und seine Geduld mit meinen ziemlich schlechten Witzen und den vielen wilden Flüchen in meinen E-Mails. An Jakob Vala für seine Freundlichkeit und den schönen Coverentwurf. An meine Agentin Serene Hakim, die mein Buch vielversprechend fand und half, die beste Version daraus zu machen. An das Vermont Studio Center, das mir Zeit gewährte, an diesem Buch zu arbeiten, und mich verköstigte, wenn ich nur Bier zu mir genommen hätte. An meinen Leser Willie Fitzgerald – meinen Wunderzwilling, meine über alles geliebte Testperson. An Vivian Lee für ihre nie versiegende Unterstützung, während ich mich durch meine Überarbeitungen kämpfte und sie immer die richtigen Worte fand. An Mattie und Emily, meine besseren Hälften. An Maria Jones für die vielen Strandausflüge und die stundenlangen Gespräche über das Buch, in denen ich ihr dreitausendmal dasselbe erzählte. An Cathleen Boty, meine Bota Mini, für ihre liebe Art und ihr gutes Herz. An meinen Kassierer bei 7-Eleven. An jeden, der meine vielen Wortspiele ertrug und mich trotzdem mochte. Ich liebe euch alle. Ehrlich. Vielen Dank.